dtv

D1925152

Frau Jenny Treibel kennt die Gesetze ihrer Zeit, die treibenden Kräfte der Gründerjahre: Berechnung und Profit. Als Tochter eines Berliner Kolonialwarenhändlers zur Frau Kommerzienrätin aufgestiegen, schwärmt sie zwar fürs Höhere, erlaubt sich sentimentale Erinnerungen an das einfache Leben der kleinen Leute, doch wenn es um die materielle Sicherheit und die gesellschaftliche Position geht, wird sie unvermittelt praktisch. Fontane kommt in diesem ganz aus dem Milieu lebenden Roman mit einem Minimum an Handlung aus. Ausgangspunkt ist die Brautwahl des Treibelschen Sohnes Leopold, doch »Zweck der Geschichte« ist, wie Fontane schreibt, »das Hohle, Phrasenhafte, Lügnerische, Hochmütige, Hartherzige des Bourgeois-Standpunktes zu zeigen«.
Fontane hat diesen Roman, der 1892 erschien, frei von Bitterkeit und Polemik geschrieben. Mit liebevoller Freude am atmosphärischen Detail schildert er in distanzierter Ironie dieses ihm nur zu bekannte Berliner Bürgertum des ausgehenden 19. Jahrhunderts. Der Roman wurde als das »berlinischste« unter Fontanes Werken bezeichnet: »Denn in keinem andern prägt sich der Berliner Witz in seiner kennzeichnenden Verbindung von Gutmütigkeit und Spottsucht so deutlich aus wie hier.« (L. Mackensen)

Theodor Fontane, am 30. Dezember 1819 in Neuruppin (Brandenburg) geboren und am 20. September 1898 in Berlin gestorben, zählt zu den bedeutendsten deutschen Romanciers des ausgehenden 19. Jahrhunderts. Bei dtv sind nahezu alle seine Romane lieferbar.

Theodor Fontane

Frau Jenny Treibel

oder

»Wo sich Herz zum Herzen find't«

Roman

Mit einem Nachwort
herausgegeben von
Helmut Nürnberger

Deutscher Taschenbuch Verlag

Von Theodor Fontane
sind im Deutschen Taschenbuch Verlag erschienen:
Vor dem Sturm (2345)
Die Poggenpuhls (2398)
Unterm Birnbaum (12372)
Ellernklipp (12469)
L'Adultera (12470)
Stine (12498)
Effi Briest (12499)
Allerlei Glück. Ein Lebensbuch (12538)
Der Stechlin (12552)
Cécile (12553)
Grete Minde (12554)
Irrungen, Wirrungen (12615)
Briefe. Ausgabe in fünf Bänden (59037)

Vollständige Ausgabe
3. Auflage September 2002
Deutscher Taschenbuch Verlag GmbH & Co. KG,
München
www.dtv.de
© 1974 Carl Hanser Verlag, München
Umschlagkonzept: Balk & Brumshagen
Umschlagbild: © Quint Buchholz
Gesamtherstellung: Druckerei C. H. Beck,
Nördlingen
Gedruckt auf säurefreiem, chlorfrei gebleichtem Papier
Printed in Germany · ISBN 3-423-12990-5

INHALT

ANHANG

ERSTES KAPITEL

An einem der letzten Maitage, das Wetter war schon sommerlich, bog ein zurückgeschlagener Landauer vom Spittelmarkt her in die Kur- und dann in die Adlerstraße ein und hielt gleich danach vor einem, trotz seiner Front von nur fünf Fenstern, ziemlich ansehnlichen, im übrigen aber altmodischen Hause, dem ein neuer, gelbbrauner Ölfarbenanstrich wohl etwas mehr Sauberkeit, aber keine Spur von gesteigerter Schönheit gegeben hatte, beinahe das Gegenteil. Im Fond des Wagens saßen zwei Damen mit einem Bologneserhündchen, das sich der hell und warm scheinenden Sonne zu freuen schien. Die links sitzende Dame von etwa dreißig, augenscheinlich eine Erzieherin oder Gesellschafterin, öffnete, von ihrem Platz aus, zunächst den Wagenschlag und war dann der anderen, mit Geschmack und Sorglichkeit gekleideten und trotz ihrer hohen Fünfzig noch sehr gut aussehenden Dame beim Aussteigen behülflich. Gleich danach aber nahm die Gesellschafterin ihren Platz wieder ein, während die ältere Dame auf eine Vortreppe zuschritt und nach Passierung derselben in den Hausflur eintrat. Von diesem aus stieg sie, so schnell ihre Korpulenz es zuließ, eine Holzstiege mit abgelaufenen Stufen hinauf, unten von sehr wenig Licht, weiter oben aber von einer schweren Luft umgeben, die man füglich als eine Doppelluft bezeichnen konnte. Gerade der Stelle gegenüber, wo die Treppe mündete, befand sich eine Entreetür mit Guckloch, und neben diesem ein grünes, knittriges Blechschild, darauf »Professor Wilibald Schmidt« ziemlich undeutlich zu lesen war. Die ein wenig asthmatische Dame fühlte zunächst das Bedürfnis, sich auszuruhen und musterte bei der Gelegenheit den ihr übrigens von langer Zeit her bekannten Vorflur, der vier gelbgestrichene Wände mit etlichen Haken und Riegeln und dazwischen einen hölzernen Halbmond zum Bürsten und Ausklopfen der Röcke zeigte. Dazu wehte, der ganzen Atmosphäre auch hier den Charakter gebend, von einem nach hinten zu führenden Korridor her ein sonderbarer Küchengeruch heran, der, wenn nicht alles täuschte, nur auf Rührkartoffeln und Karbonade gedeutet werden konnte, beides mit Seifenwrasen untermischt. »Also kleine Wäsche«, sagte die von dem allen wieder ganz eigentümlich berührte stattliche Dame still vor sich hin, während sie zugleich weit zurückliegender Tage gedachte, wo sie selbst hier, in eben dieser Adlerstraße, gewohnt und in dem gerade gegenüber gelegenen Materialwarenladen ihres Vaters mit im Geschäft geholfen und auf einem über zwei Kaffeesäcke gelegten Brett kleine und große Düten geklebt hatte, war ihr jedesmal mit »zwei Pfennig fürs Hundert« gutgetan worden war. »Eigentlich viel zuviel, Jenny«, pflegte dann der Alte zu sagen, »aber du sollst mit Geld umgehen lernen.« Ach, waren das Zeiten gewesen! Mittags, Schlag zwölf, wenn man zu Tisch ging, saß sie zwischen dem Kommis Herrn Mielke und dem Lehrling Louis, die beide, so verschieden sie sonst waren, dieselbe hochstehende Kammtolle und dieselben erfrorenen Hände hatten. Und Louis schielte bewundernd nach ihr hinüber, aber wurde jedesmal verlegen, wenn er sich auf seinen Blicken ertappt sah. Denn er war zu niedrigen Standes, aus einem Obstkeller in der Spreegasse. Ja, das alles stand jetzt wieder vor ihrer Seele, während sie sich auf dem Flur umsah und endlich die Klingel neben der Tür zog. Der überall verbogene Draht raschelte denn auch, aber kein Anschlag ließ sich hören, und so faßte sie schließlich den Klingelgriff noch einmal und zog stärker. Jetzt klang auch ein Bimmelton von der Küche her bis auf den Flur herüber, und ein paar Augenblicke später ließ sich erkennen, daß eine hinter dem Guckloch befindliche kleine Holzklappe beiseitegeschoben wurde. Sehr wahrscheinlich war es des Professors Wirtschafterin, die jetzt, von ihrem Beobachtungsposten aus, nach Freund oder Feind aussah, und als diese Beobachtung ergeben hatte, daß es »gut Freund« sei, wurde der Türriegel ziemlich geräuschvoll zurückgeschoben, und eine ramassierte Frau von ausgangs Vierzig, mit einem ansehnlichen Haubenbau auf ihrem vom Herdfeuer geröteten Gesicht, stand vor ihr.

»Ach, Frau Treibel... Frau Kommerzienrätin... Welche Ehre...«

»Guten Tag, liebe Frau Schmolke. Was macht der Professor? Und was macht Fräulein Corinna? Ist das Fräulein zu Hause?«

»Ja, Frau Kommerzienrätin. Eben wieder nach Hause gekommen aus der Philharmonie. Wie wird sie sich freuen.«

Und dabei trat Frau Schmolke zur Seite, um den Weg nach dem einfenstrigen, zwischen den zwei Vorderstuben gelegenen und mit einem schmalen Leinwandläufer belegten Entree freizugeben. Aber ehe die Kommerzienrätin noch eintreten konnte, kam ihr Fräulein Corinna schon entgegen und führte die »mütterliche Freundin«, wie sich die Rätin gern selber nannte, nach rechts hin in das eine Vorderzimmer.

Dies war ein hübscher, hoher Raum, die Jalousien herabgelassen, die Fenster nach innen auf, vor deren einem eine Blumenestrade mit Goldlack und Hyazinthen stand. Auf dem Sofatische präsentierte sich gleichzeitig eine Glasschale mit Apfelsinen, und die Porträts der Eltern des Professors, des Rechnungsrats Schmidt aus der Heroldskammer und seiner Frau, geb. Schwerin, sahen auf die Glasschale hernieder – der alte Rechnungsrat in Frack und rotem Adlerorden, die geborene Schwerin mit starken Backenknochen und Stubsnase, was, trotz einer ausgesprochenen Bürgerlichkeit, immer noch mehr auf die pommersch-uckermärkischen Träger des berühmten Namens als auf die spätere, oder, wenn man will, auch *viel* frühere posensche Linie hindeutete.

»Liebe Corinna, wie nett du dies alles zu machen verstehst und wie hübsch es doch bei euch ist, so kühl und so frisch – und die schönen Hyazinthen. Mit den Apfelsinen verträgt es sich freilich nicht recht, aber das tut nichts, es sieht so gut aus... Und nun legst du mir in deiner Sorglichkeit auch noch das Sofakissen zurecht! Aber verzeih, ich sitze nicht gern auf dem Sofa; das ist immer so weich, und man sinkt dabei so tief ein. Ich setze mich lieber hier in den Lehnstuhl und sehe zu den alten, lieben Gesichtern da hinauf. Ach, war das ein Mann; gerade wie dein Vater. Aber der alte Rechnungsrat war beinah noch verbindlicher, und einige sagten auch immer, er sei so gut wie von der Colonie. Was auch stimmte. Denn seine Großmutter, wie du freilich besser weißt als ich, war ja eine Charpentier, Stralauer Straße.«

Unter diesen Worten hatte die Kommerzienrätin in einem hohen Lehnstuhle Platz genommen und sah mit dem Lorgnon nach den »lieben Gesichtern« hinauf, deren sie sich eben so huldvoll erinnert hatte, während Corinna fragte, ob sie nicht etwas Mosel und Selterwasser bringen dürfe, es sei so heiß.

»Nein, Corinna, ich komme eben vom Lunch, und Selterwasser steigt mir immer so zu Kopf. Sonderbar, ich kann Sherry vertragen und auch Port, wenn er lange gelagert hat, aber Mosel und Selterwasser, das benimmt mich... Ja, sieh Kind, dies Zimmer hier, das kenne ich nun schon vierzig Jahre und darüber, noch aus Zeiten her, wo ich ein halbwachsen Ding war, mit kastanienbraunen Locken, die meine Mutter, soviel sie sonst zu tun hatte, doch immer mit rührender Sorgfalt wickelte. Denn damals, meine liebe Corinna, war das Rotblonde noch nicht so Mode wie jetzt, aber kastanienbraun galt schon, besonders wenn es Locken waren, und die Leute sahen mich auch immer darauf an. Und dein Vater auch. Er war damals noch ein Student und dichtete. Du wirst es kaum glauben, wie reizend und wie rührend das alles war, denn die Kinder wollen es immer nicht wahr haben, daß die Eltern auch einmal jung waren und gut aussahen und ihre Talente hatten. Und ein paar Gedichte waren an mich gerichtet, die hab' ich mir aufgehoben bis diesen Tag, und wenn mir schwer ums Herz ist, dann nehme ich das kleine Buch, das ursprünglich einen blauen Deckel hatte (jetzt aber hab' ich es in grünen Maroquin binden lassen), und setze mich ans Fenster und sehe auf unsern Garten und weine mich still aus, ganz still, daß es niemand sieht, am wenigsten Treibel oder die Kinder. Ach Jugend! Meine liebe Corinna, du weißt gar nicht, welch ein Schatz die Jugend ist, und wie die reinen Gefühle, die noch kein rauher Hauch getrübt hat, doch unser Bestes sind und bleiben.«

»Ja«, lachte Corinna, »die Jugend ist gut. Aber ›Kommerzienrätin‹ ist auch gut und eigentlich noch besser. Ich bin für einen Landauer und einen Garten um die Villa herum. Und wenn Ostern ist und Gäste kommen, natürlich recht viele, so werden Ostereier in dem Garten versteckt, und jedes Ei ist eine Attrappe voll Konfitüren von Hövell oder Kranzler, oder auch ein kleines Necessaire ist drin. Und wenn dann all die Gäste die Eier gefunden haben, dann nimmt jeder Herr seine Dame, und man geht zu Tisch. Ich bin durchaus für Jugend, aber für Jugend mit Wohlleben und hübschen Gesellschaften.«

»Das höre ich gern, Corinna, wenigstens gerade jetzt; denn ich bin hier, um dich einzuladen, und zwar auf morgen schon; es hat sich so rasch gemacht. Ein junger Mr. Nelson ist nämlich bei Otto Treibels angekommen (das heißt aber, er wohnt nicht bei ihnen), ein Sohn von Nelson & Co. aus Liverpool, mit denen mein Sohn Otto seine Hauptgeschäftsverbindung hat. Und Helene kennt ihn auch. Das ist so hamburgisch, die kennen alle Engländer, und wenn sie sie nicht kennen, so tun sie wenigstens so. Mir unbegreiflich. Also Mr. Nelson, der übermorgen schon wieder abreist, um den handelt es sich; ein lieber Geschäftsfreund, den Ottos durchaus einladen mußten. Das verbot sich aber leider, weil Helene mal wieder Plättag hat, was nach ihrer Meinung allem anderen vorgeht, sogar im Geschäft. Da haben *wir*'s denn übernommen, offen gestanden nicht allzu gern, aber doch auch nicht geradezu ungern. Otto war nämlich, während seiner englischen Reise, wochenlang in dem Nelsonschen Hause zu Gast. Du siehst daraus, wie's steht und wie sehr mir an deinem Kommen liegen muß; du sprichst Englisch und hast alles gelesen und hast vorigen Winter auch Mr. Booth als Hamlet gesehen. Ich weiß noch recht gut, wie du davon schwärmtest. Und englische Politik und Geschichte wirst du natürlich auch wissen, dafür bist du ja deines Vaters Tochter.«

»Nicht viel weiß ich davon, nur ein bißchen. Ein bißchen lernt man ja.«

»Ja, jetzt, liebe Corinna. Du hast es gut gehabt, und alle haben es jetzt gut. Aber zu meiner Zeit, da war es anders, und wenn mir nicht der Himmel, dem ich dafür danke, das Herz für das Poetische gegeben hätte, was, wenn es mal in einem lebt, nicht wieder auszurotten ist, so hätte ich nichts gelernt und wüßte nichts. Aber, Gott sei Dank, ich habe mich an Gedichten herangebildet, und wenn man viele davon auswendig weiß, so weiß man doch manches. Und daß es so ist, sieh, das verdanke ich nächst Gott, der es in meine Seele pflanzte, deinem Vater. Der hat das Blümlein großgezogen, das sonst drüben in dem Ladengeschäft unter all den prosaischen Menschen – und du glaubst gar nicht, wie prosaische Menschen es gibt – verkümmert wäre... Wie geht es denn mit deinem Vater? Es muß ein Vierteljahr sein oder länger, daß ich ihn nicht gesehen habe, den 14. Februar, an Ottos Geburtstag. Aber er ging so früh, weil so viel gesungen wurde.«

»Ja, das liebt er nicht. Wenigstens dann nicht, wenn er damit überrascht wird. Es ist eine Schwäche von ihm, und manche nennen es eine Unart.«

»Oh, nicht doch, Corinna, das darfst du nicht sagen. Dein Vater ist bloß ein origineller Mann. Ich bin unglücklich, daß man seiner so selten habhaft werden kann. Ich hätt' ihn auch zu morgen gerne mit eingeladen, aber ich bezweifle, daß Mr. Nelson ihn interessiert, und von den anderen ist nun schon gar nicht zu sprechen; unser Freund Krola wird morgen wohl wieder singen und Assessor Goldammer seine Polizeigeschichten erzählen und sein Kunststück mit dem Hut und den zwei Talern machen.«

»Oh, da freu' ich mich. Aber freilich, Papa tut sich nicht gerne Zwang an, und seine Bequemlichkeit und seine Pfeife sind ihm lieber als ein junger Engländer, der vielleicht dreimal um die Welt gefahren ist. Papa ist gut, aber einseitig und eigensinnig.«

»Das kann ich nicht zugeben, Corinna. Dein Papa ist ein Juwel, das weiß ich am besten.«

»Er unterschätzt alles Äußerliche, Besitz und Geld, und überhaupt alles, was schmückt und schön macht.«

»Nein, Corinna, sage das nicht. Er sieht das Leben von der richtigen Seite an; er weiß, daß Geld eine Last ist, und daß das Glück ganz woanders liegt.« Sie schwieg bei diesen Worten und seufzte nur leise. Dann aber fuhr sie fort: »Ach, meine liebe Corinna, glaube mir, kleine Verhältnisse, das ist *das*, was allein glücklich macht.«

Corinna lächelte. »Das sagen alle die, die drüber stehen und die kleinen Verhältnisse nicht kennen.«

»Ich kenne sie, Corinna.«

»Ja, von früher her. Aber das liegt nun zurück und ist vergessen oder wohl gar verklärt. Eigentlich liegt es doch so: alles möchte reich sein, und ich verdenke es keinem. Papa freilich, der schwört noch auf die Geschichte von dem Kamel und dem Nadelöhr. Aber die junge Welt...«

»...Ist leider anders. Nur zu wahr. Aber so gewiß das ist, so ist es doch nicht so schlimm damit, wie du dir's denkst. Es wäre auch zu traurig, wenn der Sinn für das Ideale verloren ginge, vor allem in der Jugend. Und in der Jugend lebt er auch noch. Da ist zum Beispiel dein Vetter Marcell, den du beiläufig morgen auch treffen wirst (er hat schon zugesagt), und an dem ich wirklich nichts weiter zu tadeln wüßte, als daß er Wedderkopp heißt. Wie kann ein so feiner Mann einen so störrischen Namen führen! Aber wie dem auch sein möge, wenn ich ihn bei Ottos treffe, so spreche ich immer so gern mit ihm. Und warum? Bloß weil er die Richtung hat, die man haben soll. Selbst unser guter Krola sagte mir erst neulich, Marcell sei eine von Grund aus ethische Natur, was er noch höher stelle als das Moralische; worin ich ihm, nach einigen Aufklärungen von seiner Seite, beistimmen mußte. Nein, Corinna, gib den Sinn, der sich nach oben richtet, nicht auf, jenen Sinn, der von dorther allein das Heil erwartet. Ich habe nur meine beiden Söhne, Geschäftsleute, die den Weg ihres Vaters gehen, und ich muß es geschehen lassen; aber wenn mich Gott durch eine Tochter gesegnet hätte, *die* wäre *mein* gewesen, auch im Geist, und wenn sich ihr Herz einem armen, aber edlen Manne, sagen wir einem Manne wie Marcell Wedderkopp, zugeneigt hätte...«

»...So wäre das ein Paar geworden«, lachte Corinna. »Der arme Marcell! Da hätt' er nun sein Glück machen können, und muß gerade die Tochter fehlen.«

Die Kommerzienrätin nickte.

»Überhaupt ist es schade, daß es so selten klappt und paßt«, fuhr Corinna fort. »Aber Gott sei Dank, gnädigste Frau haben ja noch den Leopold, jung und unverheiratet, und da Sie solche Macht über ihn haben – so wenigstens sagt er selbst, und sein Bruder Otto sagt es auch, und alle Welt sagt es –, so könnt' er Ihnen, da der ideale Schwiegersohn nun mal eine Unmöglichkeit ist, wenigstens eine ideale Schwiegertochter ins Haus führen, eine reizende, junge Person, vielleicht eine Schauspielerin...«

»Ich bin nicht für Schauspielerinnen...«

»Oder eine Malerin, oder eine Pastors- oder eine Professorentochter...«

Die Kommerzienrätin stutzte bei diesem letzten Worte und streifte Corinna stark, wenn auch flüchtig. Indessen wahrnehmend, daß diese heiter und unbefangen blieb, schwand ihre Furchtanwandlung ebenso schnell, wie sie gekommen war. »Ja, Leopold«, sagte sie, »den hab' ich noch. Aber Leopold ist ein Kind. Und seine Verheiratung steht jedenfalls noch in weiter Ferne. Wenn er aber käme...« Und die Kommerzienrätin schien sich allen Ernstes – vielleicht weil es sich um etwas noch »in so weiter Ferne« Liegendes handelte – der Vision einer idealen Schwiegertochter hingeben zu wollen, kam aber nicht dazu, weil in eben diesem Augenblicke der aus seiner Obersekunda kommende Professor eintrat und seine Freundin, die Rätin, mit vieler Artigkeit begrüßte.

»Stör' ich?«

»In Ihrem eigenen Hause? Nein, lieber Professor; Sie können überhaupt nie stören. Mit Ihnen kommt immer das Licht. Und wie Sie waren, so sind Sie geblieben. Aber mit Corinna bin ich nicht zufrieden. Sie spricht so modern und verleugnet ihren Vater, der immer nur in einer schönen Gedankenwelt lebte...«

»Nun ja, ja«, sagte der Professor. »Man kann es so nennen. Aber ich denke, sie wird sich noch wieder zurückfinden. Freilich, einen Stich ins Moderne wird sie wohl behalten. Schade. Das war anders, als wir jung waren, da lebte man noch in Phantasie und Dichtung...«

Er sagte das so hin, mit einem gewissen Pathos, als ob er seinen Sekundanern eine besondere Schönheit aus dem Horaz oder aus dem Parzival (denn er war Klassiker und Romantiker zugleich) zu demonstrieren hätte. Sein Pathos war aber doch etwas theatralisch gehalten und mit einer feinen Ironie gemischt, die die Kommerzienrätin auch klug genug war herauszuhören. Sie hielt es indessen trotzdem für angezeigt, einen guten Glauben zu zeigen, nickte deshalb nur und sagte: »Ja, schöne Tage, die nie wiederkehren.«

»Nein«, sagte der in seiner Rolle mit dem Ernst eines Großinquisitors fortfahrende Wilibald. »Es ist vorbei damit; aber man muß eben weiterleben.«

Eine halbverlegene Stille trat ein, während welcher man, von der Straße her, einen scharfen Peitschenknips hörte.

»Das ist ein Mahnzeichen«, warf jetzt die Kommerzienrätin ein, eigentlich froh der Unterbrechung. »Johann unten wird ungeduldig. Und wer hätte den Mut, es mit einem solchen Machthaber zu verderben.«

»Niemand«, erwiderte Schmidt. »An der guten Laune unserer Umgebung hängt unser Lebensglück; ein Minister bedeutet mir wenig, aber die Schmolke...«

»Sie treffen es wie immer, lieber Freund.«

Und unter diesen Worten erhob sich die Kommerzienrätin und gab Corinna einen Kuß auf die Stirn, während sie Wilibald die Hand reichte. »Mit uns, lieber Professor, bleibt es beim alten, unentwegt.« Und damit verließ sie das Zimmer, von Corinna bis auf den Flur und die Straße begleitet.

»Unentwegt«, wiederholte Wilibald, als er allein war. »Herrliches Modewort, und nun auch schon bis in die Villa Treibel gedrungen... Eigentlich ist meine Freundin Jenny noch geradeso wie vor vierzig Jahren, wo sie die kastanienbraunen Locken schüttelte. Das Sentimentale liebte sie schon damals, aber doch immer unter Bevorzugung von Courmachen und Schlagsahne. Jetzt ist sie nun rundlich geworden und beinah gebildet, oder doch, was man so gebildet zu nennen pflegt, und Adolar Krola trägt ihr Arien aus Lohengrin und Tannhäuser vor. Denn ich denke mir, daß das ihre Lieblingsopern sind. Ach, ihre Mutter, die gute Frau Bürstenbinder, die das Püppchen drüben im Apfelsinenladen immer so hübsch herauszuputzen wußte, sie hat in ihrer Weiberklugheit damals ganz richtig gerechnet. Nun ist das Püppchen eine Kommerzienrätin und kann sich alles gönnen, auch das Ideale, und sogar ›unentwegt‹. Ein Musterstück von einer Bourgeoise.«

Und dabei trat er ans Fenster, hob die Jalousien ein wenig

und sah, wie Corinna, nachdem die Kommerzienrätin ihren Sitz wieder eingenommen hatte, den Wagenschlag ins Schloß warf. Noch ein gegenseitiger Gruß, an dem die Gesellschaftsdame mit sauersüßer Miene teilnahm, und die Pferde zogen an und trabten langsam auf die nach der Spree hin gelegene Ausfahrt zu, weil es schwer war, in der engen Adlerstraße zu wenden.

Als Corinna wieder oben war, sagte sie: »Du hast doch nichts dagegen, Papa. Ich bin morgen zu Treibels zu Tisch geladen. Marcell ist auch da, und ein junger Engländer, der sogar Nelson heißt.«

»Ich was dagegen? Gott bewahre. Wie könnt' ich was dagegen haben, wenn ein Mensch sich amüsieren will. Ich nehme an, du amüsierst dich.«

»Gewiß amüsier' ich mich. Es ist doch mal was anderes. Was Distelkamp sagt und Rindfleisch und der kleine Friedeberg, das weiß ich ja schon alles auswendig. Aber was Nelson sagen wird, denk' dir, Nelson, das weiß ich nicht.«

»Viel Gescheites wird es wohl nicht sein.«

»Das tut nichts. Ich sehne mich manchmal nach Ungescheitheiten.«

»Da hast du recht, Corinna.«

ZWEITES KAPITEL

Die Treibelsche Villa lag auf einem großen Grundstücke, das, in bedeutender Tiefe, von der Köpnicker Straße bis an die Spree reichte. Früher hatten hier in unmittelbarer Nähe des Flusses nur Fabrikgebäude gestanden, in denen alljährlich ungezählte Zentner von Blutlaugensalz und später, als sich die Fabrik erweiterte, kaum geringere Quantitäten von Berlinerblau hergestellt worden waren. Als aber nach dem siebziger Kriege die Milliarden ins Land kamen und die Gründeranschauungen selbst die nüchternsten Köpfe zu beherrschen anfingen, fand auch Kommerzienrat Treibel sein bis dahin in der Alten Jakobstraße gelegenes Wohnhaus, trotzdem es von Gontard, ja nach einigen sogar von Knobelsdorff herrühren sollte, nicht mehr zeit- und standesgemäß und baute sich auf seinem Fabrikgrundstück eine modische Villa mit kleinem Vorder- und parkartigem Hintergarten. Diese Villa war ein Hochparterrebau mit aufgesetztem ersten Stock, welcher letztere jedoch, um seiner niedrigen Fenster willen, eher den Eindruck eines Mezzanin als einer Beletage machte. Hier wohnte Treibel seit sechzehn Jahren und begriff nicht, daß er es, einem noch dazu bloß gemutmaßten friderizianischen Baumeister zuliebe, so lange Zeit hindurch in der unvornehmen und aller frischen Luft entbehrenden Alten Jakobstraße ausgehalten habe; Gefühle, die von seiner Frau Jenny mindestens geteilt wurden. Die Nähe der Fabrik, wenn der Wind ungünstig stand, hatte freilich auch allerlei Mißliches im Geleite; Nordwind aber, der den Qualm herantrieb, war notorisch selten, und man brauchte ja die Gesellschaften nicht gerade bei Nordwind zu geben. Außerdem ließ Treibel die Fabrikschornsteine mit jedem Jahre höher hinaufführen und beseitigte damit den anfänglichen Übelstand immer mehr.

Das Diner war zu sechs Uhr festgesetzt; aber bereits eine Stunde vorher sah man Hustersche Wagen mit runden und viereckigen Körben vor dem Gittereingange halten. Die Kommerzienrätin, schon in voller Toilette, beobachtete von dem Fenster ihres Boudoirs aus all diese Vorbereitungen und nahm auch heute wieder, und zwar nicht ohne eine gewisse Berechtigung, Anstoß daran. »Daß Treibel es auch versäumen mußte, für einen Nebeneingang Sorge zu tragen! Wenn er damals nur ein vier Fuß breites Terrain von dem Nachbargrundstück zukaufte, so hätten wir einen Eingang für derart Leute gehabt. Jetzt marschiert jeder Küchenjunge durch den Vorgarten, gerade auf unser Haus zu, wie wenn er miteingeladen wäre. Das sieht lächerlich aus und auch anspruchsvoll, als ob die ganze Köpnicker Straße wissen solle: Treibels geben heut' ein Diner. Außerdem ist es unklug, dem Neid der Menschen und dem sozialdemokratischen Gefühl so ganz nutzlos neue Nahrung zu geben.«

Sie sagte sich das ganz ernsthaft, gehörte jedoch zu den Glücklichen, die sich nur weniges andauernd zu Herzen nehmen, und so kehrte sie denn vom Fenster zu ihrem Toilettentisch zurück, um noch einiges zu ordnen und den Spiegel zu befragen, ob sie sich neben ihrer Hamburger Schwiegertochter auch werde behaupten können. Helene war freilich nur halb so alt, ja kaum das; aber die Kommerzienrätin wußte recht gut, daß Jahre nichts bedeuten und daß Konversation und Augenausdruck und namentlich die »Welt der Formen« im einen und im andern Sinne, ja im »andern« Sinne noch mehr, den Ausschlag zu geben pflegen. Und hierin war die schon stark an der Grenze des Embonpoint angelangte Kommerzienrätin ihrer Schwiegertochter unbedingt überlegen.

In dem mit dem Boudoir korrespondierenden, an der andern Seite des Frontsaales gelegenen Zimmer saß Kommerzienrat Treibel und las das »Berliner Tageblatt«. Es war gerade eine Nummer, der der »Ulk« beilag. Er weidete sich an dem Schlußbild und las dann einige von Nunnes philosophischen Betrachtungen. »Ausgezeichnet... Sehr gut ... Aber ich werde das Blatt doch beiseiteschieben oder mindestens das ›Deutsche Tageblatt‹ darüber legen müssen. Ich glaube, Vogelsang gibt mich sonst auf. Und ich kann ihn, wie die Dinge mal liegen, nicht mehr entbehren, so wenig, daß ich ihn zu heute habe einladen müssen. Überhaupt eine sonderbare Gesellschaft! Erst dieser Mr. Nelson, den sich Helene, weil ihre Mädchen mal wieder am Plättbrett stehen, gefälligst abgewälzt hat, und zu diesem Nelson dieser Vogelsang, dieser Lieutenant a. D. und agent provocateur in Wahlsachen. Er versteht sein Metier, so sagt man mir allgemein, und ich muß es glauben. Jedenfalls scheint mir das sicher: hat er mich erst in Teupitz-Zossen und an den Ufern der wendischen Spree durchgebracht, so bringt er mich auch *hier* durch. Und das ist die Hauptsache. Denn schließlich läuft doch alles darauf hinaus, daß ich in Berlin selbst, wenn die Zeit dazu gekommen ist, den Singer oder irgendeinen andern von der Couleur beiseiteschiebe. Nach der Beredsamkeitsprobe neulich bei Buggenhagen ist ein Sieg sehr wohl möglich, und so muß ich ihn mir warm halten. Er hat einen Sprechanismus, um den ich ihn beneiden könnte, trotzdem ich doch auch nicht in einem Trappistenkloster geboren und großgezogen bin. Aber neben Vogelsang? Null. Und kann auch nicht anders sein; denn bei Lichte besehen, hat der ganze Kerl nur drei Lieder auf seinem Kasten und dreht eins nach dem andern von der Walze herunter, und wenn er damit fertig ist, fängt er wieder an. So steht es mit ihm, und darin steckt seine Macht, gutta cavat lapidem; der alte Wilibald Schmidt würde sich freuen, wenn er mich so zitieren hörte, vorausgesetzt, daß es richtig ist. Oder vielleicht auch umgekehrt; wenn drei Fehler drin sind, amüsiert er sich noch mehr; Gelehrte sind nun mal so... Vogelsang, das muß ich ihm lassen, hat freilich noch eines, was wichtiger ist als das ewige Wiederholen, er hat den Glauben an sich und ist überhaupt ein richtiger Fanatiker. Ob es wohl mit allem Fanatismus ebenso steht? Mir sehr wahrscheinlich. Ein leidlich gescheites Individuum kann eigentlich gar nicht fanatisch sein. Wer an einen Weg und eine Sache glaubt, ist allemal ein Poveretto, und ist seine Glaubenssache zugleich er selbst, so ist er gemeingefährlich und eigentlich reif für Dalldorf. Und von solcher Beschaffenheit ist just der Mann, dem zu Ehren ich, wenn ich von Mr. Nelson absehe, heute mein Diner gebe und mir zwei adlige Fräuleins eingeladen habe, blaues Blut, das hier in der Köpnicker Straße so gut wie gar nicht vorkommt und deshalb aus Berlin W von mir verschrieben werden mußte, ja zur Hälfte sogar aus Charlottenburg. O Vogelsang! Eigentlich ist mir der Kerl ein Greuel. Aber was tut man nicht alles als Bürger und Patriot.«

Und dabei sah Treibel auf das zwischen den Knopflöchern ausgespannte Kettchen mit drei Orden en miniature, unter denen ein rumänischer der vollgültigste war, und seufzte, während er zugleich auch lachte. »Rumänien, früher Moldau und Walachei. Es ist mir wirklich zu wenig.«

Das erste Coupé, das vorfuhr, war das seines ältesten Sohnes Otto, der sich selbständig etabliert und ganz am Ausgange der Köpnicker Straße, zwischen dem zur Pionierkaserne gehörigen Pontonhaus und dem Schlesischen Tor, einen Holzhof errichtet hatte, freilich von der höheren Observanz, denn es waren Farbehölzer, Fernambuk- und Campecheholz, mit denen er handelte. Seit etwa acht Jahren war er auch verheiratet. Im selben Augenblicke, wo der Wagen hielt, zeigte er sich seiner jungen Frau beim Aussteigen behülflich, bot ihr verbindlich den Arm und schritt, nach Passierung des Vorgartens, auf die Freitreppe zu, die zunächst zu einem verandaartigen Vorbau der väterlichen Villa hinaufführte. Der alte Kommerzienrat stand schon in der Glastür und empfing die Kinder mit der ihm eigenen Jovialität. Gleich darauf erschien auch die Kommerzienrätin aus dem seitwärts angrenzenden und nur durch eine Portière von dem großen Empfangssaal geschiedenen Zimmer und reichte der Schwiegertochter die Backe, während ihr Sohn Otto ihr die Hand küßte. »Gut, daß du kommst, Helene«, sagte sie mit einer glücklichen Mischung von Behaglichkeit und Ironie, worin sie, wenn sie wollte, Meisterin war. »Ich fürchtete schon, du würdest dich auch vielleicht behindert sehen.«

»Ach, Mama, verzeih... Es war nicht bloß des Plättags halber; unsere Köchin hat zum ersten Juni gekündigt, und wenn sie kein Interesse mehr haben, so sind sie so unzuverlässig; und auf Elisabeth ist nun schon gar kein Verlaß mehr. Sie ist ungeschickt bis zur Unschicklichkeit und hält die Schüsseln immer so dicht über den Schultern, besonders der Herren, als ob sie sich ausruhen wollte...«

Die Kommerzienrätin lächelte halb versöhnt, denn sie hörte gern dergleichen.

»...Und aufschieben«, fuhr Helene fort, »verbot sich auch. Mr. Nelson, wie du weißt, reist schon morgen abend wieder. Übrigens ein charmanter junger Mann, der euch gefallen wird. Etwas kurz und einsilbig, vielleicht weil er nicht recht weiß, ob er sich deutsch oder englisch ausdrücken soll; aber was er sagt, ist immer gut und hat ganz die Gesetztheit und Wohlerzogenheit, die die meisten Engländer haben. Und dabei immer wie aus dem Ei gepellt. Ich habe nie solche Manschetten gesehen, und es bedrückt mich geradezu, wenn ich dann sehe, womit sich mein armer Otto behelfen muß, bloß weil man die richtigen Kräfte beim besten Willen nicht haben kann. Und so sauber wie die Manschetten, so sauber ist alles an ihm, ich meine an Mr. Nelson, auch sein Kopf und sein Haar. Wahrscheinlich, daß er es mit Honey-water bürstet, oder vielleicht ist es auch bloß mit Hilfe von Shampooing.«

Der so rühmlich Gekennzeichnete war der nächste, der am Gartengitter erschien und schon im Herankommen die Kommerzienrätin einigermaßen in Erstaunen setzte. Diese hatte, nach der Schilderung ihrer Schwiegertochter, einen Ausbund von Eleganz erwartet; statt dessen kam ein Menschenkind daher, an dem, mit Ausnahme der von der jungen Frau Treibel gerühmten Manschettenspezialität, eigentlich alles die Kritik herausforderte. Den ungebürsteten Zylinder im Nacken und reisemäßig in einem gelb- und braunquadrierten Anzuge stekkend, stieg er, von links nach rechts sich wiegend, die Freitreppe herauf, und grüßte mit der bekannten heimatlichen Mischung von Selbstbewußtsein und Verlegenheit. Otto ging ihm entgegen, um ihn seinen Eltern vorzustellen.

»Mr. Nelson from Liverpool – derselbe, lieber Papa, mit dem ich...«

»Ah, Mr. Nelson. Sehr erfreut. Mein Sohn spricht noch oft von seinen glücklichen Tagen in Liverpool und von dem Ausfluge, den er damals mit Ihnen nach Dublin und, wenn ich nicht irre, auch nach Glasgow machte. Das geht jetzt ins neunte Jahr; Sie müssen damals noch sehr jung gewesen sein.«

»O nicht sehr jung, Mr. Treibel... about sixteen...«

»Nun, ich dächte doch, sechzehn...«

»Oh, sechzehn, nicht sehr jung... nicht für uns.«

Diese Versicherungen klangen um so komischer, als Mr. Nelson, auch jetzt noch, wie ein Junge wirkte. Zu weiteren Betrachtungen darüber war aber keine Zeit, weil eben jetzt eine Droschke zweiter Klasse vorfuhr, der ein langer, hagerer Mann in Uniform entstieg. Er schien Auseinandersetzungen mit dem Kutscher zu haben, während deren er übrigens eine beneidenswert sichere Haltung beobachtete, und nun rückte er sich zurecht und warf die Gittertür ins Schloß. Er war in Helm und Degen; aber ehe man noch der »Schilderhäuser« auf seiner Achselklappe gewahr werden konnte, stand es für jeden mit militärischem Blick nur einigermaßen Ausgerüsteten fest, daß er seit wenigstens dreißig Jahren außer Dienst sein müsse. Denn die Grandezza, mit der er daherkam, war mehr die Steifheit eines alten, irgendeiner ganz seltenen Sekte zugehörigen Torf- oder Salzinspektors als die gute Haltung eines Offiziers.

Alles gab sich mehr oder weniger automatenhaft, und der in zwei gewirbelten Spitzen auslaufende schwarze Schnurrbart wirkte nicht nur gefärbt, was er natürlich war, sondern zugleich auch wie angeklebt. Desgleichen der Henriquatre. Dabei lag sein Untergesicht im Schatten zweier vorspringender Bakkenknochen. Mit der Ruhe, die sein ganzes Wesen auszeichnete, stieg er jetzt die Freitreppe hinauf und schritt auf die Kommerzienrätin zu. »Sie haben befohlen, meine Gnädigste...« »Hoch erfreut, Herr Lieutenant...« Inzwischen war auch der alte Treibel herangetreten und sagte: »Lieber Vogelsang, erlauben Sie mir, daß ich Sie mit den Herrschaften bekannt mache; meinen Sohn Otto kennen Sie, aber nicht seine Frau, meine liebe Schwiegertochter, – Hamburgerin, wie Sie leicht erkennen werden... Und hier«, und dabei schritt er auf Mr. Nelson zu, der sich mit dem inzwischen ebenfalls erschienenen Leopold Treibel gemütlich und ohne jede Rücksicht auf den Rest der Gesellschaft unterhielt, »und hier ein junger lieber Freund unseres Hauses, Mr. Nelson from Liverpool.«

Vogelsang zuckte bei dem Worte »Nelson« zusammen und schien einen Augenblick zu glauben – denn er konnte die Furcht des Gefopptwerdens nie ganz loswerden –, daß man sich einen Witz mit ihm erlaube. Die ruhigen Mienen aller aber belehrten ihn bald eines Besseren, weshalb er sich artig verbeugte und zu dem jungen Engländer sagte: »Nelson. Ein großer Name. Sehr erfreut, Mr. Nelson.«

Dieser lachte dem alt und aufgesteift vor ihm stehenden Lieutenant ziemlich ungeniert ins Gesicht, denn solche komische Person war ihm noch gar nicht vorgekommen. Daß er in seiner Art ebenso komisch wirkte, dieser Grad der Erkenntnis lag ihm fern. Vogelsang biß sich auf die Lippen und befestigte sich, unter dem Eindruck dieser Begegnung, in der lang gehegten Vorstellung von der Impertinenz englischer Nation. Im übrigen war jetzt der Zeitpunkt da, wo das Eintreffen immer neuer Ankömmlinge von jeder anderen Betrachtung abzog und die Sonderbarkeiten eines Engländers rasch vergessen ließ.

Einige der befreundeten Fabrikbesitzer aus der Köpnicker Straße lösten in ihren Chaisen mit niedergeschlagenem Verdeck die, wie es schien, noch immer sich besinnende Vogelsangsche Droschke rasch und beinahe gewaltsam ab; dann kam Corinna samt ihrem Vetter Marcell Wedderkopp (beide zu Fuß), und schließlich fuhr Johann, der Kommerzienrat Treibelsche Kutscher, vor, und dem mit blauem Atlas ausgeschlagenen Landauer – derselbe, darin gestern die Kommerzienrätin ihren Besuch bei Corinna gemacht hatte – entstiegen zwei alte Damen, die von Johann mit ganz besonderem und beinahe überraschlichem Respekt behandelt wurden. Es erklärte sich dies aber einfach daraus, daß Treibel, gleich bei Beginn dieser ihm wichtigen und jetzt etwa um dritthalb Jahre zurückliegenden Bekanntschaft, zu seinem Kutscher gesagt hatte: »Johann, ein für allemal, diesen Damen gegenüber immer Hut in Hand. Das andere, du verstehst mich, ist *meine* Sache.« Dadurch waren die guten Manieren Johanns außer Frage gestellt. Beiden alten Damen ging Treibel jetzt bis in die Mitte des Vorgartens entgegen, und nach lebhaften Bekomplimentierungen, an denen auch die Kommerzienrätin teilnahm, stieg man wieder die Gartentreppe hinauf und trat, von der Veranda her, in den großen Empfangssalon ein, der bis dahin, weil das schöne Wetter zum Verweilen im Freien einlud, nur von wenigen betreten worden war. Fast alle kannten sich von früheren Treibelschen Diners her; nur Vogelsang und Nelson waren Fremde, was den partiellen Vorstellungsakt erneuerte. »Darf ich Sie«, wandte sich Treibel an die zuletzt erschienenen alten Damen, »mit zwei Herren bekannt machen, die mir heute zum ersten Male die Ehre ihres Besuchs geben: Lieutenant Vogelsang, Präsident unseres Wahlkomitees, und Mr. Nelson from Liverpool.« Man verneigte sich gegenseitig. Dann nahm Treibel Vogelsangs Arm und flüsterte diesem, um ihn einigermaßen zu orientieren, zu: »Zwei Damen vom Hofe; die korpulente: Frau Majorin von Ziegenhals, die *nicht*korpulente (worin Sie mir zustimmen werden): Fräulein Edwine von Bomst.«

»Merkwürdig«, sagte Vogelsang. »Ich würde, die Wahrheit zu gestehen...«

»Eine Vertauschung der Namen für angezeigt gehalten haben. Da treffen Sie's, Vogelsang. Und es freut mich, daß Sie ein Auge für solche Dinge haben. Da bezeugt sich das alte Lieutenantsblut. Ja, diese Ziegenhals; einen Meter Brustweite wird sie wohl haben, und es lassen sich allerhand Betrachtungen darüber anstellen, werden auch wohl seinerzeit angestellt worden sein. Im übrigen, es sind das so die scherzhaften Widerspiele, die das Leben erheitern. Klopstock war Dichter, und ein anderer, den ich noch persönlich gekannt habe, hieß Griepenkerl... Es trifft sich, daß uns beide Damen ersprießliche Dienste leisten können.«

»Wie das? wieso?«

»Die Ziegenhals ist eine rechte Cousine von dem Zossener Landesältesten, und ein Bruder der Bomst hat sich mit einer Pastorstochter aus der Storkower Gegend ehelich vermählt. Halbe Mesalliance, die wir ignorieren müssen, weil wir Vorteil daraus ziehen. Man muß, wie Bismarck, immer ein Dutzend Eisen im Feuer haben... Ah, Gott sei Dank. Johann hat den Rock gewechselt und gibt das Zeichen. Allerhöchste Zeit... Eine Viertelstunde warten, geht; aber zehn Minuten darüber ist zuviel... Ohne mich ängstlich zu belauschen, ich höre, wie der Hirsch nach Wasser schreit. Bitte, Vogelsang, führen Sie meine Frau... Liebe Corinna, bemächtigen Sie sich Nelsons... Victory and Westminster-Abbey: das Entern ist diesmal an Ihnen. Und nun, meine Damen... darf ich um Ihren Arm bitten, Frau Majorin?... und um den Ihren, mein gnädigstes Fräulein?«

Und die Ziegenhals am rechten, die Bomst am linken Arm, ging er auf die Flügeltür zu, die sich, während dieser seiner letzten Worte, mit einer gewissen langsamen Feierlichkeit geöffnet hatte.

DRITTES KAPITEL

Das Eßzimmer entsprach genau dem vorgelegenen Empfangszimmer und hatte den Blick auf den großen, parkartigen Hintergarten mit plätscherndem Springbrunnen, ganz in der Nähe des Hauses; eine kleine Kugel stieg auf dem Wasserstrahl auf und ab, und auf dem Querholz einer zur Seite stehenden Stange saß ein Kakadu und sah, mit dem bekannten Auge voll Tiefsinn, abwechselnd auf den Strahl mit der balancierenden

Kugel und dann wieder in den Eßsaal, dessen oberes Schiebefenster, der Ventilation halber, etwas herabgelassen war. Der Kronleuchter brannte schon, aber die niedrig geschraubten Flämmchen waren in der Nachmittagssonne kaum sichtbar und führten ihr schwaches Vorleben nur deshalb, weil der Kommerzienrat, um ihn selbst sprechen zu lassen, nicht liebte, »durch Manipulationen im Laternenansteckerstil in seiner Dinerstimmung gestört zu werden«. Auch der bei der Gelegenheit hörbar werdende kleine Puff, den er gern als »moderierten Salutschuß« bezeichnete, konnte seine Gesamtstellung zu der Frage nicht ändern. Der Speisesaal selbst war von schöner Einfachheit: gelber Stuck, in dem einige Reliefs eingelegt waren, reizende Arbeiten von Professor Franz. Seitens der Kommerzienrätin war, als es sich um diese Ausschmückung handelte, Reinhold Begas in Vorschlag gebracht, aber von Treibel, als seinen Etat überschreitend, abgelehnt worden. »Das ist für die Zeit, wo wir Generalkonsuls sein werden...« »Eine Zeit, die nie kommt«, hatte Jenny geantwortet. »Doch, doch Jenny; Teupitz-Zossen ist die erste Staffel dazu.« Er wußte, wie zweifelhaft seine Frau seiner Wahlagitation und allen sich daran knüpfenden Hoffnungen gegenüberstand, weshalb er gern durchklingen ließ, daß er von dem Baum seiner Politik auch für die weibliche Eitelkeit noch goldene Früchte zu heimsen gedenke.

Draußen setzte der Wasserstrahl sein Spiel fort. Drinnen im Saal aber, in der Mitte der Tafel, die statt der üblichen Riesenvase mit Flieder und Goldregen ein kleines Blumenparkett zeigte, saß der alte Treibel, neben sich die beiden adligen Damen, ihm gegenüber seine Frau zwischen Lieutenant Vogelsang und dem ehemaligen Opernsänger Adolar Krola. Krola war seit fünfzehn Jahren Hausfreund, worauf ihm dreierlei einen gleichmäßigen Anspruch gab: sein gutes Äußere, seine gute Stimme und sein gutes Vermögen. Er hatte sich nämlich kurz vor seinem Rücktritt von der Bühne mit einer Millionärstochter verheiratet. Allgemein zugestanden war er ein sehr liebenswürdiger Mann, was er vor manchen seiner ehemaligen Kollegen ebensosehr voraus hatte wie die mehr als gesicherte Finanzlage.

Frau Jenny präsentierte sich in vollem Glanz, und ihre Herkunft aus dem kleinen Laden in der Adlerstraße war in ihrer Erscheinung bis auf den letzten Rest getilgt. Alles wirkte reich und elegant; aber die Spitzen auf dem veilchenfarbenen Brokatkleide, soviel mußte gesagt werden, taten es nicht allein, auch nicht die kleinen Brillantohrringe, die bei jeder Bewegung hin- und herblitzten; nein, was ihr mehr als alles andere eine gewisse Vornehmheit lieh, war die sichere Ruhe, womit sie zwischen ihren Gästen thronte. Keine Spur von Aufregung gab sich zu erkennen, zu der allerdings auch keine Veranlassung vorlag. Sie wußte, was in einem reichen und auf Repräsentation gestellten Hause brauchbare Dienstleute bedeuten, und so wurde denn alles, was sich nach dieser Seite hin nur irgendwie bewährte, durch hohen Lohn und gute Behandlung festgehalten. Alles ging infolge davon wie am Schnürchen, auch heute wieder, und ein Blick Jennys regierte das Ganze, wobei das untergeschobene Luftkissen, das ihr eine dominierende Stellung gab, ihr nicht wenig zustatten kam. In ihrem Sicherheitsgefühl war sie zugleich die Liebenswürdigkeit selbst. Ohne Furcht, wirtschaftlich irgend etwas ins Stocken kommen zu sehen, konnte sie sich selbstverständlich auch den Pflichten einer gefälligen Unterhaltung widmen, und weil sie's störend empfinden mochte – den ersten Begrüßungsmoment abgerechnet –, zu keinem einzigen intimeren Gesprächsworte mit den adligen Damen gekommen zu sein, so wandte sie sich jetzt über den Tisch hin an die Bomst und fragte voll anscheinender oder vielleicht auch voll wirklicher Teilnahme: »Haben Sie, mein gnädigstes Fräulein, neuerdings etwas von Prinzeß Anisettchen gehört? Ich habe mich immer für diese junge Prinzessin lebhaft interessiert, ja, für die ganze Linie des Hauses. Sie soll glücklich verheiratet sein. Ich höre so gern von glücklichen Ehen, namentlich in der Obersphäre der Gesellschaft, und ich möchte dabei bemerken dürfen, es scheint mir eine törichte Annahme, daß auf den Höhen der Menschheit das Eheglück ausgeschlossen sein solle.«

»Gewiß«, unterbrach hier Treibel übermütig, »ein solcher Verzicht auf das denkbar Höchste …«

»Lieber Treibel«, fuhr die Rätin fort, »ich richtete mich an das Fräulein v. Bomst, das, bei jedem schuldigen Respekt vor deiner sonstigen Allgemeinkenntnis, mir in allem, was ›Hof‹ angeht, doch um ein Erhebliches kompetenter ist als du.«

»Zweifellos«, sagte Treibel. Und die Bomst, die dies eheliche Intermezzo mit einem sichtlichen Behagen begleitet hatte, nahm nun ihrerseits das Wort und erzählte von der Prinzessin, die ganz die Großmutter sei, denselben Teint und vor allem dieselbe gute Laune habe. Das wisse, soviel dürfe sie wohl sagen, niemand besser als sie, denn sie habe noch des Vorzugs genossen, unter den Augen der Hochseligen, die eigentlich ein Engel gewesen, ihr Leben bei Hofe beginnen zu dürfen, bei welcher Gelegenheit sie so recht die Wahrheit begriffen habe, daß die Natürlichkeit nicht nur das Beste, sondern auch das Vornehmste sei.

»Ja«, sagte Treibel, »das Beste und das Vornehmste. Da hörst du's, Jenny, von einer Seite her, die du, Pardon, mein gnädigstes Fräulein, eben selbst als ›kompetenteste Seite‹ bezeichnet hast.«

Auch die Ziegenhals mischte sich jetzt mit ein, und das Gesprächsinteresse der Kommerzienrätin, die, wie jede geborene Berlinerin, für Hof und Prinzessinnen schwärmte, schien sich mehr und mehr ihren beiden Visavis zuwenden zu wollen, als plötzlich ein leises Augenzwinkern Treibels ihr zu verstehen gab, daß auch noch andere Personen zu Tische säßen und daß des Landes der Brauch sei, sich, was Gespräch angehe, mehr mit seinem Nachbar zu Linken und Rechten als mit seinem Gegenüber zu beschäftigen. Die Kommerzienrätin erschrak denn auch nicht wenig, als sie wahrnahm, wie sehr Treibel mit seinem stillen, wenn auch halb scherzhaften Vorwurf im Rechte sei. Sie hatte Versäumtes nachholen wollen und war dadurch in eine neue, schwerere Versäumnis hineingeraten. Ihr linker Nachbar, Krola – nun, das mochte gehn, der war Hausfreund und harmlos und nachsichtig von Natur. Aber Vogelsang! Es kam ihr mit einem Male zum Bewußtsein, daß sie während des Prinzessinnengesprächs von der rechten Seite her immer etwas wie einen sich einbohrenden Blick empfunden hatte. Ja, das war Vogelsang gewesen, Vogelsang, dieser furchtbare Mensch, dieser Mephisto mit Hahnenfeder und

Hinkefuß, wenn auch beides nicht recht zu sehen war. Er war ihr widerwärtig, und doch mußte sie mit ihm sprechen; es war die höchste Zeit.

»Ich habe, Herr Lieutenant, von Ihren beabsichtigten Reisen in unsere liebe Mark Brandenburg gehört; Sie wollen bis an die Gestade der wendischen Spree vordringen, ja, noch darüber hinaus. Eine höchst interessante Gegend, wie mir Treibel sagt, mit allerlei Wendengöttern, die sich, bis diesen Tag, in dem finsteren Geiste der Bevölkerung aussprechen sollen.«

»Nicht, daß ich wüßte, meine Gnädigste.«

»So zum Beispiel in dem Städtchen Storkow, dessen Burgemeister, wenn ich recht unterrichtet bin, der Burgemeister Tschech war, jener politische Rechtsfanatiker, der auf König Friedrich Wilhelm IV. schoß, ohne Rücksicht auf die nebenstehende Königin. Es ist eine lange Zeit, aber ich entsinne mich der Einzelheiten, als ob es gestern gewesen wäre, und entsinne mich auch noch des eigentümlichen Liedes, das damals auf diesen Vorfall gedichtet wurde.«

»Ja«, sagte Vogelsang, »ein erbärmlicher Gassenhauer, darin ganz der frivole Geist spukte, der die Lyrik jener Tage beherrschte. Was sich anders in dieser Lyrik gibt, ganz besonders auch in dem in Rede stehenden Gedicht, ist nur Schein, Lug und Trug. ›Er erschoß uns auf ein Haar unser teures Königspaar.‹ Da haben Sie die ganze Perfidie. Das sollte loyal klingen und unter Umständen vielleicht auch den Rückzug dekken, ist aber schnöder und schändlicher als alles, was jene verlogene Zeit sonst noch hervorgebracht hat, den großen Hauptsünder auf diesem Gebiete nicht ausgenommen. Ich meine natürlich Herwegh, George Herwegh.«

»Ach, da treffen Sie mich, Herr Lieutenant, wenn auch ungewollt, an einer sehr empfindlichen Stelle. Herwegh war nämlich in der Mitte der vierziger Jahre, wo ich eingesegnet wurde, mein Lieblingsdichter. Es entzückte mich, weil ich immer sehr protestantisch fühlte, wenn er seine ›Flüche gegen Rom‹ herbeischleppte, worin Sie mir vielleicht beistimmen werden. Und ein anderes Gedicht, worin er uns aufforderte, die Kreuze aus der Erde zu reißen, las ich beinah mit gleichem Vergnügen. Ich muß freilich einräumen, daß es keine Lektüre für eine

Konfirmandin war. Aber meine Mutter sagte: ›Lies es nur, Jenny; der König hat es auch gelesen, und Herwegh war sogar bei ihm in Charlottenburg, und die besseren Klassen lesen es alle.‹ Meine Mutter, wofür ich ihr noch im Grabe danke, war immer für die besseren Klassen. Und das sollte jede Mutter, denn es ist bestimmend für unseren Lebensweg. Das Niedere kann dann nicht heran und bleibt hinter uns zurück.«

Vogelsang zog die Augenbrauen zusammen, und jeder, den die Vorstellung von seiner Mephistophelesschaft bis dahin nur gestreift hatte, hätte bei diesem Mienenspiel unwillkürlich nach dem Hinkefuß suchen müssen. Die Kommerzienrätin aber fuhr fort: »Im übrigen wird mir das Zugeständnis nicht schwer, daß die patriotischen Grundsätze, die der große Dichter predigte, vielleicht sehr anfechtbar waren. Wiewohl auch *das* nicht immer das Richtige ist, was auf der großen Straße liegt...«

Vogelsang, der stolz darauf war, durchaus eine Nebenstraße zu wandeln, nickte jetzt zustimmend.

»...Aber lassen wir die Politik, Herr Lieutenant. Ich gebe Ihnen Herwegh als politischen Dichter preis, da das Politische nur ein Tropfen fremden Blutes in seinen Adern war. Indessen groß ist er, wo er nur Dichter ist. Erinnern Sie sich? ›Ich möchte hingehn wie das Abendrot und wie der Tag mit seinen letzten Gluten...‹«

»›...Mich in den Schoß des Ewigen verbluten...‹ Ja, das kenn' ich, meine Gnädigste, das hab' ich damals auch nachgebetet. Aber wer sich, als es galt, durchaus nicht verbluten wollte, das war der Herr Dichter selbst. Und so wird es immer sein. Das kommt von den hohlen, leeren Worten und der Reimsucherei. Glauben Sie mir, Frau Rätin, das sind überwundene Standpunkte. Der Prosa gehört die Welt.«

»Jeder nach seinem Geschmack, Herr Lieutenant Vogelsang«, sagte die durch diese Worte verletzte Jenny. »Wenn Sie Prosa vorziehen, so kann ich Sie daran nicht hindern. Aber mir gilt die poetische Welt, und vor allem gelten mir auch die Formen, in denen das Poetische herkömmlich seinen Ausdruck findet. Ihm allein verlohnt es sich zu leben. Alles ist nichtig; am nichtigsten aber ist das, wonach alle Welt so begehrlich drängt:

äußerlicher Besitz, Vermögen, Gold. ›Gold ist nur Chimäre‹, da haben Sie den Ausspruch eines großen Mannes und Künstlers, der, seinen Glücksgütern nach, ich spreche von Meyerbeer, wohl in der Lage war, zwischen dem Ewigen und Vergänglichen unterscheiden zu können. Ich für meine Person verbleibe dem Ideal und werde nie darauf verzichten. Am reinsten aber hab' ich das Ideal im Liede, vor allem in dem Liede, das gesungen wird. Denn die Musik hebt es noch in eine höhere Sphäre. Habe ich recht, lieber Krola?«

Krola lächelte gutmütig verlegen vor sich hin, denn als Tenor und Millionär saß er zwischen zwei Stühlen. Endlich aber nahm er seiner Freundin Hand und sagte: »Jenny, wann hätten Sie je *nicht* recht gehabt?«

Der Kommerzienrat hatte sich mittlerweile ganz der Majorin von Ziegenhals zugewandt, deren »Hoftage« noch etwas weiter zurücklagen als die der Bomst. Ihm, Treibel, war dies natürlich gleichgültig; denn so sehr ihm ein gewisser Glanz paßte, den das Erscheinen der Hofdamen, trotz ihrer Außerdienststellung, seiner Gesellschaft immer noch lieh, so stand er doch auch wieder völlig darüber, ein Standpunkt, den ihm die beiden Damen selbst eher zum Guten als zum Schlechten anrechneten. Namentlich die den Freuden der Tafel überaus zugeneigte Ziegenhals nahm ihrem kommerzienrätlichen Freunde nichts übel, am wenigsten aber verdroß es sie, wenn er, außer Adels- und Geburtsfragen, allerlei Sittlichkeitsprobleme streifte, zu deren Lösung er sich, als geborener Berliner, besonders berufen fühlte. Die Majorin gab ihm dann einen Tipp mit dem Finger und flüsterte ihm etwas zu, das vierzig Jahre früher bedenklich gewesen wäre, *jetzt* aber – beide renommierten beständig mit ihrem Alter – nur Heiterkeit weckte. Meist waren es harmlose Sentenzen aus Büchmann oder andere geflügelte Worte, denen erst der Ton, aber dieser oft sehr entschieden, den erotischen Charakter aufdrückte.

»Sagen Sie, cher Treibel«, hob die Ziegenhals an, »wie kommen Sie zu dem Gespenst da drüben; er scheint noch ein Vorachtundvierziger; das war damals die Epoche des sonderbaren Lieutenants, aber dieser übertreibt es. Karikatur durch und durch. Entsinnen Sie sich noch eines Bildes aus jener Zeit, das den Don Quixote mit einer langen Lanze darstellte, dicke Bücher rings um sich her. Das ist er, wie er leibt und lebt.«

Treibel fuhr mit dem linken Zeigefinger am Innenrand seiner Krawatte hin und her und sagte: »Ja, wie ich zu ihm komme, meine Gnädigste. Nun, jedenfalls mehr der Not gehorchend als dem eigenen Triebe. Seine gesellschaftlichen Meriten sind wohl eigentlich gering, und seine menschlichen werden dasselbe Niveau haben. Aber er ist ein Politiker.«

»Das ist unmöglich. Er kann doch nur als Warnungsschatten vor den Prinzipien stehen, die das Unglück haben, von ihm vertreten zu werden. Überhaupt, Kommerzienrat, warum verirren Sie sich in die Politik? Was ist die Folge? Sie verderben sich Ihren guten Charakter, Ihre guten Sitten und Ihre gute Gesellschaft. Ich höre, daß Sie für Teupitz-Zossen kandidieren wollen. Nun meinetwegen. Aber wozu? Lassen Sie doch die Dinge gehen. Sie haben eine charmante Frau, gefühlvoll und hochpoetisch, und haben eine Villa wie diese, darin wir eben ein Ragout fin einnehmen, das seinesgleichen sucht, und haben draußen im Garten einen Springbrunnen und einen Kakadu, um den ich Sie beneiden könnte, denn meiner, ein grüner, verliert gerade die Federn und sieht aus wie die schlechte Zeit. Was wollen Sie mit Politik? was wollen Sie mit Teupitz-Zossen? Ja mehr, um Ihnen einen Vollbeweis meiner Vorurteilslosigkeit zu geben, was wollen Sie mit Konservatismus? Sie sind ein Industrieller und wohnen in der Köpnickerstraße. Lassen Sie doch diese Gegend ruhig bei Singer oder Ludwig Löwe, oder wer sonst hier gerade das Prä hat. Jeder Lebensstellung entsprechen auch bestimmte politische Grundsätze. Rittergutsbesitzer sind agrarisch, Professoren sind nationale Mittelpartei und Industrielle sind fortschrittlich. Seien Sie doch Fortschrittler. Was wollen Sie mit dem Kronenorden? Ich, wenn ich an Ihrer Stelle wäre, lancierte mich ins Städtische hinein und ränge nach der Bürgerkrone.«

Treibel, sonst unruhig, wenn einer lange sprach – was er nur sich selbst ausgiebig gestattete –, war diesmal doch aufmerksam gefolgt und winkte zunächst einen Diener heran, um der Majorin ein zweites Glas Chablis zu präsentieren. Sie nahm auch, er mit, und nun stieß er mit ihr an und sagte:

»Auf gute Freundschaft und noch zehn Jahre so wie heut! Aber das mit dem Fortschrittlertum und der Bürgerkrone – was ist da zu sagen, meine Gnädigste! Sie wissen, unsereins rechnet und rechnet und kommt aus der Regula-de-tri gar nicht mehr heraus, aus dem alten Ansatze: ›wenn das und das soviel bringt, wieviel bringt das und das.‹ Und sehen Sie, Freundin und Gönnerin, nach demselben Ansatz hab' ich mir auch den Fortschritt und den Konservatismus berechnet und bin dahinter gekommen, daß mir der Konservatismus, ich will nicht sagen mehr abwirft, das wäre vielleicht falsch, aber besser zu mir paßt, mir besser kleidet. Besonders seitdem ich Kommerzienrat bin, ein Titel von fragmentischem Charakter, der doch natürlich seiner Vervollständigung entgegensieht.«

»Ah, ich verstehe.«

»Nun sehen Sie, l'appétit vient en mangeant, und wer A sagt, will auch B sagen. Außerdem aber, ich erkenne die Lebensaufgabe des Weisen vor allen Dingen in Herstellung des sogenannten Harmonischen, und dies Harmonische, wie die Dinge nun mal liegen, oder vielleicht kann ich auch sagen, wie die Zeichen nun mal sprechen, schließt in meinem Spezialfalle die fortschrittliche Bürgerkrone so gut wie aus.«

»Sagen Sie das im Ernste?«

»Ja, meine Gnädigste. Fabriken im allgemeinen neigen der Bürgerkrone zu, Fabriken im besonderen aber – und dahin gehört ausgesprochenermaßen die meine – konstatieren den Ausnahmefall. Ihr Blick fordert Beweise. Nun denn, ich will es versuchen. Ich frage Sie, können Sie sich einen Handelsgärtner denken, der, sagen wir auf der Lichtenberger oder Rummelsburger Gemarkung, Kornblumen im großen zieht, Kornblumen, dies Symbol königlich preußischer Gesinnung, und der zugleich Petroleur und Dynamitarde ist? Sie schütteln den Kopf und bestätigen dadurch mein ›nein‹. Und nun frage ich Sie weiter, was sind alle Kornblumen der Welt gegen eine Berlinerblaufabrik? Im Berlinerblau haben Sie das symbolisch Preußische sozusagen in höchster Potenz, und je sicherer und unanfechtbarer das ist, desto unerläßlicher ist auch mein Verbleiben auf dem Boden des Konservatismus. Der Ausbau des Kommerzienrätlichen bedeutet in meinem Spezialfalle das natürlich Gegebene... jedenfalls mehr als die Bürgerkrone.«

Die Ziegenhals schien überwunden und lachte, während Krola, der mit halbem Ohr zugehört hatte, zustimmend nickte.

So ging das Gespräch in der Mitte der Tafel, aber noch heiterer verlief es am unteren Ende derselben, wo sich die junge Frau Treibel und Corinna gegenübersaßen, die junge Frau zwischen Marcell Wedderkopp und dem Referendar Enghaus, Corinna zwischen Mr. Nelson und Leopold Treibel, dem jüngeren Sohne des Hauses. An der Schmalseite des Tisches, mit dem Rücken gegen das breite Gartenfenster, war das Gesellschaftsfräulein, Fräulein Honig, plaziert worden, deren herbe Züge sich wie ein Protest gegen ihren Namen ausnahmen. Je mehr sie zu lächeln suchte, je sichtbarer wurde der sie verzehrende Neid, der sich nach rechts hin gegen die hübsche Hamburgerin, nach links hin, in fast noch ausgesprochenerer Weise, gegen Corinna richtete, diese halbe Kollegin, die sich trotzdem mit einer Sicherheit benahm, als ob sie die Majorin von Ziegenhals oder doch mindestens das Fräulein von Bomst gewesen wäre.

Die junge Frau Treibel sah sehr gut aus, blond, klar, ruhig. Beide Nachbarn machten ihr den Hof, Marcell freilich nur mit erkünsteltem Eifer, weil er eigentlich Corinna beobachtete, die sich aus dem einen oder andern Grunde die Eroberung des jungen Engländers vorgesetzt zu haben schien. Bei diesem Vorgehen voll Koketterie sprach sie übrigens so lebhaft, so laut, als ob ihr daran läge, daß jedes Wort auch von ihrer Umgebung und ganz besonders von ihrem Vetter Marcell gehört werde.

»Sie führen einen so schönen Namen«, wandte sie sich an Mr. Nelson, »so schön und berühmt, daß ich wohl fragen möchte, ob Ihnen nie das Verlangen gekommen ist...«

»O yes, yes...«

»...sich der Fernambuk- und Campecheholzbranche, darin Sie, soviel ich weiß, auch tätig sind, für immer zu entschlagen? Ich fühle deutlich, daß ich, wenn ich Nelson hieße, keine ruhige Stunde mehr haben würde, bis ich meine Battle at the

Nile ebenfalls geschlagen hätte. Sie kennen natürlich die Einzelheiten der Schlacht...«

»O, to be sure.«

»Nun, da wär' ich denn endlich – denn hierlandes weiß niemand etwas Rechtes davon – an der richtigen Quelle. Sagen Sie, Mr. Nelson, wie war das eigentlich mit der Idee, der Anordnung zur Schlacht? Ich habe die Beschreibung vor einiger Zeit im Walter Scott gelesen und war seitdem immer im Zweifel darüber, was eigentlich den Ausschlag gegeben habe, ob mehr eine geniale Disposition oder ein heroischer Mut...«

»I should rather think, a heroical courage... British oaks and british hearts...«

»Ich freue mich, diese Frage durch Sie beglichen zu sehen und in einer Weise, die meinen Sympathien entspricht. Denn ich bin für das Heroische, weil es so selten ist. Aber ich möchte doch auch annehmen, daß das geniale Kommando...«

»Certainly, Miss Corinna. No doubt... England expects that every man will do his duty...«

»Ja, das waren herrliche Worte, von denen ich übrigens bis heute geglaubt hatte, daß sie bei Trafalgar gesprochen seien. Aber warum nicht auch bei Abukir? Etwas Gutes kann immer zweimal gesagt werden. Und dann... eigentlich ist eine Schlacht wie die andere, besonders Seeschlachten – ein Knall, eine Feuersäule, und alles geht in die Luft. Es muß übrigens großartig sein und entzückend für alle die, die zusehen können; ein wundervoller Anblick.«

»O, splendid...«

»Ja, Leopold«, fuhr Corinna fort, indem sie sich plötzlich an ihren andern Tischnachbar wandte, »da sitzen Sie nun und lächeln. Und warum lächeln Sie? Weil Sie hinter diesem Lächeln Ihre Verlegenheit verbergen wollen. Sie haben eben nicht jene ›heroical courage‹, zu der sich dear Mr. Nelson so bedingungslos bekannt hat. Ganz im Gegenteil. Sie haben sich aus Ihres Vaters Fabrik, die doch in gewissem Sinne, wenn auch freilich nur geschäftlich, die Blut- und Eisentheorie vertritt – ja, es klang mir vorhin fast, als ob Ihr Papa der Frau Majorin von Ziegenhals etwas von diesen Dingen erzählt hätte –, Sie haben sich, sag' ich, aus dem Blutlaugenhof, in dem Sie verbleiben mußten, in den Holzhof Ihres Bruders Otto zurückgezogen. Das war nicht gut, auch wenn es Fernambukholz ist. Da sehen Sie meinen Vetter Marcell drüben, der schwört jeden Tag, wenn er mit seinen Hanteln umherficht, daß es auf das Reck und das Turnen ankomme, was ihm ein für allemal die Heldenschaft bedeutet, und daß Vater Jahn doch schließlich noch über Nelson geht.«

Marcell drohte halb ernst-, halb scherzhaft mit dem Finger zu Corinna hinüber und sagte: »Cousine, vergiß nicht, daß der Repräsentant einer andern Nation dir zur Seite sitzt und daß du die Pflicht hast, einigermaßen für deutsche Weiblichkeit einzutreten.«

»O, no, no«, sagte Nelson: »Nichts Weiblichkeit; always quick and clever..., das is, was wir lieben an deutsche Frauen. Nichts Weiblichkeit. Fräulein Corinna is quite in the right way.«

»Da hast du's, Marcell. Mr. Nelson, für den du so sorglich eintrittst, damit er nicht falsche Bilder mit in sein meerumgürtetes Albion hinübernimmt, Mr. Nelson läßt dich im Stich, und Frau Treibel, denk' ich, läßt dich auch im Stich und Herr Enghaus auch und mein Freund Leopold auch. Und so bin ich gutes Muts, und bleibt nur noch Fräulein Honig...«

Diese verneigte sich und sagte: »Ich bin gewohnt, mit der Majorität zu gehen«, und ihre ganze Verbittertheit lag in diesem Tone der Zustimmung.

»Ich will mir meines Vetters Mahnung aber doch gesagt sein lassen«, fuhr Corinna fort. »Ich bin etwas übermütig, Mr. Nelson, und außerdem aus einer plauderhaften Familie...«

»Just what I like, Miss Corinna. ›Plauderhafte Leute, gute Leute‹, so sagen wir in England.«

»Und das sag' ich auch, Mr. Nelson. Können Sie sich einen immer plaudernden Verbrecher denken?«

»O, no; certainly not...«

»Und zum Zeichen, daß ich, trotz ewigen Schwatzens, doch eine weibliche Natur und eine richtige Deutsche bin, soll Mr. Nelson von mir hören, daß ich auch noch nebenher kochen, nähen und plätten kann und daß ich im Lette-Verein die Kunststopferei gelernt habe. Ja, Mr. Nelson, so steht es mit mir. Ich bin ganz deutsch und ganz weiblich, und bleibt eigentlich nur noch die Frage: kennen Sie den Lette-Verein und kennen Sie die Kunststopferei?«

»No, Fräulein Corinna, neither the one nor the other.«

»Nun sehen Sie, dear Mr. Nelson, der Lette-Verein ist ein Verein oder ein Institut oder eine Schule für weibliche Handarbeit. Ich glaube sogar nach englischem Muster, was noch ein besonderer Vorzug wäre.«

»Not at all; German schools are always to be preferred.«

»Wer weiß, ich möchte das nicht so schroff hinstellen. Aber lassen wir das, um uns mit dem weit Wichtigeren zu beschäftigen, mit der Kunststopfereifrage. Das ist wirklich was. Bitte, wollen Sie zunächst das Wort nachsprechen...«

Mr. Nelson lächelte gutmütig vor sich hin.

»Nun, ich sehe, daß es Ihnen Schwierigkeiten macht. Aber diese Schwierigkeiten sind nichts gegen die der Kunststopferei selbst. Sehen Sie, hier ist mein Freund Leopold Treibel und trägt, wie Sie sehen, einen untadeligen Rock mit einer doppelten Knopfreihe, und auch wirklich zugeknöpft, ganz wie es sich für einen Gentleman und einen Berliner Kommerzienratssohn geziemt. Und ich taxiere den Rock auf wenigstens hundert Mark.«

»Überschätzung.«

»Wer weiß. Du vergißt, Marcell, daß es verschiedene Skalen auch auf diesem Gebiete gibt, eine für Oberlehrer und eine für Kommerzienräte. Doch lassen wir die Preisfrage. Jedenfalls ein feiner Rock, prima. Und nun, wenn wir aufstehen, Mr. Nelson, und die Zigarren herumgereicht werden – ich denke, Sie rauchen doch –, werde ich Sie um Ihre Zigarre bitten und meinem Freunde Leopold Treibel ein Loch in den Rock brennen, hier gerade, wo sein Herz sitzt, und dann werd' ich den Rock in einer Droschke mit nach Hause nehmen, und morgen um dieselbe Zeit wollen wir uns hier im Garten wieder versammeln und um das Bassin herum Stühle stellen, wie bei einer Aufführung. Und der Kakadu kann auch dabei sein. Und dann werd' ich auftreten wie eine Künstlerin, die ich in der Tat auch bin, und werde den Rock herumgehen lassen, und wenn Sie, dear Mr. Nelson, dann noch imstande sind, die

Stelle zu finden, wo das Loch war, so will ich Ihnen einen Kuß geben und Ihnen als Sklavin nach Liverpool hin folgen. Aber es wird nicht dazu kommen. Soll ich sagen leider? Ich habe zwei Medaillen als Kunststopferin gewonnen, und Sie werden die Stelle sicherlich *nicht* finden...«

»O, ich werde finden, no doubt, I will find it«, entgegnete Mr. Nelson leuchtenden Auges, und weil er seiner immer wachsenden Bewunderung, passend oder nicht, einen Ausdruck geben wollte, schloß er, mit einem in kurzen Ausrufungen gehaltenen Hymnus auf die Berlinerinnen und der sich daran anschließenden und mehrfach wiederholten Versicherung, daß sie decidedly clever seien.

Leopold und der Referendar vereinigten sich mit ihm in diesem Lob, und selbst Fräulein Honig lächelte, weil sie sich als Landsmännin mitgeschmeichelt fühlen mochte. Nur im Auge der jungen Frau Treibel sprach sich eine leise Verstimmung darüber aus, eine Berlinerin und kleine Professorstochter in dieser Weise gefeiert zu sehen. Auch Vetter Marcell, sosehr er zustimmte, war nicht recht zufrieden, weil er davon ausging, daß seine Cousine ein solches Hasten und Sich-in-Szene-Setzen nicht nötig habe; sie war ihm zu schade für die Rolle, die sie spielte. Corinna ihrerseits sah auch ganz deutlich, was in ihm vorging, und würde sich ein Vergnügen daraus gemacht haben, ihn zu necken, wenn nicht in ebendiesem Momente – das Eis wurde schon herumgereicht – der Kommerzienrat an das Glas geklopft und sich, um einen Toast auszubringen, von seinem Platz erhoben hätte: »Meine Herren und Damen, Ladies and Gentlemen...«

»Ah, *das* gilt Ihnen«, flüsterte Corinna Mr. Nelson zu.

»...Ich bin«, fuhr Treibel fort, »an dem Hammelrücken vorübergegangen und habe diese verhältnismäßig späte Stunde für einen meinerseits auszubringenden Toast herankommen lassen – eine Neuerung, die mich in diesem Augenblicke freilich vor die Frage stellt, ob der Schmelzezustand eines rot und weißen Panaché nicht noch etwas Vermeidenswerteres ist als der Hammelrücken im Zustande der Erstarrung...«

»O, wonderfully good...«

»... Wie dem aber auch sein möge, jedenfalls gibt es zurzeit nur *ein* Mittel, ein vielleicht schon angerichtetes Übel auf ein Mindestmaß herabzudrücken: Kürze. Genehmigen Sie denn, meine Herrschaften, in Ihrer Gesamtheit meinen Dank für Ihr Erscheinen, und gestatten Sie mir des ferneren und im besonderen Hinblick auf zwei liebe Gäste, die hier zu sehen ich heute zum ersten Male die Ehre habe, meinen Toast in die britischerseits nahezu geheiligte Formel kleiden zu dürfen: ›on our army and navy‹, auf Heer und Flotte also, die wir das Glück haben, hier an dieser Tafel, *einer*seits (er verbeugte sich gegen Vogelsang) durch Beruf und Lebensstellung, *anderer*seits (Verbeugung gegen Nelson) durch einen weltberühmten Heldennamen vertreten zu sehen. Noch einmal also: ›our army and navy!‹ Es lebe Lieutenant Vogelsang, es lebe Mr. Nelson.«

Der Toast fand allseitige Zustimmung, und der in eine nervöse Unruhe geratene Mr. Nelson wollte sofort das Wort nehmen, um zu danken. Aber Corinna hielt ihn ab, Vogelsang sei der ältere und würde vielleicht den Dank für ihn mit aussprechen.

»O, no, no, Fräulein Corinna, not he... not such an ugly old fellow... please, look at him«, und der zapplige Heldennamensvetter machte wiederholte Versuche, sich von seinem Platze zu erheben und zu sprechen. Aber Vogelsang kam ihm wirklich zuvor, und nachdem er den Bart mit der Serviette geputzt und in nervöser Unruhe seinen Waffenrock erst auf- und dann wieder zugeknöpft hatte, begann er mit einer an Komik streifenden Würde: »Meine Herren. Unser liebenswürdiger Wirt hat die Armee leben lassen und mit der Armee meinen Namen verknüpft. Ja, meine Herren, ich *bin* Soldat...«

»O, for shame!« brummte der über das wiederholte ›meine Herren‹ und das gleichzeitige Unterschlagen aller anwesenden Damen aufrichtig empörte Mr. Nelson, »o, for shame«, und ein Kichern ließ sich allerseits hören, das auch anhielt, bis des Redners immer finsterer werdendes Augenrollen eine wahre Kirchenstille wiederhergestellt hatte. Dann erst fuhr dieser fort: »Ja, meine Herren, ich *bin* Soldat... Aber mehr als das, ich bin auch Streiter im Dienst einer Idee. Zwei große Mächte sind es, denen ich diene: Volkstum und Königtum. Alles andere stört, schädigt, verwirrt. Englands Aristokratie, die mir, von meinem Prinzip ganz abgesehen, auch persönlich widerstreitet, veranschaulicht eine solche Schädigung, eine solche Verwirrung; ich verabscheue Zwischenstufen und überhaupt die feudale Pyramide. Das sind Mittelalterlichkeiten. Ich erkenne mein Ideal in einem Plateau, mit einem einzigen, aber alles überragenden Pic.«

Die Ziegenhals wechselte hier Blicke mit Treibel.

»... Alles sei von Volkesgnaden, bis zu der Stelle hinauf, wo die Gottesgnadenschaft beginnt. Dabei streng geschiedene Machtbefugnisse. Das Gewöhnliche, das Massenhafte, werde bestimmt durch die Masse, das Ungewöhnliche, das Große, werde bestimmt durch das Große. Das ist Thron und Krone. Meiner politischen Erkenntnis nach ruht alles Heil, alle Besserungsmöglichkeit in der Aufrichtung einer Royaldemokratie, zu der sich, soviel ich weiß, auch unser Kommerzienrat bekennt. Und in diesem Gefühle, darin wir uns eins wissen, erhebe ich das Glas und bitte Sie, mit mir auf das Wohl unseres hochverehrten Wirtes zu trinken, zugleich unseres Gonfaloniere, der uns die Fahne trägt. Unser Kommerzienrat Treibel, er lebe hoch!«

Alles erhob sich, um mit Vogelsang anzustoßen und ihn als Erfinder der Royaldemokratie zu beglückwünschen. Einige konnten als aufrichtig entzückt gelten, besonders das Wort »Gonfaloniere« schien gewirkt zu haben, andere lachten still in sich hinein, und nur drei waren direkt unzufrieden: Treibel, weil er sich von den eben entwickelten Vogelsangschen Prinzipien praktisch nicht viel versprach, die Kommerzienrätin, weil ihr das Ganze nicht fein genug vorkam, und drittens Mr. Nelson, weil er sich aus dem gegen die englische Aristokratie gerichteten Satze Vogelsangs einen neuen Haß gegen eben diesen gesogen hatte. »Stuff and nonsense! What does he know of our aristocracy? To be sure, he doesn't belong to it; – that's all.«

»Ich weiß doch nicht«, lachte Corinna. »Hat er nicht was von einem Peer of the Realm?«

Nelson vergaß über dieser Vorstellung beinahe all seinen Groll und bot Corinna, während er eine Knackmandel von einem der Tafelaufsätze nahm, eben ein Vielliebchen an, als die Kommerzienrätin den Stuhl schob und dadurch das Zeichen zur Aufhebung der Tafel gab. Die Flügeltüren öffneten sich, und in derselben Reihenfolge, wie man zu Tisch gegangen war, schritt man wieder auf den mittlerweile gelüfteten Frontsaal zu, wo die Herren, Treibel an der Spitze, den älteren und auch einigen jüngeren Damen respektvoll die Hand küßten.

Nur Mr. Nelson verzichtete darauf, weil er die Kommerzienrätin »a little pompous« und die beiden Hofdamen »a little ridiculous« fand, und begnügte sich, an Corinna herantretend, mit einem kräftigen »shaking hands«.

VIERTES KAPITEL

Die große Glastür, die zur Freitreppe führte, stand auf; dennoch war es schwül, und so zog man es vor, den Kaffee draußen zu nehmen, die einen auf der Veranda, die andern im Vorgarten selbst, wobei sich die Tischnachbarn in kleinen Gruppen wieder zusammenfanden und weiterplauderten. Nur als sich die beiden adligen Damen von der Gesellschaft verabschiedeten, unterbrach man sich in diesem mit Medisance reichlich gewürzten Gespräch und sah eine kleine Weile dem Landauer nach, der, die Köpnickerstraße hinauf, erst auf die Frau von Ziegenhalssche Wohnung, in unmittelbarer Nähe der Marschallsbrücke, dann aber auf Charlottenburg zu fuhr, wo die seit fünfunddreißig Jahren in einem Seitenflügel des Schlosses einquartierte Bomst ihr Lebensglück und zugleich ihren besten Stolz aus der Betrachtung zog, in erster Zeit mit des hochseligen Königs Majestät, dann mit der Königin Witwe, und zuletzt mit den Meiningenschen Herrschaften dieselbe Luft geatmet zu haben. Es gab ihr all das etwas Verklärtes, was auch zu ihrer Figur paßte.

Treibel, der die Damen bis an den Wagenschlag begleitet, hatte mittlerweile, vom Straßendamm her, die Veranda wieder erreicht, wo Vogelsang, etwas verlassen, aber mit uneingebüßter Würde, seinen Platz behauptete. »Nun ein Wort unter uns, Lieutenant, aber nicht hier; ich denke, wir absentieren uns einen Augenblick und rauchen ein Blatt, das nicht alle Tage wächst, und namentlich nicht überall.« Dabei nahm er Vogelsang unter den Arm und führte den Gerngehorchenden in sein neben dem Saale gelegenes Arbeitszimmer, wo der geschulte, diesen Lieblingsmoment im Dinerleben seines Herrn von lang her kennende Diener bereits alles zurechtgestellt hatte: das Zigarrenkistchen, den Likörkasten und die Karaffe mit Eiswasser. Die gute Schulung des Dieners beschränkte sich aber nicht auf diese Vorarrangements, vielmehr stand er im selben Augenblick, wo beide Herren ihre Plätze genommen hatten, auch schon mit dem Tablett vor ihnen und präsentierte den Kaffee.

»Das ist recht, Friedrich, auch der Aufbau hier, alles zu meiner Zufriedenheit; aber gib doch lieber die andere Kiste her, die flache. Und dann sage meinem Sohn Otto, ich ließe ihn bitten... Ihnen doch recht, Vogelsang? Oder wenn du Otto nicht triffst, so bitte den Polizeiassessor, ja, lieber *den*, er weiß doch besser Bescheid. Sonderbar, alles, was in der Molkenmarktluft großgeworden, ist dem Rest der Menschheit um ein Beträchtliches überlegen. Und dieser Goldammer hat nun gar noch den Vorteil, ein richtiger Pastorssohn zu sein, was all seinen Geschichten einen eigentümlich pikanten Beigeschmack gibt.« Und dabei klappte Treibel den Kasten auf und sagte: »Kognak oder Allasch? Oder das eine tun und das andere nicht lassen?«

Vogelsang lächelte, schob den Zigarrenabknipser ziemlich demonstrativ beiseite und biß die Spitze mit seinen Raffzähnen ab. Dann griff er nach einem Streichhölzchen. Im übrigen schien er abwarten zu wollen, womit Treibel beginnen würde. Der ließ denn auch nicht lange warten: »Eh bien, Vogelsang, wie gefielen Ihnen die beiden alten Damen? Etwas Feines, nicht wahr? Besonders die Bomst. Meine Frau würde sagen: ätherisch. Nun, durchsichtig genug ist sie. Aber offen gestanden, die Ziegenhals ist mir lieber, drall und prall, kapitales Weib, und muß ihrerzeit ein geradezu formidables Festungsviereck gewesen sein. Rasse, Temperament, und wenn ich recht gehört habe, so pendelt ihre Vergangenheit zwischen verschiedenen kleinen Höfen hin und her. Lady Milford, aber weniger sentimental. Alles natürlich alte Geschichten, alles beglichen, man könnte beinahe sagen, schade. Den Sommer über ist sie jetzt regelmäßig bei den Kraczinskis, in der Zossener Gegend; weiß der Teufel, wo seit kurzem all die polnischen Namen herkommen. Aber schließlich ist es gleichgültig. Was meinen Sie, wenn ich die Ziegenhals, in Anbetracht dieser Kraczinskischen Bekanntschaft, unsern Zwecken dienstbar zu machen suchte?«

»Kann zu nichts führen.«

»Warum nicht? Sie vertritt einen richtigen Standpunkt.«

»Ich würde mindestens sagen müssen, einen *nicht* richtigen.«

»Wieso?«

»Sie vertritt einen durchaus beschränkten Standpunkt, und wenn ich das Wort wähle, so bin ich noch ritterlich. Übrigens wird mit diesem ›ritterlich‹ ein wachsender und geradezu horrender Mißbrauch getrieben; ich glaube nämlich nicht, daß unsere Ritter sehr ritterlich, das heißt ritterlich im Sinne von artig und verbindlich, gewesen sind. Alles bloß historische Fälschungen. Und was diese Ziegenhals angeht, die wir uns, wie Sie sagen, dienstbar machen sollen, so vertritt sie natürlich den Standpunkt des Feudalismus, den der Pyramide. Daß sie zum Hofe steht, ist gut und ist das, was sie mit uns verbindet; aber das ist nicht genug. Personen wie diese Majorin und selbstverständlich auch ihr adliger Anhang, gleichviel ob er polnischen oder deutschen Ursprungs ist – alle leben mehr oder weniger in einem Wust von Einbildungen, will sagen von mittelalterlichen Standesvorurteilen, und das schließt ein Zusammengehen aus, trotzdem wir die Königsfahne mit ihnen gemeinsam haben. Aber diese Gemeinsamkeit frommt nicht, schadet uns nur. Wenn wir rufen: ›Es lebe der König‹, so geschieht es, vollkommen selbstsuchtslos, um einem großen Prinzip die Herrschaft zu sichern; für mich bürge ich, und ich hoffe, daß ich es auch für *Sie* kann …«

»Gewiß, Vogelsang, gewiß.«

»Aber diese Ziegenhals – von der ich beiläufig fürchte, daß Sie nur zu sehr recht haben mit der von Ihnen angedeuteten, wenn auch, Gott sei Dank, weit zurückliegenden Auflehnung gegen Moral und gute Sitte – diese Ziegenhals und ihresgleichen, wenn die rufen: ›Es lebe der König‹, so heißt das immer nur, es lebe der, der für uns sorgt, unser Nährvater; sie kennen nichts als ihren Vorteil. Es ist ihnen versagt, in einer Idee aufzugehen, und sich auf Personen stützen, die nur *sich* kennen, das heißt unsre Sache verloren geben. Unsre Sache besteht nicht bloß darin, den fortschrittlichen Drachen zu bekämpfen, sie besteht auch in der Bekämpfung des Vampir-Adels, der immer bloß saugt und saugt. Weg mit der ganzen Interessenpolitik. In dem Zeichen absoluter Selbstlosigkeit müssen wir siegen, und dazu brauchen wir das Volk, nicht das Quitzowtum, das seit dem gleichnamigen Stücke wieder obenauf ist und das Heft in die Hände nehmen möchte. Nein, Kommerzienrat, nichts von Pseudo-Konservatismus, kein Königtum auf falscher Grundlage; das Königtum, wenn wir es konservieren wollen, muß auf etwas Soliderem ruhen als auf einer Ziegenhals oder einer Bomst.«

»Nun, hören Sie, Vogelsang, die Ziegenhals wenigstens...«

Und Treibel schien ernstlich gewillt, diesen Faden, der ihm paßte, weiterzuspinnen. Aber ehe er dazu kommen konnte, trat der Polizeiassessor vom Salon her ein, die kleine Meißner Tasse noch in der Hand, und nahm zwischen Treibel und Vogelsang Platz. Gleich nach ihm erschien auch Otto, vielleicht von Friedrich benachrichtigt, vielleicht auch aus eigenem Antriebe, weil er von langer Zeit her die der Erotik zugewendeten Wege kannte, die Goldammer, bei Likör und Zigarren, regelmäßig und meist sehr rasch, so daß jede Versäumnis sich strafte, zu wandeln pflegte.

Der alte Treibel wußte dies selbstverständlich noch viel besser, hielt aber ein auch seinerseits beschleunigtes Verfahren doch für angezeigt, und hob deshalb ohne weiteres an: »Und nun sagen Sie, Goldammer, was gibt es? Wie steht es mit dem Lützowplatz? Wird die Panke zugeschüttet, oder, was so ziemlich dasselbe sagen will, wird die Friedrichstraße sittlich gereinigt? Offen gestanden, ich fürchte, daß unsre pikanteste Verkehrsader nicht allzuviel dabei gewinnen wird; sie wird um ein Geringes moralischer und um ein Beträchtliches langweiliger werden. Da das Ohr meiner Frau bis hierher nicht trägt, so läßt sich dergleichen allenfalls aufs Tapet bringen; im übrigen soll Ihnen meine gesamte Fragerei keine Grenzen ziehen. Je freier, je besser. Ich habe lange genug gelebt, um zu wissen, daß alles, was aus einem Polizeimunde kommt, immer Stoff ist, immer frische Brise, freilich mitunter auch Scirocco, ja geradezu Samum. Sagen wir Samum. Also was schwimmt obenauf?«

»Eine neue Soubrette.«

»Kapital. Sehen Sie, Goldammer, jede Kunstrichtung ist gut, weil jede das Ideal im Auge hat. Und das Ideal ist die Hauptsache, soviel weiß ich nachgerade von meiner Frau. Aber das Idealste bleibt doch immer eine Soubrette. Name?«

»Grabillon. Zierliche Figur, etwas großer Mund, Leberfleck.«

»Um Gotteswillen, Goldammer, das klingt ja wie ein Steckbrief. Übrigens Leberfleck ist reizend; großer Mund Geschmackssache. Und Protégée von wem?«

Goldammer schwieg.

»Ah, ich verstehe. Obersphäre. Je höher hinauf, je näher dem Ideal. Übrigens da wir mal bei Obersphäre sind, wie steht es denn mit der Grußgeschichte? Hat er wirklich nicht gegrüßt? Und ist es wahr, daß er, natürlich der Nichtgrüßer, einen Urlaub hat antreten müssen? Es wäre eigentlich das beste, weil es so nebenher einer Absage gegen den ganzen Katholizismus gleichkäme, sozusagen zwei Fliegen mit einer Klappe.«

Goldammer, heimlicher Fortschrittler, aber offener Antikatholik, zuckte die Achseln und sagte: »So gut steht es leider nicht und kann auch nicht. Die Macht der Gegenströmung ist zu stark. Der, der den Gruß verweigerte, wenn Sie wollen der Wilhelm Tell der Situation, hat zu gute Rückendeckung. Wo? Nun, das bleibt in der Schwebe; gewisse Dinge darf man nicht bei Namen nennen, und ehe wir nicht der bekannten Hydra den Kopf zertreten oder, was dasselbe sagen will, dem altenfritzischen ›Écrasez l'infâme‹ zum Siege verholfen haben...«

In diesem Augenblicke hörte man nebenan singen, eine bekannte Komposition, und Treibel, der eben eine neue Zigarre nehmen wollte, warf sie wieder in das Kistchen zurück und sagte: »Meine Ruh' ist hin... Und mit der Ihrigen, meine Herren, steht es nicht viel besser. Ich glaube, wir müssen wieder bei den Damen erscheinen, um an der Ära Adolar Krola teilzunehmen. Denn *die* beginnt jetzt.«

Damit erhoben sich alle vier und kehrten unter Vortritt

Treibels in den Saal zurück, wo wirklich Krola am Flügel saß und seine drei Hauptstücke, mit denen er rasch hintereinander aufzuräumen pflegte, vollkommen virtuos, aber mit einer gewissen absichtlichen Klapprigkeit zum besten gab. Es waren: »Der Erlkönig«, »Herr Heinrich saß am Vogelherd« und »Die Glocken von Speyer«. Diese letztere Nummer, mit dem geheimnisvoll einfallenden Glockenbimbam, machte jedesmal den größten Eindruck und bestimmte selbst Treibel zu momentan ruhigem Zuhören. Er sagte dann auch wohl mit einer gewissen höheren Miene: »Von Löwe, ex ungue Leonem; das heißt von Karl Löwe, Ludwig komponiert nicht.«

Viele von denen, die den Kaffee im Garten oder auf der Veranda genommen hatten, waren, gleich als Krola begann, ebenfalls in den Saal getreten, um zuzuhören, andere dagegen, die die drei Balladen schon von zwanzig Treibelschen Diners her kannten, hatten es doch vorgezogen, im Freien zu bleiben und ihre Gartenpromenade fortzusetzen, unter ihnen auch Mr. Nelson, der, als ein richtiger Vollblut-Engländer, musikalisch auf schwächsten Füßen stand und rundheraus erklärte, das liebste sei ihm ein Nigger mit einer Pauke zwischen den Beinen: »I can't see, what it means; music is nonsense.« So ging er denn mit Corinna auf und ab, Leopold an der anderen Seite, während Marcell mit der jungen Frau Treibel in einiger Entfernung folgte, beide sich über Nelson und Leopold halb ärgernd, halb erheiternd, die, wie schon bei Tische, von Corinna nicht los konnten.

Es war ein prächtiger Abend draußen, von der Schwüle, die drinnen herrschte, keine Spur, und schräg über den hohen Pappeln, die den Hintergarten von den Fabrikgebäuden abschnitten, stand die Mondsichel; der Kakadu saß ernst und verstimmt auf seiner Stange, weil es versäumt worden war, ihn zu rechter Zeit in seinen Käfig zurückzunehmen, und nur der Wasserstrahl stieg so lustig in die Höhe wie zuvor.

»Setzen wir uns«, sagte Corinna, »wir promenieren schon, ich weiß nicht wie lange«, und dabei ließ sie sich ohne weiteres auf den Rand der Fontaine nieder. »Take a seat, Mr. Nelson. Sehen Sie nur den Kakadu, wie bös er aussieht. Er ist ärgerlich, daß sich keiner um ihn kümmert.«

»To be sure, und sieht aus wie Lieutenant Sangevogel. Doesn't he?«

»Wir nennen ihn für gewöhnlich Vogelsang. Aber ich habe nichts dagegen, ihn umzutaufen. Helfen wird es freilich nicht viel.«

»No, no, there's no help for him; Vogelsang, ah, ein häßlicher Vogel, kein Singevogel, no finch, no trussel.«

»Nein, er ist bloß ein Kakadu, ganz wie Sie sagen.«

Aber kaum, daß dies Wort gesprochen war, so folgte nicht nur ein lautes Kreischen von der Stange her, wie wenn der Kakadu gegen den Vergleich protestieren wolle, sondern auch Corinna schrie laut auf, freilich nur, um im selben Augenblicke wieder in ein helles Lachen auszubrechen, in das gleich danach auch Leopold und Mr. Nelson einstimmten. Ein plötzlich sich aufmachender Windstoß hatte nämlich dem Wasserstrahl eine Richtung genau nach der Stelle hin gegeben, wo sie saßen, und bei der Gelegenheit allesamt, den Vogel auf seiner Stange mit eingeschlossen, mit einer Flut von Spritzwasser überschüttet. Das gab nun ein Klopfen und Abschütteln, an dem auch der Kakadu teilnahm, freilich ohne seinerseits seine Laune dabei zu verbessern.

Drinnen hatte Krola mittlerweile sein Programm beendet und stand auf, um andern Kräften den Platz einzuräumen. Es sei nichts mißlicher als ein solches Kunstmonopol; außerdem dürfe man nicht vergessen, der Jugend gehöre die Welt. Dabei verbeugte er sich huldigend gegen einige junge Damen, in deren Familien er ebenso verkehrte wie bei den Treibels. Die Kommerzienrätin ihrerseits aber übertrug diese ganz allgemein gehaltene Huldigung gegen die Jugend in ein bestimmteres Deutsch und forderte die beiden Fräulein Felgentreus auf, doch einige der reizenden Sachen zu singen, die sie neulich, als Ministerialdirektor Stoeckenius in ihrem Hause gewesen, so schön vorgetragen hätten; Freund Krola werde gewiß die Güte haben, die Damen am Klavier zu begleiten. Krola, sehr erfreut, einer gesanglichen Mehrforderung, die sonst die Regel war, entgangen zu sein, drückte sofort seine Zustimmung aus und setzte sich an seinen eben erst aufgegebenen Platz, ohne ein Ja oder Nein der beiden Felgentreus abzuwarten. Aus seinem ganzen Wesen sprach eine Mischung von Wohlwollen und Ironie. Die Tage seiner eignen Berühmtheit lagen weit zurück; aber je weiter sie zurücklagen, desto höher waren seine Kunstansprüche geworden, so daß es ihm, bei dem totalen Unerfülltbleiben derselben, vollkommen gleichgültig erschien, *was* zum Vortrage kam und *wer* das Wagnis wagte. Von Genuß konnte keine Rede für ihn sein, nur von Amüsement, und weil er einen angeborenen Sinn für das Heitere hatte, durfte man sagen, sein Vergnügen stand jedesmal dann auf der Höhe, wenn seine Freundin Jenny Treibel, wie sie das liebte, durch Vortrag einiger Lieder den Schluß der musikalischen Soiree machte. Das war aber noch weit im Felde, vorläufig waren noch die beiden Felgentreus da, von denen denn auch die ältere Schwester, oder, wie es zu Krolas jedesmaligem Gaudium hieß, »die weitaus talentvollere«, mit »Bächlein, laß dein Rauschen sein« ohne weiteres einsetzte. Daran reihte sich: »Ich schnitt' es gern in alle Rinden ein«, was, als allgemeines Lieblingsstück, zu der Kommerzienrätin großem, wenn auch nicht geäußertem Verdruß, von einigen indiskreten Stimmen im Garten begleitet wurde. Dann folgte die Schlußnummer, ein Duett aus »Figaros Hochzeit«. Alles war hingerissen, und Treibel sagte zu Vogelsang: »er könne sich nicht erinnern, seit den Tagen der Milanollos, etwas so Liebliches von Schwestern gesehen und gehört zu haben«, woran er die weitere, allerdings unüberlegte Frage knüpfte: ob Vogelsang seinerseits sich noch der Milanollos erinnern könne? »Nein«, sagte dieser barsch und peremptorisch. – »Nun, dann bitt' ich um Entschuldigung.«

Eine Pause trat ein, und einige Wagen, darunter auch der Felgentreusche, waren schon angefahren; trotzdem zögerte man noch mit dem Aufbruch, weil das Fest immer noch seines Abschlusses entbehrte. Die Kommerzienrätin nämlich hatte noch nicht gesungen, ja war unerhörterweise noch nicht einmal zum Vortrag eines ihrer Lieder aufgefordert worden – ein Zustand der Dinge, der so rasch wie möglich geändert werden mußte. Dies erkannte niemand klarer als Adolar Krola, der, den Polizeiassessor beiseitenehmend, ihm eindringlichst vorstellte, daß durchaus etwas geschehen und das hinsichtlich Jennys Versäumte sofort nachgeholt werden müsse. »Wird Jenny *nicht* aufgefordert, so seh' ich die Treibelschen Diners, oder wenigstens unsere Teilnahme daran, für alle Zukunft in Frage gestellt, was doch schließlich einen Verlust bedeuten würde...«

»Dem wir unter allen Umständen vorzubeugen haben, verlassen Sie sich auf mich.« Und die beiden Felgentreus an der Hand nehmend, schritt Goldammer, rasch entschlossen, auf die Kommerzienrätin zu, um, wie er sich ausdrückte, als erwählter Sprecher des Hauses, um ein Lied zu bitten. Die Kommerzienrätin, der das Abgekartete der ganzen Sache nicht entgehen konnte, kam in ein Schwanken zwischen Ärger und Wunsch, aber die Beredsamkeit des Antragstellers siegte doch schließlich; Krola nahm wieder seinen Platz ein, und einige Augenblicke später erklang Jennys dünne, durchaus im Gegensatz zu ihrer sonstigen Fülle stehende Stimme durch den Saal hin, und man vernahm die in diesem Kreise wohlbekannten Liedesworte:

Glück, von deinen tausend Losen
Eines nur erwähl ich mir,
Was soll Gold? Ich liebe Rosen
Und der Blumen schlichte Zier.

Und ich höre Waldesrauschen,
Und ich seh' ein flatternd Band –
Aug' in Auge Blicke tauschen,
Und ein Kuß auf deine Hand.

Geben nehmen, nehmen geben,
Und dein Haar umspielt der Wind,
Ach, nur das, nur das ist Leben,
Wo *sich Herz zum Herzen find't.*

Es braucht nicht gesagt zu werden, daß ein rauschender Beifall folgte, woran sich, von des alten Felgentreu Seite, die Bemerkung schloß, »die damaligen Lieder« (er vermied eine bestimmte Zeitangabe) »wären doch schöner gewesen, namentlich inniger«, eine Bemerkung, die von dem direkt zur Meinungsäußerung aufgeforderten Krola schmunzelnd bestätigt wurde.

Mr. Nelson seinerseits hatte von der Veranda dem Vortrage zugehört und sagte jetzt zu Corinna: »Wonderfully good. Oh, these Germans, they know everything... even such an old lady.«

Corinna legte ihm den Finger auf den Mund.

Kurze Zeit danach war alles fort, Haus und Park leer, und man hörte nur noch, wie drinnen im Speisesaal geschäftige Hände den Ausziehtisch zusammenschoben und wie draußen im Garten der Strahl des Springbrunnens plätschernd ins Bassin fiel.

FÜNFTES KAPITEL

Unter den letzten, die, den Vorgarten passierend, das kommerzienrätliche Haus verließen, waren Marcell und Corinna. Diese plauderte nach wie vor in übermütiger Laune, was des Vetters mühsam zurückgehaltene Verstimmung nur noch steigerte. Zuletzt schwiegen beide.

So gingen sie schon fünf Minuten nebeneinander her, bis Corinna, die sehr gut wußte, was in Marcells Seele vorging, das Gespräch wieder aufnahm. »Nun, Freund, was gibt es?«

»Nichts.«

»Nichts?«

»Oder, wozu soll ich es leugnen, ich bin verstimmt.«

»Worüber?«

»Über dich. Über dich, weil du kein Herz hast.«

»Ich? Erst recht hab' ich...«

»Weil du kein Herz hast, sag' ich, keinen Sinn für Familie, nicht einmal für deinen Vater...«

»Und nicht einmal für meinen Vetter Marcell...«

»Nein, den laß aus dem Spiel, von dem ist nicht die Rede. Mir gegenüber kannst du tun, was du willst. Aber dein Vater. Da läßt du nun heute den alten Mann einsam und allein und kümmerst dich sozusagen um gar nichts. Ich glaube, du weißt nicht einmal, ob er zu Haus ist oder nicht.«

»Freilich ist er zu Haus. Er hat ja heut' seinen ›Abend‹, und wenn auch nicht alle kommen, etliche vom hohen Olymp werden wohl da sein.«

»Und du gehst aus und überlässest alles der alten guten Schmolke?«

»Weil ich es ihr überlassen kann. Du weißt das ja so gut wie ich; es geht alles wie am Schnürchen, und in diesem Augenblick essen sie wahrscheinlich Oderkrebse und trinken Mosel. Nicht Treibelschen, aber doch Professor Schmidtschen, einen edlen Trarbacher, von dem Papa behauptet, er sei der einzige reine Wein in Berlin. Bist du nun zufrieden?«

»Nein.«

»Dann fahre fort.«

»Ach, Corinna, du nimmst alles so leicht und denkst, wenn du's leicht nimmst, so hast du's aus der Welt geschafft. Aber es glückt dir nicht. Die Dinge bleiben doch schließlich, was und wie sie sind. Ich habe dich nun bei Tisch beobachtet...«

»Unmöglich, du hast ja der jungen Frau Treibel ganz intensiv den Hof gemacht, und ein paarmal wurde sie sogar rot...«

»Ich habe dich beobachtet, sag' ich, und mit einem wahren Schrecken das Übermaß von Koketterie gesehen, mit dem du nicht müde wirst, dem armen Jungen, dem Leopold, den Kopf zu verdrehen...«

Sie hatten, als Marcell dies sagte, gerade die platzartige Verbreiterung erreicht, mit der die Köpnicker Straße, nach der Inselbrücke hin, abschließt, eine verkehrslose und beinahe menschenleere Stelle. Corinna zog ihren Arm aus dem des Vetters und sagte, während sie nach der anderen Seite der Straße zeigte: »Sieh, Marcell, wenn da drüben nicht der einsame Schutzmann stände, so stellt' ich mich jetzt mit verschränkten Armen vor dich hin und lachte dich fünf Minuten lang aus. Was soll das heißen, ich sei nicht müde geworden, dem armen Jungen, dem Leopold, den Kopf zu verdrehen? Wenn du nicht ganz in Huldigung gegen Helenen aufgegangen wärst, so hättest du sehen müssen, daß ich kaum zwei Worte mit ihm gesprochen. Ich habe mich nur mit Mr. Nelson unterhalten, und ein paarmal hab' ich mich ganz ausführlich an dich gewandt.«

»Ach, das sagst du so, Corinna, und weißt doch, wie falsch es ist. Sieh, du bist sehr gescheit und weißt es auch; aber du hast doch den Fehler, den viele gescheite Leute haben, daß sie die anderen für ungescheiter halten, als sie sind. Und so denkst du, du kannst mir ein X für ein U machen und alles so drehen und beweisen, wie du's drehen und beweisen willst. Aber man hat doch auch so seine Augen und Ohren und ist also, mit deinem Verlaub, hinreichend ausgerüstet, um zu hören und zu sehen.«

»Und was ist es denn nun, was der Herr Doktor gehört und gesehen haben?«

»Der Herr Doktor haben gehört und gesehen, daß Fräulein Corinna mit ihrem Redekatarakt über den unglücklichen Mr. Nelson hergefallen ist...«

»Sehr schmeichelhaft...«

»Und daß sie – wenn ich das mit dem Redekatarakt aufgeben und ein anderes Bild dafür einstellen will –, daß sie, sag' ich, zwei Stunden lang die Pfauenfeder ihrer Eitelkeit auf dem Kinn oder auf der Lippe balanciert und überhaupt in den feineren akrobatischen Künsten ein Äußerstes geleistet hat. Und das alles vor wem? Etwa vor Mr. Nelson? Mitnichten. Der gute Nelson, der war nur das Trapez, daran meine Cousine herumturnte; *der*, um dessentwillen das alles geschah, der zusehen und bewundern sollte, der hieß Leopold Treibel, und ich habe wohl bemerkt, wie mein Cousinchen auch ganz richtig gerechnet hatte; denn ich kann mich nicht entsinnen, einen Menschen gesehen zu haben, der, verzeih den Ausdruck, durch einen ganzen Abend hin so ›total weg‹ gewesen wäre wie dieser Leopold.«

»Meinst du?«

»Ja, das mein' ich.«

»Nun, darüber ließe sich reden... Aber sieh nur...«

Und dabei blieb sie stehen und wies auf das entzückende Bild, das sich – sie passierten eben die Fischerbrücke – drüben vor ihnen ausbreitete. Dünne Nebel lagen über den Strom hin, sogen aber den Lichterglanz nicht ganz auf, der von rechts und links her auf die breite Wasserfläche fiel, während die Mondsichel oben im Blauen stand, keine zwei Handbreit von dem etwas schwerfälligen Parochialkirchturm entfernt, dessen Schattenriß am anderen Ufer in aller Klarheit aufragte. »Sieh nur«, wiederholte Corinna, »nie hab' ich den Singuhrturm in solcher Schärfe gesehen. Aber ihn schön finden, wie seit kurzem Mode geworden, das kann ich doch nicht; er hat so etwas Halbes, Unfertiges, als ob ihm auf dem Wege nach oben die Kraft ausgegangen wäre. Da bin ich doch mehr für die zugespitzten, langweiligen Schindeltürme, die nichts wollen als hoch sein und in den Himmel zeigen.«

Und in demselben Augenblicke, wo Corinna dies sagte, begannen die Glöckchen drüben ihr Spiel.

»Ach«, sagte Marcell, »sprich doch nicht so von dem Turm und ob er schön ist oder nicht. Mir ist es gleich, und dir auch; das mögen die Fachleute miteinander ausmachen. Und du sagst das alles nur, weil du von dem eigentlichen Gespräch los willst. Aber höre lieber zu, was die Glöckchen drüben spielen. Ich glaube, sie spielen: ›Üb immer Treu und Redlichkeit.‹«

»Kann sein, und ist nur schade, daß sie nicht auch die berühmte Stelle von dem Kanadier spielen können, der noch Europens übertünchte Höflichkeit nicht kannte. So was Gutes bleibt leider immer unkomponiert, oder vielleicht geht es auch nicht. Aber nun sage mir, Freund, was soll das alles heißen? Treu und Redlichkeit. Meinst du wirklich, daß mir die fehlen? Gegen wen versünd'ge ich mich denn durch Untreue? Gegen dich? Hab' ich Gelöbnisse gemacht? Hab' ich dir etwas versprochen und das Versprechen nicht gehalten?«

Marcell schwieg.

»Du schweigst, weil du nichts zu sagen hast. Ich will dir aber noch allerlei mehr sagen, und dann magst du selber entscheiden, ob ich treu und redlich oder doch wenigstens aufrichtig bin, was so ziemlich dasselbe bedeutet.«

»Corinna ...«

»Nein, jetzt will *ich* sprechen, in aller Freundschaft, aber auch in allem Ernst. Treu und redlich. Nun, ich weiß wohl, daß du treu und redlich bist, was beiläufig nicht viel sagen will; ich für meine Person kann dir nur wiederholen, ich bin es auch.«

»Und spielst doch beständig eine Komödie.«

»Nein, das tu ich nicht. Und *wenn* ich es tue, so doch so, daß jeder es merken kann. Ich habe mir, nach reiflicher Überlegung, ein bestimmtes Ziel gesteckt, und wenn ich nicht mit dürren Worten sage: ›dies *ist* mein Ziel‹, so unterbleibt das nur, weil es einem Mädchen nicht kleidet, mit solchen Plänen aus sich herauszutreten. Ich erfreue mich, dank meiner Erziehung, eines guten Teils von Freiheit, einige werden vielleicht sagen von Emanzipation, aber trotzdem bin ich durchaus kein emanzipiertes Frauenzimmer. Im Gegenteil, ich habe gar keine Lust, das alte Herkommen umzustoßen, alte, gute Sätze, zu denen auch der gehört: ein Mädchen wirbt nicht, um ein Mädchen *wird* geworben.«

»Gut, gut; alles selbstverständlich...«

»...Aber freilich, das ist unser altes Evarecht, die großen Wasser spielen zu lassen und unsere Kräfte zu gebrauchen, bis *das* geschieht, um dessentwillen wir da sind, mit anderen Worten, bis man um uns wirbt. Alles gilt diesem Zweck. Du nennst das, je nachdem dir der Sinn steht, Raketensteigenlassen oder Komödie, mitunter auch Intrigue, und immer Koketterie.«

Marcell schüttelte den Kopf. »Ach, Corinna, du darfst mir darüber keine Vorlesung halten wollen und zu mir sprechen, als ob ich erst gestern auf die Welt gekommen wäre. Natürlich hab' ich oft von Komödie gesprochen und noch öfter von Koketterie. Wovon spricht man nicht alles. Und wenn man dergleichen hinspricht, so widerspricht man sich auch wohl, und was man eben noch getadelt hat, das lobt man im nächsten Augenblick. Um's rundheraus zu sagen, spiele soviel Komödie, wie du willst, sei so kokett, wie du willst, ich werde doch nicht so dumm sein, die Weiberwelt und die Welt überhaupt ändern zu wollen, ich will sie wirklich nicht ändern, auch dann nicht, wenn ich's könnte; nur um eines muß ich dich angehen, du mußt, wie du dich vorhin ausdrücktest, die großen Wasser an der rechten Stelle, das heißt also vor den rechten Leuten springen lassen, vor solchen, wo's paßt, wo's hingehört, wo sich's lohnt. Du gehst aber mit deinen Künsten nicht an die richtige Adresse, denn du kannst doch nicht ernsthaft daran denken, diesen Leopold Treibel heiraten zu wollen?«

»Warum nicht? Ist er zu jung für mich? Nein. Er stammt aus dem Januar und ich aus dem September; er hat also noch einen Vorsprung von acht Monaten.«

»Corinna, du weißt ja recht gut, wie's liegt und daß er einfach für dich nicht paßt, weil er zu unbedeutend für dich ist. Du bist eine aparte Person, vielleicht ein bißchen zu sehr, und er ist kaum Durchschnitt. Ein sehr guter Mensch, das muß ich zugeben, hat ein gutes, weiches Herz, nichts von dem Kiesel, den die Geldleute sonst hier links haben, hat auch leidlich weltmännische Manieren und kann vielleicht einen Dürerschen Stich von einem Ruppiner Bilderbogen unterscheiden, aber du würdest dich doch totlangweilen an seiner Seite. Du, deines Vaters Tochter, und eigentlich noch klüger als der Alte, du wirst doch nicht dein eigentliches Lebensglück wegwerfen wollen, bloß um in einer Villa zu wohnen und einen Landauer zu haben, der dann und wann ein paar alte Hofdamen abholt, oder um Adolar Krolas ramponierten Tenor alle vierzehn Tage den ›Erlkönig‹ singen zu hören. Es ist nicht möglich, Corinna; du wirst dich doch, wegen solches Bettels von Mammon, nicht einem unbedeutenden Menschen an den Hals werfen wollen.«

»Nein, Marcell, das letztere gewiß nicht; ich bin nicht für Zudringlichkeiten. Aber wenn Leopold morgen bei meinem Vater antritt – denn ich fürchte beinah, daß er noch zu denen gehört, die sich, statt der Hauptperson, erst der Nebenpersonen versichern –, wenn er also morgen antritt und um diese rechte Hand deiner Cousine Corinna anhält, so nimmt ihn Corinna und fühlt sich als Corinne au Capitole.«

»Das ist nicht möglich; du täuschest dich, du spielst mit der Sache. Es ist eine Phantasterei, der du nach deiner Art nachhängst.«

»Nein, Marcell, *du* täuschest dich, nicht ich; es ist mein vollkommener Ernst, so sehr, daß ich ein ganz klein wenig davor erschrecke.«

»Das ist dein Gewissen.«

»Vielleicht. Vielleicht auch nicht. Aber soviel will ich dir ohne weiteres zugeben, *das*, wozu der liebe Gott mich so recht eigentlich schuf, das hat nichts zu tun mit einem Treibelschen Fabrikgeschäft, oder mit einem Holzhof und vielleicht am wenigsten mit einer Hamburger Schwägerin. Aber ein Hang nach Wohlleben, der jetzt alle Welt beherrscht, hat mich auch in der Gewalt, ganz so wie alle anderen, und so lächerlich und verächtlich es in deinem Oberlehrersohre klingen mag, ich halt' es mehr mit Bonwitt und Littauer als mit einer kleinen Schneiderin, die schon um acht Uhr früh kommt und eine merkwürdige Hof- und Hinterstubenatmosphäre mit ins Haus bringt und zum zweiten Frühstück ein Brötchen mit Schlackwurst und vielleicht auch einen Gilka kriegt. Das alles widersteht mir im höchsten Maße; je weniger ich davon sehe, desto besser. Ich find' es ungemein reizend, wenn so die kleinen Brillanten im Ohre blitzen, etwa wie bei meiner Schwiegermama in spe... ›Sich einschränken‹, ach, ich kenne das Lied, das immer gesungen und immer gepredigt wird, aber wenn ich bei Papa die dicken Bücher abstäube, drin niemand hineinsieht, auch er selber nicht, und wenn dann die Schmolke sich abends auf mein Bett setzt und mir von ihrem verstorbenen Manne, dem Schutzmann, erzählt, und daß er, wenn er noch lebte, jetzt ein Revier hätte, denn Madai hätte große Stücke auf ihn gehalten, und wenn sie dann zuletzt sagt: ›Aber, Corinnchen, ich habe ja noch gar nicht mal gefragt, was wir morgen essen wollen?... Die Teltower sind jetzt so schlecht und eigentlich alle schon madig, und ich möchte dir vorschlagen, Wellfleisch und Wruken, das aß Schmolke auch immer so gern‹ – ja, Marcell, in solchem Augenblicke wird mir immer ganz sonderbar zumut, und Leopold Treibel erscheint mir dann mit einemmal als der Rettungsanker meines Lebens, oder wenn du willst, wie das aufzusetzende große Marssegel, das bestimmt ist, mich bei gutem Wind an ferne, glückliche Küsten zu führen.«

»Oder, wenn es stürmt, dein Lebensglück zum Scheitern zu bringen.«

»Warten wir's ab, Marcell.«

Und bei diesen Worten bogen sie, von der Alten Leipziger Straße her, in Raules Hof ein, von dem aus ein kleiner Durchgang in die Adlerstraße führte.

SECHSTES KAPITEL

Um dieselbe Stunde, wo man sich bei Treibels vom Diner erhob, begann Professor Schmidts »Abend«. Dieser »Abend«, auch wohl Kränzchen genannt, versammelte, wenn man vollzählig war, um einen runden Tisch und eine mit einem roten Schleier versehene Moderateurlampe sieben Gymnasiallehrer, von denen die meisten den Professortitel führten. Außer unserem Freunde Schmidt waren es noch folgende: Friedrich Distelkamp, emeritierter Gymnasialdirektor, Senior des Kreises; nach ihm die Professoren Rindfleisch und Hannibal Kuh, zu welchen beiden sich noch Oberlehrer Immanuel Schultze gesellte, sämtlich vom Großen-Kurfürsten-Gymnasium. Den Schluß machte Doktor Charles Etienne, Freund und Studiengenosse Marcells, zur Zeit französischer Lehrer an einem vornehmen Mädchenpensionat, und endlich Zeichenlehrer Friedeberg, dem, vor ein paar Jahren erst – niemand wußte recht, warum und woher – der die Mehrheit des Kreises auszeichnende Professortitel angeflogen war, übrigens ohne sein Ansehen zu heben. Er wurde vielmehr, nach wie vor, für nicht ganz voll angesehen, und eine Zeitlang war aufs ernsthafteste die Rede davon gewesen, ihn, wie sein Hauptgegner Immanuel Schultze vorgeschlagen, aus ihrem Kreise »herauszugraulen«, was unser Wilibald Schmidt indessen mit der Bemerkung bekämpft hatte, daß Friedeberg, trotz seiner wissenschaftlichen Nichtzugehörigkeit, eine nicht zu unterschätzende Bedeutung für ihren »Abend« habe. »Seht, lieben Freunde«, so etwa waren seine Worte gewesen, »wenn wir unter uns sind, so folgen wir unseren Auseinandersetzungen eigentlich immer nur aus Rücksicht und Artigkeit und leben dabei mehr oder weniger der Überzeugung, alles, was seitens des anderen gesagt wurde, *viel* besser oder – wenn wir bescheiden sind – wenigstens ebensogut sagen zu können. Und das lähmt immer. Ich für mein Teil wenigstens bekenne offen, daß ich, wenn ich mit meinem Vortrage gerade an der Reihe war, das Gefühl eines gewissen Unbehagens, ja zuzeiten einer geradezu hochgradigen Beklemmung nie ganz losgeworden bin. Und in einem so bedrängten Augenblicke seh' ich dann unseren immer zu spät kommenden Friedeberg eintreten, verlegen lächelnd natürlich, und empfinde sofort, wie meiner Seele die Flügel wieder wachsen; ich spreche freier, intuitiver, klarer, denn ich habe wieder ein Publikum, wenn auch nur ein ganz kleines. *Ein* andächtiger Zuhörer, anscheinend so wenig, ist doch schon immer was und mitunter sogar sehr viel.« Auf diese warme Verteidigung Wilibald Schmidts hin war Friedeberg dem Kreise verblieben. Schmidt durfte sich überhaupt als die Seele des Kränzchens betrachten, dessen Namensgebung: »Die sieben Waisen Griechenlands« ebenfalls auf ihn zurückzuführen war. Immanuel Schultze, meist in der Opposition und außerdem ein Gottfried-Keller-Schwärmer, hatte seinerseits »Das Fähnlein der sieben Aufrechten« vorgeschlagen, war aber damit nicht durchgedrungen, weil, wie Schmidt betonte, diese Bezeichnung einer Entlehnung gleichgekommen wäre. »Die sieben Waisen« klängen freilich ebenfalls entlehnt, aber das sei bloß Ohr- und Sinnestäuschung; das »a«, worauf es recht eigentlich ankomme, verändere nicht nur mit einem Schlage die ganze Situation, sondern erziele sogar den denkbar höchsten Standpunkt, den der Selbstironie.

Wie sich von selbst versteht, zerfiel die Gesellschaft, wie jede Vereinigung der Art, in fast ebensoviele Parteien, wie sie Mitglieder zählte, und nur dem Umstande, daß die drei vom Großen-Kurfürsten-Gymnasium, außer der Zusammengehörigkeit, die diese gemeinschaftliche Stellung gab, auch noch verwandt und verschwägert waren (Kuh war Schwager, Immanuel Schultze Schwiegersohn von Rindfleisch), nur diesem Umstande war es zuzuschreiben, daß die vier anderen, und zwar aus einer Art Selbsterhaltungstrieb, ebenfalls eine Gruppe bildeten und bei Beschlußfassungen meist zusammengingen. Hinsichtlich Schmidts und Distelkamps konnte dies nicht weiter überraschen, da sie von alter Zeit her Freunde waren, zwischen Etienne und Friedeberg aber klaffte für gewöhnlich ein tiefer Abgrund, der sich ebensosehr in ihrer voneinander abweichenden Erscheinung wie in ihren verschiedenen Lebensgewohnheiten aussprach. Etienne, sehr elegant, versäumte nie, während der großen Ferien, mit Nachurlaub nach Paris zu gehen, während sich Friedeberg, angeblich um seiner Malstudien willen, auf die Woltersdorfer Schleuse (die landschaftlich unerreicht dastände) zurückzog. Natürlich war dies alles nur Vorgabe. Der wirkliche Grund war der, daß Friedeberg, bei ziemlich beschränkter Finanzlage, nach dem erreichbar Nächstliegenden griff und überhaupt Berlin nur verließ, um von seiner Frau – mit der er seit Jahren immer dicht vor der Scheidung stand – auf einige Wochen loszukommen. In einem sowohl die Handlungen wie die Worte seiner Mitglieder kritischer prüfenden Kreise hätte diese Finte notwendig verdrießen müssen, indessen Offenheit und Ehrlichkeit im Verkehr mit- und untereinander war keineswegs ein hervorstechender Zug der »sieben Waisen«, eher das Gegenteil. So versicherte beispielsweise jeder, »ohne den ›Abend‹ eigentlich nicht leben zu können«, was in Wahrheit nicht ausschloß, daß immer nur *die* kamen, die nichts Besseres vorhatten. Theater und Skat gingen weit vor und sorgten dafür, daß Unvollständigkeit der Versammlung die Regel war und nicht mehr auffiel.

Heute aber schien es sich schlimmer als gewöhnlich gestalten zu wollen. Die Schmidtsche Wanduhr, noch ein Erbstück vom Großvater her, schlug bereits halb, halb neun, und noch war niemand da außer Etienne, der, wie Marcell, zu den Intimen des Hauses zählend, kaum als Gast und Besuch gerechnet wurde.

»Was sagst du, Etienne«, wandte sich jetzt Schmidt an diesen, »was sagst du zu dieser Saumseligkeit? Wo bleibt Distelkamp? Wenn auch auf *den* kein Verlaß mehr ist (›die Douglas waren immer treu‹), so geht der ›Abend‹ aus den Fugen, und ich werde Pessimist und nehme für den Rest meiner Tage Schopenhauer und Eduard von Hartmann untern Arm.«

Während er noch so sprach, ging draußen die Klingel, und einen Augenblick später trat Distelkamp ein.

»Entschuldige, Schmidt, ich habe mich verspätet. Die Details erspar' ich dir und unserem Freunde Etienne. Auseinandersetzungen, weshalb man zu spät kommt, selbst wenn sie wahr, sind nicht viel besser als Krankengeschichten. Also lassen wir's. Inzwischen bin ich überrascht, trotz meiner Verspätung immer noch der eigentlich erste zu sein. Denn Etienne gehört ja so gut wie zur Familie. Die Großen Kurfürstlichen aber! Wo sind sie? Nach Kuh und unserem Freunde Immanuel frag' ich nicht erst, die sind bloß ihres Schwagers und Schwiegervaters Klientel. Rindfleisch selbst aber – wo steckt er?«

»Rindfleisch hat abgeschrieben; er sei heut' in der ›Griechischen‹.«

»Ach, das ist Torheit. Was will er in der Griechischen? Die sieben Waisen gehen vor. Er findet hier wirklich mehr.«

»Ja, das sagst du so, Distelkamp. Aber es liegt doch wohl anders. Rindfleisch hat nämlich ein schlechtes Gewissen, ich könnte vielleicht sagen: mal wieder ein schlechtes Gewissen.«

»Dann gehört er erst recht hierher; hier kann er beichten. Aber um was handelt es sich denn eigentlich? was ist es?«

»Er hat da mal wieder einen Schwupper gemacht, irgendwas verwechselt, ich glaube Phrynichos den Tragiker mit Phrynichos dem Lustspieldichter. War es nicht so, Etienne? (dieser nickte), und die Sekundaner haben nun mit lirum larum einen Vers auf ihn gemacht...«

»Und?«

»Und da gilt es denn, die Scharte, so gut es geht, wieder auszuwetzen, wozu die ›Griechische‹ mit dem Lustre, das sie gibt, das immerhin beste Mittel ist.«

Distelkamp, der sich mittlerweile seinen Meerschaum angezündet und in die Sofaecke gesetzt hatte, lächelte bei der ganzen Geschichte behaglich vor sich hin und sagte dann: »Alles Schnack. Glaubst du's? Ich nicht. Und wenn es zuträfe, so bedeutet es nicht viel, eigentlich gar nichts. Solche Schnitzer kommen immer vor, passieren jedem. Ich will dir mal was erzählen, Schmidt, was, als ich noch jung war und in Quarta brandenburgische Geschichte vortragen mußte – was damals, sag' ich, einen großen Eindruck auf mich machte.«

»Nun, laß hören. Was war's?«

»Ja, was war's. Offengestanden, meine Wissenschaft, zum wenigsten was unser gutes Kurbrandenburg anging, war nicht weit her, ist es auch jetzt noch nicht, und als ich so zu Hause saß und mich notdürftig vorbereitete, da las ich – denn wir waren gerade beim ersten König – allerhand Biographisches und darunter auch was vom alten General Barfus, der, wie die meisten damaligen, das Pulver nicht erfunden hatte, sonst aber ein kreuzbraver Mann war. Und dieser Barfus präsidierte, während der Belagerung von Bonn, einem Kriegsgericht, drin über einen jungen Offizier abgeurteilt werden sollte.«

»So, so. Nun, was war es denn?«

»Der Abzuurteilende hatte sich, das Mindeste zu sagen, etwas unheldisch benommen, und alle waren für Schuldig und Totschießen. Nur der alte Barfus wollte nichts davon wissen und sagte: ›Drücken wir ein Auge zu, meine Herren. Ich habe dreißig Rencontres mitgemacht, und ich muß Ihnen sagen, ein Tag ist nicht wie der andere, und der Mensch ist ungleich und das Herz auch und der Mut erst recht. Ich habe mich manches Mal auch feige gefühlt. Solange es geht, muß man Milde walten lassen, denn jeder kann sie brauchen.‹«

»Höre, Distelkamp«, sagte Schmidt, »das ist eine gute Geschichte, dafür dank' ich dir, und so alt ich bin, *die* will ich mir doch hinter die Ohren schreiben. Denn weiß es Gott, ich habe mich auch schon blamiert, und wiewohl es die Jungens nicht bemerkt haben, wenigstens ist mir nichts aufgefallen, so hab' ich es doch selber bemerkt und mich hinterher riesig geärgert und geschämt. Nicht wahr, Etienne, so was ist immer fatal; oder kommt es im Französischen nicht vor, wenigstens dann nicht, wenn man alle Juli nach Paris reist und einen neuen Band Maupassant mit heimbringt? Das ist ja wohl jetzt das Feinste? Verzeih die kleine Malice. Rindfleisch ist überdies ein kreuzbraver Kerl, nomen et omen, und eigentlich der beste, besser als Kuh und namentlich besser als unser Freund Immanuel Schultze. Der hat's hinter den Ohren und ist ein Schlieker. Er grient immer und gibt sich das Ansehen, als ob er dem Bilde zu Sais irgendwie und -wo unter den Schleier geguckt hätte, wovon er weit ab ist. Denn er löst nicht mal das Rätsel von seiner eigenen Frau, an der manches verschleierter oder auch nicht verschleierter sein soll, als ihm, dem Ehesponsen, lieb sein kann.«

»Schmidt, du hast heute mal wieder deinen medisanten Tag. Eben hab' ich den armen Rindfleisch aus deinen Fängen gerettet, ja, du hast sogar Besserung versprochen, und schon stürzest du dich wieder auf den unglücklichen Schwiegersohn.

Im übrigen, wenn ich an Immanuel etwas tadeln sollte, so läge es nach einer ganz anderen Seite hin.«

»Und das wäre?«

»Daß er keine Autorität hat. Wenn er sie zu Hause nicht hat, nun, traurig genug. Indessen das geht uns nichts an. Aber daß er sie, nach allem, was ich höre, auch in der Klasse nicht hat, *das* ist schlimm. Sieh, Schmidt, das ist die Kränkung und der Schmerz meiner letzten Lebensjahre, daß ich den kategorischen Imperativ immer mehr hinschwinden sehe. Wenn ich da an den alten Weber denke! Von dem heißt es, wenn er in die Klasse trat, so hörte man den Sand durch das Stundenglas fallen, und kein Primaner wußte mehr, daß es überhaupt möglich sei, zu flüstern oder gar vorzusagen. Und außer seinem eigenen Sprechen, ich meine Webers, war nichts hörbar als das Knistern, wenn die Horaz-Seiten umgeblättert wurden. Ja, Schmidt, *das* waren Zeiten, da verlohnte sich's, ein Lehrer und ein Direktor zu sein. Jetzt treten die Jungens in der Konditorei an einen heran und sagen: ›Wenn Sie gelesen haben, Herr Direktor, dann bitt' ich...‹«

Schmidt lachte. »Ja, Distelkamp, so sind sie jetzt, das ist die neue Zeit, das ist wahr. Aber ich kann mich nicht darüber aigrieren. Wie waren denn, bei Lichte besehen, die großen Würdenträger mit ihrem Doppelkinn und ihren Pontacnasen? Schlemmer waren es, die den Burgunder viel besser kannten als den Homer. Da wird immer von alten, einfachen Zeiten geredet; dummes Zeug! sie müssen ganz gehörig gepichelt haben, das sieht man noch an ihren Bildern in der Aula. Nu ja, Selbstbewußtsein und eine steifleinene Grandezza, das alles hatten sie, das soll ihnen zugestanden sein. Aber wie sah es sonst aus?«

»Besser als heute.«

»Kann ich nicht finden, Distelkamp. Als ich noch unsere Schulbibliothek unter Aufsicht hatte, Gott sei Dank, daß ich nichts mehr damit zu tun habe, da hab' ich öfter in die Schulprogramme hineingeguckt, und in die Dissertationen und ›Aktusse‹, wie sie vordem im Schwang waren. Nun, ich weiß wohl, jede Zeit denkt, sie sei was Besonderes, und die, die kommen, mögen meinetwegen auch über uns lachen; aber sieh, Distelkamp, vom gegenwärtigen Standpunkt unseres Wissens, oder sag' ich auch bloß unseres Geschmacks aus, darf doch am Ende gesagt werden, es war etwas Furchtbares mit dieser Perückengelehrsamkeit, und die stupende Wichtigkeit, mit der sie sich gab, kann uns nur noch erheitern. Ich weiß nicht, unter wem es war, ich glaube unter Rodegast, da kam es in Mode – vielleicht weil er persönlich einen Garten vorm Rosentaler hatte –, die Stoffe für die öffentlichen Reden und ähnliches aus der Gartenkunde zu nehmen, und sieh, da hab' ich Dissertationen gelesen über das Hortikulturliche des Paradieses, über die Beschaffenheit des Gartens zu Gethsemane und über die mutmaßlichen Anlagen im Garten des Joseph von Arimathia. Garten und immer wieder Garten. Nun, was sagst du dazu?«

»Ja, Schmidt, mit dir ist schlecht fechten. Du hast immer das Auge für das Komische gehabt. Das greifst du nun heraus, spießest es auf deine Nadel und zeigst es der Welt. Aber was daneben lag und viel richtiger war, das lässest du liegen. Du hast schon sehr richtig hervorgehoben, daß man über unsere Lächerlichkeiten auch lachen wird. Und wer bürgt uns dafür, daß wir nicht jeden Tag in Untersuchungen eintreten, die noch viel toller sind als die hortikulturlichen Untersuchungen über das Paradies. Lieber Schmidt, das Entscheidende bleibt doch immer der Charakter, nicht der eitle, wohl aber der gute, ehrliche Glaube an uns selbst. Bona fide müssen wir vorgehen. Aber mit unsrer ewigen Kritik, eventuell auch Selbstkritik, geraten wir in eine mala fides hinein und mißtrauen uns selbst und dem, was wir zu sagen haben. Und ohne Glauben an uns und unsere Sache keine rechte Lust und Freudigkeit, und auch kein Segen, am wenigsten Autorität. Und das ist es, was ich beklage. Denn wie kein Heerwesen ohne Disziplin, so kein Schulwesen ohne Autorität. Es ist damit wie mit dem Glauben. Es ist nicht nötig, daß das Richtige geglaubt wird, aber daß überhaupt geglaubt wird, darauf kommt es an. In jedem Glauben stecken geheimnisvolle Kräfte und ebenso in der Autorität.«

Schmidt lächelte. »Distelkamp, ich kann da nicht mit. Ich kann's in der Theorie gelten lassen, aber in der Praxis ist es bedeutungslos geworden. Gewiß kommt es auf das Ansehen vor den Schülern an. Wir gehen nur darin auseinander, aus welcher Wurzel das Ansehen kommen soll. Du willst alles auf den Charakter zurückführen und denkst, wenn du es auch nicht aussprichst: ›Und wenn ihr euch nur selbst vertraut, vertrauen euch auch die anderen Seelen.‹ Aber, teurer Freund, das ist just das, was ich bestreite. Mit dem bloßen Glauben an sich oder gar, wenn du den Ausdruck gestattest, mit der geschwollenen Wichtigtuerei, mit der Pompositát ist es heutzutage nicht mehr getan. An die Stelle dieser veralteten Macht ist die reelle Macht des wirklichen Wissens und Könnens getreten, und du brauchst nur Umschau zu halten, so wirst du jeden Tag sehen, daß Professor Hammerstein, der bei Spichern mitgestürmt und eine gewisse Premierlieutenantshaltung von daher beibehalten hat, daß Hammerstein, sag' ich, seine Klasse *nicht* regiert, während unser Agathon Knurzel, der aussieht wie Mr. Punch und einen Doppelbuckel, aber freilich auch einen Doppelgrips hat, die Klasse mit seinem kleinen Raubvogelgesicht in der Furcht des Herrn hält. Und nun besonders unsere Berliner Jungens, die gleich weghaben, wie schwer einer wiegt. Wenn einer von den Alten aus dem Grabe käme, mit Stolz und Hoheit angetan, und eine hortikulturelle Beschreibung des Paradieses forderte, wie würde der fahren mit all seiner Würde? Drei Tage später wär er im Kladderadatsch, und die Jungens selber hätten das Gedicht gemacht.«

»Und doch bleibt es dabei, Schmidt, mit den Traditionen der alten Schule steht und fällt die höhere Wissenschaft.«

»Ich glaub' es nicht. Aber wenn es wäre, wenn die höhere Weltanschauung, d. h. das, was wir so nennen, wenn das alles fallen müßte, nun, so laß es fallen. Schon Attinghausen, der doch selber alt war, sagte: ›Das Alte fällt, es ändert sich die Zeit.‹ Und wir stehen sehr stark vor solchem Umwandlungsprozeß, oder richtiger, wir sind schon drin. Muß ich dich daran erinnern, es gab eine Zeit, wo das Kirchliche Sache der Kirchenleute war. Ist es noch so? Nein. Hat die Welt verloren? Nein. Es ist vorbei mit den alten Formen, und auch unsere Wissenschaftlichkeit wird davon keine Ausnahme machen. Sieh hier...«, und er schleppte von einem kleinen Nebentisch ein großes Prachtwerk herbei, »... sieh hier *das*. Heute mir zugeschickt, und ich werd' es behalten, so teuer es ist. Heinrich Schliemanns Ausgrabungen zu Mykenä. Ja, Distelkamp, wie stehst du dazu?«

»Zweifelhaft genug.«

»Kann ich mir denken. Weil du von den alten Anschauungen nicht los willst. Du kannst dir nicht vorstellen, daß jemand, der Tüten geklebt und Rosinen verkauft hat, den alten Priamus ausbuddelt, und kommt er nun gar ins Agamemnonsche hinein und sucht nach dem Schädelriß, aegisthschen Angedenkens, so gerätst du in helle Empörung. Aber ich kann mir nicht helfen, du hast unrecht. Freilich, man muß was leisten, hic Rhodus, hic salta; aber wer springen kann, der springt, gleichviel ob er's aus der Georgia-Augusta oder aus der Klippschule hat. Im übrigen will ich abbrechen; am wenigsten hab' ich Lust, dich mit Schliemann zu ärgern, der von Anfang an deine Renonce war. Die Bücher liegen hier bloß wegen Friedeberg, den ich der beigegebenen Zeichnungen halber fragen will. Ich begreife nicht, daß er nicht kommt, oder richtiger nicht schon da ist. Denn daß er kommt, ist unzweifelhaft, er hätte sonst abgeschrieben, artiger Mann, der er ist.«

»Ja, das ist er«, sagte Etiennne, »das hat er noch aus dem Semitismus mit rübergenommen.«

»Sehr wahr«, fuhr Schmidt fort, »aber wo er's her hat, ist am Ende gleichgültig. Ich bedauere mitunter, Urgermane, der ich bin, daß wir nicht auch irgendwelche Bezugsquelle für ein bißchen Schliff und Politesse haben; es braucht ja nicht gerade dieselbe zu sein. Diese schreckliche Verwandtschaft zwischen Teutoburger Wald und Grobheit ist doch mitunter störend. Friedeberg ist ein Mann, der, wie Max Piccolomini – sonst nicht gerade sein Vorbild, auch nicht mal in der Liebe –, der ›Sitten Freundlichkeit‹ allerzeit kultiviert hat, und es bleibt eigentlich nur zu beklagen, daß seine Schüler nicht immer das richtige Verständnis dafür haben. Mit anderen Worten, sie spielen ihm auf der Nase...«

»Das uralte Schicksal der Schreib- und Zeichenlehrer...«

»Freilich. Und am Ende muß es auch so gehen und geht auch. Aber lassen wir die heikle Frage. Laß mich lieber auf Mykenä zurückkommen und sage mir deine Meinung über die Goldmasken. Ich bin sicher, wir haben da ganz was Besonderes, so das recht Eigentlichste. Jeder Beliebige kann doch nicht bei seiner Bestattung eine Goldmaske getragen haben, doch immer nur die Fürsten, also mit höchster Wahrscheinlichkeit Orests und Iphigenies unmittelbare Vorfahren. Und wenn ich mir dann vorstelle, daß diese Goldmasken genau nach dem Gesicht geformt wurden, gerade wie wir jetzt eine Gips- oder Wachsmaske formen, so hüpft mir das Herz bei der doch mindestens zulässigen Idee, daß *dies* hier« – und er wies auf eine aufgeschlagene Bildseite –, »daß dies hier das Gesicht des Atreus ist oder seines Vaters oder seines Onkels...«

»Sagen wir seines Onkels.«

»Ja, du spottest wieder, Distelkamp, trotzdem du mir doch selber den Spott verboten hast. Und das alles bloß, weil du der ganzen Sache mißtraust und nicht vergessen kannst, daß er, ich meine natürlich Schliemann, in seinen Schuljahren über Strelitz und Fürstenberg nicht rausgekommen ist. Aber lies nur, was Virchow von ihm sagt. Und Virchow wirst du doch gelten lassen.«

In diesem Augenblicke hörte man draußen die Klingel gehen. »Ah, lupus in fabula. Das ist er. Ich wußte, daß er uns nicht im Stiche lassen würde...«

Und kaum, daß Schmidt diese Worte gesprochen, trat Friedeberg auch schon herein, und ein reizender, schwarzer Pudel, dessen rote Zunge, wahrscheinlich von angestrengtem Laufe, weit heraushing, sprang auf die beiden alten Herren zu und umschmeichelte abwechselnd Schmidt und Distelkamp. An Etienne, der ihm zu elegant war, wagte er sich nicht heran.

»Aber alle Wetter, Friedeberg, wo kommen Sie so spät her?«

»Freilich, freilich, und sehr zu meinem Bedauern. Aber der Fips hier treibt es zu arg oder geht in seiner Liebe zu mir zu weit, wenn ein Zuweitgehen in der Liebe überhaupt möglich ist. Ich bildete mir ein, ihn eingeschlossen zu haben, und mache mich zu rechter Zeit auf den Weg. Gut. Und nun denken Sie, was geschieht? Als ich hier ankomme, wer ist da, wer wartet auf mich? Natürlich Fips. Ich bring' ihn wieder zurück bis in meine Wohnung und übergeb' ihn dem Portier, meinem guten Freunde – man muß in Berlin eigentlich sagen, meinem

Gönner. Aber, aber, was ist das Resultat all meiner Anstrengungen und guten Worte? Kaum bin ich wieder hier, so ist auch Fips wieder da. Was sollt' ich am Ende machen? Ich hab' ihn wohl oder übel mit hereingebracht und bitt' um Entschuldigung für ihn und für mich.«

»Hat nichts auf sich«, sagte Schmidt, während er sich zugleich freundlich mit dem Hunde beschäftigte. »Reizendes Tier und so zutunlich und fidel. Sagen Sie, Friedeberg, wie schreibt er sich eigentlich? f oder ph? Phips mit ph ist englisch, also vornehmer. Im übrigen ist er, wie seine Rechtschreibung auch sein möge, für heute abend mit eingeladen und ein durchaus willkommener Gast, vorausgesetzt, daß er nichts dagegen hat, in der Küche sozusagen am Trompetertisch Platz zu nehmen. Für meine gute Schmolke bürge ich. Die hat eine Vorliebe für Pudel, und wenn sie nun gar von seiner Treue hört...«

»So wird sie«, warf Distelkamp ein, »ihm einen Extrazipfel schwerlich versagen.«

»Gewiß nicht. Und darin stimme ich meiner guten Schmolke von Herzen bei. Denn die Treue, von der heutzutage jeder red't, wird in Wahrheit immer rarer, und Fips predigt in seiner Stadtgegend, soviel ich weiß, umsonst.«

Diese von Schmidt anscheinend leicht und wie im Scherze hingesprochenen Worte richteten sich doch ziemlich ernsthaft an den sonst gerade von ihm protegierten Friedeberg, dessen stadtkundig unglückliche Ehe, neben anderem, auch mit einem entschiedenen Mangel an Treue, besonders während seiner Mal- und Landschaftsstudien auf der Woltersdorfer Schleuse, zusammenhing. Friedeberg fühlte den Stich auch sehr wohl heraus und wollte sich durch eine Verbindlichkeit gegen Schmidt aus der Affäre ziehen, kam aber nicht dazu, weil in ebendiesem Augenblicke die Schmolke eintrat und, unter einer Verbeugung gegen die anderen Herren, ihrem Professor ins Ohr flüsterte, »daß angerichtet sei«.

»Nun, lieben Freunde, dann bitt' ich...« Und Distelkamp an der Hand nehmend, schritt er, unter Passierung des Entrees, auf das Gesellschaftszimmer zu, drin die Abendtafel gedeckt war. Ein eigentliches Eßzimmer hatte die Wohnung nicht. Friedeberg und Etienne folgten.

SIEBENTES KAPITEL

Das Zimmer war dasselbe, in welchem Corinna, am Tage zuvor, den Besuch der Kommerzienrätin empfangen hatte. Der mit Lichtern und Weinflaschen gut besetzte Tisch stand, zu vieren gedeckt, in der Mitte; darüber hing eine Hängelampe. Schmidt setzte sich mit dem Rücken gegen den Fensterpfeiler, seinem Freunde Friedeberg gegenüber, der seinerseits von seinem Platz aus zugleich den Blick in den Spiegel hatte. Zwischen den blanken Messingleuchtern standen ein paar auf einem Basar gewonnene Porzellanvasen, aus deren halb gezahnter, halb wellenförmiger Öffnung – dentatus et undulatus, sagte Schmidt – kleine Marktsträuße von Goldlack und Vergißmeinnicht hervorwuchsen. Quer vor den Weingläsern lagen lange Kümmelbrote, denen der Gastgeber, wie allem Kümmlichen, eine ganz besondere Fülle gesundheitlicher Gaben zuschrieb.

Das eigentliche Gericht fehlte noch, und Schmidt, nachdem er sich von dem statutarisch festgesetzten Trarbacher bereits zweimal eingeschenkt, auch beide Knusperspitzen von seinem Kümmelbrötchen abgebrochen hatte, war ersichtlich auf dem Punkte, starke Spuren von Mißstimmung und Ungeduld zu zeigen, als sich endlich die zum Entree führende Tür auftat und die Schmolke, rot von Erregung und Herdfeuer, eintrat, eine mächtige Schüssel mit Oderkrebsen vor sich her tragend. »Gott sei Dank«, sagte Schmidt, »ich dachte schon, alles wäre den Krebsgang gegangen«, eine unvorsichtige Bemerkung, die die Kongestionen der Schmolke nur noch steigerte, das Maß ihrer guten Laune aber ebensosehr sinken ließ. Schmidt, seinen Fehler rasch erkennend, war kluger Feldherr genug, durch einige Verbindlichkeiten die Sache wieder auszugleichen. Freilich nur mit halbem Erfolg.

Als man wieder allein war, unterließ es Schmidt nicht, sofort den verbindlichen Wirt zu machen. Natürlich auf seine Weise. »Sieh, Distelkamp, dieser hier ist für dich. Er hat eine große und eine kleine Schere, und das sind immer die besten. Es gibt Spiele der Natur, die mehr sind als bloßes Spiel und dem Weisen als Wegweiser dienen; dahin gehören beispielsweise die Pontacapfelsinen, und die Borsdorfer mit einer Pocke. Denn es steht fest, je pockenreicher, desto schöner… Was wir hier vor uns haben, sind Oderbruchkrebse; wenn ich recht berichtet bin, aus der Küstriner Gegend. Es scheint, daß durch die Vermählung von Oder und Warthe besonders gute Resultate vermittelt werden. Übrigens, Friedeberg, sind Sie nicht eigentlich da zu Haus? Ein halber Neumärker oder Oderbrücher.« Friedeberg bestätigte. »Wußt' es; mein Gedächtnis täuscht mich selten. Und nun sagen Sie, Freund, ist dies nach Ihren persönlichen Erfahrungen, mutmaßlich als streng lokale Produktion anzusehen, oder ist es mit den Oderbruchkrebsen wie mit den Werderschen Kirschen, deren Gewinnungsgebiet sich nächstens über die ganze Provinz Brandenburg erstrecken wird?«

»Ich glaube doch«, sagte Friedeberg, während er durch eine geschickte, durchaus den Virtuosen verratende Gabelwendung einen weiß und rosa schimmernden Krebsschwanz aus seiner Stachelschale hob, »ich glaube doch, daß hier ein Segeln unter zuständiger Flagge stattfindet und daß wir auf dieser Schüssel wirkliche Oderkrebse vor uns haben, echteste Ware, nicht bloß dem Namen nach, sondern auch de facto.«

»De facto«, wiederholte der in Friedebergs Latinität eingeweihte Schmidt unter behaglichem Schmunzeln.

Friedeberg aber fuhr fort: »Es werden nämlich, um Küstrin herum, immer noch Massen gewonnen, trotzdem es nicht mehr das ist, was es war. Ich habe selbst noch Wunderdinge davon gesehen, aber freilich nichts in Vergleich zu dem, was die Leute von alten Zeiten her erzählten. Damals, vor hundert Jahren, oder vielleicht auch noch länger, gab es so viele Krebse, daß sie durchs ganze Bruch hin, wenn sich im Mai das Überschwemmungswasser wieder verlief, von den Bäumen geschüttelt wurden, zu vielen Hunderttausenden.«

»Dabei kann einem ja ordentlich das Herz lachen«, sagte Etienne, der ein Feinschmecker war.

»Ja, hier an diesem Tisch; aber dort in der Gegend lachte man nicht darüber. Die Krebse waren wie eine Plage, natürlich ganz entwertet, und bei der dienenden Bevölkerung, die damit geatzt werden sollte, so verhaßt und dem Magen der Leute so widerwärtig, daß es verboten war, dem Gesinde *mehr* als dreimal wöchentlich Krebse vorzusetzen. Ein Schock Krebse kostete einen Pfennig.«

»Ein Glück, daß das die Schmolke nicht hört«, warf Schmidt ein, »sonst würd' ihr ihre Laune zum zweiten Male verdorben. Als richtige Berlinerin ist sie nämlich für ewiges Sparen, und ich glaube nicht, daß sie die Tatsache ruhig verwinden würde, die Epoche von ›ein Pfennig pro Schock‹ so total versäumt zu haben.«

»Darüber darfst du nicht spotten, Schmidt«, sagte Distelkamp. »Das ist eine Tugend, die der modernen Welt, neben vielem anderen, immer mehr verloren geht.«

»Ja, da sollst du recht haben. Aber meine gute Schmolke hat doch auch in diesem Punkte les défauts de ses vertus. So heißt es ja wohl, Etienne?«

»Gewiß«, sagte dieser. »Von der George Sand. Und fast ließe sich sagen, ›les défauts de ses vertus‹ und ›comprendre c'est pardonner‹ – das sind so recht eigentlich die Sätze, wegen deren sie gelebt hat.«

»Und dann vielleicht auch von wegen dem Alfred de Musset«, ergänzte Schmidt, der nicht gern eine Gelegenheit vorübergehen ließ, sich, aller Klassizität unbeschadet, auch ein modern literarisches Ansehen zu geben.

»Ja, wenn man will, auch von wegen dem Alfred de Musset. Aber das sind Dinge, daran die Literaturgeschichte glücklicherweise vorübergeht.«

»Sage das nicht, Etienne, nicht glücklicherweise, sage leider. Die Geschichte geht fast immer an dem vorüber, was sie vor allem festhalten sollte. Daß der Alte Fritz am Ende seiner Tage dem damaligen Kammergerichtspräsidenten, Namen hab' ich vergessen, den Krückstock an den Kopf warf, und, was mir noch wichtiger ist, daß er durchaus bei seinen Hunden begraben sein wollte, weil er die Menschen, diese ›mechante Rasse‹, so gründlich verachtete – sieh, Freund, das ist mir mindestens ebensoviel wert wie Hohenfriedberg oder Leuthen. Und die berühmte Torgauer Ansprache ›Rackers, wollt ihr denn ewig leben‹ geht mir eigentlich noch über Torgau selbst.«

Distelkamp lächelte. »Das sind so Schmidtiana. Du warst

immer fürs Anekdotische, fürs Genrehafte. Mir gilt in der Geschichte nur das Große, nicht das Kleine, das Nebensächliche.«

»Ja und nein, Distelkamp. Das Nebensächliche, soviel ist richtig, gilt nichts, wenn es bloß nebensächlich ist, wenn nichts drin steckt. Steckt aber was drin, dann ist es die Hauptsache, denn es gibt einem dann immer das eigentlich Menschliche.«

»Poetisch magst du recht haben.«

»Das Poetische – vorausgesetzt, daß man etwas anderes darunter versteht als meine Freundin Jenny Treibel –, das Poetische hat immer recht; es wächst weit über das Historische hinaus...«

Es war dies ein Schmidtsches Lieblingsthema, drin der alte Romantiker, der er eigentlich mehr als alles andere war, jedesmal so recht zur Geltung kam; aber heute sein Steckenpferd zu reiten verbot sich ihm doch, denn ehe er noch zu wuchtiger Auseinandersetzung ausholen konnte, hörte man Stimmen vom Entree her, und im nächsten Augenblicke traten Marcell und Corinna ein, Marcell befangen und fast verstimmt, Corinna nach wie vor in bester Laune. Sie ging zur Begrüßung auf Distelkamp zu, der ihr Pate war und ihr immer kleine Verbindlichkeiten sagte. Dann gab sie Friedeberg und Etienne die Hand und machte den Schluß bei ihrem Vater, dem sie, nachdem er sich auf ihre Ordre mit der breit vorgebundenen Serviette den Mund abgeputzt hatte, einen herzhaften Kuß gab.

»Nun, Kinder, was bringt ihr? Rückt hier ein. Platz die Hülle und Fülle. Rindfleisch hat abgeschrieben... Griechische Gesellschaft... und die beiden anderen fehlen als Anhängsel natürlich von selbst. Aber kein anzügliches Wort mehr, ich habe ja Besserung geschworen und will's halten. Also, Corinna, du drüben neben Distelkamp, Marcell hier zwischen Etienne und mir. Ein Besteck wird die Schmolke wohl gleich bringen... So; so ist's recht... Und wie sich das gleich anders ausnimmt! Wenn so Lücken klaffen, denk' ich immer, Banquo steigt auf. Nun, Gott sei Dank, Marcell, von Banquo hast du nicht viel, oder wenn doch vielleicht, so verstehst du's, deine Wunden zu verbergen. Und nun erzählt, Kinder. Was macht Treibel? Was macht meine Freundin Jenny? Hat sie gesungen?

Ich wette, das ewige Lied, *mein* Lied, die berühmte Stelle ›Wo sich Herzen finden‹, und Adolar Krola hat begleitet. Wenn ich dabei nur mal in Krolas Seele lesen könnte. Vielleicht aber steht er doch milder und menschlicher dazu. Wer jeden Tag zu zwei Diners geladen ist und mindestens anderthalb mitmacht... Aber bitte, Corinna, klingle.«

»Nein, ich gehe lieber selbst, Papa. Die Schmolke läßt sich nicht gerne klingeln; sie hat so ihre Vorstellungen von dem, was sie sich und ihrem Verstorbenen schuldig ist. Und ob ich wiederkomme, die Herren wollen verzeihen, weiß ich auch nicht; ich glaube kaum. Wenn man solchen Treibelschen Tag hinter sich hat, ist es das schönste, darüber nachzudenken, wie das alles so kam und was einem alles gesagt wurde. Marcell kann ja statt meiner berichten. Und nur noch so viel, ein höchst interessanter Engländer war mein Tischnachbar, und wer es von Ihnen vielleicht nicht glauben will, daß er so sehr interessant gewesen, dem brauche ich bloß den Namen zu nennen, er hieß nämlich Nelson. Und nun Gott befohlen.«

Und damit verabschiedete sich Corinna.

Das Besteck für Marcell kam, und als dieser, nur um des Onkels gute Laune nicht zu stören, um einen Kost- und Probekrebs gebeten hatte, sagte Schmidt: »Fange nur erst an. Artischocken und Krebse kann man immer essen, auch wenn man von einem Treibelschen Diner kommt. Ob sich vom Hummer dasselbe sagen läßt, mag dahingestellt bleiben. Mir persönlich ist allerdings auch der Hummer immer gut bekommen. Ein eigen Ding, daß man aus Fragen der Art nie herauswächst, sie wechseln bloß ab im Leben. Ist man jung, so heißt es ›hübsch oder häßlich‹, ›brünett oder blond‹, und liegt dergleichen hinter einem, so steht man vor der vielleicht wichtigeren Frage ›Hummer oder Krebse‹. Wir könnten übrigens darüber abstimmen. Andererseits, so viel muß ich zugeben, hat Abstimmung immer was Totes, Schablonenhaftes und paßt mir außerdem nicht recht; ich möchte nämlich Marcell gern ins Gespräch ziehen, der eigentlich dasitzt, als sei ihm die Gerste verhagelt. Also lieber Erörterung der Frage, Debatte. Sage, Marcell, was ziehst du vor?«

»Versteht sich, Hummer.«

»Schnell fertig ist die Jugend mit dem Wort. Auf den ersten Anlauf, mit ganz wenig Ausnahmen, ist jeder für Hummer, schon weil er sich auf Kaiser Wilhelm berufen kann. Aber so schnell erledigt sich das nicht. Natürlich, wenn solch ein Hummer aufgeschnitten vor einem liegt, und der wundervolle rote Rogen, ein Bild des Segens und der Fruchtbarkeit, einem zu allem anderen auch noch die Gewißheit gibt, ›es wird immer Hummer geben‹, auch nach Äonen noch, gerade so wie heute...«

Distelkamp sah seinen Freund Schmidt von der Seite her an.

»... Also einem die Gewißheit gibt, auch nach Äonen noch werden Menschenkinder sich dieser Himmelsgabe freuen – ja, Freunde, wenn man sich mit diesem Gefühl des Unendlichen durchdringt, so kommt das darin liegende Humanitäre dem Hummer und unserer Stellung zu ihm unzweifelhaft zugute. Denn jede philanthropische Regung, weshalb man die Philanthropie schon aus Selbstsucht kultivieren sollte, bedeutet die Mehrung eines gesunden und zugleich verfeinerten Appetits. Alles Gute hat seinen Lohn in sich, so viel ist unbestreitbar.«

»Aber...«

»Aber es ist trotzdem dafür gesorgt, auch hier, daß die Bäume nicht in den Himmel wachsen, und neben dem Großen hat das Kleine nicht bloß seine Berechtigung, sondern auch seine Vorzüge. Gewiß, dem Krebse fehlt dies und das, er hat sozusagen nicht das ›Maß‹, was, in einem Militärstaate wie Preußen, immerhin etwas bedeutet, aber demohnerachtet, auch *er* darf sagen: ich habe nicht umsonst gelebt. Und wenn er dann, er, der Krebs, in Petersilienbutter geschwenkt, im allerappetitlichsten Reize vor uns hintritt, so hat er Momente wirklicher Überlegenheit, vor allem auch darin, daß sein Bestes nicht eigentlich gegessen, sondern geschlürft, gesogen wird. Und daß gerade das, in der Welt des Genusses, seine besonderen Meriten hat, wer wollte das bestreiten? Es ist, sozusagen, das natürlich Gegebene. Wir haben da in erster Reihe den Säugling, für den saugen zugleich leben heißt. Aber auch in den höheren Semestern...«

»Laß es gut sein, Schmidt«, unterbrach Distelkamp. »Mir ist nur immer merkwürdig, daß du, neben Homer und sogar neben Schliemann, mit solcher Vorliebe Kochbuchliches behandelst, reine Menufragen, als ob du zu den Bankiers und Geldfürsten gehörtest, von denen ich bis auf weiteres annehme, daß sie gut essen ...«

»Mir ganz unzweifelhaft.«

»Nun, sieh, Schmidt, diese Herren von der hohen Finanz, darauf möcht' ich mich verwetten, sprechen nicht mit halb soviel Lust und Eifer von einer Schildkrötensuppe wie du.«

»Das ist richtig, Distelkamp, und sehr natürlich. Sieh, ich habe die Frische, die macht's; auf die Frische kommt es an, in allem. Die Frische gibt einem die Lust, den Eifer, das Interesse, und wo die Frische nicht ist, da ist gar nichts. Das ärmste Leben, das ein Menschenkind führen kann, ist das des petit crevé. Lauter Zappeleien; nichts dahinter. Hab' ich recht, Etienne?«

Dieser, der in allem Parisischen regelmäßig als Autorität angerufen wurde, nickte zustimmend, und Distelkamp ließ die Streitfrage fallen oder war geschickt genug, ihr eine neue Richtung zu geben, indem er aus dem allgemein Kulinarischen auf einzelne berühmte kulinarische Persönlichkeiten überlenkte, zunächst auf den Freiherrn von Rumohr, und im raschen Anschluß an diesen auf den ihm persönlich befreundet gewesenen Fürsten Pückler-Muskau. Besonders dieser letztere war Distelkamps Schwärmerei. Wenn man dermaleinst das Wesen des modernen Aristokratismus an einer historischen Figur werde nachweisen wollen, so werde man immer den Fürsten Pückler als Musterbeispiel nehmen müssen. Dabei sei er durchaus liebenswürdig gewesen, allerdings etwas launenhaft, eitel und übermütig, aber immer grundgut. Es sei schade, daß solche Figuren ausstürben. Und nach diesen einleitenden Sätzen begann er speziell von Muskau und Branitz zu erzählen, wo er vordem oft tagelang zu Besuch gewesen war und sich mit der märchenhaften, von »Semilassos Weltfahrten« mit heimgebrachten Abessinierin über Nahes und Fernes unterhalten hatte.

Schmidt hörte nichts Lieberes als Erlebnisse der Art, und nun gar von Distelkamp, vor dessen Wissen und Charakter er überhaupt einen ungeheuchelten Respekt hatte.

Marcell teilte ganz und gar diese Vorliebe für den alten Direktor und verstand außerdem – obwohl geborner Berliner – gut und mit Interesse zuzuhören; trotzdem tat er heute Fragen über Fragen, die seine volle Zerstreutheit bewiesen. Er war eben mit anderem beschäftigt.

So kam elf heran, und mit dem Glockenschlage – ein Satz von Schmidt wurde mitten durchgeschnitten – erhob man sich und trat aus dem Eßzimmer in das Entree, darin seitens der Schmolke die Sommerüberzieher samt Hut und Stock schon in Bereitschaft gelegt waren. Jeder griff nach dem seinen, und nur Marcell nahm den Oheim einen Augenblick beiseite und sagte: »Onkel, ich spräche gerne noch ein Wort mit dir«, ein Ansinnen, zu dem dieser, jovial und herzlich wie immer, seine volle Zustimmung ausdrückte. Dann, unter Vorantritt der Schmolke, die mit der Linken den messingenen Leuchter über den Kopf hielt, stiegen Distelkamp, Friedeberg und Etienne zunächst treppab und traten gleich danach in die muffig schwüle Adlerstraße hinaus. Oben aber nahm Schmidt seines Neffen Arm und schritt mit ihm auf seine Studierstube zu.

»Nun, Marcell, was gibt es? Rauchen wirst du nicht, du siehst mir viel zu bewölkt aus; aber verzeih, *ich* muß mir erst eine Pfeife stopfen.« Und dabei ließ er sich, den Tabakskasten vor sich herschiebend, in eine Sofaecke nieder. »So! Marcell... Und nun nimm einen Stuhl und setz dich und schieße los. Was gibt es?«

»Das alte Lied.«

»Corinna?«

»Ja.«

»Ja, Marcell, nimm mir's nicht übel, aber das ist ein schlechter Liebhaber, der immer väterlichen Vorspann braucht, um von der Stelle zu kommen. Du weißt, ich bin dafür. Ihr seid wie geschaffen für einander. Sie übersieht dich und uns alle; das Schmidtsche strebt in ihr nicht bloß der Vollendung zu, sondern, ich muß das sagen, trotzdem ich ihr Vater bin, kommt auch ganz nah ans Ziel. Nicht jede Familie kann das ertragen. Aber das Schmidtsche setzt sich aus solchen Ingredienzien zusammen, daß die Vollendung, von der ich spreche, nie bedrücklich wird. Und warum nicht? Weil die Selbstironie, in der wir, glaube ich, groß sind, immer wieder ein Fragezeichen hinter der Vollendung macht. Das ist recht eigentlich das, was ich das Schmidtsche nenne. Folgst du?«

»Gewiß, Onkel. Sprich nur weiter.«

»Nun, sieh, Marcell, ihr paßt ganz vorzüglich zusammen. Sie hat die genialere Natur, hat so den letzten Knips von der Sache weg, aber das gibt keineswegs das Übergewicht im Leben. Fast im Gegenteil. Die Genialen bleiben immer halbe Kinder, in Eitelkeit befangen, und verlassen sich immer auf Intuition und bon sens und Sentiment und wie all die französischen Worte heißen mögen. Oder wir können auch auf gut Deutsch sagen, sie verlassen sich auf ihre guten Einfälle. Damit ist es nun aber soso; manchmal wetterleuchtet es freilich eine halbe Stunde lang oder auch noch länger, gewiß, das kommt vor; aber mit einem Male ist das Elektrische wie verblitzt, und nun bleibt nicht bloß der Esprit aus wie Röhrwasser, sondern auch der gesunde Menschenverstand. Ja, der erst recht. Und so ist es auch mit Corinna. Sie bedarf einer verständigen Leitung, das heißt sie bedarf eines Mannes von Bildung und Charakter. Das bist du, das hast du. Du hast also meinen Segen; alles andere mußt du dir selber besorgen.«

»Ja, Onkel, das sagst du immer. Aber wie soll ich das anfangen? Eine lichterlohe Leidenschaft kann ich in ihr nicht entzünden. Vielleicht ist sie solcher Leidenschaft nicht einmal fähig; aber wenn auch, wie soll ein Vetter seine Cousine zur Leidenschaft anstacheln? Das kommt gar nicht vor. Die Leidenschaft ist etwas Plötzliches, und wenn man von seinem fünften Jahr an immer zusammen gespielt und sich, sagen wir, hinter den Sauerkrauttonnen eines Budikers oder in einem Torf- und Holzkeller unzählige Male stundenlang versteckt hat, immer gemeinschaftlich und immer glückselig, daß Richard oder Arthur, trotzdem sie dicht um einen herum waren, einen doch nicht finden konnten, ja, Onkel, da ist von Plötzlichkeit, dieser Vorbedingung der Leidenschaft, keine Rede mehr.«

Schmidt lachte. »Das hast du gut gesagt, Marcell, eigentlich über deine Mittel. Aber es steigert nur meine Liebe zu dir. Das Schmidtsche steckt doch auch in dir und ist nur unter dem steifen Wedderkoppschen etwas vergraben. Und *das* kann ich dir sagen, wenn du diesen Ton Corinna gegenüber festhältst, dann bist du durch, dann hast du sie sicher.«

»Ach, Onkel, glaube doch das nicht. Du verkennst Corinna. Nach der einen Seite hin kennst du sie ganz genau, aber nach der anderen Seite hin kennst du sie gar nicht. Alles, was klug und tüchtig und, vor allem, was espritvoll an ihr ist, das siehst du mit beiden Augen, aber was äußerlich und modern an ihr ist, das siehst du nicht. Ich kann nicht sagen, daß sie jene niedrigstehende Gefallsucht hat, die jeden erobern will, er sei, wer er sei; von dieser Koketterie hat sie nichts. Aber sie nimmt sich erbarmungslos *einen* aufs Korn, einen, an dessen Spezialeroberung ihr gelegen ist, und du glaubst gar nicht, mit welcher grausamen Konsequenz, mit welcher infernalen Virtuosität sie dies von ihr erwählte Opfer in ihre Fäden einzuspinnen weiß.«

»Meinst du?«

»Ja, Onkel. Heute bei Treibels hatten wir wieder ein Musterbeispiel davon. Sie saß zwischen Leopold Treibel und einem Engländer, dessen Namen sie dir ja schon genannt hat, einem Mr. Nelson, der, wie die meisten Engländer aus guten Häusern, einen gewissen Naivitätscharme hatte, sonst aber herzlich wenig bedeutete. Nun hättest du Corinna sehen sollen. Sie beschäftigte sich anscheinend mit niemand anderem als diesem Sohn Albions, und es gelang ihr auch, ihn in Staunen zu setzen. Aber glaube nur ja nicht, daß ihr an dem flachsblonden Mr. Nelson im geringsten gelegen gewesen wäre; gelegen war ihr bloß an Leopold Treibel, an den sie kein einziges Wort, oder wenigstens nicht viele, direkt richtete, und dem zu Ehren sie doch eine Art von französischem Proverbe aufführte, kleine Komödie, dramatische Szene. Und wie ich dir versichern kann, Onkel, mit vollständigstem Erfolg. Dieser unglückliche Leopold hängt schon lange an ihren Lippen und saugt das süße Gift ein, aber so wie heute habe ich ihn doch noch nicht gesehen. Er war von Kopf bis zu Fuß die helle Bewunderung, und jede Miene schien ausdrücken zu wollen: ›Ach, wie langweilig ist Helene (das ist, wie du dich vielleicht erinnerst, die Frau seines Bruders), und wie wundervoll ist diese Corinna.‹«

»Nun gut, Marcell, aber das alles kann ich so schlimm nicht finden. Warum soll sie nicht ihren Nachbar zur Rechten unterhalten, um auf ihren Nachbar zur Linken einen Eindruck zu machen? Das kommt alle Tage vor, das sind so kleine Capricen, an denen die Frauennatur reich ist.«

»Du nennst es Capricen, Onkel. Ja, wenn die Dinge so lägen! Es liegt aber anders. Alles ist Berechnung: sie will den Leopold heiraten.«

»Unsinn, Leopold ist ein Junge.«

»Nein, er ist fünfundzwanzig, gerade so alt wie Corinna selbst. Aber wenn er auch noch ein bloßer Junge wäre, Corinna hat sich's in den Kopf gesetzt und wird es durchführen.«

»Nicht möglich.«

»Doch, doch. Und nicht bloß möglich, sondern ganz gewiß. Sie hat es mir, als ich sie zur Rede stellte, selber gesagt. Sie will Leopold Treibels Frau werden, und wenn der Alte das Zeitliche segnet, was doch, wie sie mir versicherte, höchstens noch zehn Jahre dauern könne, und wenn er in seinem Zossener Wahlkreise gewählt würde, keine fünfe mehr, so will sie die Villa beziehen, und wenn ich sie recht taxiere, so wird sie zu dem grauen Kakadu noch einen Pfauhahn anschaffen.«

»Ach, Marcell, das sind Visionen.«

»Vielleicht von ihr, wer will's sagen? aber sicherlich nicht von mir. Denn all das waren ihre eigensten Worte. Du hättest sie hören sollen, Onkel, mit welcher Suffisance sie von ›kleinen Verhältnissen‹ sprach und wie sie das dürftige Kleinleben ausmalte, für das sie nun mal nicht geschaffen sei; sie sei nicht für Speck und Wruken und all dergleichen ... und du hättest nur hören sollen, *wie* sie das sagte, nicht bloß so drüber hin, nein, es klang geradezu was von Bitterkeit mit durch, und ich sah zu meinem Schmerz, wie veräußerlicht sie ist und wie die verdammte neue Zeit sie ganz in Banden hält.«

»Hm«, sagte Schmidt, »das gefällt mir nicht, namentlich das mit den Wruken. Das ist bloß ein dummes Vornehmtun und ist auch kulinarisch eine Torheit; denn alle Gerichte, die Friedrich Wilhelm I. liebte, so zum Beispiel Weißkohl mit Hammelfleisch oder Schlei mit Dill – ja, lieber Marcell, was will dagegen aufkommen? Und dagegen Front zu machen, ist einfach Unverstand. Aber glaube mir, Corinna macht auch nicht Front dagegen, dazu ist sie viel zu sehr ihres Vaters Tochter, und wenn sie sich darin gefallen hat, dir von Modernität zu sprechen und dir vielleicht eine Pariser Hutnadel oder eine Sommerjacke, dran alles chic und wieder chic ist, zu beschreiben und so zu tun, als ob es in der ganzen Welt nichts gäbe, was an Wert und Schönheit damit verglichen werden könnte, so ist das alles bloß Feuerwerk, Phantasietätigkeit, jeu d'esprit, und wenn es ihr morgen paßt, dir einen Pfarramtskandidaten in der Jasminlaube zu beschreiben, der selig in Lottchens Armen ruht, so leistet sie das mit demselben Aplomb und mit derselben Virtuosität. Das ist, was ich das Schmidtsche nenne. Nein, Marcell, darüber darfst du dir keine grauen Haare wachsen lassen; das ist alles nicht ernstlich gemeint...«

»Es *ist* ernstlich gemeint...«

»Und *wenn* es ernstlich gemeint ist – was ich vorläufig noch nicht glaube, denn Corinna ist eine sonderbare Person –, so nutzt ihr dieser Ernst nichts, gar nichts, und es wird *doch* nichts draus. Darauf verlaß dich, Marcell. Denn zum Heiraten gehören zwei.«

»Gewiß, Onkel. Aber Leopold will womöglich noch mehr als Corinna...«

»Was gar keine Bedeutung hat. Denn laß dir sagen, und damit sprech' ich ein großes Wort gelassen aus: die Kommerzienrätin will *nicht*.«

»Bist du dessen so sicher?«

»Ganz sicher.«

»Und hast auch Zeichen dafür?«

»Zeichen und Beweise, Marcell. Und zwar Zeichen und Beweise, die du in deinem alten Onkel Wilibald Schmidt hier leibhaftig vor dir siehst...«

»Das wäre?«

»Ja, Freund, leibhaftig vor dir siehst. Denn ich habe das Glück gehabt, an mir selbst, und zwar als Objekt und Opfer, das Wesen meiner Freundin Jenny studieren zu können. Jenny Bürstenbinder, das ist ihr Vatersname, wie du vielleicht schon weißt, ist der Typus einer Bourgeoise. Sie war talentiert dafür, von Kindesbeinen an, und in jenen Zeiten, wo sie noch drüben in ihres Vaters Laden, wenn der Alte gerade nicht hinsah, von den Traubenrosinen naschte, da war sie schon geradeso wie heut' und deklamierte den ›Taucher‹ und den ›Gang nach dem Eisenhammer‹ und auch allerlei kleine Lieder, und wenn es recht was Rührendes war, so war ihr Auge schon damals immer in Tränen, und als ich eines Tages mein berühmtes Gedicht gedichtet hatte, du weißt schon, das Unglücksding, das sie seitdem immer singt und vielleicht auch heute wieder gesungen hat, da warf sie sich mir an die Brust und sagte: ›Wilibald, einziger, das kommt von Gott.‹ Ich sagte halb verlegen etwas von meinem Gefühl und meiner Liebe, sie blieb aber dabei, es sei von Gott, und dabei schluchzte sie dermaßen, daß ich, so glücklich ich einerseits in meiner Eitelkeit war, doch auch wieder einen Schreck kriegte vor der Macht dieser Gefühle. Ja, Marcell, das war so unsere stille Verlobung, ganz still, aber doch immerhin eine Verlobung; wenigstens nahm ich's dafür und strengte mich riesig an, um so rasch wie möglich mit meinem Studium am Ende zu sein und mein Examen zu machen. Und ging auch alles vortrefflich. Als ich nun aber kam, um die Verlobung perfekt zu machen, da hielt sie mich hin, war abwechselnd vertraulich und dann wieder fremd, und während sie nach wie vor das Lied sang, *mein* Lied, liebäugelte sie mit jedem, der ins Haus kam, bis endlich Treibel erschien und dem Zauber ihrer kastanienbraunen Locken und mehr noch ihrer Sentimentalitäten erlag. Denn der Treibel von damals war noch nicht der Treibel von heut', und am andern Tag kriegte ich die Verlobungskarten. Alles in allem eine sonderbare Geschichte, daran, das glaub' ich sagen zu dürfen, andere Freundschaften gescheitert wären; aber ich bin kein Übelnehmer und Spielverderber, und in dem Liede, drin sich, wie du weißt, ›die Herzen finden‹ – beiläufig eine himmlische Trivialität und ganz wie geschaffen für Jenny Treibel –, in dem Liede lebt unsre Freundschaft fort bis diesen Tag, ganz so, als sei nichts vorgefallen. Und am Ende, warum auch nicht? Ich persönlich bin drüber weg, und Jenny Treibel hat ein Talent, alles zu vergessen, was sie vergessen will. Es ist eine gefährliche Person, und um so gefährlicher, als sie's selbst nicht recht weiß und sich aufrichtig einbildet, ein gefühlvolles

Herz und vor allem ein Herz ›für das Höhere‹ zu haben. Aber sie hat nur ein Herz für das Ponderable, für alles, was ins Gewicht fällt und Zins trägt, und für viel weniger als eine halbe Million gibt sie den Leopold nicht fort, die halbe Million mag herkommen, woher sie will. Und dieser arme Leopold selbst. Soviel weißt du doch, der ist nicht der Mensch des Aufbäumens oder der Eskapade nach Gretna Green. Ich sage dir, Marcell, unter Brückner tun es Treibels nicht, und Koegel ist ihnen noch lieber. Denn je mehr es nach Hof schmeckt, desto besser. Sie liberalisieren und sentimentalisieren beständig, aber das alles ist Farce; wenn es gilt Farbe zu bekennen, dann heißt es: ›Gold ist Trumpf‹ und weiter nichts.«

»Ich glaube, daß du Leopold unterschätzest.«

»Ich fürchte, daß ich ihn noch überschätze. Ich kenn' ihn noch aus der Untersekunda her. Weiter kam er nicht; wozu auch? Guter Mensch, Mittelgut, und als Charakter noch unter mittel.«

»Wenn du mit Corinna sprechen könntest.«

»Nicht nötig, Marcell. Durch Dreinreden stört man nur den natürlichen Gang der Dinge. Mag übrigens alles schwanken und unsicher sein, eines steht fest: der Charakter meiner Freundin Jenny. Da ruhen die Wurzeln deiner Kraft. Und wenn Corinna sich in Tollheiten überschlägt, laß sie; den Ausgang der Sache kenn' ich. Du sollst sie haben, und du wirst sie haben, und vielleicht eher, als du denkst.«

ACHTES KAPITEL

Treibel war ein Frühauf, wenigstens für einen Kommerzienrat, und trat nie später als acht Uhr in sein Arbeitszimmer, immer gestiefelt und gespornt, immer in saubersten Toilette. Er sah dann die Privatbriefe durch, tat einen Blick in die Zeitungen und wartete, bis seine Frau kam, um mit dieser gemeinschaftlich das erste Frühstück zu nehmen. In der Regel erschien die Rätin sehr bald nach ihm, heut aber verspätete sie sich, und weil der eingegangenen Briefe nur ein paar waren, die Zeitungen aber, in denen schon der Sommer vorspukte, wenig Inhalt hatten, so geriet Treibel in einen leisen Zustand von Ungeduld und durchmaß, nachdem er sich rasch von seinem kleinen Ledersofa erhoben hatte, die beiden großen nebenan gelegenen Räume, darin sich die Gesellschaft vom Tage vorher abgespielt hatte. Das obere Schiebefenster des Garten- und Eßsaales war ganz heruntergelassen, so daß er, mit den Armen sich auflehnend, in bequemer Stellung in den unter ihm gelegenen Garten hinabsehen konnte. Die Szenerie war wie gestern, nur statt des Kakadu, der noch fehlte, sah man draußen die Honig, die, den Bologneser der Kommerzienrätin an einer Strippe führend, um das Bassin herumschritt. Dies geschah jeden Morgen und dauerte Mal für Mal, bis der Kakadu seinen Stangenplatz einnahm oder in seinem blanken Käfig ins Freie gestellt wurde, worauf sich dann die Honig mit dem Bologneser zurückzog, um einen Ausbruch von Feindseligkeiten zwischen den beiden gleichmäßig verwöhnten Lieblingen des Hauses zu vermeiden. Das alles indessen stand heute noch aus. Treibel, immer artig, erkundigte sich, von seiner Fensterstellung aus, erst nach dem Befinden des Fräuleins – was die Kommerzienrätin, wenn sie's hörte, jedesmal sehr überflüssig fand – und fragte dann, als er beruhigende Versicherungen darüber entgegengenommen hatte, wie sie Mr. Nelsons englische Aussprache gefunden habe, dabei von der mehr oder weniger überzeugten Ansicht ausgehend, daß es jeder von einem Berliner Schulrat examinierten Erzieherin ein kleines sein müsse, dergleichen festzustellen. Die Honig, die diesen Glauben nicht gern zerstören wollte, beschränkte sich darauf, die Korrektheit von Mr. Nelsons A anzuzweifeln und diesem seinem A eine nicht ganz statthafte Mittelstellung zwischen der englischen und schottischen Aussprache dieses Vokals zuzuerkennen, eine Bemerkung, die Treibel ganz ernsthaft hinnahm und weiter ausgesponnen haben würde, wenn er nicht im selben Moment ein leises Insschloßfallen einer der Vordertüren, also mutmaßlich das Eintreten der Kommerzienrätin, erlauscht hätte. Treibel hielt es auf diese Wahrnehmung hin für angezeigt, sich von der Honig zu verabschieden, und schritt wieder auf sein Arbeitszimmer zu, in das in der Tat die Rätin eben eingetreten war. Das auf einem Tablett wohl arrangierte Frühstück stand schon da.

»Guten Morgen, Jenny ... Wie geruht?«

»Doch nur passabel. Dieser furchtbare Vogelsang hat wie ein Alp auf mir gelegen.«

»Ich würde gerade diese bildersprachliche Wendung doch zu vermeiden suchen. Aber wie du darüber denkst ... Im übrigen wollen wir das Frühstück nicht lieber draußen nehmen?«

Und der Diener, nachdem Jenny zugestimmt und ihrerseits auf den Knopf der Klingel gedrückt hatte, erschien wieder, um das Tablett auf einen der kleinen, in der Veranda stehenden Tische hinauszutragen. »Es ist gut, Friedrich«, sagte Treibel und schob jetzt höchst eigenhändig eine Fußbank heran, um es dadurch zunächst seiner Frau, zugleich aber auch sich selber nach Möglichkeit bequem zu machen. Denn Jenny bedurfte solcher Huldigungen, um bei guter Laune zu bleiben.

Diese Wirkung blieb denn auch heute nicht aus. Sie lächelte, rückte die Zuckerschale näher zu sich heran und sagte, während sie die gepflegte weiße Hand über den großen Blockstücken hielt: »Eins oder zwei?«

»Zwei, Jenny, wenn ich bitten darf. Ich sehe nicht ein, warum ich, der ich zur Runkelrübe, Gott sei Dank, keine Beziehungen unterhalte, die billigen Zuckerzeiten nicht fröhlich mitmachen soll.«

Jenny war einverstanden, tat den Zucker ein und schob gleich danach die kleine, genau bis an den Goldstreifen gefüllte Tasse dem Gemahl mit dem Bemerken zu: »Du hast die Zeitungen schon durchgesehen? Wie steht es mit Gladstone?«

Treibel lachte mit ganz ungewöhnlicher Herzlichkeit. »Wenn es dir recht ist, Jenny, bleiben wir vorläufig noch diesseits des Kanals, sagen wir in Hamburg oder doch in der Welt des Hamburgischen, und transponieren uns die Frage nach Gladstones Befinden in eine Frage nach unserer Schwiegertochter Helene. Sie war offenbar verstimmt, und ich schwanke nur noch, was in ihren Augen die Schuld trug. War es, daß sie selber nicht gut genug placiert war, oder war es, daß wir Mr. Nelson, ihren uns gütigst überlassenen oder, um es berlinisch zu sagen, ihren uns aufgepuckelten Ehrengast, so ganz einfach zwischen die Honig und Corinna gesetzt hatten?«

»Du hast eben gelacht, Treibel, weil ich nach Gladstone

fragte, was du nicht hättest tun sollen, denn wir Frauen dürfen so was fragen, wenn wir auch was ganz anderes meinen; aber ihr Männer dürft uns das nicht nachmachen wollen. Schon deshalb nicht, weil es euch nicht glückt oder doch jedenfalls noch weniger als uns. Denn soviel ist doch gewiß und kann dir nicht entgangen sein, ich habe niemals einen entzückteren Menschen gesehen als den guten Nelson; also wird Helene wohl nichts dagegen gehabt haben, daß wir ihren Protégé geradeso placierten, wie geschehen. Und wenn das auch eine ewige Eifersucht ist zwischen ihr und Corinna, die sich, ihrer Meinung nach, zuviel herausnimmt und ...«

»... Und unweiblich ist und unhamburgisch, was nach ihrer Meinung so ziemlich zusammenfällt ...«

»... So wird sie's ihr gestern«, fuhr Jenny, der Unterbrechung nicht achtend, fort, »wohl zum erstenmal verziehen haben, weil es ihr selber zugute kam oder ihrer Gastlichkeit, von der sie persönlich freilich so mangelhafte Proben gegeben hat. Nein, Treibel, nichts von Verstimmung über Mr. Nelsons Platz. Helene schmollt mit uns beiden, weil wir alle Anspielungen nicht verstehen wollen und ihre Schwester Hildegard noch immer nicht eingeladen haben. Übrigens ist Hildegard ein lächerlicher Name für eine Hamburgerin. Hildegard heißt man in einem Schlosse mit Ahnenbildern oder wo eine weiße Frau spukt. Helene schmollt mit uns, weil wir hinsichtlich Hildegards so schwerhörig sind.«

»Worin sie recht hat.«

»Und ich finde, daß sie darin unrecht hat. Es ist eine Anmaßung, die an Insolenz grenzt. Was soll das heißen? Sind wir in einem fort dazu da, dem Holzhof und seinen Angehörigen Honneurs zu machen? Sind wir dazu da, Helenens und ihrer Eltern Pläne zu begünstigen? Wenn unsre Frau Schwiegertochter durchaus die gastliche Schwester spielen will, so kann sie Hildegard ja jeden Tag von Hamburg her verschreiben und das verwöhnte Püppchen entscheiden lassen, ob die Alster bei der Uhlenhorst oder die Spree bei Treptow schöner ist. Aber was geht *uns* das alles an? Otto hat seinen Holzhof so gut wie du deinen Fabrikhof, und seine Villa finden viele Leute hübscher als die unsre, was auch zutrifft. Unsre ist beinah altmodisch und jedenfalls viel zu klein, so daß ich oft nicht aus noch ein weiß. Es bleibt dabei, mir fehlen wenigstens zwei Zimmer. Ich mag davon nicht viel Worte machen, aber wie kommen wir dazu, Hildegard einzuladen, als ob uns daran läge, die Beziehungen der beiden Häuser aufs eifrigste zu pflegen, und wie wenn wir nichts sehnlicher wünschten, als noch mehr Hamburger Blut in die Familie zu bringen...«

»Aber Jenny...«

»Nichts von ›aber‹, Treibel. Von solchen Sachen versteht ihr nichts, weil ihr kein Auge dafür habt. Ich sage dir, auf solche Pläne läuft es hinaus, und deshalb sollen wir die Einladenden sein. Wenn Helene Hildegarden einlädt, so bedeutet das so wenig, daß es nicht einmal die Trinkgelder wert ist, und die neuen Toiletten nun schon gewiß nicht. Was hat es für eine Bedeutung, wenn sich zwei Schwestern wiedersehen? Gar keine, sie passen nicht mal zusammen und schrauben sich beständig; aber wenn *wir* Hildegard einladen, so heißt das, die Treibels sind unendlich entzückt über ihre erste Hamburger Schwiegertochter und würden es für ein Glück und eine Ehre ansehen, wenn sich das Glück erneuern und verdoppeln und Fräulein Hildegard Munk Frau Leopold Treibel werden wollte. Ja, Freund, darauf läuft es hinaus. Es ist eine abgekartete Sache. Leopold soll Hildegard oder eigentlich Hildegard soll Leopold heiraten; denn Leopold ist bloß passiv und hat zu gehorchen. Das ist das, was die Munks wollen, was Helene will, und was unser armer Otto, der, Gott weiß es, nicht viel sagen darf, schließlich auch wird wollen müssen. Und weil wir zögern und mit der Einladung nicht recht heraus wollen, deshalb schmollt und grollt Helene mit uns und spielt die Zurückhaltende und Gekränkte und gibt die Rolle nicht einmal auf an einem Tage, wo ich ihr einen großen Gefallen getan und ihr den Mr. Nelson hierher eingeladen habe, bloß damit ihr die Plättbolzen nicht kalt werden.«

Treibel lehnte sich weiter zurück in den Stuhl und blies kunstvoll einen kleinen Ring in die Luft. »Ich glaube nicht, daß du recht hast. Aber wenn du recht hättest, was täte es? Otto lebt seit acht Jahren in einer glücklichen Ehe mit Helenen, was auch nur natürlich ist; ich kann mich nicht entsinnen, daß irgendwer aus meiner Bekanntschaft mit einer Hamburgerin in einer unglücklichen Ehe gelebt hätte. Sie sind alle so zweifelsohne, haben innerlich und äußerlich so was ungewöhnlich Gewaschenes und bezeugen in allem, was sie tun und nicht tun, die Richtigkeit der Lehre vom Einfluß der guten Kinderstube. Man hat sich ihrer nie zu schämen, und ihrem zwar bestrittenen, aber im stillen immer gehegten Herzenswunsche, ›für eine Engländerin gehalten zu werden‹, diesem Ideale kommen sie meistens sehr nah. Indessen das mag auf sich beruhen. Soviel steht jedenfalls fest, und ich muß es wiederholen, Helene Munk hat unsern Otto glücklich gemacht, und es ist mir höchst wahrscheinlich, daß Hildegard Munk unsren Leopold auch glücklich machen würde, ja noch glücklicher. Und wär' auch keine Hexerei, denn einen besseren Menschen als unsren Leopold gibt es eigentlich überhaupt nicht; er ist schon beinah eine Suse...«

»Beinah?« sagte Jenny. »Du kannst ihn dreist für voll nehmen. Ich weiß nicht, wo beide Jungen diese Milchsuppenschaft herhaben. Zwei geborene Berliner, und sind eigentlich, wie wenn sie von Herrnhut oder Gnadenfrei kämen. Sie haben doch beide was Schläfriges, und ich weiß wirklich nicht, Treibel, auf wen ich es schieben soll...«

»Auf mich, Jenny, natürlich auf mich...«

»Und wenn ich auch sehr wohl weiß«, fuhr Jenny fort, »wie nutzlos es ist, sich über diese Dinge den Kopf zu zerbrechen, und leider auch weiß, daß sich solche Charaktere nicht ändern lassen, so weiß ich doch auch, daß man die Pflicht hat, da zu helfen, wo noch geholfen werden kann. Bei Otto haben wir's versäumt und haben zu seiner eignen Temperamentlosigkeit diese temperamentlose Helene hinzugetan, und was dabei herauskommt, das siehst du nun an Lizzi, die doch die größte Puppe ist, die man nur sehen kann. Ich glaube, Helene wird sie noch, auf Vorderzähnezeigen hin, englisch abrichten. Nun, meinetwegen. Aber ich bekenne dir, Treibel, daß ich an *einer* solchen Schwiegertochter und *einer* solchen Enkelin gerade genug habe, und daß ich den armen Jungen, den Leopold, etwas passender als in der Familie Munk unterbringen möchte.«

»Du möchtest einen forschen Menschen aus ihm machen, einen Kavalier, einen sportsman...«

»Nein, einen forschen Menschen nicht, aber einen Menschen überhaupt. Zum Menschen gehört Leidenschaft, und wenn er eine Leidenschaft fassen könnte, sieh, das wäre was, das würd' ihn rausreißen, und sosehr ich allen Skandal hasse, ich könnte mich beinah freuen, wenn's irgend so was gäbe, natürlich nichts Schlimmes, aber doch wenigstens was Apartes.«

»Male den Teufel nicht an die Wand, Jenny. Daß er sich aufs Entführen einläßt, ist mir, ich weiß nicht, soll ich sagen leider oder glücklicherweise, nicht sehr wahrscheinlich; aber man hat Exempel von Beispielen, daß Personen, die zum Entführen durchaus nicht das Zeug hatten, gleichsam, wie zur Strafe dafür, entführt *wurden*. Es gibt ganz verflixte Weiber, und Leopold ist gerade schwach genug, um vielleicht einmal in den Sattel einer armen und etwas emanzipierten Edeldame, die natürlich auch Schmidt heißen kann, hineingehoben und über die Grenze geführt zu werden...«

»Ich glaub es nicht«, sagte die Kommerzienrätin, »er ist leider auch dafür zu stumpf.« Und sie war von der Ungefährlichkeit der Gesamtlage so fest überzeugt, daß sie nicht einmal der vielleicht bloß zufällig, aber vielleicht auch absichtlich gesprochene Name »Schmidt« stutzig gemacht hatte. »Schmidt«, das war nur so herkömmlich hingeworfen, weiter nichts, und in einem halb übermütigen Jugendanfluge gefiel sich die Rätin sogar in stiller Ausmalung einer Eskapade: Leopold, mit aufgesetztem Schnurrbart, auf dem Wege nach Italien und mit ihm eine Freiin aus einer pommerschen oder schlesischen Verwogenheitsfamilie, die Reiherfeder am Hut und den schottisch karierten Mantel über den etwas fröstelnden Liebhaber ausgebreitet. All das stand vor ihr, und beinah traurig sagte sie zu sich selbst: »Der arme Junge. Ja, wenn er *dazu* das Zeug hätte!«

Es war um die neunte Stunde, daß die alten Treibels dies Gespräch führten, ohne jede Vorstellung davon, daß um eben diese Zeit auch die auf ihrer Veranda das Frühstück nehmenden jungen Treibels der Gesellschaft vom Tage vorher gedachten. Helene sah sehr hübsch aus, wozu nicht nur die kleidsame Morgentoilette, sondern auch eine gewisse Belebtheit in ihren sonst matten und beinah vergißmeinnichtblauen Augen ein

Erhebliches beitrug. Es war ganz ersichtlich, daß sie bis diese Minute mit ganz besonderem Eifer auf den halb verlegen vor sich hinsehenden Otto eingepredigt haben mußte; ja, wenn nicht alles täuschte, wollte sie mit diesem Ansturm eben fortfahren, als das Erscheinen Lizzis und ihrer Erzieherin, Fräulein Wulsten, dies Vorhaben unterbrach.

Lizzi, trotz früher Stunde, war schon in vollem Staate. Das etwas gewellte blonde Haar des Kindes hing bis auf die Hüften herab; im übrigen aber war alles weiß, das Kleid, die hohen Strümpfe, der Überfallkragen, und nur um die Taille herum, wenn sich von einer solchen sprechen ließ, zog sich eine breite rote Schärpe, die von Helenen selbstverständlich nie »rote Schärpe«, sondern immer nur »pink-coloured scarf« genannt wurde. Die Kleine, wie sie sich da präsentierte, hätte sofort als symbolische Figur auf den Wäscheschrank ihrer Mutter gestellt werden können, so sehr war sie der Ausdruck von Weißzeug mit einem roten Bändchen drum. Lizzi galt im ganzen Kreise der Bekannten als Musterkind, was das Herz Helenens einerseits mit Dank gegen Gott, andrerseits aber auch mit Dank gegen Hamburg erfüllte, denn zu den Gaben der Natur, die der Himmel hier so sichtlich verliehen, war auch noch eine Mustererziehung hinzugekommen, wie sie eben nur die Hamburger Tradition geben konnte. Diese Mustererziehung hatte gleich mit dem ersten Lebenstage des Kindes begonnen. Helene, »weil es unschön sei« – was übrigens von seiten des damals noch um sieben Jahre jüngeren Krola bestritten wurde –, war nicht zum Selbstnähren zu bewegen gewesen, und da bei den nun folgenden Verhandlungen eine seitens des alten Kommerzienrats in Vorschlag gebrachte Spreewälderamme mit dem Bemerken, »es gehe bekanntlich so viel davon auf das unschuldige Kind über«, abgelehnt worden war, war man zu dem einzig verbleibenden Auskunftsmittel übergegangen. Eine verheiratete, von dem Geistlichen der Thomasgemeinde warm empfohlene Frau hatte das Aufpäppeln mit großer Gewissenhaftigkeit und mit der Uhr in der Hand übernommen, wobei Lizzi so gut gediehen war, daß sich eine Zeitlang sogar kleine Grübchen auf der Schulter gezeigt hatten. Alles normal und beinah über das Normale hinaus. Unser alter Kommerzienrat hatte denn auch der Sache nie so recht getraut, und erst um ein Erhebliches später, als sich Lizzi mit einem Trennmesser in den Finger geschnitten hatte (das Kindermädchen war dafür entlassen worden), hatte Treibel beruhigt ausgerufen: »Gott sei Dank, soviel ich sehen kann, es ist wirkliches Blut.«

Ordnungsmäßig hatte Lizzis Leben begonnen, und ordnungsmäßig war es fortgesetzt worden. Die Wäsche, die sie trug, führte durch den Monat hin die genau korrespondierende Tageszahl, so daß man ihr, wie der Großvater sagte, das jedesmalige Datum vom Strumpf lesen konnte. »Heut' ist der Siebzehnte.« Der Puppenkleiderschrank war an den Riegeln numeriert, und als es geschah (und dieser schreckliche Tag lag noch nicht lange zurück), daß Lizzi, die sonst die Sorglichkeit selbst war, in ihrer, mit allerlei Kästen ausstaffierten Puppenküche Grieß in den Kasten getan hatte, der doch ganz deutlich die Aufschrift »Linsen« trug, hatte Helene Veranlassung genommen, ihrem Liebling die Tragweite solchen Fehlgriffs auseinanderzusetzen. »Das ist nichts Gleichgültiges, liebe Lizzi. Wer Großes hüten will, muß auch das Kleine zu hüten verstehen. Bedenke, wenn du ein Brüderchen hättest, und das Brüderchen wäre vielleicht schwach, und du willst es mit Eau de Cologne bespritzen, und du bespritzest es mit Eau de Javelle, ja, meine Lizzi, so kann dein Brüderchen blind werden, oder wenn es ins Blut geht, kann es sterben. Und doch wäre es noch eher zu entschuldigen, denn beides ist weiß und sieht aus wie Wasser; aber Grieß und Linsen, meine liebe Lizzi, das ist doch ein starkes Stück von Unaufmerksamkeit oder, was noch schlimmer wäre, von Gleichgültigkeit.«

So war Lizzi, die übrigens zu weiterer Genugtuung der Mutter einen Herzmund hatte. Freilich, die zwei blanken Vorderzähne waren immer noch nicht sichtbar genug, um Helenen eine recht volle Herzensfreude gewähren zu können, und so wandten sich ihre mütterlichen Sorgen auch in diesem Augenblicke wieder der ihr so wichtigen Zahnfrage zu, weil sie davon ausging, daß es hier dem von der Natur so glücklich gegebenen Material bis dahin nur an der rechten erziehlichen Aufmerksamkeit gefehlt habe. »Du kneifst wieder die Lippen so zusammen, Lizzi; das darf nicht sein. Es sieht besser aus, wenn der Mund sich halb öffnet, fast so wie zum Sprechen. Fräulein Wulsten, ich möchte Sie doch bitten, auf diese Kleinigkeit, die keine Kleinigkeit ist, mehr achten zu wollen... Wie steht es denn mit dem Geburtstagsgedicht?«

»Lizzi gibt sich die größte Mühe.«

»Nun, dann will ich dir deinen Wunsch auch erfüllen, Lizzi. Lade dir die kleine Felgentreu zu heute nachmittag ein. Aber natürlich erst die Schularbeiten... Und jetzt kannst du, wenn Fräulein Wulsten es erlaubt« (diese verbeugte sich), »im Garten spazieren gehen, überall, wo du willst, nur nicht nach dem Hof zu, wo die Bretter über der Kalkgrube liegen. Otto, du solltest das ändern; die Bretter sind ohnehin so morsch.«

Lizzi war glücklich, eine Stunde frei zu haben, und nachdem sie der Mama die Hand geküßt und noch die Warnung, sich vor der Wassertonne zu hüten, mit auf den Weg gekriegt hatte, brachen das Fräulein und Lizzi auf, und das Elternpaar blickte dem Kinde nach, das sich noch ein paarmal umsah und dankbar der Mutter zunickte.

»Eigentlich«, sagte diese, »hätte ich Lizzi gern hier behalten und eine Seite Englisch mit ihr gelesen; die Wulsten versteht es nicht und hat eine erbärmliche Aussprache, so low, so vulgar. Aber ich bin gezwungen, es bis morgen zu lassen, denn wir müssen das Gespräch durchaus zu Ende bringen. Ich sage nicht gern etwas gegen deine Eltern, denn ich weiß, daß es sich nicht schickt, und weiß auch, daß es dich bei deinem eigentümlich starren Charakter« (Otto lächelte) »nur noch in dieser deiner Starrheit bestärken wird; aber man darf die Schicklichkeitsfragen, ebenso wie die Klugheitsfragen, nicht über alles stellen. Und das täte ich, wenn ich länger schwiege. Die Haltung deiner Eltern ist in dieser Frage geradezu kränkend für mich und fast mehr noch für meine Familie. Denn, sei mir nicht böse, Otto, aber wer sind am Ende die Treibels? Es ist mißlich, solche Dinge zu berühren, und ich würde mich hüten, es zu tun, wenn du mich nicht geradezu zwängest, zwischen unsren Familien abzuwägen.«

Otto schwieg und ließ den Teelöffel auf seinem Zeigefinger balancieren, Helene aber fuhr fort: »Die Munks sind ursprünglich dänisch, und ein Zweig, wie du recht gut weißt, ist unter

König Christian gegraft worden. Als Hamburgerin und Tochter einer Freien Stadt will ich nicht viel davon machen, aber es ist doch immerhin was. Und nun gar von meiner Mutter Seite! Die Thompsons sind eine Syndikatsfamilie. Du tust, als ob das nichts sei. Gut, es mag auf sich beruhen, und nur so viel möcht' ich dir noch sagen dürfen, unsre Schiffe gingen schon nach Messina, als deine Mutter noch in dem Apfelsinenladen spielte, draus dein Vater sie hervorgeholt hat. Material- und Kolonialwaren. Ihr nennt das hier auch Kaufmann... ich sage nicht du... aber Kaufmann und Kaufmann ist ein Unterschied.«

Otto ließ alles über sich ergehen und sah den Garten hinunter, wo Lizzi Fangball spielte.

»Hast du noch überhaupt vor, Otto, auf das, was ich sagte, mir zu antworten?«

»Am liebsten nein, liebe Helene. Wozu auch? Du kannst doch nicht von mir verlangen, daß ich in dieser Sache deiner Meinung bin, und wenn ich es *nicht* bin und das ausspreche, so reize ich dich nur noch mehr. Ich finde, daß du doch mehr forderst, als du fordern solltest. Meine Mutter ist von großer Aufmerksamkeit gegen dich und hat dir noch gestern einen Beweis davon gegeben; denn ich bezweifle sehr, daß ihr das *unsrem* Gast zu Ehren gegebene Diner besonders zupaß kam. Du weißt außerdem, daß sie sparsam ist, wenn es nicht ihre Person gilt.«

»Sparsam«, lachte Helene.

»Nenn es Geiz; mir gleich. Sie läßt es aber trotzdem nie an Aufmerksamkeiten fehlen, und wenn die Geburtstage da sind, so sind auch ihre Geschenke da. Das stimmt dich aber alles nicht um, im Gegenteil, du wächst in deiner beständigen Auflehnung gegen die Mama, und das alles nur, weil sie dir durch ihre Haltung zu verstehen gibt, daß das, was Papa die ›Hamburgerei‹ nennt, nicht das höchste in der Welt ist, und daß der liebe Gott seine Welt nicht um der Munks willen geschaffen hat...«

»Sprichst du das deiner Mutter nach, oder tust du von deinem Eignen noch was hinzu? Fast klingt es so; deine Stimme zittert ja beinah.«

»Helene, wenn du willst, daß wir die Sache ruhig durchsprechen und alles in Billigkeit und mit Rücksicht für hüben und drüben abwägen, so darfst du nicht beständig Öl ins Feuer gießen. Du bist so gereizt gegen die Mama, weil sie deine Anspielungen nicht verstehen will und keine Miene macht, Hildegard einzuladen. Darin hast du aber unrecht. Soll das Ganze bloß etwas Geschwisterliches sein, so muß die Schwester die Schwester einladen; das ist dann eine Sache, mit der meine Mama herzlich wenig zu tun hat...«

»Sehr schmeichelhaft für Hildegard und auch für mich...«

»...Soll aber ein andrer Plan damit verfolgt werden, und du hast mir zugestanden, daß dies der Fall ist, so muß das, so wünschenswert solche zweite Familienverbindung ganz unzweifelhaft auch für die Treibels sein würde, so muß das unter Verhältnissen geschehen, die den Charakter des Natürlichen und Ungezwungenen haben. Lädst *du* Hildegard ein und führt das, sagen wir einen Monat später oder zwei, zur Verlobung mit Leopold, so haben wir genau das, was ich den natürlichen und ungezwungenen Weg nenne; schreibt aber meine *Mama* den Einladungsbrief an Hildegard und spricht sie darin aus, wie glücklich sie sein würde, die Schwester ihrer lieben Helene recht, recht lange bei sich zu sehen und sich des Glücks der Geschwister mitfreuen zu können, so drückt sich darin ziemlich unverblümt eine Huldigung und ein aufrichtiges Sichbemühen um deine Schwester Hildegard aus, und das will die Firma Treibel vermeiden.«

»Und das billigst du?«

»Ja.«

»Nun, das ist wenigstens deutlich. Aber weil es deutlich ist, darum ist es noch nicht richtig. Alles, wenn ich dich recht verstehe, dreht sich also um die Frage, wer den ersten Schritt zu tun habe.«

Otto nickte.

»Nun, wenn dem so ist, warum wollen die Treibels sich sträuben, diesen ersten Schritt zu tun? Warum, frage ich. Solange die Welt steht, ist der Bräutigam oder der Liebhaber der, der wirbt...«

»Gewiß, liebe Helene. Aber bis zum Werben sind wir noch nicht. Vorläufig handelt es sich noch um Einleitungen, um ein

Brückenbauen, und dies Brückenbauen ist an denen, die das größere Interesse daran haben.«

»Ah«, lachte Helene. »Wir, die Munks... und das größere Interesse! Otto, das hättest du nicht sagen sollen, nicht weil es mich und meine Familie herabsetzt, sondern weil es die ganze Treibelei und dich an der Spitze mit einem Ridikül ausstattet, das dem Respekt, den die Männer doch beständig beanspruchen, nicht allzu vorteilhaft ist. Ja, Freund, du forderst mich heraus, und so will ich dir denn offen sagen, auf eurer Seite liegt Interesse, Gewinn, Ehre. Und daß ihr das empfindet, das müßt ihr eben bezeugen, dem müßt ihr einen nicht mißzuverstehenden Ausdruck geben. Das ist der erste Schritt, von dem ich gesprochen. Und da ich mal bei Bekenntnissen bin, so laß mich dir sagen, Otto, daß diese Dinge, neben ihrer ernsten und geschäftlichen Seite, doch auch noch eine persönliche Seite haben, und daß es dir, so nehm' ich vorläufig an, nicht in den Sinn kommen kann, unsre Geschwister in ihrer äußeren Erscheinung miteinander vergleichen zu wollen. Hildegard ist eine Schönheit und gleicht ganz ihrer Großmutter Elisabeth Thompson (nach der wir ja auch unsere Lizzi getauft haben) und hat den Chic einer Lady; du hast mir das selber früher zugestanden. Und nun sieh deinen Bruder Leopold! Er ist ein guter Mensch, der sich ein Reitpferd angeschafft hat, weil er's durchaus zwingen will, und schnallt sich nun jeden Morgen die Steigbügel so hoch wie ein Engländer. Aber es nutzt ihm nichts. Er ist und bleibt doch unter Durchschnitt, jedenfalls weitab vom Kavalier, und wenn Hildegard ihn nähme (ich fürchte, sie nimmt ihn nicht), so wäre das wohl der einzige Weg, noch etwas wie einen perfekten Gentleman aus ihm zu machen. Und das kannst du deiner Mama sagen.«

»Ich würde vorziehen, *du* tätest es.«

»Wenn man aus einem guten Hause stammt, vermeidet man Aussprachen und Szenen...«

»Und macht sie dafür dem Manne.«

»Das ist etwas anderes.«

»Ja«, lachte Otto. Aber in seinem Lachen war etwas Melancholisches.

Leopold Treibel, der im Geschäft seines älteren Bruders tätig war, während er im elterlichen Hause wohnte, hatte sein Jahr bei den Gardedragonern abdienen wollen, war aber, wegen zu flacher Brust, nicht angenommen worden, was die ganze Familie schwer gekränkt hatte. Treibel selbst kam schließlich drüber weg, weniger die Kommerzienrätin, am wenigsten Leopold selbst, der – wie Helene bei jeder Gelegenheit und auch an diesem Morgen wieder zu betonen liebte – zur Auswetzung der Scharte wenigstens Reitstunde genommen hatte. Jeden Tag war er zwei Stunden im Sattel und machte dabei, weil er sich wirklich Mühe gab, eine ganz leidliche Figur.

Auch heute wieder, an demselben Morgen, an dem die alten und jungen Treibels ihren Streit über dasselbe gefährliche Thema führten, hatte Leopold, ohne die geringste Ahnung davon, sowohl Veranlassung wie Mittelpunkt derartiger heikler Gespräche zu sein, seinen wie gewöhnlich auf Treptow zu gerichteten Morgenausflug angetreten und ritt von der elterlichen Wohnung aus die zu so früher Stunde noch wenig belebte Köpnicker Straße hinunter, erst an seines Bruders Villa, dann an der alten Pionierkaserne vorüber. Die Kasernenuhr schlug eben sieben, als er das Schlesische Tor passierte. Wenn ihn dies Imsattelsein ohnehin schon an jedem Morgen erfreute, so besonders heut', wo die Vorgänge des voraufgegangenen Abends, am meisten aber die zwischen Mr. Nelson und Corinna geführten Gespräche, noch stark in ihm nachwirkten, so stark, daß er mit dem ihm sonst wenig verwandten Ritter Karl von Eichenhorst wohl den gemeinschaftlichen Wunsch des »Sich-Ruhe-Reitens« in seinem Busen hegen durfte. Was ihm equestrisch dabei zur Verfügung stand, war freilich nichts weniger als ein Dänenroß voll Kraft und Feuer, sondern nur ein schon lange Zeit in der Manege gehender Graditzer, dem etwas Extravagantes nicht mehr zugemutet werden konnte. Leopold ritt denn auch Schritt, sosehr er sich wünschte, davonstürmen zu können. Erst ganz allmählich fiel er in einen leichten Trab und blieb darin, bis er den Schafgraben und gleich danach den in geringer Entfernung gelegenen »Schlesischen Busch« erreicht hatte, drin am Abend vorher, wie ihm Johann noch im Momente des Abreitens erzählt hatte, wieder zwei

Frauenzimmer und ein Uhrmacher beraubt worden waren. »Daß dieser Unfug auch gar kein Ende nehmen will! Schwäche, Polizeiversäumnis.« Indessen bei hellem Tageslichte bedeutete das alles nicht allzuviel, weshalb Leopold in der angenehmen Lage war, sich der ringsumher schlagenden Amseln und Finken unbehindert freuen zu können. Und kaum minder genoß er, als er aus dem »Schlesischen Busche« wieder heraus war, der freien Straße, zu deren Rechten sich Saat- und Kornfelder dehnten, während zur Linken die Spree mit ihren nebenherlaufenden Parkanlagen den Weg begrenzte. Das alles war so schön, so morgenfrisch, daß er das Pferd wieder in Schritt fallen ließ. Aber freilich, so langsam er ritt, bald war er trotzdem an der Stelle, wo, vom andern Ufer her, das kleine Fährboot herüberkam, und als er anhielt, um dem Schauspiele besser zusehen zu können, trabten von der Stadt her auch schon einige Reiter auf der Chaussee heran, und ein Pferdebahnwagen glitt vorüber, drin, soviel er sehen konnte, keine Morgengäste für Treptow saßen. Das war so recht, was ihm paßte, denn sein Frühstück im Freien, was ihn dort regelmäßig erquickte, war nur noch die halbe Freude, wenn ein halb Dutzend echte Berliner um ihn herumsaßen und ihren mitgebrachten Affenpinscher über die Stühle springen oder vom Steg aus apportieren ließen. Das alles, wenn dieser leere Wagen nicht schon einen vollbesetzten Vorläufer gehabt hatte, war für heute nicht zu befürchten.

Gegen halb acht war er draußen, und einen halbwachsenen Jungen mit nur einem Arm und dem entsprechenden losen Ärmel (den er beständig in der Luft schwenkte) heranwinkend, stieg er jetzt ab und sagte, während er dem Einarmigen die Zügel gab: »Führ es unter die Linde, Fritz. Die Morgensonne sticht hier so.« Der Junge tat auch, wie ihm geheißen, und Leopold seinerseits ging nun an einem von Liguster überwachsenen Staketenzaun auf den Eingang des Treptower Etablissements zu. Gott sei Dank, hier war alles wie gewünscht, sämtliche Tische leer, die Stühle umgekippt und auch von Kellnern niemand da als sein Freund Mützell, ein auf sich haltender Mann von Mitte der Vierzig, der schon in den Vormittagsstunden einen beinahe fleckenlosen Frack trug und die Trinkgelderfrage mit einer erstaunlichen, übrigens von Leopold (der immer sehr splendid war) nie herausgeforderten Gentilezza behandelte. »Sehen Sie, Herr Treibel«, so waren, als das Gespräch einmal in dieser Richtung lief, seine Worte gewesen, »die meisten wollen nicht recht und streiten einem auch noch was ab, besonders die Damens, aber viele sind auch wieder gut und manche sogar sehr gut und wissen, daß man von einer Zigarre nicht leben kann und die Frau zu Hause mit ihren drei Kindern erst recht nicht. Und sehen Sie, Herr Treibel, die geben, und besonders die kleinen Leute. Da war erst gestern wieder einer hier, der schob mir aus Versehen ein Fünfzigpfennigstück zu, weil er's für einen Zehner hielt, und als ich's ihm sagte, nahm er's nicht wieder und sagte bloß: ›Das hat so sein sollen, Freund und Kupferstecher; mitunter fällt Ostern und Pfingsten auf einen Dag.‹«

Das war vor Wochen gewesen, daß Mützell so zu Leopold Treibel gesprochen hatte. Beide standen überhaupt auf einem Plauderfuß, was aber für Leopold noch angenehmer als diese Plauderei war, war, daß er über Dinge, die sich von selbst verstanden, gar nicht erst zu sprechen brauchte. Mützell, wenn er den jungen Treibel in das Lokal eintreten und über den frischgeharkten Kies hin auf seinen Platz in unmittelbarer Nähe des Wassers zuschreiten sah, salutierte bloß von fern und zog sich dann ohne weiteres in die Küche zurück, von der aus er nach drei Minuten mit einem Tablett, auf dem eine Tasse Kaffee mit ein paar englischen Biskuits und ein großes Glas Milch stand, wieder unter den Frontbäumen erschien. Das große Glas Milch war Hauptsache, denn Sanitätsrat Lohmeyer hatte noch nach der letzten Auskultation zur Kommerzienrätin gesagt: »Meine gnädigste Frau, noch hat es nichts zu bedeuten, aber man muß vorbeugen, dazu sind wir da; im übrigen ist unser Wissen Stückwerk. Also wenn ich bitten darf, so wenig Kaffee wie möglich und jeden Morgen ein Liter Milch.«

Auch heute hatte bei Leopolds Erscheinen die sich täglich wiederholende Begegnungsszene gespielt: Mützell war auf die Küche zu verschwunden und tauchte jetzt in Front des Hauses wieder auf, das Tablett auf den fünf Fingerspitzen seiner linken Hand mit beinahe zirkushafter Virtuosität balancierend.

»Guten Morgen, Herr Treibel. Schöner Morgen heute morgen.«

»Ja, lieber Mützell. Sehr schön. Aber ein bißchen frisch. Besonders hier am Wasser. Mich schuddert ordentlich, und ich bin schon auf- und abgegangen. Lassen Sie sehen, Mützell, ob der Kaffee warm ist.« Und ehe der so freundlich Angesprochene das Tablett auf den Tisch setzen konnte, hatte Leopold die kleine Tasse schon herabgenommen und sie mit einem Zuge geleert.

»Ah, brillant. Das tut einem alten Menschen wohl. Und nun will ich die Milch trinken, Mützell; aber mit Andacht. Und wenn ich damit fertig bin – die Milch ist immer ein bißchen labbrig, was aber kein Tadel sein soll, gute Milch muß eigentlich immer ein bißchen labbrig sein –, wenn ich damit fertig bin, bitt' ich noch um eine...«

»Kaffee?«

»Freilich, Mützell.«

»Ja, Herr Treibel...«

»Nun, was ist? Sie machen ja ein ganz verlegenes Gesicht, Mützell, als ob ich was ganz Besonderes gesagt hätte.«

»Ja, Herr Treibel...«

»Nun, zum Donnerwetter, was ist denn los?«

»Ja, Herr Treibel, als die Frau Mama vorgestern hier waren und der Herr Kommerzienrat auch, und auch das Gesellschaftsfräulein, und Sie, Herr Leopold; eben nach dem Sperl und dem Karussell gegangen waren, da hat mir die Frau Mama gesagt: ›Hören Sie, Mützell, ich weiß, er kommt beinahe jeden Morgen, und ich mache Sie verantwortlich... *eine* Tasse; nie mehr... Sanitätsrat Lohmeyer, der ja auch mal Ihre Frau behandelt hat, hat es mir im Vertrauen, aber doch mit allem Ernste gesagt: *zwei* sind Gift...‹«

»So... und hat meine Mama vielleicht noch mehr gesagt?«

»Die Frau Kommerzienrätin sagten auch noch: ›Ihr Schade soll es nicht sein, Mützell... Ich kann nicht sagen, daß mein Sohn ein passionierter Mensch ist, er ist ein guter Mensch, ein lieber Mensch...‹ Sie verzeihen, Herr Treibel, daß ich Ihnen das alles, was Ihre Frau Mama gesagt hat, hier so ganz simplement wiederhole, ›... aber er hat die Kaffeepassion. Und das ist immer das Schlimme, daß die Menschen grade *die* Passion haben, die sie nicht haben sollen. Also, Mützell, eine Tasse mag gehen, aber nicht zwei.‹«

Leopold hatte mit sehr geteilten Empfindungen zugehört und nicht gewußt, ob er lachen oder verdrießlich werden solle. »Nun, Mützell, dann also lassen wir's; keine zweite.« Und damit nahm er seinen Platz wieder ein, während sich Mützell in seine Wartestellung an der Hausecke zurückzog.

»Da hab' ich nun mein Leben auf einen Schlag«, sagte Leopold, als er wieder allein war. »Ich habe mal von einem gehört, der bei Josty, weil er so gewettet hatte, zwölf Tassen Kaffee hintereinander trank und dann tot umfiel. Aber was beweist das? Wenn ich zwölf Käsestullen esse, fall' ich auch tot um; alles Verzwölffachte tötet einen Menschen. Aber welcher vernünftige Mensch verzwölffacht auch sein Speis und Trank. Von jedem vernünftigen Menschen muß man annehmen, daß er Unsinnigkeiten unterlassen und seine Gesundheit befragen und seinen Körper nicht zerstören wird. Wenigstens für mich kann ich einstehen. Und die gute Mama sollte wissen, daß ich dieser Kontrolle nicht bedarf, und sollte mir diesen meinen Freund Mützell nicht so naiv zum Hüter bestellen. Aber sie muß immer die Fäden in der Hand haben, sie muß alles bestimmen, alles anordnen, und wenn ich eine baumwollene Jacke will, so muß es eine wollene sein.«

Er machte sich nun an die Milch und mußte lächeln, als er die lange Stange mit dem schon niedergesunkenen Milchschaum in die Hand nahm. »Mein eigentliches Getränk. ›Milch der frommen Denkungsart‹ würde Papa sagen. Ach, es ist zum Ärgern, alles zum Ärgern. Bevormundung, wohin ich sehe, schlimmer, als ob ich gestern meinen Einsegnungstag gehabt hätte. Helene weiß alles besser, Otto weiß alles besser, und nun gar erst die Mama. Sie möchte mir am liebsten vorschreiben, ob ich einen blauen oder grünen Schlips und einen graden oder schrägen Scheitel tragen soll. Aber ich will mich nicht ärgern. Die Holländer haben ein Sprichwort: ›Ärgere dich nicht, wundere dich bloß.‹ Und auch *das* werd' ich mir schließlich noch abgewöhnen.«

Er sprach noch so weiter in sich hinein, abwechselnd die

Menschen und die Verhältnisse verklagend, bis er mit einemmal all seinen Unmut gegen sich selber richtete: »Torheit. Die Menschen, die Verhältnisse, das alles ist es nicht; nein, nein. Andre haben auch eine auf ihr Hausregiment eifersüchtige Mama und tun doch, was sie wollen; es liegt an mir. ›Pluck, dear Leopold, that's it‹, das hat mir der gute Nelson noch gestern abend zum Abschied gesagt, und er hat ganz recht. Da liegt es; nirgend anders. Mir fehlt es an Energie und Mut, und das Aufbäumen hab' ich nun schon gewiß nicht gelernt.«

Er blickte, während er so sprach, vor sich hin, knipste mit seiner Reitgerte kleine Kiesstücke fort und malte Buchstaben in den frischgestreuten Sand. Und als er nach einer Weile wieder aufblickte, sah er zahlreiche Boote, die vom Stralauer Ufer her herüberkamen, und dazwischen einen mit großem Segel flußabwärts fahrenden Spreekahn. Wie sehnsüchtig richtete sich sein Blick darauf.

»Ach, ich muß aus diesem elenden Zustande heraus, und wenn es wahr ist, daß einem die Liebe Mut und Entschlossenheit gibt, so muß noch alles gut werden. Und nicht bloß gut, es muß mir auch leicht werden und mich geradezu zwingen und drängen, den Kampf aufzunehmen und ihnen allen zu zeigen, und der Mama voran, daß sie mich denn doch verkannt und unterschätzt haben. Und wenn ich in Unentschlossenheit zurückfalle, was Gott verhüte, so wird *sie* mir die nötige Kraft geben. Denn sie hat all das, was mir fehlt, und weiß alles und kann alles. Aber bin ich ihrer sicher? Da steh' ich wieder vor der Hauptfrage. Mitunter ist es mir freilich, als kümmere sie sich um mich und als spräche sie eigentlich nur zu mir, wenn sie zu anderen spricht. So war es noch gestern abend wieder, und ich sah auch, wie Marcell sich verfärbte, weil er eifersüchtig war. Etwas anderes konnte es nicht sein. Und das alles ...«

Er unterbrach sich, weil eben jetzt die sich um ihn her sammelnden Sperlinge mit jedem Augenblicke zudringlicher wurden. Einige kamen bis auf den Tisch und mahnten ihn durch Picken und dreistes Ansehen, daß er ihnen noch immer ihr Frühstück schulde. Lächelnd zerbrach er ein Biskuit und warf ihnen die Stücke hin, mit denen zunächst die Sieger und, alsbald auch ihnen folgend, die anderen in die Lindenbäume zurückflogen. Aber kaum, daß die Störenfriede fort waren, so waren für ihn auch die alten Betrachtungen wieder da. »Ja, das mit Marcell, das darf ich mir zum Guten deuten und manches andere noch. Aber es kann auch alles bloß Spiel und Laune gewesen sein. Corinna nimmt nichts ernsthaft und will eigentlich immer nur glänzen und die Bewunderung oder das Verwundertsein ihrer Zuhörer auf sich ziehen. Und wenn ich mir diesen ihren Charakter überlege, so muß ich an die Möglichkeit denken, daß ich schließlich auch noch heimgeschickt und ausgelacht werde. Das ist hart. Und doch muß ich es wagen... Wenn ich nur wen hätte, dem ich mich anvertrauen könnte, der mir riete. Leider hab' ich niemanden, keinen Freund; dafür hat Mama auch gesorgt, und so muß ich mir, ohne Rat und Beistand, allerpersönlichst ein doppeltes ›Ja‹ holen. Erst bei Corinna. Und wenn ich dies erste ›Ja‹ habe, so hab' ich noch lange nicht das zweite. Das seh ich nur zu klar. Aber das zweite kann ich mir wenigstens erkämpfen und will es auch... Es gibt ihrer genug, für die das alles eine Kleinigkeit wäre, für mich aber ist es schwer; ich weiß, ich bin kein Held, und das Heldische läßt sich nicht lernen. ›Jeder nach seinen Kräften‹, sagte Direktor Hilgenhahn immer. Ach, ich finde doch beinahe, daß mir mehr aufgelegt wird, als meine Schultern tragen können.«

Ein mit Personen besetzter Dampfer kam in diesem Augenblicke den Fluß herauf und fuhr, ohne an dem Wassersteg anzulegen, auf den »Neuen Krug« und »Sadowa« zu; Musik war an Bord, und dazwischen wurden allerlei Lieder gesungen. Als das Schiff erst den Steg und bald auch die »Liebesinsel« passiert hatte, fuhr auch Leopold aus seinen Träumereien auf und sah, nach der Uhr blickend, daß es höchste Zeit sei, wenn er noch pünktlich auf dem Kontor eintreffen und sich eine Reprimande, oder, was schlimmer, eine spöttische Bemerkung von seiten seines Bruders Otto ersparen wollte. So schritt er denn unter freundlichem Gruß an dem immer noch an seiner Ecke stehenden Mützell vorüber und auf die Stelle zu, wo der Einarmige sein Pferd hielt. »Da, Fritz!« Und nun hob er sich in den Sattel, machte den Rückweg in einem guten Trab und bog, als er das Tor und gleich danach die Pionierkaserne wieder passiert hatte, nach rechts hin in einen neben dem Otto Treibelschen Holzhofe sich hinziehenden, schmalen Gang ein, über dessen Heckenzaun fort man auf den Vorgarten und die zwischen den Bäumen gelegene Villa sah. Bruder und Schwägerin saßen noch beim Frühstück. Leopold grüßte hinüber: »Guten Morgen, Otto; guten Morgen, Helene!« Beide erwiderten den Gruß, lächelten aber, weil sie diese tägliche Reiterei ziemlich lächerlich fanden. Und gerade Leopold! Was er sich eigentlich dabei denken mochte!

Leopold selbst war inzwischen abgestiegen und gab das Pferd einem an der Hintertreppe der Villa schon wartenden Diener, der es, die Köpnicker Straße hinauf, nach dem elterlichen Fabrikhof und dem dazu gehörigen Stallgebäude führte – stableyard, sagte Helene.

NEUNTES KAPITEL

Eine Woche war vergangen, und über dem Schmidtschen Hause lag eine starke Verstimmung; Corinna grollte mit Marcell, weil er mit ihr grollte (so wenigstens mußte sie sein Ausbleiben deuten), und die gute Schmolke wiederum grollte mit Corinna wegen ihres Grollens auf Marcell. »Das tut nicht gut, Corinna, so sein Glück von sich zu stoßen. Glaube mir, das Glück wird ärgerlich, wenn man es wegjagt, und kommt dann nicht wieder. Marcell ist, was man einen Schatz nennt oder auch ein Juwel, Marcell ist ganz so, wie Schmolke war.« So hieß es jeden Abend. Nur Schmidt selbst merkte nichts von der über seinem Hause lagernden Wolke, studierte sich vielmehr immer tiefer in die Goldmasken hinein und entschied sich, in einem mit Distelkamp immer heftiger geführten Streite, auf das bestimmteste hinsichtlich der einen für Aegisth. Aegisth sei doch immerhin sieben Jahre lang Klytämnestras Gemahl gewesen, außerdem naher Anverwandter des Hauses, und wenn er, Schmidt, auch seinerseits zugeben müsse, daß der Mord Agamemnons einigermaßen gegen seine Aegisth-

Hypothese spreche, so sei doch andererseits nicht zu vergessen, daß die ganze Mordaffaire mehr oder weniger etwas Internes, sozusagen eine reine Familienangelegenheit gewesen sei, wodurch die nach außen hin auf Volk und Staat berechnete Beisetzungs- und Zeremonialfrage nicht eigentlich berührt werden könne. Distelkamp schwieg und zog sich unter Lächeln aus der Debatte zurück.

Auch bei den alten und jungen Treibels herrschte eine gewisse schlechte Laune vor: Helene war unzufrieden mit Otto, Otto mit Helenen, und die Mama wiederum mit beiden. Am unzufriedensten, wenn auch nur mit sich selber, war Leopold, und nur der alte Treibel merkte von der ihn umgebenden Verstimmung herzlich wenig oder wollte nichts davon merken, erfreute sich vielmehr einer ungewöhnlich guten Laune. Daß dem so war, hatte, wie bei Wilibald Schmidt, darin seinen Grund, daß er all die Zeit über sein Steckenpferd tummeln und sich einiger schon erzielter Triumphe rühmen durfte. Vogelsang war nämlich, unmittelbar nach dem zu seinen und Mr. Nelsons Ehren stattgehabten Diner, in den für Treibel zu erobernden Wahlkreis abgegangen, und zwar um hier in einer Art Vorkampagne die Herzen und Nieren der Teupitz-Zossener und ihre mutmaßliche Haltung in der entscheidenden Stunde zu prüfen. Es muß gesagt werden, daß er, bei Durchführung dieser seiner Aufgabe, nicht bloß eine bemerkenswerte Tätigkeit entfaltet, sondern auch beinahe täglich etliche Telegramme geschickt hatte, darin er über die Resultate seines Wahlfeldzuges, je nach der Bedeutung der Aktion, länger oder kürzer berichtete. Daß diese Telegramme mit denen des ehemaligen Bernauer Kriegskorrespondenten eine verzweifelte Ähnlichkeit hatten, war Treibel nicht entgangen, aber von diesem, weil er schließlich nur auf das achtete, was ihm persönlich gefiel, ohne sonderliche Beanstandung hingenommen worden. In einem dieser Telegramme hieß es: »Alles geht gut. Bitte, Geldanweisung nach Teupitz hin. Ihr V.« Und dann: »Die Dörfer am Schermützelsee sind unser. Gott sei Dank. Überall dieselbe Gesinnung wie am Teupitzsee. Anweisung noch nicht eingetroffen. Bitte dringend. Ihr V.« ... »Morgen nach Storkow! Dort muß es sich entscheiden. Anweisung inzwischen empfangen. Aber deckt nur gerade das schon Verausgabte. Montecuculis Wort über Kriegführung gilt auch für Wahlfeldzüge. Bitte weiteres nach Groß-Rietz hin. Ihr V.« Treibel, in geschmeichelter Eitelkeit, betrachtete hiernach den Wahlkreis als für ihn gesichert, und in den Becher seiner Freude fiel eigentlich nur ein Wermutstropfen: er wußte, wie kritisch ablehnend Jenny zu dieser Sache stand, und sah sich dadurch gezwungen, sein Glück allein zu genießen. Friedrich, überhaupt sein Vertrauter, war ihm auch jetzt wieder »unter Larven die einzig fühlende Brust«, ein Zitat, das er nicht müde wurde, sich zu wiederholen. Aber eine gewisse Leere blieb doch. Auffallend war ihm außerdem, daß die Berliner Zeitungen gar nichts brachten, und zwar war ihm dies um so auffallender, als von scharfer Gegnerschaft, allen Vogelsangschen Berichten nach, eigentlich keine Rede sein konnte. Die Konservativen und Nationalliberalen, und vielleicht auch ein paar Parlamentarier von Fach, mochten gegen ihn sein, aber was bedeutete das? Nach einer ohngefähren Schätzung, die Vogelsang angestellt und in einem eingeschriebenen Briefe nach Villa Treibel hin adressiert hatte, besaß der ganze Kreis nur sieben Nationalliberale: drei Oberlehrer, einen Kreisrichter, einen rationalistischen Superintendenten und zwei studierte Bauergutsbesitzer, während die Zahl der Orthodox-Konservativen noch hinter diesem bescheidenen Häuflein zurückblieb. »Ernst zu nehmende Gegnerschaft, vacat.« So schloß Vogelsangs Brief, und »vacat« war unterstrichen. Das klang hoffnungsreich genug, ließ aber inmitten aufrichtiger Freude doch einen Rest von Unruhe fortbestehen, und als eine runde Woche seit Vogelsangs Abreise vergangen war, brach denn auch wirklich der große Tag an, der die Berechtigung der instinktiv immer wieder sich einstellenden Ängstlichkeit und Sorge dartun sollte. Nicht unmittelbar, nicht gleich im ersten Moment, aber die Frist war nur eine nach Minuten ganz kurz bemessene.

Treibel saß in seinem Zimmer und frühstückte. Jenny hatte sich mit Kopfweh und einem schweren Traum entschuldigen lassen. »Sollte sie wieder von Vogelsang geträumt haben?« Er ahnte nicht, daß dieser Spott sich in derselben Stunde noch an ihm rächen würde. Friedrich brachte die Postsachen, unter denen diesmal wenig Karten und Briefe, dafür aber desto mehr Zeitungen unter Kreuzband waren, einige, soviel sich äußerlich erkennen ließ, mit merkwürdigen Emblemen und Stadtwappen ausgerüstet.

All dies (zunächst nur Vermutung) sollte sich, bei schärferem Zusehen, rasch bestätigen, und als Treibel die Kreuzbänder entfernt und das weiche Löschpapier über den Tisch hin ausgebreitet hatte, las er mit einer gewissen heiteren Andacht: »Der Wächter an der wendischen Spree«, »Wehrlos, ehrlos«, »Alltied Vorupp« und »Der Storkower Bote« – zwei davon waren cis-, zwei transspreeanischen Ursprunges. Treibel, sonst ein Feind alles überstürzten Lesens, weil er von jedem blinden Eifer nur Unheil erwartete, machte sich diesmal mit bemerkenswerter Raschheit über die Blätter und überflog die blau angestrichenen Stellen. Lieutenant Vogelsang (so hieß es in jedem in wörtlicher Wiederholung), ein Mann, der schon anno 48 gegen die Revolution gestanden und der Hydra das Haupt zertreten, hätte sich an drei hintereinander folgenden Tagen dem Kreise vorgestellt, nicht um seiner selbst, sondern um seines politischen Freundes, des Kommerzienrats Treibel willen, der später den Kreis besuchen und bei der Gelegenheit die von Lieutenant Vogelsang ausgesprochenen Grundsätze wiederholen werde, was, soviel lasse sich schon heute sagen, als die wärmste Empfehlung des eigentlichen Kandidaten anzusehen sei. Denn das Vogelsangsche Programm laufe darauf hinaus, daß zuviel und namentlich unter zu starker Wahrnehmung persönlicher Interessen regiert werde, daß also demgemäß alle kostspieligen »Zwischenstufen« fallen müßten (was wiederum gleichbedeutend sei mit Herabsetzung der Steuern) und daß von den gegenwärtigen, zum Teil unverständlichen Kompliziertheiten *nichts* übrigbleiben dürfe als ein freier Fürst und ein freies Volk. Damit seien freilich *zwei* Dreh- oder Mittelpunkte gegeben, aber nicht zum Schaden der Sache. Denn wer die Tiefe des Lebens ergründet oder ihr auch nur nachgespürt habe, der wisse, daß die Sache mit dem einfachen Mittelpunkt – er vermeide mit Vorbedacht das Wort Zentrum – falsch sei, und daß sich das Leben nicht im Kreise, wohl aber in der Ellipse bewege. Weshalb zwei Drehpunkte das natürlich Gegebene seien.

»Nicht übel«, sagte Treibel, als er gelesen, »nicht übel. Es hat so was Logisches; ein bißchen verrückt, aber doch logisch. Das einzige, was mich stutzig macht, ist, daß es alles klingt, als ob es Vogelsang selber geschrieben hätte. Die zertretene Hydra, die herabgesetzten Steuern, das gräßliche Wortspiel mit dem Zentrum und zuletzt der Unsinn mit dem Kreis und der Ellipse, das alles ist Vogelsang. Und der Einsender an die vier Spreeblätter ist natürlich wiederum Vogelsang. Ich kenne meinen Pappenheimer.« Und dabei schob Treibel den »Wächter an der wendischen Spree« samt dem ganzen Rest vom Tisch auf das Sofa hinunter und nahm eine halbe »Nationalzeitung« zur Hand, die gleichfalls mit den anderen Blättern unter Kreuzband eingegangen war, aber der Handschrift und ganzen Adresse nach von jemand anderem als Vogelsang aufgegeben sein mußte. Früher war der Kommerzienrat Abonnent und eifriger Leser der »Nationalzeitung« gewesen, und es kamen ihm auch jetzt noch tagtäglich Viertelstunden, in denen er den Wechsel in seiner Lektüre bedauerte.

»Nun laß sehn«, sagte er schließlich und ging, das Blatt aufschlagend, mit lesegewandtem Auge die drei Spalten hinunter, und richtig, da war es: »Parlamentarische Nachrichten. Aus dem Kreise Teupitz-Zossen.« Als er den Kopftitel gelesen, unterbrach er sich. »Ich weiß nicht, es klingt so sonderbar. Und doch auch wieder, wie soll es am Ende anders klingen? Es ist der natürlichste Anfang von der Welt; also nur vorwärts.«

Und so las er denn weiter: »Seit drei Tagen haben in unserem stillen und durch politische Kämpfe sonst wenig gestörten Kreise die Wahlvorbereitungen begonnen, und zwar seitens einer Partei, die sich augenscheinlich vorgesetzt hat, das, was ihr an historischer Kenntnis und politischer Erfahrung, ja, man darf füglich sagen, an gesundem Menschenverstande fehlt, durch ›Fixigkeit‹ zu ersetzen. Eben diese Partei, die sonst nichts weiß und kennt, kennt augenscheinlich das Märchen vom ›Swinegel und siner Fru‹ und scheint gewillt, an dem Tage, wo der Wettbewerb mit den wirklichen Parteien zu beginnen hat, eine jede derselben mit dem aus jenem Märchen wohlbekannten Swinegelzurufe: ›Ick bin all hier‹ empfangen zu wollen. Nur so vermögen wir uns dies überfrühe Zurstellesein zu erklären. Alle Plätze scheinen, wie bei Theaterpremieren, von Lieutenant Vogelsang und den Seinen im voraus belegt werden zu sollen. Aber man wird sich täuschen. Es fehlt dieser Partei nicht an Stirn, wohl aber an dem, was noch mit dazu gehört; der Kasten ist da, nicht der Inhalt...«

»Alle Wetter«, sagte Treibel, »der setzt scharf ein... Was davon auf mein Teil kommt, ist mir nicht eben angenehm, aber dem Vogelsang gönn' ich es. Etwas ist in seinem Programm, das blendet, und damit hat er mich eingefangen. Indessen, je mehr ich mir's ansehe, desto fraglicher erscheint es mir. Unter diesen Knickstiebeln, die sich einbilden, schon vor vierzig Jahren die Hydra zertreten zu haben, sind immer etliche Zirkelquadratur- und Perpetuum-mobile-Sucher, immer solche, die das Unmögliche, das Sich- in-sich-Widersprechende zustande bringen wollen. Vogelsang gehört dazu. Vielleicht ist es auch bloß Geschäft; wenn ich mir zusammenrechne, was ich in diesen acht Tagen... Aber ich bin erst bis an den ersten Absatz der Korrespondenz gekommen; die zweite Hälfte wird ihm wohl noch schärfer zu Leibe gehen oder vielleicht auch mir.« Und Treibel las weiter:

»Es ist kaum möglich, den Herrn, der uns gestern und vorgestern – seiner in unserem Kreise voraufgegangenen Taten zu geschweigen – zunächst in Markgraf-Pieske, dann aber in Storkow und Groß-Rietz beglückt hat, ernsthaft zu nehmen, und zwar um so weniger, je ernsthafter das Gesicht ist, das er macht. Er gehört in die Klasse der Malvoglios, der feierlichen Narren, deren Zahl leider größer ist, als man gewöhnlich annimmt. Wenn sein Galimathias noch keinen Namen hat, so könnte man ihn das Lied vom dreigestrichenen C nennen, denn Cabinet, Churbrandenburg und Cantonale-Freiheit, das sind die drei großen C, womit dieser Kurpfuscher die Welt oder doch wenigstens den Preußischen Staat retten will. Eine gewisse Methode läßt sich darin nicht verkennen, indessen, Methode hat auch der Wahnsinn. Lieutenant Vogelsangs Sang hat uns aufs äußerste mißfallen. Alles in seinem Programm ist gemeingefährlich. Aber was wir am meisten beklagen, ist das, daß er nicht für sich und in seinem Namen sprach, sondern im Namen eines unserer geachtetsten Berliner Industriellen, des Kommerzienrats Treibel (Berlinerblaufabrik, Köpnicker Straße), von dem wir uns eines Besseren versehen hätten. Ein neuer Beweis dafür, daß man ein guter Mensch und doch ein schlechter Musikant sein kann, und desgleichen ein Beweis, wohin der politische Dilettantismus führt.«

Treibel klappte das Blatt wieder zusammen, schlug mit der Hand darauf und sagte: »Nun, soviel ist gewiß, in Teupitz-Zossen ist das nicht geschrieben. Das ist Tells Geschoß. Das kommt aus nächster Nähe. Das ist von dem nationalliberalen Oberlehrer, der uns neulich bei Buggenhagen nicht bloß Opposition machte, sondern uns zu verhöhnen suchte. Drang aber nicht durch. Alles in allem, ich mag ihm nicht unrecht geben, und jedenfalls gefällt er mir besser als Vogelsang. Außerdem sind sie jetzt bei der ›Nationalzeitung‹ halbe Hofpartei, gehen mit den Freikonservativen zusammen. Es war eine Dummheit von mir, mindestens eine Übereilung, daß ich abschwenkte. Wenn ich gewartet hätte, könnt' ich jetzt, in viel besserer Gesellschaft, auf seiten der Regierung stehen. Statt dessen bin ich auf den dummen Kerl und Prinzipienreiter eingeschworen. Ich werde mich aber aus der ganzen Geschichte herausziehen, und zwar für immer; der Gebrannte scheut das Feuer... Eigentlich könnt' ich mich noch beglückwünschen, so mit tausend Mark, oder doch nicht viel mehr, davongekommen zu sein, wenn nur nicht mein Name genannt wäre. Mein Name. Das ist fatal...« Und dabei schlug er das Blatt wieder auf. »Ich will die Stelle noch einmal lesen: ›einer unserer geachtetsten Berliner Industriellen, der Kommerzienrat Treibel‹ – ja, das lass' ich mir gefallen, das klingt gut. Und nun lächerliche Figur von Vogelsangs Gnaden.«

Und unter diesen Worten stand er auf, um sich draußen im Garten zu ergehen und in der frischen Luft seinen Ärger nach Möglichkeit loszuwerden.

Es schien aber nicht recht glücken zu sollen, denn im selben Augenblick, wo er, um den Giebel des Hauses herum, in den Hintergarten einbog, sah er die Honig, die, wie jeden Morgen, so auch heute wieder das Bologneser Hündchen um das Bassin führte. Treibel prallte zurück, denn nach einer Unterhaltung mit dem aufgesteiften Fräulein stand ihm durchaus nicht der Sinn. Er war aber schon gesehen und begrüßt worden, und da große Höflichkeit und mehr noch große Herzensgüte zu seinen Tugenden zählte, so gab er sich einen Ruck und ging guten Muts auf die Honig zu, zu deren Kenntnissen und Urteilen er übrigens ein aufrichtiges Vertrauen hegte.

»Sehr erfreut, mein liebes Fräulein, Sie mal allein und zu so guter Stunde zu treffen... Ich habe seit lange so dies und das auf dem Herzen, mit dem ich gern herunter möchte...«

Die Honig errötete, weil sie trotz des guten Rufes, dessen sich Treibel erfreute, doch von einem ängstlich süßen Gefühl überrieselt wurde, dessen äußerste Nichtberechtigung ihr freilich im nächsten Moment schon in beinahe grausamer Weise klar werden sollte.

»...Mich beschäftigt nämlich meiner lieben kleinen Enkelin Erziehung, an der ich denn doch das Hamburgische sich in einem Grade vollstrecken sehe – ich wähle diesen Schafottausdruck absichtlich –, der mich von meinem einfacheren Berliner Standpunkt aus mit einiger Sorge erfüllt.«

Das Bologneser Hündchen, das Czicka hieß, zog in diesem Augenblick an der Schnur und schien einem Perlhuhn nachlaufen zu wollen, das sich, vom Hof her, in den Garten verirrt hatte; die Honig verstand aber keinen Spaß und gab dem Hündchen einen Klaps. Czicka seinerseits tat einen Blaff und warf den Kopf hin und her, so daß die seinem Röckchen (eigentlich bloß eine Leibbinde) dicht aufgenähten Glöckchen in ein Klingen kamen. Dann aber beruhigte sich das Tierchen wieder, und die Promenade um das Bassin herum begann aufs neue.

»Sehen Sie, Fräulein Honig, so wird auch das Lizzichen erzogen. Immer an einer Strippe, die die Mutter in Händen hält, und wenn mal ein Perlhuhn kommt und das Lizzichen fort will, dann gibt es auch einen Klaps, aber einen ganz, ganz kleinen, und der Unterschied ist bloß, daß Lizzi keinen Blaff tut und nicht den Kopf wirft und natürlich auch kein Schellengeläut hat, das ins Klingen kommen kann.«

»Lizzichen ist ein Engel«, sagte die Honig, die während

einer sechzehnjährigen Erzieherinnenlaufbahn Vorsicht im Ausdruck gelernt hatte.

»Glauben Sie das wirklich?«

»Ich glaub' es wirklich, Herr Kommerzienrat, vorausgesetzt, daß wir uns über ›Engel‹ einigen.«

»Sehr gut, Fräulein Honig, das kommt mir zupaß. Ich wollte nur über Lizzi mit Ihnen sprechen und höre nun auch noch was über Engel. Im ganzen genommen ist die Gelegenheit, sich über Engel ein festes Urteil zu bilden, nicht groß. Nun sagen Sie, was verstehen Sie unter Engel? Aber kommen Sie mir nicht mit Flügel.«

Die Honig lächelte. »Nein, Herr Kommerzienrat, nichts von Flügel, aber ich möchte doch sagen dürfen, ›Unberührtheit vom Irdischen‹, das ist ein Engel.«

»Das läßt sich hören. Unberührtheit vom Irdischen – nicht übel. Ja, noch mehr, ich will es ohne weiteres gelten lassen und will es schön finden, und wenn Otto und meine Schwiegertochter Helene sich klar und zielbewußt vorsetzen würden, eine richtige kleine Genoveva auszubilden oder eine kleine keusche Susanna, Pardon, ich kann im Augenblicke kein besseres Beispiel finden, oder wenn alles ganz ernsthaft darauf hinausliefe, sagen wir für irgendeinen Thüringer Landgrafen oder meinetwegen auch für ein geringeres Geschöpf Gottes einen Abklatsch der heiligen Elisabeth herzustellen, so hätte ich nichts dagegen. Ich halte die Lösung solcher Aufgabe für sehr schwierig, aber nicht für unmöglich, und wie so schön gesagt worden ist und immer noch gesagt wird, solche Dinge auch bloß gewollt zu haben, ist schon etwas Großes.«

Die Honig nickte, weil sie der eigenen, nach dieser Seite hin liegenden Anstrengungen gedenken mochte.

»Sie stimmen mir zu«, fuhr Treibel fort. »Nun, das freut mich. Und ich denke, wir sollen auch in dem Zweiten einig bleiben. Sehen Sie, liebes Fräulein, ich begreife vollkommen, trotzdem es meinem persönlichen Geschmack widerspricht, daß eine Mutter ihr Kind auf einen richtigen Engel hin erzieht; man kann nie ganz genau wissen, wie diese Dinge liegen, und wenn es zum Letzten kommt, so ganz zweifelsohne vor seinem Richter zu stehen, wer sollte sich das nicht wünschen? Ich möchte beinah sagen, ich wünsch' es mir selber. Aber, mein liebes Fräulein, Engel und Engel ist ein Unterschied, und wenn der Engel weiter nichts ist als ein Waschengel und die Fleckenlosigkeit der Seele nach dem Seifenkonsum berechnet und die ganze Reinheit des werdenden Menschen auf die Weißheit seiner Strümpfe gestellt wird, so erfüllt mich dies mit einem leisen Grauen. Und wenn es nun gar das eigene Enkelkind ist, dessen flachsene Haare, Sie werden es auch bemerkt haben, vor lauter Pflege schon halb ins Kakerlakige fallen, so wird einem alten Großvater himmelangst dabei. Könnten Sie sich nicht hinter die Wulsten stecken? Die Wulsten ist eine verständige Person und bäumt, glaub' ich, innerlich gegen diese Hamburgereien auf. Ich würde mich freuen, wenn Sie Gelegenheit nähmen...«

In diesem Augenblicke wurde Czicka wieder unruhig und blaffte lauter als zuvor. Treibel, der sich in Auseinandersetzungen der Art nicht gern unterbrochen sah, wollte verdrießlich werden, aber ehe er noch recht dazu kommen konnte, wurden drei junge Damen von der Villa her sichtbar, zwei von ihnen ganz gleichartig in bastfarbene Sommerstoffe gekleidet. Es waren die beiden Felgentreus, denen Helene folgte.

»Gott sei Dank, Helene«, sagte Treibel, der sich – vielleicht weil er ein schlechtes Gewissen hatte – zunächst an die Schwiegertochter wandte, »Gott sei Dank, daß ich dich einmal wiedersehe. Du warst eben der Gegenstand unseres Gesprächs, oder mehr noch dein liebes Lizzichen, und Fräulein Honig stellte fest, daß Lizzichen ein Engel sei. Du kannst dir denken, daß ich nicht widersprochen habe. Wer ist nicht gern der Großvater eines Engels? Aber, meine Damen, was verschafft mir so früh diese Ehre? Oder gilt es meiner Frau? Sie hat ihre Migräne. Soll ich sie rufen lassen...?«

»O nein, Papa«, sagte Helene mit einer Freundlichkeit, die nicht immer ihre Sache war. »Wir kommen zu *dir*. Felgentreus haben nämlich vor, heute nachmittag eine Partie nach Halensee zu machen, aber nur wenn alle Treibels, von Otto und mir ganz abgesehen, daran teilnehmen.« Die Felgentreuschen Schwestern bestätigten dies alles durch Schwenken ihrer Sonnenschirme, während Helene fortfuhr: »Und nicht später als drei. Wir müssen also versuchen, unserem Lunch einen kleinen Dinner-Charakter zu geben, oder aber unser Dinner bis auf acht Uhr abends hinausschieben. Elfriede und Blanca wollen noch in die Adlerstraße, um auch Schmidts aufzufordern, zum mindesten Corinna; der Professor kommt dann vielleicht nach. Krola hat schon zugesagt und will ein Quartett mitbringen, darunter zwei Referendare von der Potsdamer Regierung...«

»Und Reserveoffiziere«, ergänzte Blanca, die jüngere Felgentreu...

»Reserveoffiziere«, wiederholte Treibel ernsthaft. »Ja, meine Damen, *das* gibt den Ausschlag. Ich glaube nicht, daß ein hierlandes lebender Familienvater, auch wenn ihm ein grausames Schicksal eigene Töchter versagte, den Mut haben wird, eine Landpartie mit zwei Reservelieutenants auszuschlagen. Also bestens akzeptiert. Und drei Uhr. Meine Frau wird zwar verstimmt sein, daß, über ihr Haupt hinweg, endgültige Beschlüsse gefaßt worden sind, und ich fürchte beinah ein momentanes Wachsen des tic douloureux. Trotzdem bin ich ihrer sicher. Landpartie mit Quartett und von solcher gesellschaftlichen Zusammensetzung – die Freude darüber bleibt prädominierendes Gefühl. Dem ist keine Migräne gewachsen. Darf ich Ihnen übrigens meine Melonenbeete zeigen? Oder nehmen wir lieber einen leichten Imbiß, ganz leicht, ohne jede ernste Gefährdung des Lunch?«

Alle drei dankten, die Felgentreus, weil sie sich direkt zu Corinna begeben wollten, Helene, weil sie Lizzis halber wieder nach Hause müsse. Die Wulsten sei nicht achtsam genug und lasse Dinge durchgehen, von denen sie nur sagen könne, daß sie »shocking« seien. Zum Glück sei Lizzichen ein so gutes Kind, sonst würde sie sich ernstlicher Sorge darüber hingeben müssen.

»Lizzichen ist ein Engel, die ganze Mutter«, sagte Treibel und wechselte, während er das sagte, Blicke mit der Honig, welche die ganze Zeit über in einer gewissen reservierten Haltung seitab gestanden hatte.

ZEHNTES KAPITEL

Auch Schmidts hatten zugesagt, Corinna mit besonderer Freudigkeit, weil sie sich seit dem Dinertage bei Treibels in ihrer häuslichen Einsamkeit herzlich gelangweilt hatte; die großen Sätze des Alten kannte sie längst auswendig, und von den Erzählungen der guten Schmolke galt dasselbe. So klang denn »ein Nachmittag in Halensee« fast so poetisch wie »vier Wochen auf Capri«, und Corinna beschloß daraufhin, ihr Bestes zu tun, um sich bei dieser Gelegenheit auch äußerlich neben den Felgentreus behaupten zu können. Denn in ihrer Seele dämmerte eine unklare Vorstellung davon, daß diese Landpartie nicht gewöhnlich verlaufen, sondern etwas Großes bringen werde. Marcell war zur Teilnahme nicht aufgefordert worden, womit seine Cousine, nach der eine ganze Woche lang von ihm beobachteten Haltung, durchaus einverstanden war. Alles versprach einen frohen Tag, besonders auch mit Rücksicht auf die Zusammensetzung der Gesellschaft. Unter dem, was man im voraus vereinbart hatte, war, nach Verwerfung eines von Treibel in Vorschlag gebrachten Kremsers, »der immer das Eigentliche sei«, *das* die Hauptsache gewesen, daß man auf gemeinschaftliche Fahrt verzichten, dafür aber männiglich sich verpflichten wolle, Punkt vier Uhr und jedenfalls nicht mit Überschreitung des akademischen Viertels, in Halensee zu sein.

Und wirklich um vier Uhr war alles versammelt oder doch fast alles. Alte und junge Treibels, desgleichen die Felgentreus, hatten sich in eigenen Equipagen eingefunden, während Krola, von seinem Quartett begleitet, aus nicht aufgeklärten Gründen die neue Dampfbahn, Corinna aber mutterwindallein – der Alte wollte nachkommen – die Stadtbahn benutzt hatte. Von den Treibels fehlten nur Leopold, der sich, weil er durchaus an Mr. Nelson zu schreiben habe, wegen einer halben Stunde Verspätung im voraus entschuldigen ließ. Corinna war momentan verstimmt darüber, bis ihr der Gedanke kam, es sei wohl eigentlich besser so; kurze Begegnungen seien inhaltsreicher als lange.

»Nun, lieben Freunde«, nahm Treibel das Wort, »alles nach

der Ordnung. Erste Frage, wo bringen wir uns unter? Wir haben verschiedenes zur Wahl. Bleiben wir hier Parterre, zwischen diesen formidablen Tischreihen, oder rücken wir auf die benachbarte Veranda hinauf, die Sie, wenn Sie Gewicht darauf legen, auch als Altan oder als Söller bezeichnen können? Oder bevorzugen Sie vielleicht die Verschwiegenheit der inneren Gemächer, irgendeiner Kemenate von Halensee? Oder endlich, viertens und letztens, sind Sie für Turmbesteigung und treibt es Sie, diese Wunderwelt, in der keines Menschen Auge bisher einen frischen Grashalm entdecken konnte, treibt es Sie, sag' ich, dieses von Spargelbeeten und Eisenbahndämmen durchsetzte Wüstenpanorama zu Ihren Füßen ausgebreitet zu sehen?«

»Ich denke«, sagte Frau Felgentreu, die, trotzdem sie kaum ausgangs Vierzig war, schon das Embonpoint und das Asthma einer Sechzigerin hatte, »ich denke, lieber Treibel, wir bleiben, wo wir sind. Ich bin nicht für Steigen, und dann mein' ich auch immer, man muß mit dem zufrieden sein, was man gerade hat«.

»Eine merkwürdig bescheidene Frau«, sagte Corinna zu Krola, der seinerseits mit einfacher Zahlennennung antwortete, leise hinzusetzend, »aber Taler«.

»Gut denn«, fuhr Treibel fort, »wir bleiben also in der Tiefe. Wozu dem Höheren zustreben? Man muß zufrieden sein mit dem durch Schicksalsbeschluß Gegebenen, wie meine Freundin Felgentreu soeben versichert hat. Mit anderen Worten: ›Genieße fröhlich, was du hast.‹ Aber, liebe Festgenossen, was tun wir, um unsere Fröhlichkeit zu beleben, oder, richtiger und artiger, um ihr Dauer zu geben? Denn von Belebung unserer Fröhlichkeit sprechen, hieße das augenblickliche Vorhandensein derselben in Zweifel ziehen – eine Blasphemie, deren ich mich nicht schuldig machen werde. Landpartien sind immer fröhlich. Nicht wahr, Krola?«

Krola bestätigte mit einem verschmitzten Lächeln, das für den Eingeweihten eine stille Sehnsucht nach Siechen oder dem schweren Wagner ausdrücken sollte.

Treibel verstand es auch so. »Landpartien also sind immer fröhlich, und dann haben wir das Quartett in Bereitschaft und haben Professor Schmidt in Sicht, und Leopold auch. Ich finde, daß dies allein schon ein Programm ausdrückt.« Und nach diesen Einleitungsworten einen in der Nähe stehenden mittelalterlichen Kellner heranwinkend, fuhr er in einer anscheinend an diesen, in Wahrheit aber an seine Freunde gerichteten Rede fort: »Ich denke, Kellner, wir rücken zunächst einige Tische zusammen, hier zwischen Brunnen und Fliederbosquet; da haben wir frische Luft und etwas Schatten. Und dann, Freund, sobald die Lokalfrage geregelt und das Aktionsfeld abgesteckt ist, dann etwelche Portionen Kaffee, sagen wir vorläufig fünf, Zucker doppelt, und etwas Kuchiges, gleichviel was, mit Ausnahme von altdeutschem Napfkuchen, der mir immer eine Mahnung ist, es mit dem neuen Deutschland ernst und ehrlich zu versuchen. Die Bierfrage können wir später regeln, wenn unser Zuzug eingetroffen ist.«

Dieser Zuzug war nun in der Tat näher, als die ganze Gesellschaft zu hoffen gewagt hatte. Schmidt, in einer ihn begleitenden Wolke herankommend, war müllergrau von Chausseestaub und mußte es sich gefallen lassen, von den jungen, dabei nicht wenig kokettierenden Damen abgeklopft zu werden, und kaum daß er instand gesetzt und in den Kreis der übrigen eingereiht war, so ward auch schon Leopold in einer langsam herantrottenden Droschke sichtbar, und beide Felgentreus (Corinna hielt sich zurück) liefen auch ihm bis auf die Chaussee hinaus entgegen und schwenkten dieselben kleinen Batisttücher zu seiner Begrüßung, mit denen sie eben den alten Schmidt restituiert und wieder leidlich gesellschaftsfähig gemacht hatten.

Auch Treibel hatte sich erhoben und sah der Anfahrt seines Jüngsten zu. »Sonderbar«, sagte er zu Schmidt und Felgentreu, zwischen denen er saß, »sonderbar; es heißt immer, der Apfel fällt nicht weit vom Stamm. Aber mitunter tut er's doch. Alle Naturgesetze schwanken heutzutage. Die Wissenschaft setzt ihnen zu arg zu. Sehen Sie, Schmidt, wenn *ich* Leopold Treibel wäre (mit *meinem* Vater war das etwas anderes, der war noch aus der alten Zeit), so hätte mich doch kein Deubel davon abgehalten, hier heute hoch zu Roß vorzureiten, und hätte mich graziös – denn, Schmidt, wir haben doch auch unsere Zeit gehabt –, hätte mich graziös, sag' ich, aus dem Sattel geschwungen und mir mit der Badine die Stiefel und die Unaussprechlichen abgeklopft und wäre hier, schlecht gerechnet, wie ein junger Gott erschienen, mit einer roten Nelke im Knopfloch, ganz wie Ehrenlegion oder ein ähnlicher Unsinn. Und nun sehen Sie sich den Jungen an. Kommt er nicht an, als ob er hingerichtet werden sollte? Denn das ist ja gar keine Droschke, das ist ein Karren, eine Schleife. Weiß der Himmel, wo's nicht drin steckt, da kommt es auch nicht.«

Unter diesen Worten war Leopold herangekommen, untergefaßt von den beiden Felgentreus, die sich vorgesetzt zu haben schienen, à tout prix für das »Landpartieliche« zu sorgen. Corinna, wie sich denken läßt, gefiel sich in Mißbilligung dieser Vertraulichkeit und sagte vor sich hin: »Dumme Dinger!« Dann aber erhob auch sie sich, um Leopold gemeinschaftlich mit den andern zu begrüßen.

Die Droschke draußen hielt noch immer, was dem alten Treibel schließlich auffiel. »Sage, Leopold, warum hält er noch? Rechnet er auf Rückfahrt?«

»Ich glaube, Papa, daß er futtern will.«

»Wohl und weise. Freilich mit seinem Häckselsack wird er nicht weit kommen. Hier müssen energischere Belebungsmittel angewandt werden, sonst passiert was. Bitte, Kellner, geben Sie dem Schimmel ein Seidel. Aber Löwenbräu. Dessen ist er am bedürftigsten.«

»Ich wette«, sagte Krola, »der Kranke wird von Ihrer Arznei nichts wissen wollen.«

»Ich verbürge mich für das Gegenteil. In dem Schimmel steckt was; bloß heruntergekommen.«

Und während das Gespräch noch andauerte, folgte man dem Vorgange draußen und sah, wie das arme verschmachtete Tier mit Gier das Seidel austrank und in ein schwaches Freudengewieher ausbrach.

»Da haben wir's«, triumphierte Treibel. »Ich bin ein Menschenkenner; *der* hat bessere Tage gesehen und mit diesem Seidel zogen alte Zeiten in ihm herauf. Und Erinnerungen sind immer das Beste. Nicht wahr, Jenny?«

Die Kommerzienrätin antwortete mit einem langgedehnten

»Ja, Treibel«, und deutete durch den Ton an, daß er besser täte, sie mit solchen Betrachtungen zu verschonen.

Eine Stunde verging unter allerhand Plaudereien, und wer gerade schwieg, der versäumte nicht, das Bild auf sich wirken zu lassen, das sich um ihn her ausbreitete. Da stieg zunächst eine Terrasse nach dem See hinunter, von dessen anderm Ufer her man den schwachen Knall einiger Teschings hörte, mit denen in einer dort etablierten Schießbude nach der Scheibe geschossen wurde, während man aus verhältnismäßiger Nähe das Kugelrollen einer am diesseitigen Ufer sich hinziehenden Doppelkegelbahn und dazwischen die Rufe des Kegeljungen vernahm. Den See selbst aber sah man nicht recht, was die Felgentreuschen Mädchen zuletzt ungeduldig machte. »Wir müssen doch den See sehen. Wir können doch nicht in Halensee gewesen sein, ohne den Halensee gesehen zu haben!« Und dabei schoben sie zwei Stühle mit den Lehnen zusammen und kletterten hinauf, um so den Wasserspiegel vielleicht entdekken zu können. »Ach, da ist er. Etwas klein.«

»Das ›Auge der Landschaft‹ muß klein sein«, sagte Treibel. »Ein Ozean ist kein Auge mehr.«

»Und wo nur die Schwäne sind?« fragte die ältere Felgentreu neugierig. »Ich sehe doch zwei Schwanenhäuser.«

»Ja, liebe Elfriede«, sagte Treibel. »Sie verlangen zuviel. Das ist immer so; wo Schwäne sind, sind keine Schwanenhäuser, und wo Schwanenhäuser sind, sind keine Schwäne. Der eine hat den Beutel, der andre hat das Geld. Diese Wahrnehmung, meine junge Freundin, werden Sie noch verschiedentlich im Leben machen. Lassen Sie mich annehmen, nicht zu sehr zu Ihrem Schaden.«

Elfriede sah ihn groß an. »Worauf bezog sich das und auf wen? Auf Leopold? oder auf den früheren Hauslehrer, mit dem sie sich noch schrieb, aber doch nur so, daß es nicht völlig einschlief. Oder auf den Pionierlieutenant? Es konnte sich auf alle drei beziehen. Leopold hatte das Geld... Hm.«

»Im übrigen«, fuhr Treibel an die Gesamtheit gewendet fort, »ich habe mal wo gelesen, daß es immer das Geratenste sei, das Schönste nicht auszukosten, sondern mitten im Genusse dem Genuß Valet zu sagen. Und dieser Gedanke kommt mir auch jetzt wieder. Es ist kein Zweifel, daß dieser Fleck Erde mit zu dem Schönsten zählt, was die norddeutsche Tiefebene besitzt, durchaus angetan, durch Sang und Bild verherrlicht zu werden, wenn es nicht schon geschehen ist, denn wir haben jetzt eine märkische Schule, vor der nichts sicher ist, Beleuchtungskünstler ersten Ranges, wobei Wort oder Farbe keinen Unterschied macht. Aber eben *weil* es so schön ist, gedenken wir jenes vorzitierten Satzes, der von einem letzten Auskosten nichts wissen will, mit andern Worten beschäftigen wir uns mit dem Gedanken an Aufbruch. Ich sage wohlüberlegt ›Aufbruch‹, nicht Rückfahrt, nicht vorzeitige Rückkehr in die alten Geleise, das sei ferne von mir; dieser Tag hat sein letztes Wort noch nicht gesprochen. Nur ein Scheiden speziell aus diesem Idyll, eh es uns ganz umstrickt! Ich proponiere Waldpromenade bis Paulsborn oder, wenn dies zu kühn erscheinen sollte, bis Hundekehle. Die Prosa des Namens wird ausgeglichen durch die Poesie der größeren Nähe. Vielleicht, daß ich mir den besonderen Dank meiner Freundin Felgentreu durch diese Modifikation verdiene.«

Frau Felgentreu, der nichts ärgerlicher war als Anspielungen auf ihre Wohlbeleibtheit und Kurzatmigkeit, begnügte sich, ihrem Freunde Treibel den Rücken zu kehren.

»Dank vom Hause Österreich. Aber es ist immer so, der Gerechte muß viel leiden. Ich werde mich auf einem verschwiegenen Waldwege bemühen, Ihrem schönen Unmut die Spitze abzubrechen. Darf ich um Ihren Arm bitten, liebe Freundin?«

Und alles erhob sich, um in Gruppen zu zweien und dreien die Terrasse hinabzusteigen und zu beiden Seiten des Sees auf den schon im halben Dämmer liegenden Grunewald zuzuschreiten.

Die Hauptkolonne hielt sich links. Sie bestand, unter Vorantritt des Felgentreuschen Ehepaares (Treibel hatte sich von seiner Freundin wieder frei gemacht), aus dem Krolaschen Quartett, in das sich Elfriede und Blanca Felgentreu derart eingereiht hatten, daß sie zwischen den beiden Referendarien und zwei jungen Kaufleuten gingen. Einer der jungen Kaufleute war ein berühmter Jodler und trug auch den entsprechenden Hut. Dann kamen Otto und Helene, während Treibel und Krola abschlossen.

»Es geht doch nichts über eine richtige Ehe«, sagte Krola zu Treibel und wies auf das junge Paar vor ihnen. »Sie müssen sich doch aufrichtig freuen, Kommerzienrat, wenn Sie Ihren Ältesten so glücklich und so zärtlich neben dieser hübschen und immer blink und blanken Frau einherschreiten sehen. Schon oben saßen sie dicht beisammen, und nun gehen sie Arm in Arm. Ich glaube beinah, sie drücken sich leise.«

»Mir ein sichrer Beweis, daß sie sich vormittags gezankt haben. Otto, der arme Kerl, muß nun Reugeld zahlen.«

»Ach, Treibel, Sie sind ewig ein Spötter. Ihnen kann es keiner recht machen und am wenigsten die Kinder. Glücklicherweise sagen Sie das so hin, ohne recht dran zu glauben. Mit einer Dame, die so gut erzogen wurde, kann man sich überhaupt nicht zanken.«

In diesem Augenblicke hörte man den Jodler einige Juchzer ausstoßen, so tirolerhaft echt, daß sich das Echo der Pichelsberge nicht veranlaßt sah, darauf zu antworten.

Krola lachte. »Das ist der junge Metzner. Er hat eine merkwürdig gute Stimme, wenigstens für einen Dilettanten, und hält eigentlich das Quartett zusammen. Aber sowie er eine Prise frische Luft wittert, ist es mit ihm vorbei. Dann faßt ihn das Schicksal mit rasender Gewalt, und er muß jodeln... Aber wir wollen von den Kindern nicht abkommen. Sie werden mir doch nicht weismachen wollen« – Krola war neugierig und hörte gern Intimitäten –, »Sie werden mir doch nicht weismachen wollen, daß die beiden da vor uns in einer unglücklichen Ehe leben. Und was das Zanken angeht, so kann ich nur wiederholen, Hamburgerinnen stehen auf einer Bildungsstufe, die den Zank ausschließt.«

Treibel wiegte den Kopf. »Ja, sehen Sie, Krola, Sie sind nun ein so gescheiter Kerl und kennen die Weiber, ja, wie soll ich sagen, Sie kennen sie, wie sie nur ein Tenor kennen kann. Denn ein Tenor geht noch weit übern Lieutenant. Und doch offenbaren Sie hier in dem speziell Ehelichen, was noch wieder ein Gebiet für sich ist, ein furchtbares Manquement. Und warum? Weil Sie's in Ihrer eigenen Ehe, gleichviel nun, ob durch Ihr oder Ihrer Frau Verdienst, ausnahmsweise gut getroffen haben. Natürlich, wie Ihr Fall beweist, kommt auch *das* vor. Aber die Folge davon ist einfach die, daß Sie – auch das Beste hat seine Kehrseite –, daß Sie, sag' ich, kein richtiger Ehemann sind, daß Sie keine volle Kenntnis von der Sache haben; Sie kennen den Ausnahmefall, aber nicht die Regel. Über Ehe kann nur sprechen, wer sie durchgefochten hat, nur der Veteran, der auf Wundenmale zeigt... Wie heißt es doch? ›Nach Frankreich zogen zwei Grenadier, die ließen die Köpfe hangen‹... Da haben Sie's.«

»Ach, das sind Redensarten, Treibel...«

»...Und die schlimmsten Ehen sind die, lieber Krola, wo furchtbar ›gebildet‹ gestritten wird, wo, wenn Sie mir den Ausdruck gestatten wollen, eine Kriegsführung mit Sammethandschuhen stattfindet, oder richtiger noch, wo man sich, wie beim römischen Karneval, Konfetti ins Gesicht wirft. Es sieht hübsch aus, aber verwundet doch. Und in dieser Kunst anscheinend gefälligen Konfettiwerfens ist meine Schwiegertochter eine Meisterin. Ich wette, daß mein armer Otto schon oft bei sich gedacht hat, wenn sie dich doch kratzte, wenn sie doch mal außer sich wäre, wenn sie doch mal sagte: Scheusal oder Lügner oder elender Verführer...«

»Aber Treibel, das kann sie doch nicht sagen. Das wäre ja Unsinn. Otto ist ja doch kein Verführer, also auch kein Scheusal...«

»Ach, Krola, darauf kommt es ja gar nicht an. Worauf es ankommt, ist, sie muß sich dergleichen wenigstens denken können, sie muß eine eifersüchtige Regung haben, und in solchem Momente muß es afrikanisch aus ihr losbrechen. Aber alles, was Helene hat, hat höchstens die Temperatur der Uhlenhorst. Sie hat nichts als einen unerschütterlichen Glauben an Tugend und Windsorsoap.«

»Nun meinetwegen. Aber wenn es so ist, wo kommt dann der Zank her?«

»Der kommt doch. Er tritt nur anders auf, anders, aber nicht besser. Kein Donnerwetter, nur kleine Worte mit dem Giftgehalt eines halben Mückenstichs, oder aber Schweigen,

Stummheit, Muffeln, das innere Düppel der Ehe, während nach außen hin das Gesicht keine Falte schlägt. Das sind so die Formen. Und ich fürchte, die ganze Zärtlichkeit, die wir da vor uns wandeln sehen und die sich augenscheinlich sehr einseitig gibt, ist nichts als ein Bußetun – Otto Treibel im Schloßhof zu Canossa und mit Schnee unter den Füßen. Sehen Sie nun den armen Kerl; er biegt den Kopf in einem fort nach rechts, und Helene rührt sich nicht und kommt aus der graden Hamburger Linie nicht heraus... Aber jetzt müssen wir schweigen. Ihr Quartett hebt eben an. Was ist es denn?«

»Es ist das bekannte: ›Ich weiß nicht, was soll es bedeuten?‹«

»Ah, das ist recht. Eine jederzeit wohl aufzuwerfende Frage, besonders auf Landpartien.«

Rechts um den See hin gingen nur zwei Paare, vorauf der alte Schmidt und seine Jugendfreundin Jenny und in einiger Entfernung hinter ihnen Leopold und Corinna.

Schmidt hatte seiner Dame den Arm gereicht und zugleich gebeten, ihr die Mantille tragen zu dürfen, denn es war etwas schwül unter den Bäumen. Jenny hatte das Anerbieten auch dankbar angenommen; als sie aber wahrnahm, daß der gute Professor den Spitzenbesatz immer nachschleppen und sich abwechselnd in Wacholder und Heidekraut verfangen ließ, bat sie sich die Mantille wieder aus. »Sie sind noch geradeso wie vor vierzig Jahren, lieber Schmidt. Galant, aber mit keinem rechten Erfolge.«

»Ja, gnädigste Frau, diese Schuld kann ich nicht von mir abwälzen, und sie war zugleich mein Schicksal. Wenn ich mit meinen Huldigungen erfolgreicher gewesen wäre, denken Sie, wie ganz anders sich mein Leben und auch das Ihrige gestaltet hätte...«

Jenny seufzte leise.

»Ja, gnädigste Frau, dann hätten Sie das Märchen Ihres Lebens nie begonnen. Denn alles große Glück ist ein Märchen.«

»Alles große Glück ist ein Märchen«, wiederholte Jenny langsam und gefühlvoll. »Wie wahr, wie schön! Und sehen Sie, Wilibald, daß das beneidete Leben, das ich jetzt führe, meinem Ohr und meinem Herzen solche Worte versagt, daß lange Zeiten vergehen, ehe Aussprüche von solcher poetischen Tiefe zu mir sprechen, das ist für eine Natur, wie sie mir nun mal geworden, ein ewig zehrender Schmerz. Und Sie sprechen dabei von Glück, Wilibald, sogar von großem Glück! Glauben Sie mir, mir, die ich dies alles durchlebt habe, diese so vielbegehrten Dinge sind wertlos für den, der sie hat. Oft, wenn ich nicht schlafen kann und mein Leben überdenke, wird es mir klar, daß das Glück, das anscheinend so viel für mich tat, mich nicht *die* Wege geführt hat, die für mich paßten, und daß ich in einfacheren Verhältnissen und als Gattin eines in der Welt der Ideen und vor allem auch des Idealen stehenden Mannes wahrscheinlich glücklicher geworden wäre. Sie wissen, wie gut Treibel ist und daß ich ein dankbares Gefühl für seine Güte habe. Trotzdem muß ich es leider aussprechen, es fehlt mir, meinem Manne gegenüber, jene hohe Freude der Unterordnung, die doch unser schönstes Glück ausmacht und so recht gleichbedeutend ist mit echter Liebe. Niemandem darf ich dergleichen sagen; aber vor Ihnen, Wilibald, mein Herz auszuschütten, ist, glaub' ich, mein schön menschliches Recht und vielleicht sogar meine Pflicht...«

Schmidt nickte zustimmend und sprach dann ein einfaches: »Ach, Jenny...« mit einem Tone, drin er den ganzen Schmerz eines verfehlten Lebens zum Ausdruck zu bringen trachtete. Was ihm auch gelang. Er lauschte selber dem Klang und beglückwünschte sich im stillen, daß er sein Spiel so gut gespielt habe. Jenny, trotz aller Klugheit, war doch eitel genug, an das »Ach« ihres ehemaligen Anbeters zu glauben.

So gingen sie, schweigend und anscheinend ihren Gefühlen hingegeben, nebeneinander her, bis Schmidt die Notwendigkeit fühlte, mit irgendeiner Frage das Schweigen zu brechen. Er entschied sich dabei für das alte Rettungsmittel und lenkte das Gespräch auf die Kinder. »Ja, Jenny«, hob er mit immer noch verschleierter Stimme an, »was versäumt ist, ist versäumt. Und wer fühlte das tiefer als ich selbst. Aber eine Frau wie Sie, die das Leben begreift, findet auch im Leben selbst ihren Trost, vor allem in der Freude täglicher Pflichterfüllung. Da sind in erster Reihe die Kinder, ja, schon ein Enkelkind ist da, wie Milch und Blut, das liebe Lizzichen, und das sind dann, mein' ich, die Hülfen, daran Frauenherzen sich aufrichten müssen. Und wenn ich auch Ihnen gegenüber, teure Freundin, von einem eigentlichen Eheglücke nicht sprechen will, denn wir sind wohl einig in dem, was Treibel ist und nicht ist, so darf ich doch sagen, Sie sind eine glückliche Mutter. Zwei Söhne sind Ihnen herangewachsen, gesund oder doch was man so gesund zu nennen pflegt, von guter Bildung und guten Sitten. Und bedenken Sie, was allein dies letzte heutzutage bedeuten will. Otto hat sich nach Neigung verheiratet und sein Herz einer schönen und reichen Dame geschenkt, die, soviel ich weiß, der Gegenstand allgemeiner Verehrung ist, und wenn ich recht berichtet bin, so bereitet sich im Hause Treibel ein zweites Verlöbnis vor, und Helenens Schwester steht auf dem Punkte, Leopolds Braut zu werden...«

»Wer sagt das?« fuhr jetzt Jenny heraus, plötzlich aus dem sentimental Schwärmerischen in den Ton ausgesprochenster Wirklichkeit verfallend. »Wer sagt das?«

Schmidt geriet, diesem erregten Tone gegenüber, in eine kleine Verlegenheit. Er hatte sich das so gedacht oder vielleicht auch mal etwas Ähnliches gehört und stand nun ziemlich ratlos vor der Frage »Wer sagt das?« Zum Glück war es damit nicht sonderlich ernsthaft gemeint, so wenig, daß Jenny, ohne eine Antwort abgewartet zu haben, mit großer Lebhaftigkeit fortfuhr: »Sie können gar nicht ahnen, Freund, wie mich das alles reizt. Das ist so die seitens des Holzhofs beliebte Art, mir die Dinge über den Kopf wegzunehmen. Sie, lieber Schmidt, sprechen nach, was Sie hören, aber die, die solche Dinge wie von ungefähr unter die Leute bringen, mit denen hab' ich ernstlich ein Hühnchen zu pflücken. Es ist eine Insolenz. Und Helene mag sich vorsehen.«

»Aber, Jenny, liebe Freundin, Sie dürfen sich nicht so erregen. Ich habe das so hingesagt, weil ich es als selbstverständlich annahm.«

»Als selbstverständlich«, wiederholte Jenny spöttisch, die, während sie das sagte, die Mantille wieder abriß und dem Professor über den Arm warf. »Als selbstverständlich. Soweit also hat es der Holzhof schon gebracht, daß die nächsten

Freunde solche Verlobung als eine Selbstverständlichkeit ansehen. Es ist aber keine Selbstverständlichkeit, ganz im Gegenteil, und wenn ich mir vergegenwärtige, daß Ottos alles besser wissende Frau neben ihrer Schwester Hildegard ein bloßer Schatten sein soll – und ich glaub' es gern, denn sie war schon als Backfisch von einer geradezu ridikülen Überheblichkeit –, so muß ich sagen, ich habe an einer Hamburger Schwiegertochter aus dem Hause Munk gerade genug.«

»Aber, teuerste Freundin, ich begreife Sie nicht. Sie setzen mich in das aufrichtigste Erstaunen. Es ist doch kein Zweifel, daß Helene eine schöne Frau ist und von einer, wenn ich mich so ausdrücken darf, ganz aparten Appetitlichkeit...«

Jenny lachte.

»...Zum Anbeißen, wenn Sie mir das Wort gestatten«, fuhr Schmidt fort, »und von jenem eigentümlichen Charme, den schon, von alters her, alles besitzt, was mit dem flüssigen Element in eine konstante Berührung kommt. Vor allem aber ist mir kein Zweifel darüber, daß Otto seine Frau liebt, um nicht zu sagen in sie verliebt ist. Und *Sie*, Freundin, Ottos leibliche Mutter, fechten gegen dies Glück an und sind empört, dies Glück in Ihrem Hause vielleicht verdoppelt zu sehen. Alle Männer sind abhängig von weiblicher Schönheit; ich war es auch, und ich möchte beinah sagen dürfen, ich bin es noch, und wenn nun diese Hildegard, wie mir durchaus wahrscheinlich – denn die Nestkücken sehen immer am besten aus –, wenn diese Hildegard noch über Helenen hinauswächst, so weiß ich nicht, was Sie gegen sie haben können. Leopold ist ein guter Junge, von vielleicht nicht allzu feurigem Temperament; aber ich denke mir, daß er doch nichts dagegen haben kann, eine sehr hübsche Frau zu heiraten. Sehr hübsch und reich dazu.«

»Leopold ist ein Kind und darf sich überhaupt nicht nach eigenem Willen verheiraten, am wenigsten aber nach dem Willen seiner Schwägerin Helene. Das fehlte noch, das hieße denn doch abdanken und mich ins Altenteil setzen. Und wenn es sich noch um eine junge Dame handelte, der gegenüber einen allenfalls die Lust anwandeln könnte, sich unterzuordnen, also eine Freiin oder eine wirkliche, ich meine eine richtige

Geheimratstochter oder die Tochter eines Oberhofpredigers... Aber ein unbedeutendes Ding, das nichts kennt, als mit Ponies nach Blankenese fahren, und sich einbildet, mit einem Goldfaden in der Plattstichnadel eine Wirtschaft führen oder wohl gar Kinder erziehen zu können, und ganz ernsthaft glaubt, daß wir hierzulande nicht einmal eine Seezunge von einem Steinbutt unterscheiden können, und immer von Lobster spricht, wo wir Hummer sagen, und Curry-Powder und Soja wie höhere Geheimnisse behandelt, – ein solcher eingebildeter Quack, lieber Wilibald, das ist nichts für meinen Leopold. Leopold, trotz allem, was ihm fehlt, soll höher hinaus. Er ist nur einfach, aber er ist gut, was doch auch einen Anspruch gibt. Und deshalb soll er eine kluge Frau haben, eine wirklich kluge; Wissen und Klugheit und überhaupt das Höhere – darauf kommt es an. Alles andere wiegt keinen Pfifferling. Es ist ein Elend mit den Äußerlichkeiten. Glück, Glück! Ach Wilibald, daß ich es in solcher Stunde gerade vor Ihnen bekennen muß, das Glück, es ruht *hier* allein.«

Und dabei legte sie die Hand aufs Herz.

Leopold und Corinna waren in einer Entfernung von etwa fünfzig Schritt gefolgt und hatten ihr Gespräch in herkömmlicher Art geführt, das heißt Corinna hatte gesprochen. Leopold war aber fest entschlossen, auch zu Worte zu kommen, wohl oder übel. Der quälende Druck der letzten Tage machte, daß er vor dem, was er vorhatte, nicht mehr so geängstigt stand wie früher; – er mußte sich eben Ruhe schaffen. Ein paarmal schon war er nahe daran gewesen, eine wenigstens auf sein Ziel überleitende Frage zu tun; wenn er dann aber der Gestalt seiner stattlich vor ihm dahinschreitenden Mutter ansichtig wurde, gab er's wieder auf, so daß er schließlich den Vorschlag machte, eine gerade vor ihnen liegende Waldlichtung in schräger Linie zu passieren, damit sie, statt immer zu folgen, auch mal an die Tête kämen. Er wußte zwar, daß er infolge dieses Manövers den Blick der Mama vom Rücken oder von der Seite her haben würde, aber etwas auf den Vogel Strauß hin angelegt, fand er doch eine Beruhigung in dem Gefühl, die seinen Mut beständig lähmende Mama nicht immer gerade vor Augen haben zu müssen. Er konnte sich über diesen eigentümlichen Nervenzustand keine rechte Rechenschaft geben und entschied sich einfach für das, was ihm von zwei Übeln als das kleinere erschien.

Die Benutzung der Schräglinie war geglückt, sie waren jetzt um ebensoviel voraus, als sie vorher zurück gewesen waren, und ein Gleichgültigkeitsgespräch fallen lassend, das sich, ziemlich gezwungen, um die Spargelbeete von Halensee samt ihrer Kultur und ihrer sanitären Bedeutung gedreht hatte, nahm Leopold einen plötzlichen Anlauf und sagte: »Wissen Sie, Corinna, daß ich Grüße für Sie habe?«

»Von wem?«

»Raten Sie.«

»Nun, sagen wir Mr. Nelson.«

»Aber das geht doch nicht mit rechten Dingen zu, das ist ja wie Hellseherei; nun können Sie auch noch Briefe lesen, von denen Sie nicht einmal wissen, daß sie geschrieben wurden.«

»Ja, Leopold, dabei könnt' ich Sie nun belassen und mich vor Ihnen als Seherin etablieren. Aber ich werde mich hüten. Denn vor allem, was so mystisch und hypnotisch und geisterseherig ist, haben gesunde Menschen bloß ein Grauen. Und ein Grauen einzuflößen ist nicht das, was ich liebe. Mir ist es lieber, daß mir die Herzen guter Menschen zufallen.«

»Ach, Corinna, das brauchen Sie sich doch nicht erst zu wünschen. Ich kann mir keinen Menschen denken, dessen Herz Ihnen nicht zufiele. Sie sollten nur lesen, was Mr. Nelson über Sie geschrieben hat; mit amusing fängt er an, und dann kommt charming und high-spirited, und mit fascinating schließt er ab. Und dann erst kommen die Grüße, die sich, nach allem, was voraufgegangen, beinahe nüchtern und alltäglich ausnehmen. Aber wie wußten Sie, daß die Grüße von Mr. Nelson kämen?«

»Ein leichteres Rätsel ist mir nicht bald vorgekommen. Ihr Papa teilte mit, Sie kämen erst später, weil Sie nach Liverpool zu schreiben hätten. Nun, Liverpool heißt Mr. Nelson. Und hat man erst Mr. Nelson, so gibt sich das andere von selbst. Ich glaube, daß es mit aller Hellseherei ganz ähnlich liegt. Und sehen Sie, Leopold, mit derselben Leichtigkeit, mit der ich

Mr. Nelsons Briefe gelesen habe, mit derselben Sicherheit lese ich zum Beispiel Ihre Zukunft.«

Ein tiefes Aufatmen Leopolds war die Antwort, und sein Herz hätte jubeln mögen, in einem Gefühl von Glück und Erlösung. Denn wenn Corinna richtig las, und sie mußte richtig lesen, so war er allem Anfragen und allen damit verknüpften Ängsten überhoben, und *sie* sprach dann aus, was er zu sagen noch immer nicht den Mut finden konnte. Wie beseligt nahm er ihre Hand und sagte: »Das können Sie nicht.«

»Ist es so schwer?«

»Nein, es ist eigentlich leicht. Aber leicht oder schwer, Corinna, lassen Sie mich's hören. Und ich will auch ehrlich sagen, ob Sie's getroffen haben oder nicht. Nur keine ferne Zukunft, bloß die nächste, allernächste.«

»Nun denn«, hob Corinna schelmisch und hier und da mit besonderer Betonung an, »was ich sehe, ist das: zunächst ein schöner Septembertag, und vor einem schönen Hause halten viele schöne Kutschen, und die vorderste, mit einem Perückenkutscher auf dem Bock und zwei Bedienten hinten, das ist eine Brautkutsche. Der Straßendamm aber steht voller Menschen, die die Braut sehen wollen, und nun kommt die Braut, und neben ihr schreitet ihr Bräutigam, und dieser Bräutigam ist mein Freund Leopold Treibel. Und nun fährt die Brautkutsche, während die anderen Wagen folgen, an einem breiten, breiten Wasser hin...«

»Aber Corinna, Sie werden doch unsere Spree zwischen Schleuse und Jungfernbrücke nicht ein breites Wasser nennen wollen...«

»...An einem breiten Wasser hin und hält endlich vor einer gotischen Kirche.«

»Zwölf Apostel...«

»Und der Bräutigam steigt aus und bietet der Braut seinen Arm, und so schreitet das junge Paar der Kirche zu, drin schon die Orgel spielt und die Lichter brennen.«

»Und nun...«

»Und nun stehen sie vor dem Altar, und nach dem Ringewechsel wird der Segen gesprochen und ein Lied gesungen oder doch der letzte Vers. Und nun geht es wieder zurück, an demselben breiten Wasser entlang, aber nicht dem Stadthause zu, von dem sie ausgefahren waren, sondern immer weiter ins Freie, bis sie vor einer Cottagevilla halten ...«

»Ja, Corinna, so soll es sein ...«

»Bis sie vor einer Cottagevilla halten und vor einem Triumphbogen, an dessen oberster Wölbung ein Riesenkranz hängt, und in dem Kranze leuchten die beiden Anfangsbuchstaben: L und H.«

»L und H?«

»Ja, Leopold, L und H. Und wie könnte es auch anders sein. Denn die Brautkutsche kam ja von der Uhlenhorst her und fuhr die Alster entlang und nachher die Elbe hinunter, und nun halten sie vor der Munkschen Villa draußen in Blankenese und L heißt Leopold und H heißt Hildegard.«

Einen Augenblick überkam es Leopold wie wirkliche Verstimmung. Aber, sich rasch besinnend, gab er der vorgeblichen Seherin einen kleinen Liebesklaps und sagte: »Sie sind immer dieselbe, Corinna. Und wenn der gute Nelson, der der beste Mensch und mein einziger Vertrauter ist, wenn er dies alles gehört hätte, so würd' er begeistert sein und von ›capital fun‹ sprechen, weil Sie mir so gnädig die Schwester meiner Schwägerin zuwenden wollen.«

»Ich bin eben eine Prophetin«, sagte Corinna.

»Prophetin«, wiederholte Leopold. »Aber diesmal eine falsche. Hildegard ist ein schönes Mädchen, und Hunderte würden sich glücklich schätzen. Aber Sie wissen, wie meine Mama zu dieser Frage steht; sie leidet unter dem beständigen Sichbesserdünken der dortigen Anverwandten und hat es wohl hundertmal geschworen, daß ihr *eine* Hamburger Schwiegertochter, *eine* Repräsentantin aus dem großen Hause Thompson-Munk, gerade genug sei. Sie hat ganz ehrlich einen halben Haß gegen die Munks, und wenn ich mit Hildegard so vor sie hinträte, so weiß ich nicht, was geschähe; sie würde ›nein‹ sagen, und wir hätten eine furchtbare Szene.«

»Wer weiß«, sagte Corinna, die jetzt das entscheidende Wort ganz nahe wußte.

»... Sie würde ›nein‹ sagen und immer wieder ›nein‹, das ist so sicher wie Amen in der Kirche«, fuhr Leopold mit gehobener

Stimme fort. »Aber dieser Fall kann sich gar nicht ereignen. Ich werde nicht mit Hildegard vor sie hintreten und werde statt dessen näher und besser wählen... Ich weiß, und Sie wissen es auch, das Bild, das Sie da gemalt haben, es war nur Scherz und Übermut, und vor allem wissen Sie, wenn mir Armen überhaupt noch eine Triumphpforte gebaut werden soll, daß der Kranz, der dann zu Häupten hängt, einen ganz anderen Buchstaben als das Hildegard-H in hundert und tausend Blumen tragen müßte. Brauch' ich zu sagen, welchen? Ach, Corinna, ich kann ohne Sie nicht leben, und diese Stunde muß über mich entscheiden. Und nun sagen Sie ja oder nein.« Und unter diesen Worten nahm er ihre Hand und bedeckte sie mit Küssen. Denn sie gingen im Schutz einer Haselnußhecke.

Corinna – nach Confessions, wie diesen, die Verlobung mit gutem Rechte als ein fait accompli betrachtend – nahm klugerweise von jeder weiteren Auseinandersetzung Abstand und sagte nur kurzerhand: »Aber eines, Leopold, dürfen wir uns nicht verhehlen, uns stehen noch schwere Kämpfe bevor. Deine Mama hat an einer Munk genug, das leuchtet mir ein; aber ob ihr eine Schmidt recht ist, ist noch sehr die Frage. Sie hat zwar mitunter Andeutungen gemacht, als ob ich ein Ideal in ihren Augen wäre, vielleicht weil ich das habe, was dir fehlt, und vielleicht auch was Hildegard fehlt. Ich sage ›vielleicht‹ und kann dies einschränkende Wort nicht genug betonen. Denn die Liebe, das seh' ich klar, ist demütig, und ich fühle, wie meine Fehler von mir abfallen. Es soll dies ja ein Kennzeichen sein. Ja, Leopold, ein Leben voll Glück und Liebe liegt vor uns, aber es hat deinen Mut und deine Festigkeit zur Voraussetzung, und hier unter diesem Waldesdom, drin es geheimnisvoll rauscht und dämmert, hier, Leopold, mußt du mir schwören, ausharren zu wollen in deiner Liebe.«

Leopold beteuerte, daß er nicht bloß wolle, daß er es auch werde. Denn wenn die Liebe demütig und bescheiden mache, was gewiß richtig sei, so mache sie sicherlich auch stark. Wenn Corinna sich geändert habe, *er* fühle sich auch ein anderer. »Und«, so schloß er, »das eine darf ich sagen, ich habe nie große Worte gemacht, und Prahlereien werden mir auch meine Feinde nicht nachsagen; aber glaube mir, mir schlägt das Herz so hoch, so glücklich, daß ich mir Schwierigkeiten und Kämpfe beinah herbeiwünsche. Mich drängt es, dir zu zeigen, daß ich deiner wert bin...«

In diesem Augenblick wurde die Mondsichel zwischen den Baumkronen sichtbar, und von Schloß Grunewald her, vor dem das Quartett eben angekommen war, klang es über den See herüber:

Wenn nach *dir* ich oft vergebens
In die Nacht gesehn,
Scheint der dunkle Strom des Lebens
Trauernd stillzustehn...

Und nun schwieg es, oder der Abendwind, der sich aufmachte, trug die Töne nach der anderen Seite hin.

Eine Viertelstunde später hielt alles vor Paulsborn, und nachdem man sich daselbst wieder begrüßt und bei herumgereichtem Crème de Cacao (Treibel selbst machte die Honneurs) eine kurze Rast genommen hatte, brach man – die Wagen waren von Halensee her gefolgt – nach einigen Minuten endgültig auf, um die Rückfahrt anzutreten. Die Felgentreus nahmen bewegten Abschied von dem Quartett, jetzt lebhaft beklagend, den von Treibel vorgeschlagenen Kremser abgelehnt zu haben.

Auch Leopold und Corinna trennten sich, aber doch nicht eher, als bis sie sich im Schatten des hochstehenden Schilfes noch einmal fest und verschwiegen die Hände gedrückt hatten.

ELFTES KAPITEL

Leopold, als man zur Abfahrt sich anschickte, mußte sich mit einem Platz vorn auf dem Bock des elterlichen Landauers begnügen, was ihm, alles in allem, immer noch lieber war als innerhalb des Wagens selbst, en vue seiner Mutter zu sitzen, die doch vielleicht, sei's im Wald, sei's bei der kurzen Rast in Paulsborn, etwas bemerkt haben mochte; Schmidt benutzte wieder den Vorortszug, während Corinna bei den Felgentreus mit einstieg. Man placierte sie, so gut es ging, zwischen das den Fond des Wagens redlich ausfüllende Ehepaar, und weil sie nach all dem Voraufgegangenen eine geringere Neigung zum Plaudern als sonst wohl hatte, so kam es ihr außerordentlich zupaß, sowohl Elfriede wie Blanca doppelt redelustig und noch ganz voll und beglückt von dem Quartett zu finden. Der Jodler, eine sehr gute Partie, schien über die freilich nur in Zivil erschienenen Sommerlieutenants einen entschiedenen Sieg davongetragen zu haben. Im übrigen ließen es sich die Felgentreus nicht nehmen, in der Adlerstraße vorzufahren und ihren Gast daselbst abzusetzen. Corinna bedankte sich herzlich und stieg, noch einmal grüßend, erst die drei Steinstufen und gleich danach vom Flur aus die alte Holztreppe hinauf.

Sie hatte den Drücker zum Entree nicht mitgenommen und so blieb ihr nichts anderes übrig, als zu klingeln, was sie nicht gerne tat. Alsbald erschien denn auch die Schmolke, die die Abwesenheit der »Herrschaft«, wie sie mitunter mit Betonung sagte, dazu benutzt hatte, sich ein bißchen sonntäglich herauszuputzen. Das Auffallendste war wieder die Haube, deren Rüschen eben aus dem Tolleisen zu kommen schienen.

»Aber liebe Schmolke«, sagte Corinna, während sie die Tür wieder ins Schloß zog, »was ist denn los? Ist Geburtstag? Aber nein, den kenn' ich ja. Oder seiner?«

»Nein«, sagte die Schmolke, »seiner is auch nich. Und da werd' ich auch nicht solchen Shlips umbinden und solch Band.«

»Aber wenn kein Geburtstag ist, was ist dann?«

»Nichts, Corinna. Muß denn immer was sein, wenn man sich mal ordentlich macht? Sieh, du hast gut reden; du sitzst jeden Tag, den Gott werden läßt, eine halbe Stunde vorm Spiegel, und mitunter auch noch länger, und brennst dir dein Wuschelhaar...«

»Aber, liebe Schmolke...«

»Ja, Corinna, du denkst, ich seh' es nicht. Aber ich sehe alles und seh' noch viel mehr... Und ich kann dir auch sagen, Schmolke sagte mal, er fänd' es eigentlich hübsch, solch Wuschelhaar...«

»Aber war denn Schmolke so?«

»Nein, Corinna, Schmolke war *nich* so. Schmolke war ein

sehr anständiger Mann, und wenn man so was Sonderbares und eigentlich Unrechtes sagen darf, er war beinah *zu* anständig. Aber nun gib erst deinen Hut und deine Mantille. Gott, Kind, wie sieht denn das alles aus? Is denn solch furchtbarer Staub? Un noch ein Glück, daß es nich gedrippelt hat, denn is der Samm't hin. Un so viel hat ein Professor auch nich, un wenn er auch nich geradezu klagt, Seide spinnen kann er nich.«

»Nein, nein«, lachte Corinna.

»Nu höre, Corinna, da lachst du nu wieder. Das ist aber gar nicht zum Lachen. Der Alte quält sich genug, und wenn er so die Bündel ins Haus kriegt und die Strippe mitunter nich ausreicht, so viele sind es, denn tut es mir mitunter ordentlich weh hier. Denn Papa is ein sehr guter Mann, und seine Sechzig drücken ihn nu doch auch schon ein bißchen. Er will es freilich nich wahr haben und tut immer noch so, wie wenn er zwanzig wäre. Ja, hat sich was. Un neulich ist er von der Pferdebahn runtergesprungen, un ich muß auch gerade dazu kommen; na, ich dachte doch gleich, der Schlag soll mich rühren... Aber nu sage, Corinna, was soll ich dir bringen? Oder hast du schon gegessen und bist froh, wenn du nichts siehst...«

»Nein, ich habe nichts gegessen. Oder doch so gut wie nichts; die Zwiebacke, die man kriegt, sind immer so alt. Und dann in Paulsborn einen kleinen süßen Likör. Das kann man doch nicht rechnen. Aber ich habe auch keinen rechten Appetit, und der Kopf ist mir so benommen; ich werde am Ende krank...«

»Ach, dummes Zeug, Corinna. Das ist auch eine von deinen Nücken; wenn du mal Ohrensausen hast oder ein bißchen heiße Stirn, dann redest du immer gleich von Nervenfieber. Un das is eigentlich gottlos, denn man muß den Teufel nich an die Wand malen. Es wird wohl ein bißchen feucht gewesen sein, ein bißchen neblig und Abenddunst.«

»Ja, neblig war es gerade, wie wir neben dem Schilf standen, und der See war eigentlich gar nicht mehr zu sehen. Davon wird es wohl sein. Aber der Kopf ist mir wirklich benommen, und ich möchte zu Bett gehen und mich einmummeln. Und dann mag ich auch nicht mehr sprechen, wenn Papa nach

Hause kommt. Und wer weiß wann, und ob es nicht zu spät wird.«

»Warum ist er denn nicht gleich mitgekommen?«

»Er wollte nicht und hat ja auch seinen ›Abend‹ heut'. Ich glaube bei Kuhs. Und da sitzen sie meist lange, weil sich die Kälber mit einmischen. Aber mit Ihnen, liebe, gute Schmolke, möchte ich wohl noch eine halbe Stunde plaudern. Sie haben ja immer so was Herzliches ...«

»Ach, rede doch nich, Corinna. Wovon soll ich denn was Herzliches haben? Oder eigentlich, wovon soll ich denn was Herzliches *nich* haben. Du warst ja noch so, als ich ins Haus kam.«

»Nun, also was Herzliches oder nicht was Herzliches«, sagte Corinna, »gefallen wird es mir schon. Und wenn ich liege, liebe Schmolke, dann bringen Sie mir meinen Tee ans Bett, die kleine Meißner Kanne und die andere kleine Kanne, die nehmen Sie sich, und bloß ein paar Teebrötchen, recht dünn geschnitten und nicht zuviel Butter. Denn ich muß mich mit meinem Magen in acht nehmen, sonst wird es gastrisch und man liegt sechs Wochen.«

»Is schon gut«, lachte die Schmolke und ging in die Küche, um den Kessel noch wieder in die Glut zu setzen. Denn heißes Wasser war immer da, und es bullerte nur noch nicht.

Eine Viertelstunde später trat die Schmolke wieder ein und fand ihren Liebling schon im Bette. Corinna saß mehr auf, als sie lag, und empfing die Schmolke mit der trostreichen Versicherung, »es sei ihr schon viel besser«; was man so immer zum Lobe der Bettwärme sage, das sei doch wahr, und sie glaube jetzt beinahe, daß sie noch mal durchkommen und alles glücklich überstehen werde.

»Glaub' ich auch«, sagte die Schmolke, während sie das Tablett auf den kleinen, am Kopfende stehenden Tisch setzte. »Nun, Corinna, von welchem soll ich dir einschenken? Der hier, mit der abgebrochenen Tülle, hat länger gezogen, und ich weiß, du hast ihn gern stark und bitterlich, so daß er schon ein bißchen nach Tinte schmeckt ...«

»Versteht sich, ich will von dem starken. Und dann ordentlich Zucker; aber ganz wenig Milch, Milch macht immer gastrisch.«

»Gott, Corinna, laß doch das Gastrische. Du liegst da wie ein Borsdorfer Apfel und redst immer, als ob dir der Tod schon um die Nase säße. Nein, Corinnchen, so schnell geht es nich. Un nu nimm dir ein Teebrötchen. Ich habe sie so dünn geschnitten, wie's nur gehen wollte ...«

»Das ist recht. Aber da haben Sie ja eine Schinkenstulle mit reingebracht.«

»Für mich, Corinnchen. Ich will doch auch was essen.«

»Ach, liebe Schmolke, da möcht' ich mich aber doch zu Gaste laden. Die Teebrötchen sehen ja nach gar nichts aus, und die Schinkenstulle lacht einen ordentlich an. Und alles schon so appetitlich durchgeschnitten. Nun merk' ich erst, daß ich eigentlich hungrig bin. Geben Sie mir ein Schnittchen ab, wenn es Ihnen nicht sauer wird.«

»Wie du nur redest, Corinna. Wie kann es mir denn sauer werden. Ich führe ja bloß die Wirtschaft und bin bloß eine Dienerin.«

»Ein Glück, daß Papa das nicht hört. Sie wissen, das kann er nicht leiden, daß Sie so von Dienerin reden, und er nennt es eine falsche Bescheidenheit ...«

»Ja, ja, so sagt er. Aber Schmolke, der auch ein ganz kluger Mann war, wenn er auch nicht studiert hatte, der sagte immer, ›höre, Rosalie, Bescheidenheit ist gut, und eine falsche Bescheidenheit (denn die Bescheidenheit ist eigentlich immer falsch) ist immer noch besser als gar keine‹.«

»Hm«, sagte Corinna, die sich etwas getroffen fühlte, »das läßt sich hören. Überhaupt, liebe Schmolke, Ihr Schmolke muß eigentlich ein ausgezeichneter Mann gewesen sein. Und Sie sagten ja auch vorhin schon, er habe so etwas Anständiges gehabt und beinah *zu* anständig. Sehen Sie, so was höre ich gern, und ich möchte mir wohl etwas dabei denken können. Worin war er denn nun eigentlich so sehr anständig ... Und dann, er war ja doch bei der Polizei. Nun, offen gestanden, ich bin zwar froh, daß wir eine Polizei haben, und freue mich über jeden Schutzmann, an den ich herantreten und den ich nach dem Weg fragen und um Auskunft bitten kann, und das muß wahr sein, alle sind artig und manierlich, wenigstens hab' ich es immer so gefunden. Aber das von der Anständigkeit und von *zu* anständig...«

»Ja, liebe Corinna, das is schon richtig. Aber da sind ja Unterschiedlichkeiten, und was sie Abteilungen nennen. Und Schmolke war bei solcher Abteilung.«

»Natürlich. Er kann doch nicht überall gewesen sein.«

»Nein, nicht überall. Und er war gerade bei der allerschwersten, die für den Anstand und die gute Sitte zu sorgen hat.«

»Und so was gibt es?«

»Ja, Corinna, so was gibt es und muß es auch geben. Und wenn nu – was ja doch vorkommt, und auch bei Frauen und Mädchen vorkommt, wie du ja wohl gesehen und gehört haben wirst, denn Berliner Kinder sehen und hören alles –, wenn nu solch armes und unglückliches Geschöpf (denn manche sind wirklich bloß arm und unglücklich) etwas gegen den Anstand und die gute Sitte tut, dann wird sie vernommen und bestraft. Und da, wo die Vernehmung is, da gerade saß Schmolke...«

»Merkwürdig. Aber davon haben Sie mir ja noch nie was erzählt. Und Schmolke, sagen Sie, war mit dabei? Wirklich, sehr sonderbar. Und Sie meinen, daß er gerade deshalb so sehr anständig und so solide war?«

»Ja, Corinna, das mein' ich.«

»Nun, wenn Sie's sagen, liebe Schmolke, so will ich es glauben. Aber ist es nicht eigentlich zum Verwundern? Denn Ihr Schmolke war ja damals noch jung oder so ein Mann in seinen besten Jahren. Und viele von unserem Geschlecht, und gerade solche, sind ja doch oft bildhübsch. Und da sitzt nun einer, wie Schmolke da gesessen, und muß immer streng und ehrbar aussehen, bloß weil er da zufällig sitzt. Ich kann mir nicht helfen, ich finde das schwer. Denn das ist ja gerade so wie der Versucher in der Wüste: ›Dies alles schenke ich dir.‹«

Die Schmolke seufzte. »Ja, Corinna, daß ich es dir offen gestehe, ich habe auch manchmal geweint, und mein furchtbares Reißen, hier gerad im Nacken, das is noch von der Zeit her. Und zwischen das zweite und dritte Jahr, daß wir verheiratet waren, da hab' ich beinah elf Pfund abgenommen, und wenn wir damals schon die vielen Wiegewaagen gehabt hätten, da wär' es wohl eigentlich noch mehr gewesen, denn als ich zu's Wiegen kam, da setzte ich schon wieder an.«

»Arme Frau«, sagte Corinna. »Ja, das müssen schwere Tage gewesen sein. Aber wie kamen Sie denn darüber hin? Und wenn Sie wieder ansetzten, so muß doch so was von Trost und Beruhigung gewesen sein.«

»War auch, Corinnchen. Und weil du ja nu alles weißt, will ich dir auch erzählen, wie's kam un wie ich meine Ruhe wieder kriegte. Denn ich kann dir sagen, es war schlimm, und ich habe mitunter viele Wochen lang kein Auge zugetan. Na, zuletzt schläft man doch ein bißchen; die Natur will es und is auch zuletzt noch stärker als die Eifersucht. Aber Eifersucht ist sehr stark, viel stärker als Liebe. Mit Liebe is es nich so schlimm. Aber was ich sagen wollte, wie ich nu so ganz runter war und man bloß noch so hing und bloß noch soviel Kraft hatte, daß ich ihm doch sein Hammelfleisch un seine Bohnen vorsetzen konnte, das heißt, geschnitzelte mocht' er nich un sagte immer, sie schmeckten nach Messer, da sah er doch wohl, daß er mal mit mir reden müsse. Denn *ich* red'te nich, dazu war ich viel zu stolz. Also er wollte reden mit mir, und als es nu soweit war und er die Gelegenheit auch ganz gut abgepaßt hatte, nahm er einen kleinen vierbeinigen Schemel, der sonst immer in der Küche stand, un is mir, als ob es gestern gewesen wäre, un rückte den Schemel zu mir ran und sagte: ›Rosalie, nu sage mal, was hast du denn eigentlich?‹«

Um Corinnas Mund verlor sich jeder Ausdruck von Spott; sie schob das Tablett etwas beiseite, stützte sich, während sie sich aufrichtete, mit dem rechten Arm auf den Tisch und sagte: »Nun weiter, liebe Schmolke.«

»›Also, was hast du eigentlich?‹ sagte er zu mir. Na, da stürzten mir denn die Tränen man so pimperlings raus, und ich sagte: ›Schmolke, Schmolke‹, und dabei sah ich ihn an, als ob ich ihn ergründen wollte. Un ich kann wohl sagen, es war ein scharfer Blick, aber doch immer noch freundlich. Denn ich liebte ihn. Und da sah ich, daß er ganz ruhig blieb und sich gar nicht verfärbte. Un dann nahm er meine Hand, streichelte sie ganz zärtlich und sagte: ›Rosalie, das is alles Unsinn. Davon verstehst du nichts, weil du nicht in der ›Sitte‹

bist. Denn ich sage dir, wer da so tagaus, tagein in der ›Sitte‹ sitzen muß, dem vergeht es, dem stehen die Haare zu Berge über all das Elend und all den Jammer, und wenn dann welche kommen, die nebenher auch noch ganz verhungert sind, was auch vorkommt, und wo wir ganz genau wissen, da sitzen nu die Eltern zu Hause un grämen sich Tag und Nacht über die Schande, weil sie das arme Wurm, das mitunter sehr merkwürdig dazu gekommen ist, immer noch liebhaben und helfen und retten möchten, wenn zu helfen und zu retten noch menschenmöglich wäre – ich sage dir, Rosalie, wenn man das jeden Tag sehen muß, un man hat ein Herz im Leibe un hat bei's erste Garderegiment gedient un is für Proppertät und Strammheit und Gesundheit, na, ich sage dir, denn is es mit Verführung un all so was vorbei, un man möchte rausgehn und weinen, un ein paarmal hab' ich's auch, alter Kerl, der ich bin, und von Karessieren und ›Fräuleinchen‹ steht nichts mehr drin, un man geht nach Hause und is froh, wenn man sein Hammelfleisch kriegt und eine ordentliche Frau hat, die Rosalie heißt. Bist du nu zufrieden, Rosalie?‹ Und dabei gab er mir einen Kuß...«

Die Schmolke, der bei der Erzählung wieder ganz weh ums Herz geworden war, ging an Corinnas Schrank, um sich ein Taschentuch zu holen. Und als sie sich nun wieder zurechtgemacht hatte, so daß ihr die Worte nicht mehr in der Kehle blieben, nahm sie Corinnas Hand und sagte: »Sieh, so war Schmolke. Was sagst du dazu?«

»Ein sehr anständiger Mann.«

»Na ob.«

In diesem Augenblicke hörte man die Klingel. »Der Papa«, sagte Corinna, und die Schmolke stand auf, um dem Herrn Professor zu öffnen. Sie war auch bald wieder zurück und erzählte, daß sich der Papa nur gewundert habe, Corinnchen nicht mehr zu finden; was denn passiert sei? Wegen ein bißchen Kopfweh gehe man doch nicht gleich zu Bett. Und dann habe er sich seine Pfeife angesteckt und die Zeitung in die Hand genommen und habe dabei gesagt: »Gott sei Dank, liebe Schmolke, daß ich wieder da bin; alle Gesellschaften sind

Unsinn; diesen Satz vermache ich Ihnen auf Lebenszeit.« Er habe aber ganz fidel dabei ausgesehen, und sie sei überzeugt, daß er sich eigentlich sehr gut amüsiert habe. Denn er habe den Fehler, den so viele hätten, und die Schmidts voran: sie red'ten über alles und wüßten alles besser. »Ja, Corinnchen, in diesem Belange bist du auch ganz Schmidtsch.«

Corinna gab der guten Alten die Hand und sagte: »Sie werden wohl recht haben, liebe Schmolke, und es ist ganz gut, daß Sie mir's sagen. Wenn *Sie* nicht gewesen wären, wer hätte mir denn überhaupt was gesagt? Keiner. Ich bin ja wie wild aufgewachsen, und ist eigentlich zu verwundern, daß ich nicht noch schlimmer geworden bin, als ich bin. Papa ist ein guter Professor, aber kein guter Erzieher, und dann war er immer zu sehr von mir eingenommen und sagte: ›das Schmidtsche hilft sich selbst‹ oder ›es wird schon zum Durchbruch kommen‹.«

»Ja, so was sagt er immer. Aber mitunter ist eine Maulschelle besser.«

»Um Gottes willen, liebe Schmolke, sagen Sie doch so was nicht. Das ängstigt mich.«

»Ach, du bist närrisch, Corinna. Was soll dich denn ängstigen. Du bist ja nun eine große, forsche Person und hast die Kinderschuhe längst ausgetreten und könntest schon sechs Jahre verheiratet sein.«

»Ja«, sagte Corinna, »das könnt' ich, wenn mich wer gewollt hätte. Aber dummerweise hat mich noch keiner gewollt. Und da habe ich denn für mich selber sorgen müssen...«

Die Schmolke glaubte nicht recht gehört zu haben und sagte: »Du hast für dich selber sorgen müssen? Was meinst du damit, was soll das heißen?«

»Es soll heißen, liebe Schmolke, daß ich mich heut' abend verlobt habe.«

»Himmlischer Vater, is es möglich. Aber sei nicht böse, daß ich mich so verfiere... Denn es is ja doch eigentlich was Gutes. Na, mit wem denn?«

»Rate.«

»Mit Marcell.«

»Nein, mit Marcell nicht.«

»Mit Marcell nich? Ja, Corinna, dann weiß ich es nich und

will es auch nich wissen. Bloß wissen muß ich es am Ende doch. Wer is es denn?«

»Leopold Treibel.«

»Herr, du meine Güte...«

»Findest du's so schlimm? Hast du was dagegen?«

»I bewahre, wie werd' ich denn. Und würde sich auch gar nich for mir passen. Un denn die Treibels, die sind alle gut un sehr proppre Leute, der alte Kommerzienrat voran, der immer so spaßig is und immer sagt: ›Je später der Abend, je schöner die Leute‹ un ›noch fufzig Jahre so wie heut'‹ und so was. Und der älteste Sohn is auch sehr gut und Leopold auch. Ein bißchen spitzer, das is wahr, aber heiraten is ja nich bei Renz in'n Zirkus. Und Schmolke sagte oft: ›Höre, Rosalie, das laß gut sein, *so* was täuscht, da kann man sich irren; die Dünnen und die so schwach aussehn, die sind oft gar nich so schwach.‹ Ja, Corinna, die Treibels sind gut, un bloß die Mama, die Kommerzienrätin, ja höre, da kann ich mir nich helfen, die Rätin, die hat so was, was mir nich recht paßt, un ziert sich immer un tut so, un wenn was Weinerliches erzählt wird von einem Pudel, der ein Kind aus dem Kanal gezogen, oder wenn der Professor was vorpredigt un mit seiner Baßstimme so vor sich hinbrummelt: ›wie der Unsterbliche sagt‹... un dann kommt immer ein Name, den kein Christenmensch kennt und die Kommerzienrätin woll auch nich – dann hat sie gleich immer ihre Träne un sind immer wie Stehtränen, die gar nich runter wolln.«

»Daß sie so weinen kann, is aber doch eigentlich was Gutes, liebe Schmolke.«

»Ja, bei manchem is es was Gutes und zeigt ein weiches Herz. Un ich will auch weiter nichts sagen un lieber an meine eigne Brust schlagen, un muß auch, denn mir sitzen sie auch man lose... Gott, wenn ich daran denke, wie Schmolke noch lebte, na, da war vieles anders, un Billetter für den dritten Rang hatte Schmolke jeden Tag un mitunter auch für den zweiten. Un da machte ich mich denn fein, Corinna, denn ich war damals noch keine dreißig un noch ganz gut im Stande. Gott, Kind, wenn ich daran denke! Da war damals eine, die hieß die Erharten, die nachher einen Grafen geheiratet. Ach,

Corinnchen, da hab' ich auch manche schöne Träne vergossen. Ich sage schöne Träne, denn es erleichtert einen. Un in ›Maria Stuart‹ war es am meisten. Da war denn doch eine Schnauberei, daß man gar nichts mehr verstehn konnte, das heißt aber bloß ganz zuletzt, wie sie von all ihre Dienerinnen und von ihrer alten Amme Abschied nimmt, alle ganz schwarz, un sie selber immer mit's Kreuz ganz wie'ne Katholsche. Aber die Erharten war keine. Und wenn ich mir das alles wieder so denke un wie ich da aus der Träne gar nich rausgekommen bin, da kann ich auch gegen die Kommerzienrätin eigentlich nichts sagen.«

Corinna seufzte, halb im Scherz und halb im Ernst.

»Warum seufzst du, Corinna?«

»Ja, warum seufze ich, liebe Schmolke? Ich seufze, weil ich glaube, daß Sie recht haben, und daß sich gegen die Rätin eigentlich nichts sagen läßt, bloß weil sie so leicht weint oder immer einen Flimmer im Auge hat. Gott, den hat mancher. Aber die Rätin ist freilich eine ganz eigene Frau, und ich trau' ihr nicht, und der arme Leopold hat eigentlich eine große Furcht vor ihr und weiß auch noch nicht, wie er da heraus will. Es wird eben noch allerlei harte Kämpfe geben. Aber ich laß es darauf ankommen und halt ihn fest, und wenn meine Schwiegermutter gegen mich ist, so schad't es am Ende nicht allzuviel. Die Schwiegermütter sind eigentlich immer dagegen, und jede denkt, ihr Püppchen ist zu schade. Na, wir werden ja sehn; ich habe sein Wort, und das andere muß sich finden.«

»Das ist recht, Corinna, halt ihn fest. Eigentlich hab' ich ja einen Schreck gekriegt, und glaube mir, Marcell wäre besser gewesen, denn ihr paßt zusammen. Aber das sag' ich so bloß zu dir. Und da du nu mal den Treibelschen hast, na, so hast du'n, un da hilft kein Präzelbacken, un er muß stillhalten und die Alte auch. Ja, die Alte erst recht. Der gönn ich's.«

Corinna nickte.

»Un nu schlafe, Kind. Ausschlafen is immer gut, denn man kann nie wissen, wie's kommt un wie man den andern Tag seine Kräfte braucht.«

ZWÖLFTES KAPITEL

Ziemlich um dieselbe Zeit, wo der Felgentreusche Wagen in der Adlerstraße hielt, um Corinna daselbst abzusetzen, hielt auch der Treibelsche Wagen vor der kommerzienrätlichen Wohnung, und die Rätin samt ihrem Sohne Leopold stiegen aus, während der alte Treibel auf seinem Platze blieb und das junge Paar – das wieder die Pferde geschont hatte – die Köpnicker Straße hinunter bis an den ›Holzhof‹ begleitete. Von dort aus, nach einem herzhaften Schmatz (denn er spielte gern den zärtlichen Schwiegervater), ließ er sich zu Buggenhagens fahren, wo Parteiversammlung war. Er wollte doch mal wieder sehen, wie's stünde, und, wenn nötig, auch zeigen, daß ihn die Korrespondenz in der »Nationalzeitung« nicht niedergeschmettert habe.

Die Kommerzienrätin, die für gewöhnlich die politischen Gänge Treibels belächelte, wenn nicht beargwohnte – was auch vorkam –, heute segnete sie Buggenhagen und war froh, ein paar Stunden allein sein zu können. Der Gang mit Wilibald hatte so vieles wieder in ihr angeregt. Die Gewißheit, sich verstanden zu sehen – es war doch eigentlich das Höhere. »Viele beneiden mich, aber was hab' ich am Ende? Stuck und Goldleisten und die Honig mit ihrem sauersüßen Gesicht. Treibel ist gut, besonders auch gegen mich; aber die Prosa lastet bleischwer auf ihm, und wenn *er* es nicht empfindet, *ich* empfinde es... Und dabei Kommerzienrätin und immer wieder Kommerzienrätin. Es geht nun schon in das zehnte Jahr, und er rückt nicht höher hinauf, trotz aller Anstrengungen. Und wenn es so bleibt, und es wird so bleiben, so weiß ich wirklich nicht, ob nicht das andere, das auf Kunst und Wissenschaft deutet, doch einen feineren Klang hat. Ja, den hat es... Und mit den ewigen guten Verhältnissen! Ich kann doch auch nur eine Tasse Kaffee trinken, und wenn ich mich zu Bett lege, so kommt es darauf an, daß ich schlafe. Birkenmaser oder Nußbaum macht keinen Unterschied, aber Schlaf oder Nichtschlaf, das macht einen, und mitunter flieht mich der Schlaf, der des Lebens Bestes ist, weil er uns das Leben vergessen läßt... Und auch die Kinder wären anders. Wenn ich die Corinna ansehe, das sprüht alles von Lust und Leben, und wenn sie bloß *so* macht, so steckt sie meine beiden Jungen in die Tasche. Mit Otto ist nicht viel, und mit Leopold ist gar nichts.«

Jenny, während sie sich in süße Selbsttäuschungen wie diese versenkte, trat ans Fenster und sah abwechselnd auf den Vorgarten und die Straße. Drüben, im Hause gegenüber, hoch oben in der offenen Mansarde, stand, wie ein Schattenriß in hellem Licht, eine Plätterin, die mit sicherer Hand über das Plättbrett hinfuhr – ja, es war ihr, als höre sie das Mädchen singen. Der Kommerzienrätin Auge mochte von dem anmutigen Bilde nicht lassen, und etwas wie wirklicher Neid überkam sie.

Sie sah erst fort, als sie bemerkte, daß hinter ihr die Tür ging. Es war Friedrich, der den Tee brachte. »Setzen Sie hin, Friedrich, und sagen Sie Fräulein Honig, es wäre nicht nötig.«

»Sehr wohl, Frau Kommerzienrätin. Aber hier ist ein Brief.«

»Ein Brief?« fuhr die Rätin heraus. »Von wem?«

»Vom jungen Herrn.«

»Von Leopold?«

»Ja, Frau Kommerzienrätin ... Und es wäre Antwort ...«

»Brief ... Antwort ... Er ist nicht recht gescheit«, und die Kommerzienrätin riß das Kuvert auf und überflog den Inhalt. »Liebe Mama! Wenn es Dir irgend paßt, ich möchte heute noch eine kurze Unterredung mit Dir haben. Laß mich durch Friedrich wissen, ja oder nein. Dein Leopold.«

Jenny war derart betroffen, daß ihre sentimentalen Anwandlungen auf der Stelle hinschwanden. Soviel stand fest, daß das alles nur etwas sehr Fatales bedeuten konnte. Sie raffte sich aber zusammen und sagte: »Sagen Sie Leopold, daß ich ihn erwarte.«

Das Zimmer Leopolds lag über dem ihrigen; sie hörte deutlich, daß er rasch hin- und herging und ein paar Schubkästen, mit einer ihm sonst nicht eigenen Lautheit, zuschob. Und gleich danach, wenn nicht alles täuschte, vernahm sie seinen Schritt auf der Treppe.

Sie hatte recht gehört, und nun trat er ein und wollte (sie stand noch in der Nähe des Fensters) durch die ganze Länge des Zimmers auf sie zuschreiten, um ihr die Hand zu küssen; der Blick aber, mit dem sie ihm begegnete, hatte etwas so Abwehrendes, daß er stehen blieb und sich verbeugte.

»Was bedeutet das, Leopold? Es ist jetzt zehn, also nachtschlafende Zeit, und da schreibst du mir ein Billet und willst mich sprechen. Es ist mir neu, daß du was auf der Seele hast, was keinen Aufschub bis morgen früh duldet. Was hast du vor? Was willst du?«

»Mich verheiraten, Mutter. Ich habe mich verlobt.«

Die Kommerzienrätin fuhr zurück, und ein Glück war es, daß das Fenster, an dem sie stand, ihr eine Lehne gab. Auf viel Gutes hatte sie nicht gerechnet, aber eine Verlobung über ihren Kopf weg, das war doch mehr, als sie gefürchtet. War es eine der Felgentreus? Sie hielt beide für dumme Dinger und die ganze Felgentreuerei für erheblich unterm Stand; er, der Alte, war Lageraufseher in einem großen Ledergeschäft gewesen und hatte schließlich die hübsche Wirtschaftsmamsell des Prinzipals, eines mit seiner weiblichen Umgebung oft wechselnden Witwers, geheiratet. So hatte die Sache begonnen und ließ in ihren Augen viel zu wünschen übrig. Aber verglichen mit den Munks, war es noch lange das Schlimmste nicht, und so sagte sie denn: »Elfriede oder Blanca?«

»Keine von beiden.«

»Also ...«

»Corinna.«

Das war zuviel. Jenny kam in ein halb ohnmächtiges Schwanken, und sie wäre, angesichts ihres Sohnes, zu Boden gefallen, wenn sie der schnell Herzuspringende nicht aufgefangen hätte. Sie war nicht leicht zu halten und noch weniger leicht zu tragen; aber der arme Leopold, den die ganze Situation über sich selbst hinaushob, bewährte sich auch physisch und trug die Mama bis ans Sofa. Danach wollte er auf den Knopf der elektrischen Klingel drücken, Jenny war aber, wie die meisten ohnmächtigen Frauen, doch nicht ohnmächtig genug, um nicht genau zu wissen, was um sie her vorging, und so faßte sie denn seine Hand, zum Zeichen, daß das Klingeln zu unterbleiben habe.

Sie erholte sich auch rasch wieder, griff nach dem vor ihr

stehenden Flakon mit Kölnischem Wasser und sagte, nachdem sie sich die Stirn damit betupft hatte: »Also mit Corinna.«

»Ja, Mutter.«

»Und alles nicht bloß zum Spaß. Sondern um euch wirklich zu heiraten.«

»Ja, Mutter.«

»Und hier in Berlin und in der Luisenstädtschen Kirche, darin dein guter, braver Vater und ich getraut wurden?«

»Ja, Mutter.«

»Ja, Mutter, und immer wieder ja, Mutter. Es klingt, als ob du nach Kommando sprächst und als ob dir Corinna gesagt hätte, sage nur immer: Ja, Mutter. Nun, Leopold, wenn es so ist, so können wir beide unsre Rollen rasch auswendig lernen. Du sagst in einem fort ›ja, Mutter‹, und ich sage in einem fort ›nein, Leopold‹. Und dann wollen wir sehen, was länger vorhält, dein ›Ja‹ oder mein ›Nein‹.«

»Ich finde, daß du es dir etwas leicht machst, Mama.«

»Nicht daß ich wüßte. Wenn es aber so sein sollte, so bin ich bloß deine gelehrige Schülerin. Jedenfalls ist es ein Operieren ohne Umschweife, wenn ein Sohn vor seine Mutter hintritt und ihr kurzweg erklärt: ›Ich habe mich verlobt‹. So geht das nicht in guten Häusern. Das mag beim Theater so sein oder vielleicht auch bei Kunst und Wissenschaft, worin die kluge Corinna ja großgezogen ist, und einige sagen sogar, daß sie dem Alten die Hefte korrigiert. Aber wie dem auch sein möge, bei Kunst und Wissenschaft mag das gehen, meinetwegen, und wenn sie den alten Professor, ihren Vater (übrigens ein Ehrenmann), auch ihrerseits mit einem ›ich habe mich verlobt‹ überrascht haben sollte, nun, so mag *der* sich freuen; er hat auch Grund dazu, denn die Treibels wachsen nicht auf den Bäumen und können nicht von jedem, der vorbeigeht, heruntergeschüttelt werden. Aber ich, ich freue mich *nicht* und verbiete dir diese Verlobung. Du hast wieder gezeigt, wie ganz unreif du bist, ja, daß ich es ausspreche, Leopold, wie knabenhaft.«

»Liebe Mama, wenn du mich etwas mehr schonen könntest...«

»Schonen? Hast du mich geschont, als du dich auf diesen

Unsinn einließest? Du hast dich verlobt, sagst du. Wem willst du das weismachen? *Sie* hat sich verlobt, und *du* bist bloß verlobt worden. Sie spielt mit dir, und anstatt dir das zu verbitten, küssest du ihr die Hand und lässest dich einfangen wie die Gimpel. Nun, ich hab' es nicht hindern können, aber das Weitere, das kann ich hindern und werde es hindern. Verlobt euch, soviel ihr wollt, aber wenn ich bitten darf, im Verschwiegenen und Verborgenen; an ein Heraustreten damit ist nicht zu denken. Anzeigen erfolgen nicht, und wenn du deinerseits Anzeigen machen willst, so magst du die Gratulationen in einem Hotel garni in Empfang nehmen. In meinem Hause nicht. In meinem Hause existiert keine Verlobung und keine Corinna. Damit ist es vorbei. Das alte Lied vom Undank erfahr' ich nun an mir selbst und muß erkennen, daß man unklug daran tut, Personen zu verwöhnen und gesellschaftlich zu sich heraufzuziehen. Und mit dir steht es nicht besser. Auch du hättest mir diesen Gram ersparen können und diesen Skandal. Daß du verführt bist, entschuldigt dich nur halb. Und nun kennst du meinen Willen, und ich darf wohl sagen, auch deines Vaters Willen, denn soviel Torheiten er begeht, in *den* Fragen, wo die Ehre seines Hauses auf dem Spiele steht, ist Verlaß auf ihn. Und nun geh, Leopold, und schlafe, wenn du schlafen kannst. Ein gut Gewissen ist ein gutes Ruhekissen ...«

Leopold biß sich auf die Lippen und lächelte verbittert vor sich hin.

»... Und bei dem, was du vielleicht vorhast – denn du lächelst und stehst so trotzig da, wie ich dich noch gar nicht gesehen habe, was auch bloß der fremde Geist und Einfluß ist –, bei dem, was du vielleicht vorhast, Leopold, vergiß nicht, daß der Segen der Eltern den Kindern Häuser baut. Wenn ich dir raten kann, sei klug und bringe dich nicht um einer gefährlichen Person und einer flüchtigen Laune willen um die Fundamente, die das Leben tragen und ohne die es kein rechtes Glück gibt.«

Leopold, der sich, zu seinem eigenen Erstaunen, all die Zeit über durchaus nicht niedergeschmettert gefühlt hatte, schien einen Augenblick antworten zu wollen; ein Blick auf die Mutter aber, deren Erregung, während sie sprach, nur immer noch gewachsen war, ließ ihn erkennen, daß jedes Wort die Schwierigkeit der Lage bloß steigern würde; so verbeugte er sich denn ruhig und verließ das Zimmer.

Er war kaum hinaus, als sich die Kommerzienrätin von ihrem Sofaplatz erhob und über den Teppich hin auf- und abzugehen begann. Jedesmal, wenn sie wieder in die Nähe des Fensters kam, blieb sie stehen und sah nach der Mansarde und der immer noch in vollem Lichte dastehenden Plätterin hinüber, bis ihr Blick sich wieder senkte und dem bunten Treiben der vor ihr liegenden Straße zuwandte. Hier, in ihrem Vorgarten, den linken Arm von innen her auf die Gitterstäbe gestützt, stand ihr Hausmädchen, eine hübsche Blondine, die mit Rücksicht auf Leopolds »mores« beinahe nicht engagiert worden wäre, und sprach lebhaft und unter Lachen mit einem draußen auf dem Trottoir stehenden »Cousin«, zog sich aber zurück, als der eben von Buggenhagen kommende Kommerzienrat in einer Droschke vorfuhr und auf seine Villa zuschritt. Treibel, einen Blick auf die Fensterreihe werfend, sah sofort, daß nur noch in seiner Frau Zimmer Licht war, was ihn mitbestimmte, gleich bei ihr einzutreten, um noch über den Abend und seine mannigfachen Erlebnisse berichten zu können. Die flaue Stimmung, der er anfänglich infolge der »Nationalzeitungs«-Korrespondenz bei Buggenhagens begegnet war, war unter dem Einfluß seiner Liebenswürdigkeit rasch gewichen, und das um so mehr, als er den auch hier wenig gelittenen Vogelsang schmunzelnd preisgegeben hatte.

Von diesem Siege zu erzählen, trieb es ihn, trotzdem er wußte, wie Jenny zu diesen Dingen stand; als er aber eintrat und die Aufregung gewahr wurde, darin sich seine Frau ganz ersichtlich befand, erstarb ihm das joviale »Guten Abend, Jenny« auf der Zunge, und ihr die Hand reichend, sagte er nur: »Was ist vorgefallen, Jenny? Du siehst ja aus wie das Leiden... nein, keine Blasphemie... Du siehst ja aus, als wäre dir die Gerste verhagelt.«

»Ich glaube, Treibel«, sagte sie, während sie ihr Auf und Ab im Zimmer fortsetzte, »du könntest dich mit deinen Vergleichen etwas höher hinaufschrauben; ›verhagelte Gerste‹ hat einen überaus ländlichen, um nicht zu sagen bäuerlichen Beigeschmack. Ich sehe, das Teupitz-Zossensche trägt bereits seine Früchte...«

»Liebe Jenny, die Schuld liegt, glaube ich, weniger an mir als an dem Sprach- und Bilderschatze deutscher Nation. Alle Wendungen, die wir als Ausdruck für Verstimmungen und Betrübnisse haben, haben einen ausgesprochenen Unterschichtscharakter, und ich finde da zunächst nur noch den Lohgerber, dem die Felle weggeschwommen.«

Er stockte, denn es traf ihn ein so böser Blick, daß er es doch für angezeigt hielt, auf das Suchen nach weiteren Vergleichen zu verzichten. Auch nahm Jenny selbst das Wort und sagte: »Deine Rücksichten gegen mich halten sich immer auf derselben Höhe. Du siehst, daß ich eine Alteration gehabt habe, und die Form, in die du deine Teilnahme kleidest, ist *die* geschmackloser Vergleiche. Was meiner Erregung zugrunde liegt, scheint deine Neugier nicht sonderlich zu wecken.«

»Doch, doch, Jenny... Du darfst das nicht übelnehmen; du kennst mich und weißt, wie das alles gemeint ist. Alteration! Das ist ein Wort, das ich nicht gern höre. Gewiß wieder was mit Anna, Kündigung oder Liebesgeschichte. Wenn ich nicht irre, stand sie...«

»Nein, Treibel, das ist es nicht. Anna mag tun, was sie will, und meinetwegen ihr Leben als Spreewälderin beschließen. Ihr Vater, der alte Schulmeister, kann dann an seinem Enkel erziehen, was er an seiner Tochter versäumt hat. Wenn mich Liebesgeschichten alterieren sollen, müssen sie von anderer Seite kommen...«

»Also doch Liebesgeschichten. Nun sage wer?«

»Leopold.«

»Alle Wetter...« Und man konnte nicht heraushören, ob Treibel bei dieser Namensnennung mehr in Schreck oder Freude geraten war. »Leopold? Ist es möglich?«

»Es ist mehr als möglich, es ist gewiß; denn vor einer Viertelstunde war er selber hier, um mich diese Liebesgeschichte wissen zu lassen...«

»Merkwürdiger Junge...«

»Er hat sich mit Corinna verlobt.«

Es war ganz unverkennbar, daß die Kommerzienrätin eine große Wirkung von dieser Mitteilung erwartete, welche Wirkung aber durchaus ausblieb. Treibels erstes Gefühl war das einer heiter angeflogenen Enttäuschung. Er hatte was von kleiner Soubrette, vielleicht auch von »Jungfrau aus dem Volk« erwartet und stand nun vor einer Ankündigung, die, nach seinen unbefangenen Anschauungen, alles andere als Schreck und Entsetzen hervorrufen konnte. »Corinna«, sagte er. »Und schlankweg verlobt und ohne Mama zu fragen. Teufelsjunge. Man unterschätzt doch immer die Menschen und am meisten seine eigenen Kinder.«

»Treibel, was soll das? Dies ist keine Stunde, wo sich's für dich schickt, in einer noch nach Buggenhagen schmeckenden Stimmung ernste Fragen zu behandeln. Du kommst nach Haus und findest mich in einer großen Erregung, und im Augenblicke, wo ich dir den Grund dieser Erregung mitteile, findest du's angemessen, allerlei sonderbare Scherze zu machen. Du mußt doch fühlen, daß das einer Lächerlichmachung meiner Person und meiner Gefühle ziemlich gleichkommt, und wenn ich deine ganze Haltung recht verstehe, so bist du weitab davon, in dieser sogenannten Verlobung einen Skandal zu sehen. Und darüber möchte ich Gewißheit haben, eh wir weitersprechen. Ist es ein Skandal oder nicht?«

»Nein.«

»Und du wirst Leopold nicht darüber zur Rede stellen?«

»Nein.«

»Und bist nicht empört über diese Person?«

»Nicht im geringsten.«

»Über diese Person, die deiner und meiner Freundlichkeit sich absolut unwert macht, und nun ihre Bettlade – denn um viel was anderes wird es sich nicht handeln – in das Treibelsche Haus tragen will.«

Treibel lachte. »Sieh, Jenny, diese Redewendung ist dir gelungen, und wenn ich mir mit meiner Phantasie, die mein Unglück ist, die hübsche Corinna vorstelle, wie sie, sozusagen zwischen die Längsbretter eingeschirrt, ihre Bettlade hierher ins Treibelsche Haus trägt, so könnte ich eine Viertelstunde lang lachen. Aber ich will doch lieber nicht lachen und dir, da du so sehr fürs Ernste bist, nun auch ein ernsthaftes Wort sagen. Alles, was du da so hinschmetterst, ist erstens unsinnig und zweitens empörend. Und was es außerdem noch alles ist, blind, vergeßlich, überheblich, davon will ich gar nicht reden...«

Jenny war ganz blaß geworden und zitterte, weil sie wohl wußte, worauf das »blind und vergeßlich« abzielte. Treibel aber, der ein guter und auch ganz kluger Kerl war und sich aufrichtig gegen all den Hochmut aufrichtete, fuhr jetzt fort: »Du sprichst da von Undank und Skandal und Blamage, und fehlt eigentlich bloß noch das Wort ›Unehre‹, dann hast du den Gipfel der Herrlichkeit erklommen. Undank. Willst du der klugen, immer heitren, immer unterhaltlichen Person, die wenigstens sieben Felgentreus in die Tasche steckt – nächststehender Anverwandten ganz zu geschweigen –, willst du der die Datteln und Apfelsinen nachrechnen, die sie von unserer Majolikaschüssel, mit einer Venus und einem Cupido darauf, beiläufig eine lächerliche Pinselei, mit ihrer zierlichen Hand heruntergenommen hat? Und waren wir nicht bei dem guten alten Professor unsererseits auch zu Gast, bei Wilibald, der doch sonst dein Herzblatt ist, und haben wir uns seinen Brauneberger, der ebenso gut war wie meiner, oder doch nicht viel schlechter, nicht schmecken lassen? Und warst du nicht ganz ausgelassen und hast du nicht an dem Klimperkasten, der da in der Putzstube steht, deine alten Lieder runtergesungen? Nein, Jenny, komme mir nicht mit solchen Geschichten. Da kann ich auch mal ärgerlich werden...«

Jenny nahm seine Hand und wollte ihn hindern weiterzusprechen.

»Nein, Jenny, noch nicht, noch bin ich nicht fertig. Ich bin nun mal im Zuge. Skandal sagst du und Blamage. Nun, *ich* sage dir, nimm dich in acht, daß aus der bloß eingebildeten Blamage nicht eine wirkliche wird und daß – ich sage das, weil du solche Bilder liebst – der Pfeil nicht auf den Schützen zurückfliegt. Du bist auf dem besten Wege, mich und dich in eine unsterbliche Lächerlichkeit hineinzubugsieren. Wer sind wir denn? Wir sind weder die Montmorencys noch die Lusignans – von denen, nebenher bemerkt, die schöne Melusine herstammen soll, was dich vielleicht interessiert –, wir sind auch nicht die Bismarcks oder die Arnims oder sonst was Märkisches von Adel, wir sind die Treibels, Blutlaugensalz und Eisenvitriol, und du bist eine geborene Bürstenbinder aus der Adlerstraße. Bürstenbinder ist ganz gut, aber der erste Bürstenbinder kann unmöglich höher gestanden haben als der erste Schmidt. Und so bitt' ich dich denn, Jenny, keine Übertreibungen. Und wenn es sein kann, laß den ganzen Kriegsplan fallen und nimm Corinna mit soviel Fassung hin, wie du Helene hingenommen hast. Es ist ja nicht nötig, daß sich Schwiegermutter und Schwiegertochter furchtbar lieben, sie heiraten sich ja nicht; es kommt auf *die* an, die den Mut haben, sich dieser ernsten und schwierigen Aufgabe allerpersönlichst unterziehen zu wollen...«

Jenny war während dieser zweiten Hälfte von Treibels Philippika merkwürdig ruhig geworden, was in einer guten Kenntnis des Charakters ihres Mannes seinen Grund hatte. Sie wußte, daß er in einem überhohen Grade das Bedürfnis und die Gewohnheit des Sichaussprechens hatte und daß sich mit ihm erst wieder reden ließ, wenn gewisse Gefühle von seiner Seele heruntergeredet waren. Es war ihr schließlich ganz recht, daß dieser Akt innerlicher Selbstbefreiung so rasch und so gründlich begonnen hatte; was jetzt gesagt worden war, brauchte morgen nicht mehr gesagt zu werden, war abgetan und gestattete den Ausblick auf friedlichere Verhandlungen. Treibel war sehr der Mann der Betrachtung aller Dinge von zwei Seiten her, und so war Jenny denn völlig überzeugt davon, daß er über Nacht dahin gelangen würde, die ganze Leopoldsche Verlobung auch mal von der Kehrseite her anzusehen. Sie nahm deshalb seine Hand und sagte: »Treibel, laß uns das Gespräch morgen früh fortsetzen. Ich glaube, daß du, bei ruhigerem Blute, die Berechtigung meiner Anschauungen nicht verkennen wirst. Jedenfalls rechne nicht darauf, mich anderen Sinnes zu machen. Ich wollte dir, als dem Manne, der zu handeln hat, selbstverständlich auch in dieser Angelegenheit nicht vorgreifen; lehnst du jedoch jedes Handeln ab, so handle *ich*. Selbst auf die Gefahr deiner Nichtzustimmung.«

»Tu, was du willst.«

Und damit warf Treibel die Tür ins Schloß und ging in sein Zimmer hinüber. Als er sich in den Fauteuil warf, brummte er vor sich hin: »Wenn sie am Ende doch recht hätte!«

Und konnte es anders sein? Der gute Treibel, er war doch auch seinerseits das Produkt dreier im Fabrikbetrieb immer reicher gewordenen Generationen, und aller guten Geistes- und Herzensanlagen unerachtet und trotz seines politischen Gastspiels auf der Bühne Teupitz-Zossen – der Bourgeois steckte ihm wie seiner sentimentalen Frau tief im Geblüt.

DREIZEHNTES KAPITEL

Am andern Morgen war die Kommerzienrätin früher auf als gewöhnlich und ließ von ihrem Zimmer aus zu Treibel hinüber sagen, daß sie das Frühstück allein nehmen wolle. Treibel schob es auf die Verstimmung vom Abend vorher, ging aber darin fehl, da Jenny ganz aufrichtig vorhatte, die durch Verbleib auf ihrem Zimmer frei gewordene halbe Stunde zu einem Briefe an Hildegard zu benutzen. Es galt eben Wichtigeres heute, als den Kaffee mußevoll und friedlich oder vielleicht auch unter fortgesetzter Kriegführung einzunehmen, und wirklich, kaum daß sie die kleine Tasse geleert und auf das Tablett zurückgeschoben hatte, so vertauschte sie auch schon den Sofaplatz mit ihrem Platz am Schreibtisch und ließ die Feder mit rasender Schnelligkeit über verschiedene kleine Bogen hingleiten, von denen jeder nur die Größe einer Handfläche, Gott sei Dank aber die herkömmlichen vier Seiten hatte. Briefe, wenn ihr die Stimmung nicht fehlte, gingen ihr immer leicht von der Hand, aber nie so wie heute, und ehe noch die kleine Konsoluhr die neunte Stunde schlug, schob sie schon die Bogen zusammen, klopfte sie auf der Tischplatte wie ein Spiel Karten zurecht und überlas noch einmal mit halblauter Stimme das Geschriebene.

»Liebe Hildegard! Seit Wochen tragen wir uns damit, unsren seit lange gehegten Wunsch erfüllt und Dich mal wieder unter unsrem Dache zu sehen. Bis in den Mai hinein hatten wir schlechtes Wetter, und von einem Lenz, der mir die schönste Jahreszeit bedeutet, konnte kaum die Rede sein. Aber seit beinah vierzehn Tagen ist es anders, in unsrem Garten schlagen die Nachtigallen, was Du, wie ich mich sehr wohl erinnere, so sehr liebst, und so bitten wir Dich herzlich, Dein schönes Hamburg auf ein paar Wochen verlassen und uns Deine Gegenwart schenken zu wollen. Treibel vereinigt seine Wünsche mit den meinigen, und Leopold schließt sich an. Von Deiner Schwester Helene bei dieser Gelegenheit und in diesem Sinne zu sprechen ist überflüssig, denn ihre herzlichen Gefühle für Dich kennst Du so gut, wie wir sie kennen, Gefühle, die, wenn ich recht beobachtet habe, gerade neuerdings wieder in einem beständigen Wachsen begriffen sind. Es liegt so, daß ich, soweit das in einem Briefe möglich, ausführlicher darüber zu Dir sprechen möchte. Mitunter, wenn ich sie so blaß sehe, so gut ihr gerade diese Blässe kleidet, tut mir doch das innerste Herz weh, und ich habe nicht den Mut, nach der Ursache zu fragen. Otto ist es *nicht*, dessen bin ich sicher, denn er ist nicht nur gut, sondern auch rücksichtsvoll, und ich empfinde dann allen Möglichkeiten gegenüber ganz deutlich, daß es nichts anderes sein kann als Heimweh. Ach, mir nur zu begreiflich, und ich möchte dann immer sagen, ›reise, Helene, reise heute, reise morgen, und sei versichert, daß ich mich, wie des Wirtschaftlichen überhaupt, so auch namentlich der Weißzeugplätterei nach besten Kräften annehmen werde, geradeso, ja mehr noch, als wenn es für Treibel wäre, der in diesen Stücken auch so diffizil ist, diffiziler als viele andere Berliner‹. Aber ich sage das alles nicht, weil ich ja weiß, daß Helene lieber auf jedes andere Glück verzichtet als auf das Glück, das in dem Bewußtsein erfüllter Pflicht liegt. Vor allem dem Kinde gegenüber. Lizzi mit auf die Reise zu nehmen, wo dann doch die Schulstunden unterbrochen werden müßten, ist fast ebenso undenkbar, wie Lizzi zurückzulassen. Das süße Kind! Wie wirst Du Dich freuen, sie wiederzusehen, immer vorausgesetzt, daß ich mit meiner Bitte keine Fehlbitte tue. Denn Photographien geben doch nur ein sehr ungenügendes Bild, namentlich bei Kindern, deren ganzer Zauber in einer durchsichtigen Hautfarbe liegt; der Teint nüanciert nicht nur den Ausdruck, er ist der Ausdruck selbst. Denn wie Krola, dessen Du Dich vielleicht noch erinnerst, erst neulich wieder behauptete, der Zusammenhang zwischen Teint und Seele sei geradezu merkwürdig. Was wir Dir bieten können, meine süße Hildegard? Wenig; eigentlich nichts. Die Beschränktheit unsrer Räume kennst Du; Treibel hat außerdem eine neue Passion ausgebildet und will sich wählen lassen, und zwar in einem Landkreise, dessen sonderbaren, etwas wendisch klingenden Namen ich Deiner Geographiekenntnis nicht zumute, trotzdem ich wohl weiß, daß auch Eure Schulen – wie mir Felgentreu (freilich keine Autorität auf diesem Gebiete) erst ganz vor kurzem wieder versicherte – den unsrigen überlegen sind. Wir haben zur Zeit eigentlich nichts als die Jubiläumsausstellung, in der die Firma Dreher aus Wien die Bewirtung übernommen hat und hart angegriffen wird. Aber was griffe der Berliner nicht an – daß die Seidel zu klein sind, kann einer Dame wenig bedeuten –, und ich wüßte wirklich kaum etwas, was vor der Eingebildetheit unserer Bevölkerung sicher wäre. Nicht einmal Euer Hamburg, an das ich nicht denken kann, ohne daß mir das Herz lacht. Ach, Eure herrliche Buten-Alster! Und wenn dann abends die Lichter und die Sterne darin flimmern – ein Anblick, der den, der sich seiner freuen darf, jedesmal dem Irdischen wie entrückt. Aber vergiß es, liebe Hildegard, sonst haben wir wenig Aussicht, Dich hier zu sehen, was doch ein aufrichtiges Bedauern bei allen Treibels hervorrufen würde, am meisten bei Deiner Dich innig liebenden Freundin und Tante Jenny Treibel.«

»*Nachschrift.* Leopold reitet jetzt viel, jeden Morgen nach Treptow und auch nach dem Eierhäuschen. Er klagt, daß er keine Begleitung dabei habe. Hast Du noch Deine alte Passion? Ich sehe Dich noch so hinfliegen, Du Wildfang. Wenn ich ein Mann wäre, *Dich* einzufangen würde mir das Leben bedeuten. Übrigens bin ich sicher, daß andere ebenso denken, und wir würden längst den Beweis davon in Händen haben, wenn Du weniger wählerisch wärst. Sei es nicht fürder und vergiß die Ansprüche, die Du machen darfst. Deine J. T.«

Jenny faltete jetzt die kleinen Bogen und tat sie in ein Kuvert, das, vielleicht um auch schon äußerlich ihren Friedenswunsch anzudeuten, eine weiße Taube mit einem Ölzweig zeigte. Dies war um so angebrachter, als Hildegard mit Helenen in lebhafter Korrespondenz stand und recht gut wußte, wie, bisher wenigstens, die wahren Gefühle der Treibels und besonders die der Frau Jenny gewesen waren.

Die Rätin hatte sich eben erhoben, um nach der am Abend vorher etwas angezweifelten Anna zu klingeln, als sie, wie von ungefähr, ihren Blick auf den Vorgarten richtend, ihrer Schwiegertochter ansichtig wurde, die rasch vom Gitter her auf das Haus zuschritt. Draußen hielt eine Droschke zweiter Klasse, geschlossen und das Fenster in die Höhe gezogen, trotzdem es sehr warm war.

Einen Augenblick danach trat Helene bei der Schwiegermutter ein und umarmte sie stürmisch. Dann warf sie Sommermantel und Gartenhut beiseite und sagte, während sie ihre Umarmung wiederholte: »Ist es denn wahr? Ist es denn möglich?«

Jenny nickte stumm und sah nun erst, daß Helene noch im Morgenkleide und ihr Scheitel noch eingeflochten war. Sie hatte sich also, wie sie da ging und stand, im selben Moment, wo die große Nachricht auf dem Holzhofe bekannt geworden war, sofort auf den Weg gemacht, und zwar in der ersten besten Droschke. Das war etwas, und angesichts dieser Tatsache fühlte Jenny das Eis hinschmelzen, das acht Jahre lang ihr Schwiegermutterherz umgürtet hatte. Zugleich traten ihr Tränen in die Augen. »Helene«, sagte sie, »was zwischen uns gestanden hat, ist fort. Du bist ein gutes Kind, du fühlst mit uns. Ich war mitunter gegen dies und das, untersuchen wir nicht, ob mit Recht oder Unrecht; aber in *solchen* Stücken ist Verlaß auf euch, und ihr wißt Sinn von Unsinn zu unterscheiden. Von deinem Schwiegervater kann ich dies leider nicht sagen. Indessen ich denke, das ist nur Übergang, und er wird sich geben. Unter allen Umständen laß uns zusammenhalten. Mit Leopold persönlich, das hat nichts zu bedeuten. Aber diese gefährliche Person, die vor nichts erschrickt und dabei ein Selbstbewußtsein hat, daß man drei Prinzessinnen damit ausstaffieren könnte, gegen *die* müssen wir uns rüsten. Glaube nicht, daß sie's uns leicht machen wird. Sie hat ganz den Professorentochterdünkel und ist imstande, sich einzubilden, daß sie dem Hause Treibel noch eine Ehre antut.«

»Eine schreckliche Person«, sagte Helene. »Wenn ich an den Tag denke mit dear Mr. Nelson. Wir hatten eine Todesangst, daß Nelson seine Reise verschieben und um sie anhalten würde. Was daraus geworden wäre, weiß ich nicht; bei den Beziehungen Ottos zu der Liverpooler Firma vielleicht verhängnisvoll für uns.«

»Nun, Gott sei Dank, daß es vorübergegangen. Vielleicht immer noch besser so, so können wir's en famille austragen. Und den alten Professor fürcht' ich nicht, den habe ich von alter Zeit her am Bändel. Er muß mit in unser Lager hinüber. Und nun muß ich fort, Kind, um Toilette zu machen... Aber noch ein Hauptpunkt. Eben habe ich an deine Schwester Hildegard geschrieben und sie herzlich gebeten, uns mit nächstem ihren Besuch zu schenken. Bitte, Helene, füge ein paar Worte an deine Mama hinzu und tue beides in das Kuvert und adressiere.«

Damit ging die Rätin, und Helene setzte sich an den Schreibtisch. Sie war so bei der Sache, daß nicht einmal ein triumphierendes Gefühl darüber, mit ihren Wünschen für Hildegard nun endlich am Ziele zu sein, in ihr aufdämmerte; nein, sie hatte angesichts der gemeinsamen Gefahr nur Teilnahme für ihre Schwiegermutter, als der »Trägerin des Hauses«, und nur Haß für Corinna. Was sie zu schreiben hatte, war rasch geschrieben. Und nun adressierte sie mit schöner englischer Handschrift in normalen Schwung- und Rundlinien: »Frau Konsul Thora Munk, geb. Thompson. Hamburg. Uhlenhorst.«

Als die Aufschrift getrocknet und der ziemlich ansehnliche Brief mit zwei Marken frankiert war, brach Helene auf, klopfte nur noch leise an Frau Jennys Toilettenzimmer und rief hinein: »Ich gehe jetzt, liebe Mama. Den Brief nehme ich mit.« Und gleich danach passierte sie wieder den Vorgarten, weckte den Droschkenkutscher und stieg ein.

Zwischen neun und zehn waren zwei Rohrpostbriefe bei Schmidts eingetroffen, ein Fall, der, in dieser seiner Gedoppeltheit, noch nicht dagewesen war. Der eine dieser Briefe richtete sich an den Professor und hatte folgenden kurzen Inhalt: »Lieber Freund! Darf ich darauf rechnen, Sie heute zwischen zwölf und eins in Ihrer Wohnung zu treffen? Keine Antwort, gute Antwort. Ihre ganz ergebene Jenny Treibel.« Der andere, nicht viel längere Brief war an Corinna adressiert und lautete: »Liebe Corinna! Gestern abend noch hatte ich ein Gespräch mit der Mama. Daß ich auf Widerstand stieß, brauche ich Dir nicht erst zu sagen, und es ist mir gewisser denn je, daß wir schweren Kämpfen entgegengehen. Aber nichts soll uns trennen. In meiner Seele lebt eine hohe Freudigkeit und gibt mir Mut zu allem. Das ist das Geheimnis und zugleich die Macht der Liebe. Diese Macht soll mich auch weiter führen und festigen. Trotz aller Sorge Dein überglücklicher Leopold.« Corinna legte den Brief aus der Hand. »Armer Junge! Was er da schreibt, ist ehrlich gemeint, selbst das mit dem Mut. Aber ein Hasenohr guckt doch durch. Nun, wir müssen sehen. Halte, was du hast. *Ich* gebe nicht nach.«

Corinna verbrachte den Vormittag unter fortgesetzten Selbstgesprächen. Mitunter kam die Schmolke, sagte aber nichts und beschränkte sich auf kleine wirtschaftliche Fragen. Der Professor seinerseits hatte zwei Stunden zu geben, eine griechische: Pindar, und eine deutsche: romantische Schule (Novalis), und war bald nach zwölf wieder zurück. Er schritt in seinem Zimmer auf und ab, abwechselnd mit einem ihm in seiner Schlußwendung absolut unverständlich gebliebenen Novalis-Gedicht und dann wieder mit dem so feierlich angekündigten Besuche seiner Freundin Jenny beschäftigt. Es war kurz vor eins, als ein Wagengerumpel auf dem schlechten Steinpflaster unten ihn annehmen ließ, sie werde es sein. Und sie war es, diesmal allein, ohne Fräulein Honig und ohne den Bologneser. Sie öffnete selbst den Schlag und stieg dann langsam und bedächtig, als ob sie sich ihre Rolle noch einmal überhöre, die Steinstufen der Außentreppe hinauf. Eine Minute später hörte Schmidt die Klingel gehen, und gleich danach meldete die Schmolke: »Frau Kommerzienrätin Treibel.«

Schmidt ging ihr entgegen, etwas weniger unbefangen als sonst, küßte ihr die Hand und bat sie, auf seinem Sofa, dessen tiefste Kesselstelle durch ein großes Lederkissen einigermaßen applaniert war, Platz zu nehmen. Er selber nahm einen Stuhl, setzte sich ihr gegenüber und sagte: »Was verschafft mir die Ehre, liebe Freundin? Ich nehme an, daß etwas Besonderes vorgefallen ist.«

»Das ist es, lieber Freund. Und Ihre Worte lassen mir keinen Zweifel darüber, daß Fräulein Corinna noch nicht für gut befunden hat, Sie mit dem Vorgefallenen bekannt zu machen. Fräulein Corinna hat sich nämlich gestern abend mit meinem Sohne Leopold verlobt.«

»Ah«, sagte Schmidt in einem Tone, der ebensogut Freude wie Schreck ausdrücken konnte.

»Fräulein Corinna hat sich gestern auf unsrer Grunewaldpartie, die vielleicht besser unterblieben wäre, mit meinem Sohne Leopold verlobt, nicht umgekehrt. Leopold tut keinen Schritt ohne mein Wissen und Willen, am wenigsten einen so wichtigen Schritt wie eine Verlobung, und so muß ich denn, zu meinem lebhaften Bedauern, von etwas Abgekartetem oder einer gestellten Falle, ja, Verzeihung, lieber Freund, von einem wohlüberlegten Überfall sprechen.«

Dies starke Wort gab dem alten Schmidt nicht nur seine Seelenruhe, sondern auch seine gewöhnliche Heiterkeit wieder. Er sah, daß er sich in seiner alten Freundin nicht getäuscht hatte, daß sie, völlig unverändert, die, trotz Lyrik und Hochgefühle, ganz ausschließlich auf Äußerlichkeiten gestellte Jenny Bürstenbinder von ehedem war und daß seinerseits, unter selbstverständlicher Wahrung artigster Formen und anscheinend vollen Entgegenkommens, ein Ton superioren Übermutes angeschlagen und in die sich nun höchstwahrscheinlich entspinnende Debatte hineingetragen werden müsse. Das war er sich, das war er Corinna schuldig.

»Ein Überfall, meine gnädigste Frau. Sie haben vielleicht nicht ganz unrecht, es so zu nennen. Und daß es gerade auf diesem Terrain sein mußte. Sonderbar genug, daß Dinge der Art ganz bestimmten Lokalitäten unveräußerlich anzuhaften scheinen. Alle Bemühungen, durch Schwanenhäuser und Kegelbahnen im stillen zu reformieren, der Sache friedlich beizukommen, erweisen sich als nutzlos, und der frühere Charakter dieser Gegenden, insonderheit unseres alten übelbeleumdeten Grunewalds, bricht immer wieder durch. Immer wieder aus dem Stegreif. Erlauben Sie mir, gnädigste Frau, daß ich den derzeitigen Junker generis feminini herbeirufe, damit er seiner Schuld geständig werde.«

Jenny biß sich auf die Lippen und bedauerte das unvorsichtige Wort, das sie nun dem Spotte preisgab. Es war aber zu spät zur Umkehr, und so sagte sie nur: »Ja, lieber Professor, es wird das beste sein, Corinna selbst zu hören. Und ich denke, sie wird sich mit einem gewissen Stolz dazu bekennen, dem armen Jungen das Spiel über den Kopf weggenommen zu haben.«

»Wohl möglich«, sagte Schmidt und stand auf und rief in das Entree hinein: »Corinna.«

Kaum, daß er seinen Platz wieder eingenommen hatte, so stand die von ihm Gerufene auch schon in der Tür, verbeugte sich artig gegen die Kommerzienrätin und sagte: »Du hast gerufen, Papa?«

»Ja, Corinna, das hab' ich. Eh wir aber weitergehen, nimm einen Stuhl und setze dich in einiger Entfernung von uns. Denn ich möchte es auch äußerlich markieren, daß du vorläufig eine Angeklagte bist. Rücke in die Fensternische, da sehen wir dich am besten. Und nun sage mir, hat es seine Richtigkeit damit, daß du gestern abend im Grunewald, in dem ganzen Junkerübermut einer geborenen Schmidt, einen friedlich und unbewaffnet seines Weges ziehenden Bürgersohn, namens Leopold Treibel, seiner besten Barschaft beraubt hast?«

Corinna lächelte. Dann trat sie vom Fenster her an den Tisch heran und sagte: »Nein, Papa, das ist grundfalsch. Es hat alles den landesüblichen Verlauf genommen, und wir sind so regelrecht verlobt, wie man nur verlobt sein kann.«

»Ich bezweifle das nicht, Fräulein Corinna«, sagte Jenny. »Leopold selbst betrachtet sich als Ihren Verlobten. Ich sage nur das eine, daß Sie das Überlegenheitsgefühl, das Ihnen Ihre Jahre...«

»*Nicht* meine Jahre. Ich bin jünger...«

»...das Ihnen Ihre Klugheit und Ihr Charakter gegeben, daß Sie diese Überlegenheit dazu benutzt haben, den armen Jungen willenlos zu machen und ihn für sich zu gewinnen.«

»Nein, meine gnädigste Frau, das ist ebenfalls nicht ganz richtig, wenigstens zunächst nicht. Daß es schließlich doch vielleicht richtig sein wird, darauf müssen Sie mir erlauben, weiterhin zurückzukommen.«

»Gut, Corinna, gut«, sagte der Alte. »Fahre nur fort. Also zunächst ...«

»Also zunächst unrichtig, meine gnädigste Frau. Denn wie kam es? Ich sprach mit Leopold von seiner nächsten Zukunft und beschrieb ihm einen Hochzeitszug, absichtlich in unbestimmten Umrissen und ohne Namen zu nennen. Und als ich zuletzt Namen nennen mußte, da war es Blankenese, wo die Gäste zum Hochzeitsmahle sich sammelten, und war es die schöne Hildegard Munk, die, wie eine Königin gekleidet, als Braut neben ihrem Bräutigam saß. Und dieser Bräutigam war Ihr Leopold, meine gnädigste Frau. Selbiger Leopold aber wollte von dem allen nichts wissen und ergriff meine Hand und machte mir einen Antrag in aller Form. Und nachdem ich ihn an seine Mutter erinnert und mit dieser Erinnerung kein Glück gehabt hatte, da haben wir uns verlobt ...«

»Ich glaube das, Fräulein Corinna«, sagte die Rätin. »Ich glaube das ganz aufrichtig. Aber schließlich ist das alles doch nur eine Komödie. Sie wußten ganz gut, daß er Ihnen vor Hildegard den Vorzug gab, und Sie wußten nur zu gut, daß Sie, je mehr Sie das arme Kind, die Hildegard, in den Vordergrund stellten, desto gewisser – um nicht zu sagen desto leidenschaftlicher, denn er ist nicht eigentlich der Mann der Leidenschaften –, desto gewisser, sag' ich, würd' er sich auf Ihre Seite stellen und sich zu Ihnen bekennen.«

»Ja, gnädigste Frau, das wußt' ich oder wußt' es doch beinah. Es war noch kein Wort in diesem Sinne zwischen uns gesprochen worden, aber ich glaubte trotzdem, und seit längerer Zeit schon, daß er glücklich sein würde, mich seine Braut zu nennen.«

»Und durch die klug und berechnend ausgesuchte Geschichte mit dem Hamburger Hochzeitszuge haben Sie eine Erklärung herbeizuführen gewußt ...«

»Ja, meine gnädigste Frau, das hab' ich, und ich meine, das alles war mein gutes Recht. Und wenn Sie nun dagegen, und wie mir's scheint ganz ernsthaft, Ihren Protest erheben wollen, erschrecken Sie da nicht vor Ihrer eignen Forderung, vor der Zumutung, ich hätte mich jedes Einflusses auf Ihren Sohn enthalten sollen? Ich bin keine Schönheit, habe nur eben das Durchschnittsmaß. Aber nehmen Sie, so schwer es Ihnen werden mag, für einen Augenblick einmal an, ich wäre wirklich so was wie eine Schönheit, eine Beauté, der Ihr Herr Sohn nicht hätte widerstehen können, würden Sie von mir verlangt haben, mir das Gesicht mit Ätzlauge zu zerstören, bloß damit Ihr Sohn, mein Verlobter, nicht in eine durch mich gestellte Schönheitsfalle fiele?«

»Corinna«, lächelte der Alte, »nicht zu scharf. Die Rätin ist unter unserm Dache.«

»Sie würden das *nicht* von mir verlangt haben, so wenigstens nehme ich vorläufig an, vielleicht in Überschätzung Ihrer freundlichen Gefühle für mich, und doch verlangen Sie von mir, daß ich mich dessen begebe, was die Natur *mir* gegeben hat. Ich habe meinen guten Verstand und bin offen und frei und übe damit eine gewisse Wirkung auf die Männer aus, mitunter auch gerade auf solche, denen das fehlt, was ich habe, – soll ich mich dessen entkleiden? soll ich mein Pfund vergraben? soll ich das bißchen Licht, das *mir* geworden, unter den Scheffel stellen? Verlangen Sie, daß ich bei Begegnungen mit Ihrem Sohne wie eine Nonne dasitze, bloß damit das Haus Treibel vor einer Verlobung mit mir bewahrt bleibe? Erlauben Sie mir, gnädigste Frau, und Sie müssen meine Worte meinem erregten Gefühle, das Sie herausgefordert, zugute halten, erlauben Sie mir, Ihnen zu sagen, daß ich das nicht bloß hochmütig und höchst verwerflich, daß ich es vor allem auch ridikül finde. Denn wer sind die Treibels? Berlinerblaufabrikanten mit einem Ratstitel, und ich, ich bin eine Schmidt.«

»Eine Schmidt«, wiederholte der alte Wilibald freudig, gleich danach hinzufügend: »Und nun sagen Sie, liebe Freundin, wollen wir nicht lieber abbrechen und alles den Kindern und einer gewissen ruhigen historischen Entwicklung überlassen?«

»Nein, mein lieber Freund, das wollen wir *nicht*. Wir wollen nichts der historischen Entwicklung und noch weniger der Entscheidung der Kinder überlassen, was gleichbedeutend wäre mit Entscheidung durch Fräulein Corinna. Dies zu hindern, deshalb eben bin ich hier. Ich hoffte bei den Erinnerungen, die zwischen uns leben, Ihrer Zustimmung und Unterstützung sicher zu sein, sehe mich aber getäuscht und werde meinen Einfluß, der hier gescheitert, auf meinen Sohn Leopold beschränken müssen.«

»Ich fürchte«, sagte Corinna, »daß er auch da versagt...«

»Was lediglich davon abhängen wird, ob er Sie sieht oder nicht.«

»Er wird mich sehen!«

»Vielleicht. Vielleicht auch nicht.«

Und darauf erhob sich die Kommerzienrätin und ging, ohne dem Professor die Hand gereicht zu haben, auf die Tür zu. Hier wandte sie sich noch einmal und sagte zu Corinna: »Corinna, lassen Sie uns vernünftig reden. Ich will alles vergessen. Lassen Sie den Jungen wieder los. Er paßt nicht einmal für Sie. Und was das Haus Treibel angeht, so haben Sie's eben in einer Weise charakterisiert, daß es Ihnen kein Opfer kosten kann, darauf zu verzichten...«

»Aber meine Gefühle, gnädigste Frau...«

»Bah«, lachte Jenny, »daß Sie so sprechen können, zeigt mir deutlich, daß Sie keine haben und daß alles bloßer Übermut oder vielleicht auch Eigensinn ist. Daß Sie sich dieses Eigensinns begeben mögen, wünsche ich Ihnen und uns. Denn es kann zu nichts führen. Eine Mutter hat *auch* Einfluß auf einen schwachen Menschen, und ob Leopold Lust hat, seine Flitterwochen in einem Ahlbecker Fischerhause zu verbringen, ist mir doch zweifelhaft. Und daß das Haus Treibel Ihnen keine Villa in Capri bewilligen wird, dessen dürfen Sie gewiß sein.«

Und dabei verneigte sie sich und trat in das Entree hinaus. Corinna blieb zurück, Schmidt aber gab seiner Freundin das Geleit bis an die Treppe.

»Adieu«, sagte hier die Rätin. »Ich bedaure, lieber Freund, daß dies zwischen uns treten und die herzlichen Beziehungen so vieler, vieler Jahre stören mußte. Meine Schuld ist es nicht. Sie haben Corinna verwöhnt, und das Töchterchen schlägt nun einen spöttischen und überheblichen Ton an und ignoriert, wenn nichts andres, so doch die Jahre, die mich von ihr trennen. Impietät ist der Charakter unserer Zeit.«

Schmidt, ein Schelm, gefiel sich darin, bei dem Wort »Impietät« ein betrübtes Gesicht aufzusetzen. »Ach, liebe Freundin«, sagte er, »Sie mögen wohl recht haben, aber nun ist es zu spät. Ich bedaure, daß es unserm Hause vorbehalten war, Ihnen einen Kummer wie diesen, um nicht zu sagen eine Kränkung, anzutun. Freilich, wie Sie schon sehr richtig bemerkt haben, die Zeit... alles will über sich hinaus und strebt höheren Staffeln zu, die die Vorsehung sichtbarlich nicht wollte.«

Jenny nickte. »Gott bessre es.«

»Lassen Sie uns das hoffen.«

Und damit trennten sie sich.

In das Zimmer zurückgekehrt, umarmte Schmidt seine Tochter, gab ihr einen Kuß auf die Stirn und sagte: »Corinna, wenn ich nicht Professor wäre, so würd' ich am Ende Sozialdemokrat.«

Im selben Augenblick kam auch die Schmolke. Sie hatte nur das letzte Wort gehört, und erratend, um was es sich handle, sagte sie: »Ja, das hat Schmolke auch immer gesagt.«

VIERZEHNTES KAPITEL

Der nächste Tag war ein Sonntag, und die Stimmung, in der sich das Treibelsche Haus befand, konnte nur noch dazu beitragen, dem Tage zu seiner herkömmlichen Ödheit ein Beträchtliches zuzulegen. Jeder mied den andern. Die Kommerzienrätin beschäftigte sich damit, Briefe, Karten und Photographien zu ordnen, Leopold saß auf seinem Zimmer und las Goethe (*was*, ist nicht nötig zu verraten), und Treibel selbst ging im Garten um das Bassin herum und unterhielt sich, wie meist in solchen Fällen, mit der Honig. Er ging dabei so weit, sie ganz ernsthaft nach Krieg und Frieden zu fragen, allerdings mit der Vorsicht, sich eine Art Präliminarantwort gleich selbst zu geben. In erster Reihe stehe fest, daß es niemand wisse, »selbst der leitende Staatsmann nicht« (er hatte sich diese

Phrase bei seinen öffentlichen Reden angewöhnt), aber eben weil es niemand wisse, sei man auf Sentiments angewiesen, und darin sei niemand größer und zuverlässiger als die Frauen. Es sei nicht zu leugnen, das weibliche Geschlecht habe was Pythisches, ganz abgesehen von jenem Orakelhaften niederer Observanz, das noch so nebenherlaufe. Die Honig, als sie schließlich zu Worte kam, faßte ihre politische Diagnose dahin zusammen: sie sähe nach Westen hin einen klaren Himmel, während es im Osten finster braue, ganz entschieden, und zwar oben sowohl wie unten. »Oben wie unten«, wiederholte Treibel. »Oh, wie wahr. Und das Oben bestimmt das Unten und das Unten das Oben. Ja, Fräulein Honig, damit haben wir's getroffen.« Und Czicka, das Hündchen, das natürlich auch nicht fehlte, blaffte dazu. So ging das Gespräch zu gegenseitiger Zufriedenheit. Treibel aber schien doch abgeneigt, aus diesem Weisheitsquell andauernd zu schöpfen, und zog sich nach einiger Zeit auf sein Zimmer und seine Zigarre zurück, ganz Halensee verwünschend, das mit seiner Kaffeeklappe diese häusliche Mißstimmung und diese Sonntagsextralangeweile heraufbeschworen habe. Gegen Mittag traf ein an ihn adressiertes Telegramm ein: »Dank für Brief. Ich komme morgen mit dem Nachmittagszug. Eure Hildegard.« Er schickte das Telegramm, aus dem er überhaupt erst von der erfolgten Einladung erfuhr, an seine Frau hinüber und war, trotzdem er das selbständige Vorgehen derselben etwas sonderbar fand, doch auch wieder aufrichtig froh, nunmehr einen Gegenstand zu haben, mit dem er sich in seiner Phantasie beschäftigen konnte. Hildegard war sehr hübsch, und die Vorstellung, innerhalb der nächsten Wochen ein anderes Gesicht als das der Honig auf seinen Gartenspaziergängen um sich zu haben, tat ihm wohl. Er hatte nun auch einen Gesprächsstoff, und während ohne diese Depesche die Mittagsunterhaltung wahrscheinlich sehr kümmerlich verlaufen oder vielleicht ganz ausgefallen wäre, war es jetzt wenigstens möglich, ein paar Fragen zu stellen. Er stellte diese Fragen auch wirklich, und alles machte sich ganz leidlich; nur Leopold sprach kein Wort und war froh, als er sich vom Tisch erheben und zu seiner Lektüre zurückkehren konnte.

Leopolds ganze Haltung gab überhaupt zu verstehen, daß er über sich bestimmen zu lassen fürder nicht mehr willens sei; trotzdem war ihm klar, daß er sich den Repräsentationspflichten des Hauses nicht entziehen und also nicht unterlassen dürfe, Hildegard am andern Nachmittag auf dem Bahnhof zu empfangen. Er war pünktlich da, begrüßte die schöne Schwägerin und absolvierte die landesübliche Fragenreihe nach dem Befinden und den Sommerplänen der Familie, während einer der von ihm engagierten Gepäckträger erst die Droschke, dann das Gepäck besorgte. Dasselbe bestand nur aus einem einzigen Koffer mit Messingbeschlag: dieser aber war von solcher Größe, daß er, als er hinaufgewuchtet war, der dahinrollenden Droschke den Charakter eines Baus von zwei Etagen gab.

Unterwegs wurde das Gespräch von seiten Leopolds wieder aufgenommen, erreichte seinen Zweck aber nur unvollkommen, weil seine stark hervortretende Befangenheit seiner Schwägerin nur Grund zur Heiterkeit gab. Und nun hielten sie vor der Villa. Die ganze Treibelei stand am Gitter, und als die herzlichsten Begrüßungen ausgetauscht und die nötigsten Toiletten-Arrangements in fliegender Eile, das heißt ziemlich mußevoll, gemacht worden waren, erschien Hildegard auf der Veranda, wo man inzwischen den Kaffee serviert hatte. Sie fand alles »himmlisch«, was auf Empfang strenger Instruktionen von seiten der Frau Konsul Thora Munk hindeutete, die sehr wahrscheinlich Unterdrückung alles Hamburgischen und Achtung vor Berliner Empfindlichkeiten als erste Regel empfohlen hatte. Keine Parallelen wurden gezogen und beispielsweise gleich das Kaffeeservice rundweg bewundert. »Eure Berliner Muster schlagen jetzt alles aus dem Felde, selbst Sèvres. Wie reizend diese Grecborte.« Leopold stand in einiger Entfernung und hörte zu, bis Hildegard plötzlich abbrach und allem, was sie gesagt, nur noch hinzusetzte: »Scheltet mich übrigens nicht, daß ich in einem fort von Dingen spreche, für die sich ja morgen auch noch die Zeit finden würde: Grecborte und Sèvres und Meißen und Zwiebelmuster. Aber Leopold ist schuld; er hat unsere Konversation in der Droschke so streng wissenschaftlich geführt, daß ich beinahe in Verlegenheit kam; ich wollte gern von Lizzi hören, und denkt euch, er sprach nur von Anschluß und Radialsystem, und ich genierte mich zu fragen, was es sei.«

Der alte Treibel lachte; die Kommerzienrätin aber verzog keine Miene, während über Leopolds blasses Gesicht eine leichte Röte flog.

So verging der erste Tag, und Hildegards Unbefangenheit, die man sich zu stören wohl hütete, schien auch noch weiter leidliche Tage bringen zu sollen, alles um so mehr, als es die Kommerzienrätin an Aufmerksamkeiten jeder Art nicht fehlen ließ. Ja, sie verstieg sich zu höchst wertvollen Geschenken, was sonst ihre Sache nicht war. Ungeachtet all dieser Anstrengungen aber und trotzdem dieselben, wenn man nicht tiefer nachforschte, von wenigstens halben Erfolgen begleitet waren, wollte sich ein recht eigentliches Behagen nicht einstellen, selbst bei Treibel nicht, auf dessen rasch wiederkehrende gute Laune bei seinem glücklichen Naturell mit einer Art Sicherheit gerechnet war. Ja, diese gute Laune, sie blieb aus mancherlei Gründen aus, unter denen gerade jetzt auch *der* war, daß die Zossen-Teupitzer Wahlkampagne mit einer totalen Niederlage Vogelsangs geendigt hatte. Dabei mehrten sich die persönlichen Angriffe gegen Treibel. Anfangs hatte man diesen, wegen seiner großen Beliebtheit, rücksichtsvoll außer Spiel gelassen, bis die Taktlosigkeiten seines Agenten ein weiteres Schonen unmöglich machten. »Es ist zweifellos ein Unglück«, so hieß es in den Organen der Gegenpartei, »so beschränkt zu sein wie Lieutenant Vogelsang; aber eine solche Beschränktheit in seinen Dienst zu nehmen, ist eine Mißachtung gegen den gesunden Menschenverstand unseres Kreises. Die Kandidatur Treibel scheitert einfach an diesem Affront.«

Es sah nicht allzu heiter aus bei den alten Treibels, was Hildegard allmählich so sehr zu fühlen begann, daß sie halbe Tage bei den Geschwistern zubrachte. Der Holzhof war überhaupt hübscher als die Fabrik und Lizzi geradezu reizend mit ihren langen weißen Strümpfen. Einmal waren sie auch rot. Wenn sie so herankam und die Tante Hildegard mit einem Knix begrüßte, flüsterte diese der Schwester zu: »quite english, Helen«, und man lächelte sich dann glücklich an. Ja, es waren

Lichtblicke. Wenn Lizzi dann aber wieder fort war, war auch zwischen den Schwestern von unbefangener Unterhaltung keine Rede mehr, weil das Gespräch die zwei wichtigsten Punkte nicht berühren durfte: die Verlobung Leopolds und den Wunsch, aus dieser Verlobung mit guter Manier herauszukommen.

Ja, es sah nicht heiter aus bei den Treibels, aber bei den Schmidts auch nicht. Der alte Professor war eigentlich weder in Sorge noch in Verstimmung, lebte vielmehr umgekehrt der Überzeugung, daß sich nun alles bald zum Besseren wenden werde; diesen Prozeß aber sich still vollziehen zu lassen, schien ihm ganz unerläßlich, und so verurteilte er sich, was ihm nicht leicht wurde, zu unbedingtem Schweigen. Die Schmolke war natürlich ganz entgegengesetzter Ansicht und hielt, wie die meisten alten Berlinerinnen, außerordentlich viel von »Sichaussprechen«, je mehr und je öfter, desto besser. Ihre nach dieser Seite hin abzielenden Versuche verliefen aber resultatlos, und Corinna war nicht zum Sprechen zu bewegen, wenn die Schmolke begann: »Ja, Corinna, was soll denn nun eigentlich werden? Was denkst du dir denn eigentlich?«

Auf all das gab es keine rechte Antwort, vielmehr stand Corinna wie am Roulette und wartete mit verschränkten Armen, wohin die Kugel fallen würde. Sie war nicht unglücklich, aber äußerst unruhig und unmutig, vor allem, wenn sie der heftigen Streitszene gedachte, bei der sie doch vielleicht zuviel gesagt hatte. Sie fühlte ganz deutlich, daß alles anders gekommen wäre, wenn die Rätin etwas weniger Herbheit, sie selber aber etwas mehr Entgegenkommen gezeigt hätte. Ja, da hätte sich dann ohne sonderliche Mühe Frieden schließen und das Bekenntnis einer gewissen Schuld, weil alles bloß Berechnung gewesen, allenfalls ablegen lassen. Aber freilich im selben Augenblicke, wo sie, neben dem Bedauern über die hochmütige Haltung der Rätin, vor allem und in erster Reihe sich selber der Schuld zieh, in ebendiesem Augenblicke mußte sie sich doch auch wieder sagen, daß ein Wegfall alles dessen, was ihr vor ihrem eigenen Gewissen in dieser Angelegenheit als fragwürdig erschien, in den Augen der Rätin nichts gebessert haben würde. Diese schreckliche Frau, trotzdem sie beständig so tat und sprach, war ja weitab davon, ihr wegen ihres Spiels mit Gefühlen einen ernsthaften Vorwurf zu machen. Das war ja Nebensache, da lag es nicht. Und wenn sie diesen lieben und guten Menschen, wie's ja doch möglich war, aufrichtig und von Herzen geliebt hätte, so wäre das Verbrechen genau dasselbe gewesen. »Diese Rätin, mit ihrem überheblichen Nein, hat mich nicht da getroffen, wo sie mich treffen konnte, sie weist diese Verlobung nicht zurück, weil mir's an Herz und Liebe gebricht, nein, sie weist sie nur zurück, weil ich arm oder wenigstens nicht dazu angetan bin, das Treibelsche Vermögen zu verdoppeln, um nichts, nichts weiter; und wenn sie vor anderen versichert oder vielleicht auch sich selber einredet, ich sei ihr zu selbstbewußt und zu professorlich, so sagt sie das nur, weil's ihr gerade paßt. Unter andern Verhältnissen würde meine Professorlichkeit mir nicht nur nicht schaden, sondern ihr umgekehrt die Höhe der Bewunderung bedeuten.«

So gingen Corinnas Reden und Gedanken, und um sich ihnen nach Möglichkeit zu entziehen, tat sie, was sie seit lange nicht mehr getan, und machte Besuche bei den alten und jungen Professorenfrauen. Am besten gefiel ihr wieder die gute, ganz von Wirtschaftlichkeit in Anspruch genommene Frau Rindfleisch, die jeden Tag, ihrer vielen Pensionäre halber, in die große Markthalle ging und immer die besten Quellen und die billigsten Preise wußte, Preise, die dann später der Schmolke mitgeteilt, in erster Reihe den Ärger derselben, zuletzt aber ihre Bewunderung vor einer höheren wirtschaftlichen Potenz weckten. Auch bei Frau Immanuel Schultze sprach Corinna vor und fand dieselbe, vielleicht weil Friedebergs nahe bevorstehende Ehescheidung ein sehr dankbares Thema bildete, auffallend nett und gesprächig, Immanuel selbst aber war wieder so großsprecherisch und zynisch, daß sie doch fühlte, den Besuch nicht wiederholen zu können. Und weil die Woche so viele Tage hatte, so mußte sie sich zuletzt zu Museum und Nationalgalerie bequemen. Aber sie hatte keine rechte Stimmung dafür. Im Corneliussaal interessierte sie, vor dem einen großen Wandbilde, nur die ganz kleine Predelle, wo Mann und Frau den Kopf aus der Bettdecke strecken, und im Ägyptischen

Museum fand sie eine merkwürdige Ähnlichkeit zwischen Ramses und Vogelsang.

Wenn sie dann nach Hause kam, fragte sie jedesmal, ob wer dagewesen sei, was heißen sollte: »War Leopold da?«, worauf die Schmolke regelmäßig antwortete: »Nein, Corinna, keine Menschenseele.« Wirklich, Leopold hatte nicht den Mut zu kommen und beschränkte sich darauf, jeden Abend einen kleinen Brief zu schreiben, der dann am andern Morgen auf ihrem Frühstückstische lag. Schmidt sah lächelnd drüber hin, und Corinna stand dann wie von ungefähr auf, um das Briefchen in ihrem Zimmer zu lesen. »Liebe Corinna. Der heutige Tag verlief wie alle. Die Mama scheint in ihrer Gegnerschaft verharren zu wollen. Nun, wir wollen sehen, wer siegt. Hildegard ist viel bei Helene, weil niemand hier ist, der sich recht um sie kümmert. Sie kann mir leid tun, ein so junges und hübsches Mädchen. Alles das Resultat solcher Anzettelungen. Meine Seele verlangt, Dich zu sehen, und in der nächsten Woche werden Entschlüsse von mir gefaßt werden, die volle Klarheit schaffen. Mama wird sich wundern. Nur soviel, ich erschrecke vor nichts, auch vor dem Äußersten nicht. Das mit dem vierten Gebot ist recht gut, aber es hat seine Grenzen. Wir haben auch Pflichten gegen uns selbst und gegen die, die wir über alles lieben, die Leben und Tod in unseren Augen bedeuten. Ich schwanke noch, wohin, denke aber England; da haben wir Liverpool und Mr. Nelson, und in zwei Stunden sind wir an der schottischen Grenze. Schließlich ist es gleich, wer uns äußerlich vereinigt, sind wir es doch längst in uns. Wie mir das Herz dabei schlägt. Ewig der Deine. Leopold.«

Corinna zerriß den Brief in kleine Streifen und warf sie draußen ins Kochloch. »Es ist am besten so; dann vergeß' ich wieder, was er heute geschrieben, und kann morgen nicht mehr vergleichen. Denn mir ist, als schriebe er jeden Tag dasselbe. Sonderbare Verlobung. Aber soll ich ihm einen Vorwurf machen, daß er kein Held ist? Und mit meiner Einbildung, ihn zum Helden umschaffen zu können, ist es auch vorbei. Die Niederlagen und Demütigungen werden nun wohl ihren Anfang nehmen. Verdient? Ich fürchte.«

Anderthalb Wochen waren um, und noch hatte sich im Schmidtschen Hause nichts verändert; der Alte schwieg nach wie vor, Marcell kam nicht und Leopold noch weniger, und nur seine Morgenbriefe stellten sich mit großer Pünktlichkeit ein; Corinna las sie schon längst nicht mehr, überflog sie nur und schob sie dann lächelnd in ihre Morgenrocktasche, wo sie zersessen und zerknittert wurden. Sie hatte zum Troste nichts als die Schmolke, deren gesunde Gegenwart ihr wirklich wohltat, wenn sie's auch immer noch vermied, mit ihr zu sprechen.

Aber auch das hatte seine Zeit.

Der Professor war eben nach Hause gekommen, schon um elf, denn es war Mittwoch, wo die Klasse, für ihn wenigstens, um eine Stunde früher schloß. Corinna sowohl wie die Schmolke hatten ihn kommen und die Drückertür geräuschvoll ins Schloß fallen hören, nahmen aber beide keine Veranlassung, sich weiter um ihn zu kümmern, sondern blieben in der Küche, drin der helle Julisonnenschein lag und alle Fensterflügel geöffnet waren. An einem der Fenster stand auch der Küchentisch. Draußen, an zwei Haken, hing ein kastenartiges Blumenbrett, eine jener merkwürdigen Schöpfungen der Holzschneidekunst, wie sie Berlin eigentümlich sind: kleine Löcher zu Sternblumen zusammengestellt; Anstrich dunkelgrün. In diesem Kasten standen mehrere Geranium- und Goldlacktöpfe, zwischen denen hindurch die Sperlinge huschten und sich in großstädtischer Dreistigkeit auf den am Fenster stehenden Küchentisch setzten. Hier pickten sie vergnügt an allem herum, und niemand dachte daran, sie zu stören. Corinna, den Mörser zwischen den Knien, war mit Zimmetstoßen beschäftigt, während die Schmolke grüne Kochbirnen der Länge nach durchschnitt und beide gleiche Hälften in eine große braune Schüssel, eine sogenannte Reibesatte, fallen ließ. Freilich, zwei ganz gleiche Hälften waren es nicht, konnten es nicht sein, weil natürlich nur eine Hälfte den Stengel hatte, welcher Stengel denn auch Veranlassung zu Beginn einer Unterhaltung wurde, wonach sich die Schmolke schon seit lange sehnte.

»Sieh, Corinna«, sagte die Schmolke, »dieser hier, dieser lange, das ist so recht ein Stengel nach dem Herzen deines Vaters...«

Corinna nickte.

»... Den kann er anfassen wie 'ne Maccaroni und hochhalten und alles von unten her aufessen... Es ist doch ein merkwürdiger Mann...«

»Ja, das ist er!«

»Ein merkwürdiger Mann und voller Schrullen, und man muß ihn erst ausstudieren. Aber das Merkwürdigste, das ist doch das mit den langen Stengeln, un daß wir sie, wenn es Semmelpudding un Birnen gibt, nicht schälen dürfen, un daß der ganze Kriepsch mit Kerne und alles drin bleiben muß. Er is doch ein Professor un ein sehr kluger Mann, aber das muß ich dir sagen, Corinna, wenn ich meinem guten Schmolke, der doch nur ein einfacher Mann war, mit so lange Stengel un ungeschält un den ganzen Kriepsch drin gekommen wär', ja, da hätt' es was gegeben. Denn so gut er war, wenn er dachte, ›sie denkt woll, das is gut genug‹, dann wurd' er falsch un machte sein Dienstgesicht un sah aus, als ob er mich arretieren wollte...«

»Ja, liebe Schmolke«, sagte Corinna, »das ist eben einfach die alte Geschichte vom Geschmack und daß sich über Geschmäcker nicht streiten läßt. Und dann ist es auch wohl die Gewohnheit und vielleicht auch von Gesundheits wegen.«

»Von Gesundheits wegen«, lachte die Schmolke. »Na, höre, Kind, wenn einem so die Hacheln in die Kehle kommen un man sich verschluckert un man mitunter zu 'nem ganz fremden Menschen sagen muß: ›Bitte, kloppen Sie mir mal en bißchen, aber hier ordentlich ins Kreuz‹, – nein, Corinna, da bin ich doch mehr für eine ausgekernte Malvasier, die runter geht wie Butter. Gesundheit...! Stengel und Schale, was da von Gesundheit is, das weiß ich nich...«

»Doch, liebe Schmolke. Manche können Obst nicht vertragen und fühlen sich geniert, namentlich wenn sie, wie Papa, hinterher auch noch die Sauce löffeln. Und da gibt es nur ein Mittel dagegen: alles muß dran bleiben, der Stengel und die grüne Schale. Die beiden, die haben das Adstringens...«

»Was?«

»Das Adstringens, das heißt das, was zusammenzieht, erst bloß die Lippen und den Mund, aber dieser Prozeß des Zusammenziehens setzt sich dann durch den ganzen inneren Menschen hin fort, und das ist dann das, was alles wieder in Ordnung bringt und vor Schaden bewahrt.«

Ein Sperling hatte zugehört, und wie durchdrungen von der Richtigkeit von Corinnas Auseinandersetzungen, nahm er einen Stengel, der zufällig abgebrochen war, in den Schnabel und flog damit auf das andere Dach hinüber. Die beiden Frauen aber verfielen in Schweigen und nahmen erst nach einer Viertelstunde das Gespräch wieder auf.

Das Gesamtbild war nicht mehr ganz dasselbe, denn Corinna hatte mittlerweile den Tisch abgeräumt und einen blauen Zuckerbogen darüber ausgebreitet, auf welchem zahlreiche alte Semmeln lagen und daneben ein großes Reibeisen. Dies letztere nahm sie jetzt in die Hand, stemmte sich mit der linken Schulter dagegen und begann nun ihre Reibetätigkeit mit solcher Vehemenz, daß die geriebene Semmel über den ganzen blauen Bogen hinstäubte. Dann und wann unterbrach sie sich und schüttete die Bröckchen nach der Mitte hin zu einem Berg zusammen, aber gleich danach begann sie von neuem, und es hörte sich wirklich an, als ob sie bei dieser Arbeit allerlei mörderische Gedanken habe.

Die Schmolke sah ihr von der Seite her zu. Dann sagte sie: »Corinna, wen zerreibst du denn eigentlich?«

»Die ganze Welt.«

»Das is viel... un dich mit?«

»Mich zuerst.«

»Das is recht. Denn wenn du nur erst recht zerrieben un recht mürbe bist, dann wirst du wohl wieder zu Verstande kommen.«

»Nie.«

»Man muß nie ›nie‹ sagen, Corinna. Das war ein Hauptsatz von Schmolke. Un das muß wahr sein, ich habe noch jedesmal gefunden, wenn einer ›nie‹ sagte, dann is es immer dicht vorm Umkippen. Un ich wollte, daß es mit dir auch so wäre.«

Corinna seufzte.

»Sieh, Corinna, du weißt, daß ich immer dagegen war. Denn es is ja doch ganz klar, daß du deinen Vetter Marcell heiraten mußt.«

»Liebe Schmolke, nur kein Wort von *dem*.«

»Ja, das kennt man, das is das Unrechtsgefühl. Aber ich will nichts weiter sagen un will nur sagen, was ich schon gesagt habe, daß ich immer dagegen war, ich meine gegen Leopold, un daß ich einen Schreck kriegte, als du mir's sagtest. Aber als du mir dann sagtest, daß die Kommerzienrätin sich ärgern würde, da gönnt' ich's ihr un dachte, ›warum nich? warum soll es nich gehen? Un wenn der Leopold auch bloß ein Wickelkind is, Corinnchen wird ihn schon aufpäppeln und ihn zu Kräften bringen.‹ Ja, Corinna, so dacht' ich un hab' es dir auch gesagt. Aber es war ein schlechter Gedanke, denn man soll seinen Mitmenschen nicht ärgern, auch wenn man ihn nich leiden kann, un was mir zuerst kam, der Schreck über deine Verlobung, das war doch das Richtige. Du mußt einen klugen Mann haben, einen, der eigentlich klüger ist als du – du bist übrigens gar nich mal so klug – un der was Männliches hat, so wie Schmolke, un vor dem du Respekt hast. Un vor Leopold kannst du keinen Respekt haben. Liebst du'n denn noch immer?«

»Ach, ich denke ja gar nicht dran, liebe Schmolke.«

»Na, Corinna, denn is es Zeit, un denn mußt du nu Schicht damit machen. Du kannst doch nich die ganze Welt auf den Kopp stellen un dein un andrer Leute Glück, worunter auch dein Vater un deine alte Schmolke is, verschütten un verderben wollen, bloß um der alten Kommerzienrätin mit ihrem Puffscheitel und ihren Brillantbommeln einen Tort anzutun. Es is eine geldstolze Frau, die den Apfelsinenladen vergessen hat un immer bloß ötepotöte tut un den alten Professor anschmachtet un ihn auch ›Wilibald‹ nennt, als ob sie noch auf'n Hausboden Versteck miteinander spielten un hinterm Torf stünden, denn damals hatte man noch Torf auf'm Boden, un wenn man runter kam, sah man immer aus wie'n Schornsteinfeger, – ja, sieh, Corinna, das hat alles seine Richtigkeit, un ich hätt' ihr so was gegönnt, un Ärger genug wird sie woll auch gehabt haben. Aber wie der alte Pastor Thomas zu Schmolke un mir in unserer Traurede gesagt hat: ›Liebet euch untereinander, denn der Mensch soll sein Leben nich auf den Haß, sondern auf die Liebe stellen‹ (dessen Schmolke un ich auch immer eingedenk gewesen sind) – so, meine liebe Corinna, sag' ich es auch zu dir, man soll sein Leben nich auf den Haß stellen. Hast du denn wirklich einen solchen Haß auf die Rätin, das heißt einen richtigen?«

»Ach, ich denke ja gar nicht dran, liebe Schmolke.«

»Ja, Corinna, da kann ich dir bloß noch mal sagen, dann is es wirklich die höchste Zeit, daß was geschieht. Denn wenn du *ihn* nicht liebst und *ihr* nich haßt, denn weiß ich nich, was die ganze Geschichte überhaupt noch soll.«

»Ich auch nicht.«

Und damit umarmte Corinna die gute Schmolke, und diese sah denn auch gleich an einem Flimmer in Corinnas Augen, daß nun alles vorüber und daß der Sturm gebrochen sei.

»Na, Corinna, denn wollen wir's schon kriegen, un es kann noch alles gut werden. Aber nu gib die Form her, daß wir ihn eintun, denn eine Stunde muß er doch wenigstens kochen. Un vor Tisch sag' ich deinem Vater kein Wort, weil er sonst vor Freude nich essen kann ...«

»Ach, der äße doch.«

»Aber nach Tisch sag' ich's ihm, wenn er auch um seinen Schlaf kommt. Und geträumt hab' ich's auch schon un habe dir nur nichts davon sagen wollen. Aber nun kann ich es ja. Sieben Kutschen und die beiden Kälber von Professor Kuh waren Brautjungfern. Natürlich, Brautjungfern möchten sie immer alle sein, denn auf die kuckt alles, beinah mehr noch als auf die Braut, weil die ja schon weg ist; un meistens kommen sie auch bald ran. Un bloß den Pastor konnt' ich nich recht erkennen. Thomas war es nich. Aber vielleicht war es Souchon, bloß daß er ein bißchen zu dicklich war.«

FÜNFZEHNTES KAPITEL

Der Pudding erschien Punkt zwei, und Schmidt hatte sich denselben munden lassen. In seiner behaglichen Stimmung entging es ihm durchaus, daß Corinna für alles, was er sagte, nur ein stummes Lächeln hatte; denn er war ein liebenswürdiger Egoist, wie die meisten seines Zeichens, und kümmerte sich nicht sonderlich um die Stimmung seiner Umgebung, solange nichts passierte, was dazu angetan war, *ihm* die Laune direkt zu stören.

»Und nun laß abdecken, Corinna; ich will, eh ich mich ein bißchen ausstrecke, noch einen Brief an Marcell schreiben oder doch wenigstens ein paar Zeilen. Er hat nämlich die Stelle. Distelkamp, der immer noch alte Beziehungen unterhält, hat mich's heute vormittag wissen lassen.« Und während der Alte das sagte, sah er zu Corinna hinüber, weil er wahrnehmen wollte, wie diese wichtige Nachricht auf seiner Tochter Gemüt wirke. Er sah aber nichts, vielleicht weil nichts zu sehen war, vielleicht auch, weil er kein scharfer Beobachter war, selbst dann nicht, wenn er's ausnahmsweise mal sein wollte.

Corinna, während der Alte sich erhob, stand ebenfalls auf und ging hinaus, um draußen die nötigen Ordres zum Abräumen an die Schmolke zu geben. Als diese bald danach eintrat, setzte sie mit jenem absichtlichen und ganz unnötigen Lärmen, durch den alte Dienerinnen ihre dominierende Hausstellung auszudrücken lieben, die herumstehenden Teller und Bestecke zusammen, derart, daß die Messer- und Gabelspitzen nach allen Seiten hin herausstarrten, und drückte diesen Stachelturm im selben Augenblicke, wo sie sich zum Hinausgehen anschickte, fest an sich.

»Pieken Sie sich nicht, liebe Schmolke«, sagte Schmidt, der sich gern einmal eine kleine Vertraulichkeit erlaubte.

»Nein, Herr Professor, von Pieken is keine Rede nich mehr, schon lange nich. Un mit der Verlobung is es auch vorbei.«

»Vorbei. Wirklich? Hat sie was gesagt?«

»Ja, wie sie die Semmeln zu den Pudding rieb, is es mit eins rausgekommen. Es stieß ihr schon lange das Herz ab, und sie wollte bloß nichts sagen. Aber nu is es ihr zu langweilig geworden, das mit Leopolden. Immer bloß kleine Billetter mit'n Vergißmeinnicht draußen un'n Veilchen drin; da sieht sie nu doch wohl, daß er keine rechte Courage hat un daß seine Furcht vor der Mama noch größer is als seine Liebe zu ihr.«

»Nun, das freut mich. Und ich hab' es auch nicht anders erwartet. Und Sie wohl auch nicht, liebe Schmolke. Der Marcell ist doch ein andres Kraut. Und was heißt gute Partie? Marcell ist Archäologe.«

»Versteht sich«, sagte die Schmolke, die sich dem Professor gegenüber grundsätzlich nie zur Unvertrautheit mit Fremdwörtern bekannte.

»Marcell, sag' ich, ist Archäologe. Vorläufig rückt er an Hedrichs Stelle. Gut angeschrieben ist er schon lange, seit Jahr und Tag. Und dann geht er mit Urlaub und Stipendium nach Mykenä ...«

Die Schmolke drückte auch jetzt wieder ihr volles Verständnis und zugleich ihre Zustimmung aus.

»Und vielleicht«, fuhr Schmidt fort, »auch nach Tiryns oder wo Schliemann grade steckt. Und wenn er von da zurück ist und mir einen Zeus für diese meine Stube mitgebracht hat ...« und er wies dabei unwillkürlich nach dem Ofen oben, als dem einzigen für Zeus noch leeren Fleck, »... wenn er von da zurück ist, sag' ich, so ist ihm eine Professur gewiß. Die Alten können nicht ewig leben. Und sehen Sie, liebe Schmolke, das ist das, was *ich* eine gute Partie nenne.«

»Versteht sich, Herr Professor. Wovor sind denn auch die Examens un all das? Un Schmolke, wenn er auch kein Studierter war, sagte auch immer ...«

»Und nun will ich an Marcell schreiben und mich dann ein Viertelstündchen hinlegen. Und um halb vier den Kaffee. Aber nicht später.«

Um halb vier kam der Kaffee. Der Brief an Marcell, ein Rohrpostbrief, zu dem sich Schmidt nach einigem Zögern entschlossen hatte, war seit wenigstens einer halben Stunde fort, und wenn alles gut ging und Marcell zu Hause war, so las er vielleicht in diesem Augenblicke schon die drei lapidaren Zeilen, aus denen er seinen Sieg entnehmen konnte. Gymnasial-Oberlehrer! Bis heute war er nur deutscher Literaturlehrer an einer höheren Mädchenschule gewesen und hatte manchmal grimmig in sich hineingelacht, wenn er über den Codex argenteus, bei welchem Worte die jungen Dinger immer kicherten, oder über den Heliand und Beowulf hatte sprechen müssen. Auch hinsichtlich Corinnas waren ein paar dunkle Wendungen in den Brief eingeflochten worden, und alles in allem ließ sich annehmen, daß Marcell binnen kürzester Frist erscheinen würde, seinen Dank auszusprechen.

Und wirklich, fünf Uhr war noch nicht heran, als die Klingel ging und Marcell eintrat. Er dankte dem Onkel herzlich für seine Protektion, und als dieser das alles mit der Bemerkung ablehnte, daß, wenn von solchen Dingen überhaupt die Rede sein könne, jeder Dankesanspruch auf Distelkamp falle, sagte Marcell: »Nun, dann also Distelkamp. Aber daß du mir's gleich geschrieben, dafür werd' ich mich doch auch bei dir bedanken dürfen. Und noch dazu mit Rohrpost!«

»Ja, Marcell, das mit Rohrpost, das hat vielleicht Anspruch; denn eh wir Alten uns zu was Neuem bequemen, das dreißig Pfennig kostet, da kann mitunter viel Wasser die Spree runterfließen. Aber was sagst du zu Corinna?«

»Lieber Onkel, du hast da so eine dunkle Wendung gebraucht..., ich habe sie nicht recht verstanden. Du schriebst: ›Kenneth von Leoparden sei auf dem Rückzug‹. Ist Leopold gemeint? Und muß es Corinna jetzt als Strafe hinnehmen, daß sich Leopold, den sie so sicher zu haben glaubte, von ihr abwendet?«

»Es wäre so schlimm nicht, wenn es so läge. Denn in diesem Falle wäre die Demütigung, von der man doch wohl sprechen muß, noch um einen Grad größer. Und sosehr ich Corinna liebe, so muß ich doch zugeben, daß ihr ein Denkzettel wohl not täte.«

Marcell wollte zum Guten reden...

»Nein, verteidige sie nicht, sie hätte so was verdient. Aber die Götter haben es doch milder mit ihr vor und diktieren ihr statt der ganzen Niederlage, die sich in Leopolds selbstgewolltem Rückzuge aussprechen würde, nur die halbe Niederlage zu, nur die, daß die Mutter nicht will und daß meine gute Jenny, trotz Lyrik und obligater Träne, sich ihrem Jungen gegenüber doch mächtiger erweist als Corinna.«

»Vielleicht nur, weil Corinna sich noch rechtzeitig besann und nicht alle Minen springen lassen wollte.«

»Vielleicht ist es so. Aber wie es auch liegen mag, Marcell, wir müssen uns nun darüber schlüssig machen, wie du zu dieser ganzen Tragikomödie dich stellen willst, so oder so. Ist dir Corinna, die du vorhin so großmütig verteidigen wolltest, verleidet oder nicht? Findest du, daß sie wirklich eine gefährliche Person ist, voll Oberflächlichkeit und Eitelkeit, oder meinst du, daß alles nicht so schlimm und ernsthaft war, eigentlich nur bloße Marotte, die verziehen werden kann? Darauf kommt es an.«

»Ja, lieber Onkel, ich weiß wohl, wie ich dazu stehe. Aber ich bekenne dir offen, ich hörte gern erst deine Meinung. Du hast es immer gut mit mir gemeint und wirst Corinna nicht mehr loben, als sie verdient. Auch schon aus Selbstsucht nicht, weil du sie gern im Hause behieltest. Und ein bißchen Egoist bist du ja wohl. Verzeih, ich meine nur so dann und wann und in einzelnen Stücken...«

»Sage dreist, in allen. Ich weiß das auch und getröste mich damit, daß es in der Welt öfters vorkommt. Aber das sind Abschweifungen. Von Corinna soll ich sprechen und will auch. Ja, Marcell, was ist da zu sagen? Ich glaube, sie war ganz ernsthaft dabei, hat dir's ja auch damals ganz frank und frei erklärt, und du hast es auch geglaubt, mehr noch als ich. Das war die Sachlage, so stand es vor ein paar Wochen. Aber jetzt, darauf möcht' ich mich verwetten, jetzt ist sie gänzlich umgewandelt, und wenn die Treibels ihren Leopold zwischen lauter Juwelen und Goldbarren setzen wollten, ich glaube, sie nähm' ihn nicht mehr. Sie hat eigentlich ein gesundes und ehrliches und aufrichtiges Herz, auch einen feinen Ehrenpunkt, und nach einer kurzen Abirrung ist ihr mit einem Male klar geworden, was es eigentlich heißt, wenn man mit zwei Familienporträts und einer väterlichen Bibliothek in eine reiche Familie hineinheiraten will. Sie hat den Fehler gemacht, sich einzubilden, ›das ginge so‹, weil man ihrer Eitelkeit beständig Zuckerbrot gab und so tat, als bewerbe man sich um sie. Aber bewerben und bewerben ist ein Unterschied. Gesellschaftlich, das geht eine Weile; nur nicht fürs Leben. In eine Herzogsfamilie kann man allenfalls hineinkommen, in eine Bourgeoisfamilie nicht. Und wenn *er*, der Bourgeois, es auch wirklich übers Herz brächte – seine Bourgeoise gewiß nicht, am wenigsten wenn sie Jenny Treibel, née Bürstenbinder heißt. Rund heraus, Corinnas Stolz ist endlich wachgerufen, laß mich hinzusetzen: Gott sei dank, und gleichviel nun, ob sie's noch hätte durchsetzen können oder nicht, sie mag es und will es nicht mehr, sie hat es satt. Was vordem halb Berechnung, halb Übermut war, das sieht sie jetzt in einem andern Licht und ist ihr Gesinnungssache geworden. Da hast du meine Weisheit. Und nun laß mich noch einmal fragen, wie gedenkst du dich zu stellen? Hast du Lust und Kraft, ihr die Torheit zu verzeihen?«

»Ja, lieber Onkel, das hab' ich. Natürlich, soviel ist richtig, es wäre mir ein gut Teil lieber, die Geschichte hätte *nicht* gespielt; aber da sie nun einmal gespielt hat, nehm' ich mir das Gute daraus. Corinna hat nun wohl für immer mit der Modernität und dem krankhaften Gewichtlegen aufs Äußerliche gebrochen, und hat statt dessen die von ihr verspotteten Lebensformen wieder anerkennen gelernt, in denen sie großgeworden ist.«

Der Alte nickte.

»Mancher«, fuhr Marcell fort, »würde sich anders dazu stellen, das ist mir völlig klar; die Menschen sind eben verschieden, das sieht man alle Tage. Da hab' ich beispielsweise ganz vor kurzem erst eine kleine reizende Geschichte von Heyse gelesen, in der ein junger Gelehrter, ja, wenn mir recht ist, sogar ein archäologisch Angekränkelter, also eine Art Spezialkollege von mir, eine junge Baronesse liebt und auch herzlich und aufrichtig wieder geliebt wird; er weiß es nur noch nicht recht, ist ihrer noch nicht ganz sicher. Und in diesem Unsicherheitszustande hört er in der zufälligen Verborgenheit einer Taxushecke, wie die mit einer Freundin im Park lustwandelnde Baronesse eben dieser ihrer Freundin allerhand Confessions macht, von ihrem Glück und ihrer Liebe plaudert und sich's nur leider nicht versagt, ein paar scherzhaft übermütige Bemerkungen über ihre Liebe mit einzuflechten. Und dieses hören und sein Ränzel schnüren und sofort das Weite suchen, ist für den Liebhaber und Archäologen eins. Mir ganz unverständlich. Ich, lieber Onkel, hätt' es anders gemacht, *ich* hätte nur die Liebe herausgehört und nicht den Scherz und nicht den Spott, und wäre, statt abzureisen, meiner geliebten Baronesse wahnsinnig glücklich zu Füßen gestürzt, von nichts sprechend als von meinem unendlichen Glück. Da hast du meine Situation, lieber Onkel. Natürlich kann man's auch anders machen;

ich bin für mein Teil indessen herzlich froh, daß ich nicht zu den Feierlichen gehöre. Respekt vor dem Ehrenpunkt, gewiß; aber zuviel davon ist vielleicht überall vom Übel, und in der Liebe nun schon ganz gewiß.«

»Bravo, Marcell. Hab' es übrigens nicht anders erwartet und seh' auch darin wieder, daß du meiner leiblichen Schwester Sohn bist. Sieh, das ist das Schmidtsche in dir, daß du so sprechen kannst; keine Kleinlichkeit, keine Eitelkeit, immer aufs Rechte, und immer aufs Ganze. Komm her, Junge, gib mir einen Kuß. Einer ist eigentlich zu wenig, denn wenn ich bedenke, daß du mein Neffe und Kollege, und nun bald auch mein Schwiegersohn bist, denn Corinna wird doch wohl nicht nein sagen, dann sind auch zwei Backenküsse kaum noch genug. Und *die* Genugtuung sollst du haben, Marcell, Corinna muß an dich schreiben und sozusagen beichten und Vergebung der Sünden bei dir anrufen.«

»Um Gottes willen, Onkel, mache nur nicht so was. Zunächst wird sie's nicht tun, und wenn sie's tun wollte, so würd' ich doch das nicht mit ansehen können. Die Juden, so hat mir Friedeberg erst ganz vor kurzem erzählt, haben ein Gesetz oder einen Spruch, wonach es als ganz besonders strafwürdig gilt, ›einen Mitmenschen zu beschämen‹, und ich finde, das ist ein kolossal feines Gesetz und beinah schon christlich. Und wenn man niemanden beschämen soll, nicht einmal seine Feinde, ja, lieber Onkel, wie käm' ich dann dazu, meine liebe Cousine Corinna beschämen zu wollen, die vielleicht schon nicht weiß, wo sie vor Verlegenheit hinsehen soll. Denn wenn die Nichtverlegenen mal verlegen werden, dann werden sie's auch ordentlich, und ist einer in solch peinlicher Lage wie Corinna, da hat man die Pflicht, ihm goldne Brücken zu baun. *Ich* werde schreiben, lieber Onkel.«

»Bist ein guter Kerl, Marcell; komm her, noch einen. Aber sei nicht *zu* gut, das können die Weiber nicht vertragen, nicht einmal die Schmolke.«

Und Marcell schrieb wirklich, und am andern Morgen lagen zwei an Corinna adressierte Briefe auf dem Frühstückstisch, einer in kleinem Format mit einem Landschaftsbildchen in der linken Ecke, Teich und Trauerweide, worin Leopold, zum ach, wievielsten Male, von seinem »unerschütterlichen Entschlusse« sprach, der andere, ohne malerische Zutat, von Marcell. Dieser lautete:

»Liebe Corinna! Der Papa hat gestern mit mir gesprochen und mich zu meiner innigsten Freude wissen lassen, daß, verzeih, es sind seine eignen Worte, ›Vernunft wieder an zu sprechen fange‹. ›Und‹, so setzte er hinzu, ›die rechte Vernunft käme aus dem Herzen.‹ Darf ich es glauben? ist ein Wandel eingetreten, die Bekehrung, auf die ich gehofft? Der Papa wenigstens hat mich dessen versichert. Er war auch der Meinung, daß Du bereit sein würdest, dies gegen mich auszusprechen, aber ich habe feierlichst dagegen protestiert, denn mir liegt gar nicht daran, Unrechts- oder Schuldgeständnisse zu hören; – *das,* was ich jetzt weiß, wenn auch noch nicht aus Deinem Munde, genügt mir völlig, macht mich unendlich glücklich und löscht alle Bitterkeit aus meiner Seele. Manch einer würde mir in diesem Gefühl nicht folgen können, aber ich habe da, wo mein Herz spricht, nicht das Bedürfnis, zu einem Engel zu sprechen, im Gegenteil, mich bedrücken Vollkommenheiten, vielleicht weil ich nicht an sie glaube; Mängel, die ich menschlich begreife, sind mir sympathisch, auch dann noch, wenn ich unter ihnen leide. Was Du mir damals sagtest, als ich Dich an dem Mr. Nelson-Abend von Treibels nach Hause begleitete, das weiß ich freilich noch alles, aber es lebt nur in meinem Ohr, nicht in meinem Herzen. In meinem Herzen steht nur das eine, das immer darin stand, von Anfang an, von Jugend auf.

Ich hoffe Dich heute noch zu sehen. Wie immer Dein Marcell.«

Corinna reichte den Brief ihrem Vater. Der las nun auch und blies dabei doppelte Dampfwolken; als er aber fertig war, stand er auf und gab seinem Liebling einen Kuß auf die Stirn: »Du bist ein Glückskind. Sieh, das ist das, was man das Höhere nennt, das wirklich Ideale, nicht das von meiner Freundin Jenny. Glaube mir, das Klassische, was sie jetzt verspotten, das ist das, was die Seele frei macht, das Kleinliche nicht kennt und das Christliche vorahnt und vergeben und vergessen lehrt, weil wir alle des Ruhmes mangeln. Ja, Corinna, das Klassische, das hat Sprüche wie Bibelsprüche. Mitunter beinah noch etwas drüber. Da haben wir zum Beispiel den Spruch: ›Werde, der du bist‹, ein Wort, das nur ein Grieche sprechen konnte. Freilich, dieser Werdeprozeß, der hier gefordert wird, muß sich verlohnen, aber wenn mich meine väterliche Befangenheit nicht täuscht, bei *dir* verlohnt es sich. Diese Treibelei war ein Irrtum, ein ›Schritt vom Wege‹, wie jetzt, wie du wissen wirst, auch ein Lustspiel heißt, noch dazu von einem Kammergerichtsrat. Das Kammergericht, Gott sei Dank, war immer literarisch. Das Literarische macht frei... Jetzt hast du das Richtige wiedergefunden und dich selbst dazu... ›Werde, der du bist‹, sagt der große Pindar, und deshalb muß auch Marcell, um der zu werden, der er ist, in die Welt hinaus, an die großen Stätten, und besonders an die ganz alten. Die ganz alten, das ist immer wie das Heilige Grab; dahin gehen die Kreuzzüge der Wissenschaft, und seid ihr erst von Mykenä wieder zurück – ich sage ›ihr‹, denn du wirst ihn begleiten, die Schliemann ist auch immer dabei –, so müßte keine Gerechtigkeit sein, wenn ihr nicht übers Jahr Privatdozent wärt oder Extraordinarius.«

Corinna dankte ihm, daß er sie gleich mit ernenne, vorläufig indes sei sie mehr für Haus- und Kinderstube. Dann verabschiedete sie sich und ging in die Küche, setzte sich auf einen Schemel und ließ die Schmolke den Brief lesen. »Nun, was sagen Sie, liebe Schmolke?«

»Ja, Corinna, was soll ich sagen? Ich sage bloß, was Schmolke immer sagte: Manchen gibt es der liebe Gott im Schlaf. Du hast ganz unverantwortlich un beinahe schauderöse gehandelt un kriegst ihn nu doch. Du bist ein Glückskind.«

»Das hat mir Papa auch gesagt.«

»Na, denn muß es wahr sein, Corinna. Denn was ein Professor sagt, is immer wahr. Aber nu keine Flausen mehr und keine Witzchen, davon haben wir nu genug gehabt mit dem armen Leopold, der mir doch eigentlich leid tun kann, denn er hat sich ja nich selber gemacht, un der Mensch is am Ende, wie er is. Nein, Corinna, nu wollen wir ernsthaft werden. Und wenn meinst du denn, daß es los geht oder in die Zeitung kommt? Morgen?«

»Nein, liebe Schmolke, so schnell geht es nicht. Ich muß ihn doch erst sehn und ihm einen Kuß geben...«

»Versteht sich, versteht sich. Eher geht es nich...«

»Und dann muß ich doch auch dem armen Leopold erst abschreiben. Er hat mir ja erst heute wieder versichert, daß er für mich leben und sterben will...«

»Ach Jott, der arme Mensch.«

»Am Ende ist er auch ganz froh...«

»Möglich is es.«

Noch am selben Abend, wie sein Brief es angezeigt, kam Marcell und begrüßte zunächst den in seine Zeitungslektüre vertieften Onkel, der ihm denn auch – vielleicht weil er die Verlobungsfrage für erledigt hielt – etwas zerstreut und das Zeitungsblatt in der Hand mit den Worten entgegentrat: »Und nun sage, Marcell, was sagst du dazu? Summus Episcopus... Der Kaiser, unser alter Wilhelm, entkleidet sich davon, und will es nicht mehr, und Kögel wird es. Oder vielleicht Stöcker...«

»Ach, lieber Onkel, erstlich glaub' ich es nicht. Und dann, ich werde ja doch schwerlich im Dom getraut werden...«

»Hast recht. Ich habe den Fehler aller Nichtpolitiker, über einer Sensationsnachricht, die natürlich hinterher immer falsch ist, alles Wichtigere zu vergessen. Corinna sitzt drüben in ihrem Zimmer und wartet auf dich, und ich denke mir, es wird wohl das beste sein, ihr macht es untereinander ab; ich bin auch mit der Zeitung noch nicht ganz fertig, und ein dritter geniert bloß, auch wenn es der Vater ist.«

Corinna, als Marcell eintrat, kam ihm herzlich und freundlich entgegen, etwas verlegen, aber doch zugleich sichtlich gewillt, die Sache nach ihrer Art zu behandeln, also so wenig tragisch wie möglich. Von drüben her fiel der Abendschein ins Fenster, und als sie sich gesetzt hatten, nahm sie seine Hand und sagte: »Du bist so gut, und ich hoffe, daß ich dessen immer eingedenk sein werde. Was ich wollte, war nur Torheit.«

»Wolltest du's denn wirklich?«

Sie nickte.

»Und liebtest ihn ganz ernsthaft?«

»Nein. Aber ich wollte ihn ganz ernsthaft heiraten. Und mehr noch, Marcell, ich glaube auch nicht, daß ich sehr unglücklich geworden wäre, das liegt nicht in mir, freilich auch wohl nicht sehr glücklich. Aber wer ist glücklich? Kennst du wen? Ich nicht. Ich hätte Malstunden genommen und vielleicht auch Reitunterricht, und hätte mich an der Riviera mit ein paar englischen Familien angefreundet, natürlich solche mit einer Pleasure-Yacht, und wäre mit ihnen nach Korsika oder nach Sizilien gefahren, immer der Blutrache nach. Denn ein Bedürfnis nach Aufregung würd' ich doch wohl zeitlebens gehabt haben; Leopold ist etwas schläfrig. Ja, so hätt' ich gelebt.«

»Du bleibst immer dieselbe und malst dich schlimmer, als du bist.«

»Kaum; aber freilich auch nicht besser. Und deshalb glaubst du mir wohl auch, wenn ich dir jetzt versichre, daß ich froh bin, aus dem allen heraus zu sein. Ich habe von früh an den Sinn für Äußerlichkeiten gehabt und hab' ihn vielleicht noch, aber seine Befriedigung kann doch zu teuer erkauft werden, das hab' ich jetzt einsehen gelernt.«

Marcell wollte noch einmal unterbrechen, aber sie litt es nicht.

»Nein, Marcell, ich muß noch ein paar Worte sagen. Sieh, das mit dem Leopold, das wäre vielleicht gegangen, warum am Ende nicht? Einen schwachen, guten, unbedeutenden Menschen zur Seite zu haben kann sogar angenehm sein, kann einen Vorzug bedeuten. Aber diese Mama, diese furchtbare Frau! Gewiß, Besitz und Geld haben einen Zauber, wär' es nicht so, so wäre mir meine Verirrung erspart geblieben; aber wenn Geld alles ist und Herz und Sinn verengt und zum Überfluß Hand in Hand geht mit Sentimentalität und Tränen – dann empört sich's hier, und *das* hinzunehmen wäre mir hart angekommen, wenn ich's auch vielleicht ertragen hätte. Denn ich gehe davon aus, der Mensch in einem guten Bett und in guter Pflege kann eigentlich viel ertragen.«

Den zweiten Tag danach stand es in den Zeitungen, und zugleich mit den öffentlichen Anzeigen trafen Karten ein. Auch bei Kommerzienrats. Treibel, der, nach vorgängigem Einblick in das Kuvert, ein starkes Gefühl von der Wichtigkeit dieser Nachricht und ihrem Einfluß auf die Wiederherstellung häuslichen Friedens und passabler Laune hatte, säumte nicht, in das Damenzimmer hinüberzugehen, wo Jenny mit Hildegard frühstückte. Schon beim Eintreten hielt er den Brief in die Höhe und sagte: »Was kriege ich, wenn ich euch den Inhalt dieses Briefes mitteile?«

»Fordere«, sagte Jenny, in der vielleicht eine Hoffnung dämmerte.

»Einen Kuß.«

»Keine Albernheiten, Treibel.«

»Nun, wenn es von dir nicht sein kann, dann wenigstens von Hildegard.«

»Zugestanden«, sagte diese. »Aber nun lies.«

Und Treibel las: »›Die am heutigen Tage stattgehabte Verlobung meiner Tochter...‹ ja, meine Damen, *welcher* Tochter? Es gibt viele Töchter. Noch einmal also, ratet. Ich verdopple den von mir gestellten Preis ... also ›meiner Tochter Corinna mit dem Doktor Marcell Wedderkopp, Oberlehrer und Leutenant der Reserve im brandenburgischen Füsilier-Regiment Nr. 35, habe ich die Ehre, hiermit ganz ergebenst anzuzeigen. Doktor Wilibald Schmidt, Professor und Oberlehrer am Gymnasium zum Heiligen Geist.‹«

Jenny, durch Hildegards Gegenwart behindert, begnügte sich, ihrem Gatten einen triumphierenden Blick zuzuwerfen. Hildegard selbst aber, die sofort wieder auf Suche nach einem Formfehler war, sagte nur: »Ist das alles? Soviel ich weiß, pflegt es Sache der Verlobten zu sein, auch ihrerseits noch ein Wort zu sagen. Aber die Schmidt-Wedderkopps haben am Ende darauf verzichtet.«

»Doch nicht, teure Hildegard. Auf dem zweiten Blatt, das ich unterschlagen habe, haben auch die Brautleute gesprochen.

Ich überlasse dir das Schriftstück als Andenken an deinen Berliner Aufenthalt und als Beweis für den allmähligen Fortschritt hiesiger Kulturformen. Natürlich stehen wir noch eine gute Strecke zurück, aber es macht sich allmählig. Und nun bitt' ich um meinen Kuß.«

Hildegard gab ihm zwei, und so stürmisch, daß ihre Bedeutung klar war. Dieser Tag bedeutete *zwei* Verlobungen.

Der letzte Sonnabend im Juli war als Marcells und Corinnas Hochzeitstag angesetzt worden; »nur keine langen Verlobungen«, betonte Wilibald Schmidt, und die Brautleute hatten begreiflicherweise gegen ein beschleunigtes Verfahren nichts einzuwenden. Einzig und allein die Schmolke, die's mit der Verlobung so eilig gehabt hatte, wollte von solcher Beschleunigung nicht viel wissen und meinte, bis dahin sei ja bloß noch drei Wochen, also nur gerade noch Zeit genug, »um dreimal von der Kanzel zu fallen«, und das ginge nicht, das sei zu kurz, darüber redeten die Leute; schließlich aber gab sie sich zufrieden oder tröstete sich wenigstens mit dem Satze: geredet wird doch.

Am siebenundzwanzigsten war kleiner Polterabend in der Schmidtschen Wohnung, den Tag darauf Hochzeit im »Englischen Hause«. Prediger Thomas traute. Drei Uhr fuhren die Wagen vor der Nikolaikirche vor, sechs Brautjungfern, unter denen die beiden Kuhschen Kälber und die zwei Felgentreus waren. Letztere, wie schon hier verraten werden mag, verlobten sich in einer Tanzpause mit den zwei Referendarien vom Quartett, denselben jungen Herren, die die Halenseepartie mitgemacht hatten. Der natürlich auch geladene Jodler wurde von den Kuhs heftig in Angriff genommen, widerstand aber, weil er, als Eckhaussohn, an solche Sturmangriffe gewöhnt war. Die Kuhschen Töchter selbst fanden sich ziemlich leicht in diesen Echec – »er war der erste nicht, er wird der letzte nicht sein«, sagte Schmidt – und nur die Mutter zeigte bis zuletzt eine starke Verstimmung.

Sonst war es eine durchaus heitere Hochzeit, was zum Teil damit zusammenhing, daß man von Anfang an alles auf die leichte Schulter genommen hatte. Man wollte vergeben und vergessen, hüben und drüben, und so kam es denn auch, daß, um die Hauptsache vorweg zu nehmen, alle Treibels nicht nur geladen, sondern mit alleiniger Ausnahme von Leopold, der an demselben Nachmittage nach dem Eierhäuschen ritt, auch vollzählig erschienen waren. Allerdings hatte die Kommerzienrätin anfänglich stark geschwankt, ja, sogar von Taktlosigkeit und Affront gesprochen, aber ihr zweiter Gedanke war doch der gewesen, den ganzen Vorfall als eine Kinderei zu nehmen und dadurch das schon hier und da laut gewordene Gerede der Menschen auf die leichteste Weise totzumachen. Bei diesem zweiten Gedanken blieb es denn auch; die Rätin, freundlich-lächelnd wie immer, trat in pontificalibus auf und bildete ganz unbestritten das Glanz- und Repräsentationsstück der Hochzeitstafel. Selbst die Honig und die Wulsten waren auf Corinnas dringenden Wunsch eingeladen worden; erstere kam auch; die Wulsten dagegen entschuldigte sich brieflich, »weil sie Lizzi, das süße Kind, doch nicht allein lassen könne«. Dicht unter der Stelle »das süße Kind« war ein Fleck, und Marcell sagte zu Corinna: »Eine Träne, und ich glaube, eine echte.« Von den Professoren waren, außer den schon genannten Kuhs, nur Distelkamp und Rindfleisch zugegen, da sich die mit jüngerem Nachwuchs Gesegneten sämtlich in Kösen, Ahlbeck und Stolpemünde befanden. Trotz dieser Personaleinbuße war an Toasten kein Mangel; der Distelkampsche war der beste, der Felgentreusche der logisch ungeheuerlichste, weshalb ihm ein hervorragender, vom Ausbringer allerdings unbeabsichtigter Lacherfolg zuteil wurde.

Mit dem Herumreichen des Konfekts war begonnen, und Schmidt ging eben von Platz zu Platz, um den älteren und auch einigen jüngeren Damen allerlei Liebenswürdiges zu sagen, als der schon vielfach erschienene Telegraphenbote noch einmal in den Saal und gleich danach an den alten Schmidt herantrat. Dieser, von dem Verlangen erfüllt, den Überbringer so vieler Herzenswünsche schließlich wie den Goetheschen Sänger königlich zu belohnen, füllte ein neben ihm stehendes Becherglas mit Champagner und kredenzte es dem Boten, der es, unter vorgängiger Verbeugung gegen das Brautpaar, mit einem gewissen Avec leerte. Großer Beifall. Dann öffnete Schmidt das

Telegramm, überflog es und sagte: »Vom stammverwandten Volk der Briten.«

»Lesen, lesen.«

»... To Doctor Marcell Wedderkopp.«

»Lauter.«

»England expects that every man will do his duty ... Unterzeichnet John Nelson.«

Im Kreise der sachlich und sprachlich Eingeweihten brach ein Jubel aus, und Treibel sagte zu Schmidt: »Ich denke mir, Marcell ist Bürge dafür.«

Corinna selbst war ungemein erfreut und erheitert über das Telegramm, aber es gebrach ihr bereits an Zeit, ihrer glücklichen Stimmung Ausdruck zu geben, denn es war acht Uhr, und um neuneinhalb Uhr ging der Zug, der sie zunächst bis München und von da nach Verona oder, wie Schmidt mit Vorliebe sich ausdrückte, »bis an das Grab der Julia« führen sollte. Schmidt nannte das übrigens alles nur Kleinkram und »Vorschmack«, sprach überhaupt ziemlich hochmütig und orakelte, zum Ärger Kuhs, von Messenien und dem Taygetos, darin sich gewiß noch ein paar Grabkammern finden würden, wenn nicht von Aristomenes selbst, so doch von seinem Vater. Und als er endlich schwieg und Distelkamp ein vergnügtes Lächeln über seinen mal wieder sein Steckenpferd tummelnden Freund Schmidt zeigte, nahm man wahr, daß Marcell und Corinna den Saal inzwischen verlassen hatten.

Die Gäste blieben noch. Aber gegen zehn Uhr hatten sich die Reihen doch stark gelichtet; Jenny, die Honig, Helene waren aufgebrochen, und mit Helene natürlich auch Otto, trotzdem er gern noch eine Stunde zugegeben hätte. Nur der alte Kommerzienrat hatte sich emanzipiert und saß neben seinem Bruder Schmidt, eine Anekdote nach der anderen aus dem »Schatzkästlein deutscher Nation« hervorholend, lauter blutrote Karfunkelsteine, von deren »reinem Glanze« zu sprechen Vermessenheit gewesen wäre. Treibel, trotzdem Goldammer fehlte, sah sich dabei von verschiedenen Seiten her unterstützt, am ausgiebigsten von Adolar Krola, dem denn auch Fachmänner wahrscheinlich den Preis zuerkannt haben würden.

Längst brannten die Lichter, Zigarrenwölkchen kräuselten sich in großen und kleinen Ringen, und junge Paare zogen sich mehr und mehr in ein paar Saalecken zurück, in denen ziemlich unmotiviert vier, fünf Lorbeerbäume zusammenstanden und eine gegen Profanblicke schützende Hecke bildeten. Hier wurden auch die Kuhschen gesehen, die noch einmal, vielleicht auf Rat der Mutter, einen energischen Vorstoß auf den Jodler unternahmen, aber auch diesmal umsonst. Zu gleicher Zeit klimperte man bereits auf dem Flügel, und es war sichtlich der Zeitpunkt nahe, wo die Jugend ihr gutes Recht beim Tanze behaupten würde.

Diesen gefahrdrohenden Moment ergriff der schon vielfach mit »du« und »Bruder« operierende Schmidt mit einer gewissen Feldherrngeschicklichkeit und sagte, während er Krola eine neue Zigarrenkiste zuschob: »Hören Sie, Sänger und Bruder, carpe diem. Wir Lateiner legen den Akzent auf die letzte Silbe. Nutze den Tag. Über ein kleines, und irgendein Klavierpauker wird die Gesamtsituation beherrschen und uns unsere Überflüssigkeit fühlen lassen. Also noch einmal, was du tun willst, tue bald. Der Augenblick ist da; Krola, du mußt mir einen Gefallen tun und Jennys Lied singen. Du hast es hundertmal begleitet und wirst es wohl auch singen können. Ich glaube, Wagnersche Schwierigkeiten sind nicht drin. Und unser Treibel wird es nicht übelnehmen, daß wir das Herzenslied seiner Eheliebsten in gewissem Sinne profanieren. Denn jedes Schaustellen eines Heiligsten ist das, was ich Profanierung nenne. Hab' ich recht, Treibel, oder täusch' ich mich in dir? Ich *kann* mich in dir nicht täuschen. In einem Manne wie du kann man sich nicht täuschen, du hast ein klares und offnes Gesicht. Und nun komm, Krola. ›Mehr Licht‹ – das war damals ein großes Wort unseres Olympiers; aber wir bedürfen seiner nicht mehr, wenigstens hier nicht, hier sind Lichter die Hülle und Fülle. Komm. Ich möchte diesen Tag als ein Ehrenmann beschließen und in Freundschaft mit aller Welt und nicht zum wenigsten mit dir, mit Adolar Krola.«

Dieser, der an hundert Tafeln wetterfest geworden und im Vergleich zu Schmidt noch ganz leidlich im Stande war, schritt, ohne langes Sträuben, auf den Flügel zu, während ihm Schmidt und Treibel Arm in Arm folgten, und ehe der Rest der Gesellschaft noch eine Ahnung haben konnte, daß der Vortrag eines Liedes geplant war, legte Krola die Zigarre beiseite und hob an:

Glück, von allen deinen Losen
Eines nur erwähl' ich mir,
Was soll Gold? Ich liebe Rosen
Und der Blumen schlichte Zier.

Und ich höre Waldesrauschen,
Und ich seh' ein flatternd Band –
Aug' in Auge Blicke tauschen,
Und ein Kuß auf deine Hand.

Geben, nehmen, nehmen, geben,
Und dein Haar umspielt der Wind.
Ach, nur das, nur das ist Leben,
Wo sich Herz zum Herzen find't.

Alles war heller Jubel, denn Krolas Stimme war immer noch voll Kraft und Klang, wenigstens verglichen mit dem, was man sonst in diesem Kreise hörte. Schmidt weinte vor sich hin. Aber mit einem Male war er wieder da. »Bruder«, sagte er, »das hat mir wohlgetan. Bravissimo. Treibel, unsere Jenny hat doch recht. Es ist was damit, es ist was drin; ich weiß nicht genau was, aber das ist es eben – es ist ein wirkliches Lied. Alle echte Lyrik hat was Geheimnisvolles. Ich hätte doch am Ende dabei bleiben sollen ...«

Treibel und Krola sahen sich an und nickten dann zustimmend.

»... Und die arme Corinna! Jetzt ist sie bei Trebbin, erste Etappe zu Julias Grab ... Julia Capulet, wie das klingt. Es soll übrigens eine ägyptische Sargkiste sein, was eigentlich noch interessanter ist ... Und dann alles in allem, ich weiß nicht, ob es recht ist, die Nacht so durchzufahren; früher war das nicht Brauch, früher war man natürlicher, ich möchte sagen sittlicher. Schade, daß meine Freundin Jenny fort ist, die sollte darüber entscheiden. Für mich persönlich steht es fest, Natur ist Sittlichkeit und überhaupt die Hauptsache. Geld ist Unsinn,

Wissenschaft ist Unsinn, alles ist Unsinn. Professor auch. Wer es bestreitet, ist ein pecus. Nicht wahr, Kuh... Kommen Sie, meine Herren, komm, Krola... Wir wollen nach Hause gehen.«

ANHANG

Zur Neuausgabe im Taschenbuch

Text und Anhang dieses Bandes basieren auf der im Carl Hanser Verlag, München, erschienenen Ausgabe: Theodor Fontane: Werke, Schriften und Briefe, herausgegeben von Walter Keitel und Helmuth Nürnberger, Abteilung 1, Band 4, 2. Auflage 1974.

Für die Neuausgabe im Taschenbuch bei dtv wurde der Anhang von Helmuth Nürnberger revidiert und ergänzt. Ein Nachwort kam neu hinzu. Alle Verweise, die sich auf die bereits erschienenen bzw. auf die in absehbarer Zeit erscheinenden Einzelausgaben bei dtv beziehen, wurden mit Siglen und Seitenangaben neu eingerichtet. Bloße Seitenangaben beziehen sich auf den vorliegenden Band. Alle weiteren Verweise auf die Hanser-Fontane-Ausgabe verbleiben mit der Abkürzung HF. Ausführliche bibliographische Angaben zur im Anhang verwendeten abgekürzt zitierten Literatur und zur Hanser-Ausgabe finden sich auf S. 262 ff. Dort sind auch die Siglen der dtv-Bände aufgeführt.

Deutscher Taschenbuch Verlag

Zur Entstehung

Entstehungszeit: Winter 1887/88 – Oktober 1891. – *Vorabdruck* in »Deutsche Rundschau«, 18. Jg., Berlin 1892, Bd. 70 und 71 (Januar bis April). *Erstausgabe:* Herbst 1892 bei F. Fontane & Co., Berlin, mit Datierung 1893. Auch die zweite und die folgenden Auflagen erschienen in diesem Verlag, 1903 die siebente Auflage. 7000 Exemplare wurden in der Ausgabe »Gesammelte Werke. I. Serie« (Berlin: Fontane 1905, 1908, 1911 und 1913), 2000 Exemplare in der Ausgabe »Berliner Romane« (Berlin: Fontane 1912) gedruckt.

Textgrundlage: Vorabdruck. – An einer Stelle haben wir uns für den Text der Buchausgabe (vor der Klammer) entschieden (da auch sonst so im Vorabdruck): S. 26, 16 Einzelheiten] Einzelnheiten.

Zur Entstehung: Zwei Erklärungen über F.s. Quelle zum Stoff von »Frau Jenny Treibel« liegen vor. Die eine stammt von Rost, der sie dem seit 1945 verschollenen Manuskript entnommen hat: »...nach einer Rückseitennotiz in den Manuskripten zu schließen«, sei der Stoff F. durch Frau Justizrat Kette übermittelt worden. F. war mit ihrem Gatten, »Assessor Karl Kette; später Justizrat und Rechtsanwalt im Kammergericht« (HF III, 4, S. 315) im »Tunnel« bekannt geworden. Rost führt dann des weiteren über »Frau Jenny Treibel« aus: »Außerdem waren Fontanes Beziehungen gerade zu dem Stadtteil, in dem sich der Vorfall ereignete, besonders eng. Anfang der 60er Jahre hatte er in der Alten Jakobstraße vorübergehend gewohnt. Später wohnte in der nahgelegenen Luisenstädtischen Apotheke seine verheiratete Schwester Jenny Sommerfeldt, und einige Jahre stand er selbst mit der Familie eines bekannten Großindustriellen dieser Gegend in gesellschaftlichem Verkehr; ihr gehörten zwei Villen mit prachtvollen Gärten in der Schlesischen Straße und die gegenübergelegene Fabrik. Eine der beiden Villen steht heute noch; sie diente Fontane als Vorbild für das Treibelsche Haus. Es zeigt jedoch in der Romanschilderung, der ein eingehendes Kartenstudium vorausgegangen war, eine veränderte Lage und in nicht unwesentlichen Punkten sonstige Abweichungen, wie sie die künstlerische Behandlung jeweils erforderte. Nicht zum wenigsten beruht ein gut Teil der beabsichtigten ironischen Wirkung auf Angaben, die Fontane aus dem Lokalen des Schauplatzes herausliest.« (Rost, S. 125)

Ausführlicher hat sich Rosenfeld geäußert, aber er erwähnt die Justizrätin Kette nicht. Im Anschluß an eine Auseinandersetzung mit Lambert Shears, der nachzuweisen versucht hatte, daß »Frau Jenny Treibel« unter stärkstem Einfluß von Thackerays »Pendennis« entstanden sei, führte er den Nachweis, daß F. seinen Roman fast durchweg nach der Natur gebildet habe.

Danach war es vor allem seine Schwester Jenny Sommerfeldt, die F. mit Informationen aus der kommerzienrätlichen Fabrikantenfamilie in der Schlesischen Straße versorgte. Während F.s Beziehungen zu dieser Familie bald wieder abgebrochen wurden, blieb sie dort ein regelmäßiger und dementsprechend gutunterrichteter Gast. Jenny eignete die Fontanesche Lust am Erzählen und Plaudern; wenn sie auch zu beobachten wußte, wird es an pointierten Schilderungen der »Villa als Herrschaftsarchitektur« (Bentmann-Müller) und ihrer bourgeoisen Bewohner nicht gefehlt haben.

»Was Fontane vorfand, war folgendes: der tüchtige, ganz auf den Erfolg gestellte, joviale Kommerzienrat mit der energischen Frau, demgegenüber zwei schwächliche Söhne, von denen es besonders dem jüngeren an der rechten Kraft zu selbständigem Handeln gebrach; der dritte Sohn, den ein erster Aufriß (den ich auf einem Rückblatt im »Mathilde Möhring«-Manuskript fand) mit in das Bild hineinziehen wollte, wird rasch wieder fallen gelassen, da er bei seiner gesunden Art für Fontanes satirische Absichten nicht geeignet war. Der ältere der Söhne verheiratet, eine eigene Villa in der Köpenicker Straße bewohnend; seine Frau, wegen ihrer peinlichen Akkuratesse in Garderobenangelegenheiten schon in ihrer Jugend der Schrecken aller Gouvernanten, aus alter Kaufmannsfamilie, die sich wie die Munksche auf ihre nordischen Beziehungen etwas zu Gute tat, durch Eigenart und Familienstolz in ständiger Reibung mit ihrer Schwiegermutter, will den Schwager mit ihrer jüngeren Schwester verheiraten, trifft aber dabei auf den Widerstand der Kommerzienrätin, die, wie Jenny Treibel kategorisch erklärt, ›an einer solchen Schwiegertochter gerade genug zu haben‹. Aber sieh da, es dauert nicht allzu lange, so ist diese Verlobung wider alle Erwartung doch vollzogen.« (Rosenfeld, S. 33 f.; vgl. auch Anm. zu S. 17.)

F.s Umgestaltung der Vorlage betrifft in wirkungsvoller und für den Kenner des Romans amüsanter Weise ein zentrales Motiv der Handlung: die Bemühung Jenny Treibels um eine passende Frau für ihren Sohn Leopold, die sie zunächst in Widerstreit zu ihrer Schwiegertochter Helene Munk bringt, weil sie nicht auch noch deren jüngere Schwester Hildegard als zweite Hamburger Schwiegertochter in die Familie aufgenommen sehen will, sodann aber, nach einem dramatischen, ihr durch die Verhältnisse abgetrotzten Wechsel der Alliancen, mit Helene zusammen für Hildegard gegen die Professorentochter Corinna Schmidt kämpfen läßt. Corinna, die sich vorübergehend in den Kopf gesetzt hat, Leopold Treibel und seinen Wohlstand zu heiraten und um dieser »ihrer geheimen Zwekke willen in den feineren akrobatischen Künsten weiblicher Eitelkeit ein Äußerstes leistet« (Wandrey), ist im Rahmen der Fabel eine Erfindung F.s, die er charakterologisch mit Zügen seiner ihm geistesverwandten Tochter Martha ausgestattet hat. Corinna ist im Treibelschen Hause bisher stets ein gern gesehener Gast gewesen, weil die Kommerzienrätin sie ob ihrer Bildung und gesellschaftlichen Gaben als Aushängeschild vorgeblicher idealer Interessen benutzt hat und weil diese daran interessiert ist, die sentimentale Freundschaft mit Corinnas Vater, der Jennys Jugendfreund war, auch künftig zu pflegen. Erst als Leopold seiner Mutter die Absicht beichtet, Corinna zu heiraten, ändert sie ihr Verhalten: der potentiellen Schwiegertochter aus unvermögendem Hause gilt ihr entschlossener Widerstand. Auch das ist eine Erfindung F.s und ist es wieder nicht. Das historische Vorbild der Kommerzienrätin hat den im Roman geschilderten (un-)mütterlichen Verteidigungskrieg nicht geführt, und doch hätte sie von einer solchen armen, ehrgeizigen Schwiegertochter erzählen können. Eine solche war sie selbst einst gewesen, die Tochter eines Jugendfreundes ihres späteren Schwiegervaters; gegen den Willen der Eltern hatte sie den künftigen Erben des Hauses geheiratet. F. hat das in die jüngere Generation transponiert und die Jugendfreundschaft der Väter zu einer Jugendliebe der Kinder umgeschaffen. Noch deutlicher, als dies im Roman ausgesprochen wurde, erhellt F.s Umgestaltung der Fakten seine satirische Konzeption: Indem sie gegen Corinna kämpft, widerstreitet Jenny tatsächlich ihrer eigenen Vergangenheit und somit sich selbst – ein Kunststück, das sie, weil sie sich mit Skrupeln nicht belastet, ohne viel Mühe zuwege bringt.

Auf welche Weise sollte nun aber Jenny Treibels Herkunft aus kleinen Verhältnissen nach dieser Transponierung des in Wirklichkeit Gewesenen in die Romangegenwart gestaltet werden? F. hat zu diesem Zweck eine andere Begebenheit aus derselben Gegend der Stadt mit der Romanhandlung verknüpft: »in der Köpenicker Straße, in der die Treibelsche Villa liegt, besaß eine Frau Päpken einen kleinen Gemüseladen, unter ihrer Obhut wuchs eine hübsche Enkelin auf, die sie ›immer hübsch herauszuputzen wußte‹...; da auch das Mädchen selbst das Ihrige dazu tat, so blieb der Erfolg nicht aus: einer der reichen Fabrikantensöhne der Nachbarschaft machte sie zu seiner Frau« (Rosenfeld, S. 35). Aus dieser koketten Kleinen machte F. seine künftige »Jenny Treibel, née Bürstenbinder«; er zeichnete sie im übrigen auch nach dem Vorbild seiner eigenen Schwester, der reich gewordenen Apothekersfrau Jenny Sommerfeldt, wobei er wie bei der Namensgebung bewußt satirisch übertrieb, seine Grundauffassung vom Wesen der typischen Bourgeoise aber getreu ins Bild setzte. Verschiedene briefliche Äußerungen F.s über Jenny Sommerfeldt liefern dazu den bündigen Kommentar.

Einige der Figuren und Motive, die in »Frau Jenny Treibel« von Bedeutung sind, hat F. bereits in seinem ersten, unvollendet gebliebenen Berliner Roman »Allerlei Glück« zu gestalten unternommen; als »Steinbruch« (Petersen) bewährte sich das umfangreiche Fragment aus dem Ende der siebziger Jahre auch für den um 1890 ausgeführten und Ende der achtziger Jahre angesiedelten Milieuroman. Unmittelbar neben ersten Aufzeichnungen zur »Frau Bourgeoise« – so der frühe Titelentwurf – begegnet die Notiz »den Berliner Roman heraussuchen«, die sich sicher auf »Allerlei Glück« bezieht (Rosenfeld, S. 36). Die Atmosphäre schulprofessoralen Lebens, wie sie uns in »Frau Jenny Treibel« im Kreis der »Sieben Waisen Griechenlands« begegnet, erscheint vorgeformt bereits in der Gruppe »Sieben von Theben« in »Allerlei Glück«, die ihrerseits dort aus einer der Zahl nach noch nicht fixierten »Versammlung der literarischen Freunde« hervorgegangen ist, deren Gespräche sich um »moderne Dichtung und Politik« drehen sollten. Professor Willibald Schmidt hat von Dr. Heinrich Brose einige charakteristische Vorlieben übernommen wie die Begeisterung für Schliemann und Fürst Pückler. Andererseits ist er freilich in wesentlichen Zügen ein Selbstportrait F.s, während von Heinrich Brose auch deutliche Spuren zu Kommerzienrat Treibel hinführen. Die ironische Virtuosität, die – Verbindung des scheinbar Widersprüchlichen! – kritische Heiterkeit der Darstellung in »Frau Jenny Treibel« ist nicht zuletzt ein Produkt der langjährigen Vertrautheit F.s mit der weiteren Thematik des Romans. Es ist die unvergleichliche Intimität der Anschauung, die es F. hier erlaubt, Wirklichkeitselemente spielerisch auszutauschen und das Geschehen so aller stofflichen Schwere zu entkleiden.

So scheinen in »Frau Jenny Treibel« von außen stammende stoffliche Anregungen und eine sehr persönliche Thematik vereinigt – und sind weiterhin verbunden worden mit privaten Erfahrungen. Der zu Beginn der brieflichen Selbstzeugnisse abgedruckte Entwurf eines Briefes an Anna Witte zeigt, daß F. nicht nur den Charakter Corinnas in manchen Zügen nach dem Vorbild seiner Tochter zeichnete, sondern daß auch die Gestaltung der Situation nach Corinnas Verlobung mit Leopold Treibel durch persönliche Implikationen mitbestimmt war.

Auf die Persönlichkeit Mete Fontanes und auf ihre Beziehung zu der Familie des ehemaligen Regierungs- und späteren Stadtschulrats Schreiner, besonders zu dem Sohn des Hauses, dem damaligen Gerichtsreferendar Rudolf Schreiner, hat der im Propyläen-Verlag erschienene Band »Mete Fontane, Briefe an die Eltern. Herausgegeben und erläutert von Edgar R. Rosen. Wort- und buchstabengetreue Edition nach den Handschriften« (Berlin 1974) neues Licht geworfen. Rosens instruktive Einleitung und die Anmerkungen geben hierzu die erforderlichen biographischen Aufschlüsse. Die – abweichend von Freundesbriefe. Letzte Auslese, Band 2, S. 375 und Fontane-Blätter, Bd. 2, Heft 7, S. 519 – neue Datierung des Briefentwurfs an Anna Witte scheint mittlerweile gesichert.

Über die Entstehung des Romans ist, von den mitgeteilten Briefzeugnissen abgesehen, wenig bekannt. Einige Entwürfe, die sich auf Rückseiten des Manuskripts von »Mathilde Möhring« erhalten haben – bereits Rosenfeld hatte auf sie aufmerksam gemacht –, sind 1969 von Erler erstmals veröffentlicht worden.

Der folgende Entwurf stellt offensichtlich die früheste überlieferte Skizze dar:

»Die Frau Bourgeoise
oder
›Wo nur Herz und Seele spricht‹ [darüber: zum Herzen spricht]
›Ach wo Herz und Seele spricht‹

[Die Zeile ›Wo nur Herz...‹ ist mit Blaustift markiert, dazu am Rande: Dies]

Kommerzienrat Conradi. Indigohändler. Blutlaugensalz und Berliner-Blau-Fabrik. Orleansfabrik.

Kommerzienrätin Jenny Conradi, geb. Bürstenbinder.

Die drei Söhne. Arthur gehört zum Stammgeschäft; Leopold zu Alfreds Geschäft gehörig.	Arthur, Associé, mit einer Hamburgerin verheiratet Alfred, Garnfabrik [darüber: Handlung mit Fernambuk- und Campecheholz], mit einer Bremenserin verheiratet Leopold, 1. Geschäftsführer bei Alfred

Dr. Willibald Schmidt, Literaturlehrer [mit Bleistift darüber: alter Grieche und deutsche Literatur, Romantiker], und zwei alte Schwestern von ihm. Dichter: Lyriker und Dramatiker. Epik ist ihm fremd; von der Kunst der Erzählung denkt er niedrig. Seine Tochter wurde so der ›Dramatikerin‹ zu Ehren getauft. Der *Großvater* Schmidt und die Familie Bürstenbinder wohnten an der Friedrichsgracht und Adlerstraße oder Raules Hof.

Susanne, Haushälterin [dahinter mit Bleistift: Frau Schmolke, Haushälterin, eigentlich Köchin. Kurze Zeit an einen Schutzmann verheiratet gewesen.]

Dr. Marcel Wedderkopp, Hülfslehrer an einer höheren Mädchenschule.

Elise Schmidt.« (A6, S. 519f.)

Der zweite Entwurf:

»Frau Kommerzienrätin
oder
›Wo sich Herz zum Herzen findt‹

1. *Der alte Professor.* Er ist Mitglied der anthropologischen Gesellschaft. Schädelbildung. Kinnbacken. Ausgrabungen. Steingräber. Zimmerdekoration dementsprechend. Virchow. Bastian. Griechischer Lehrer an einem Gymnasium. Außerdem gibt er Literaturstunde (Romantiker, Schwärmer für Just. Kerner, Mörike). Jeden Freitag eine Versammlung der liter. Freunde: der Goethe- und der Dante-Geheimrat oder Personen aus andren Lebensstellungen. Im wesentlichen dreht sich das Gespräch aber über *moderne* Dichtung und Politik und über Mitteilungen aus der anthropologischen Gesellschaft. All dies darf aber immer nur die *Einleitungen* oder die *Einschiebsel* bilden, weil die Geschichte sonst zu lang wird.

2. Der alte Professor ist auch Tiergarten-Schwärmer. Königin-Luisen-Denkmal am Sterbetage der Königin (10. [?] März), Rousseau-Insel, Corso, der Kaiser, der Seepark, die Schwäne, die Eichhörnchen, die Leiermän-

ner, unter denen er ›ihm sympathische und unsympathische‹ unterschied; den einen gab er regelmäßig, die andren vermied er. Abends Königsplatz, Kroll, immer nur ›Zaungast‹, Musik, Lichterglanz von außen. Nie hinein. ›Dann ist der Zauber hin.‹

3. *Die Kommerzienrätin*. Gutmütig, aber dumm, unbedeutend, engherzig, menschenfreundlich, solang es nichts kostete oder keine großen Weiterungen hatte. Sie gab, aber sie scheute doch die Berührung mit der Armut. Armut war etwas, das man ängstlich vermeiden müsse. Armut war wohl zur Unterstützung da, aber nicht zur Berührung, zur Betätigung christlicher Nächstenliebe, aber nicht zur Heranziehung und Freundschaft.« (A 6, S. 519)

Der dritte Entwurf kommt der endgültigen Fassung am nächsten:

»Kommerzienrat *Treibler*. Berlinerblaufabrik. Guter Mann, ganz Geschäft, etwas nüchtern, aber reell, eigentlich besser als seine Frau u. viel klüger. Köpnickerstraße ... Ecke der Ofengasse. Sehr elegante Wohnung. Nach hinten zu die Fabrikgebäude. Mann von 60.

Kommerzienrätin *Treibler*. (Jenny), geb. Bürstenbinder. Frau von 55. Kaufmannstochter aus der Adlerstraße.

Otto *Treibler*, Mann von 32, gut, wie der Alte; Geschäftsmann; Handlung mit Fernambuk- und Campecheholz. Wohnt am entgegengesetzten Ende der Köpnickerstraße, dicht am Schlesischen Tor.

Ludmilla *Treibler*, geb. Sandmann, Bremenserin, vorgeblich von englischer Abstammung, 27, hübsch, hanseatisch, international, antiberlinisch, etwas vornehmtuerisch, geldstolz.

Leopold *Treibler*, jüngerer Bruder von Otto, bei Otto als Buchhalter im Geschäft. 25 Jahr alt. Guter Kerl, aber schwach und ganz abhängig von der Mutter. Anbeter von Frl. Schmidt. Wohnt im elterlichen Hause, ist aber beim Bruder im Geschäft. ›Bei den Eltern erholte er sich von dem Bruder und bei dem Bruder von seinen Eltern.‹

Professor Dr. *Willibald Schmidt*, Oberlehrer am Gymnasium [darüber: Ordinarius in Obersekunda] (Kölnisches). Guter Grieche, Archäologe, Schliemann, Mykenä. Zugleich: deutsche Literatur; Romantiker. Für Griechenland und deutsche Romantik (Gotik etc.) *gleich* eingenommen. Prächtiger Kerl. Seit 12 Jahren Witwer. Alter Freund und Liebhaber von Jenny Bürstenbinder, jetzt Kommerzienrätin *Treibler*. 60 Jahr. Wohnt in der Adlerstraße, gegenüber dem Hause, drin das Bürstenbindersche Geschäft war.

Corinna *Schmidt*, des Professors Tochter. Einziges Kind. 23 Jahr. Pikant, frei, klug, Vaters Tochter. Pendelt zwischen Leopold Tr. und Marcel Wedderkopp hin und her.

Frau *Schmolke*, Haushälterin (eigentlich Köchin), kurze Zeit an einen Schutzmann verheiratet, dann, nach dem Tode von Prof. Schmidts Frau, als Pflegerin etc. ins Schmidtsche Haus gekommen. Gute Person.

Dr. *Marcel Wedderkopp*, Literaturgeschichts- und Geographielehrer an einer höhren Mädchenschule. 28 Jahr alt. Reizender junger Kerl; Anbeter von Corinna. Wohnt in Raules Hof.« (A 6, S. 522 f.)

Sichere Hinweise auf den Beginn der Arbeit geben diese Entwürfe allerdings so wenig wie die Korrespondenz und das Tagebuch. Da F. bis Weihnachten 1887 mit »Unwiederbringlich« beschäftigt war und »Frau Jenny Treibel«, wie bisher bekannt, zuerst am 28. April 1888 in einem Briefe erwähnt wird, scheint die Annahme erlaubt, den Beginn der Arbeit auf den Winter 1887/88 zu datieren, allerdings mit der Einschränkung, daß offenbar noch einige andere epische und balladeske Vorhaben gleichzeitig gefördert wurden (Chronik, S. 74). Am 9. Mai 1888 war die erste Niederschrift im Brouillon fertig. Nach dreijähriger Lagerung wurde das Manuskript 1891 wieder vorgenommen. Briefe erörtern die Frage des Erscheinungsorts, und das Tagebuch vermerkt: »Meine Hauptarbeit von Februar bis April ist die Korrektur meines kleinen Romans: ›Frau Jenny Treibel‹, – ich komme aber leider nicht ganz damit zustande, weil beständiger Blutandrang nach dem Kopf mich daran hindert; so beschließe ich, das Fertigmachen der Arbeit bis nach der Kissinger Reise zu verschieben.« Vom 3. Juni bis Anfang Juli weilte F. mit seiner Frau in Kissingen zur Sommerfrische (Chronik, S. 81). »Anfang Juli treffen wir wieder in Berlin ein, und Emilie beginnt die Abschrift meines Romans ›Frau Jenny Treibel‹; ich mache mich an die Niederschrift verschiedener kleinerer Arbeiten«, fährt das Tagebuch fort. Noch Ende Juli und Anfang August finden wir Emilie Fontane mit der Abschrift des Romans beschäftigt. Anfang September kehrte F. von einem Aufenthalt auf Föhr zurück und begann nun »die Korrektur der Romanabschrift, und nach fast zweimonatiger Arbeit schicke ich den Roman am 31. Oktober an Freund Rodenberg nach Fulda, wo sich derselbe vorübergehend aufhält« (Tagebuch). Rodenberg nahm das Manuskript zum Vorabdruck in der »Rundschau« an.

Im Januar 1892 begann der Vorabdruck, für den F. sich auf Wunsch Rodenbergs noch zu einigen kleinen Änderungen bereitgefunden hatte. Es erschienen im Januarheft die Kapitel 1–5 (das Diner bei Treibel), im Februar die Kapitel 6–8 (die Versammlung der »Sieben Waisen Griechenlands« und der Morgen nach dem Diner im Treibelschen Hause), im März die Kapitel 9–11 (der Ausflug nach Halensee; Corinnas Verlobung), abschließend im April die Kapitel 12–16, die die Krise und die im belletristischen Sinne heitere Lösung des Konflikts brachten. F., der damals an »Effi Briest« korrigierte, aber bereits zunehmend kränkelte, hat diesen Vorabdruck möglicherweise bereits mit verminderter Aufmerksamkeit verfolgt. Die (nachträglich geschriebene) Tagebucheintragung für Anfang 1892 lautet: »In der ›Rundschau‹ (so nehme ich an, bestimmt weiß ich es nicht mehr) erschien wahrscheinlich mein Roman ›Jenny Treibel‹.« Ob F. für den Vorabdruck Korrektur gelesen hat, ist nicht bekannt. Gewiß ist, daß er für die Buchausgabe im Verlag des Sohnes (Druckbeginn im Juli 1892) aus gesundheitlichen Gründen keine Korrektur lesen konnte, obwohl das besonders wünschenswert gewesen wäre, da der Druck keineswegs mit derselben Sorgfalt wie in der »Deutschen Rundschau« erfolgte. Eine Reihe von Abweichungen, die eindeutig auf Setzerfehler zurückgehen, lassen es daher gerechtfertigt erscheinen, für einen Neudruck den Vorabdruck und nicht die Buchausgabe zugrunde zu legen.

Im letzten Drittel des Oktober wurde der Roman ausgeliefert, wie durch einige Begleitbriefe F.s zu Rezensions- und Geschenkexemplaren bestätigt wird. Mit der Anerkennung, die das Buch fand, und mit dem Verkaufserfolg durfte der Autor zufrieden sein; daß F. auch bei späterer Gelegenheit literarischen Vertrauten gegenüber seine Tochter Martha gern Corinna nannte, enthält ein Stück privater Wirkungsgeschichte des Romans, der nicht zuletzt dazu beigetragen hat, das in der Öffentlichkeit fortlebende Bild Theodor und Martha Fontanes zu prägen.

Briefzeugnisse zur Stoff-, Entstehungs- und Wirkungsgeschichte

An Anna Witte [Vor dem 13. Juli 1882; Konzept]

Meine letzte literarische Tat hier sollen diese Zeilen an Sie, hochverehrte Freundin, sein, in denen ich Ihnen, eine von unserm kleinen Standpunkt aus angesehen, allerwichtigste Frage vorlegen und Ihr Urteil, Ihren Rat erbitten möchte.

Natürlich handelt es sich um Martha, und beinah ebenso natürlich um den nebelhaft und unfaßbar am Horizont ziehenden Bräutigam in spe oder noch nicht in spe: Rudolf Schreiner.

Sie begreifen, daß uns diese Frage seit lange beschäftigt, und seit dem unglücklichen Examen-Ausgange geradezu Sorge macht. Was wir in Bezug auf das Examen, so oder so, und als eine natürliche Konsequenz desselben erwarteten, war das folgende: 3 oder 8 Tage nach glücklich bestandenem Examen wird er kommen und um Martha anhalten; mißglückt aber sein Examen, so wird er freilich nicht um sie anhalten, wird aber irgendwelche Schritte tun, um sich »im Stillen« ihrer zu versichern. Daß das erstere nicht geschehen ist, weil es nicht geschehen konnte, wissen wir. Aber wie steht es nun mit dem zweiten? Hat ein solches sich »im Stillen« ihrer versichern stattgefunden, jetzt oder vielleicht auch früher schon? Darauf kommt es uns an! Dies möchten wir gern erfahren. Hat es stattgefunden, aber auch wirklich, und zwar in klaren, baren Worten, d.h. also stattgefunden über den berühmten Händedruck, Korridorkuß und Fußspitzengruß hinaus (die samt und sonders in meinen Augen gar nichts bedeuten), so haben wir Eltern in dieser Sache weiter nichts zu sagen. Denn wir haben durchaus nichts gegen stille Verlobungen, auch nichts gegen jahrelanges Warten. Wir selber haben jahrelang gewartet.

Also noch einmal, haben irgendwelche Zusicherungen, aber auch wirklich Sicherungen im Stillen stattgefunden, so betrachten wir alles als abgemacht und erledigt und haben nicht nötig irgend was noch in dieser Sache zu sagen oder zu tun. Aber, ich frage nochmals, haben solche stillen Zusicherungen stattgefunden. Ich glaube, nein. Und mit Rücksicht darauf ist bis auf weiteres unsere Meinung die folgende:

Hat sich R. S. nicht erklärt, weder jetzt noch früher, hat er sich weder jetzt noch früher Martha's versichert, und zwar in nicht zu mißverstehender Weise versichert, so find' ich die ganze Sache, das Mindeste zu sagen, nachgerade höchst sonderbar; es liegt dann ein Maß von Indifferenz und »Seelenruhe«, von Nicht-Achtung oder wenigstens Nicht-Rücksicht, oder andererseits, wenn durchweg auf die Korrektheit und Biedermannschaft hin angesehen und ausgespielt werden soll, ein Maß von Ehrpußlichkeit, Ledernheit und Philisterei vor, wovon ich mir – es liege nun so oder so – kein Heil versprechen kann. Mit solchem amphibiolen Abwartemann sich durch's Leben zu schleppen, der immer nur zu Bier geht, und seine Kinder um Gottes willen und weil's doch mal hergebracht ist im halben Dussel zeugt, ist auch kein Vergnügen.

Wir sind also, wenn seitens R. S.'s nichts geschehen sein sollte, was als stilles, aber bindendes Verlöbnis angesehen werden kann, der Meinung, daß Martha, sobald sie nach Berlin zurückkehrt (und wenn es nur auf 3 Tage wäre) der Familie sans gêne die Pistole auf die Brust setzte und in vollkommen berechtigtem Tone fragen muß: »Kinder, was denkt Ihr Euch denn eigentlich?« oder aber wenn sie diese Frage zu tun nicht gewillt ist, einfach einen geordneten Rückzug anzutreten. Sie ist dies nicht bloß ihrem Glück, sondern auch ihrer Ehre schuldig. Länger zu warten, immer weiter und weiter, ohne Recht und Pflicht dazu, ist lächerlich, verächtlich.

Wir sind, wie Sie zweifellos aus diesen Zeilen herauslesen werden, einigermaßen gereizt. Aber ich glaube diese Gereiztheit ist unser gutes Recht. Liegt es so, wie's wahrscheinlich nicht liegt, so werde ich meinerseits nicht anstehn, hinterher gern zu revozieren; liegt es aber, wie ich fürchte, daß es liegt, so kann ich nur aufs Bestimmteste wiederholen, daß ich für solche Duscheschaft und Pappstoffelei gar keine parlamentarischen Ausdrücke habe. Ich halte (ganz im Gegensatz zu meinem Renomee) furchtbar viel von der Ehe und bin sehr fürs Heiraten. Es ist das Natürliche. Aber ich bin nicht so dafür, daß unter allen Umständen geheiratet werden muß. Bierfässer gehören in den Keller, aber nicht in die Brautstube.

Ihnen wird Martha längst reinen Wein eingeschenkt haben und wenn nicht, so wird sie's, denk ich, in dieser Veranlassung tun. Bitte lassen Sie, hochverehrteste Frau, uns wissen, wie's steht, wie sich Martha (es liege nun wie's wolle) auch ferner dazu stellen gedenkt. Denn schließlich bleibt als Paragraph 1 immer das bestehen: »es ist ihre Sache«. Liegt ihr daran, ihre Jugend aufs Dustre und Ungewisse hin zu »verwarten«, so mag sie's tun. Ihr Glück und ihr Unglück ist aber ihr's. Uns liegt ob, ihr zu raten, sie aber mag sich entscheiden. (HF III, 4, S. 188 ff.)

An Paul Schlenther Berlin, 26. April 1888

An »Stine« (so heißt die Novelle) bin ich noch nicht herangegangen, weil es mich so sehr drängt, das fertig zu schreiben, was ich jetzt gerade unter der Feder habe: »Frau Commerzienrätin oder Wo sich Herz zum Herzen find't«, eine humoristische Verhöhnung unserer Bourgeoisie mit ihrer Redensartlichkeit auf jedem Gebiet, besonders auf dem der Kunst und der Liebe, während sie doch nur einen Gott und ein Interesse kennen: das Goldene Kalb. Erst etwa am 10. Mai bin ich mit dieser neuen Arbeit fertig... (Fontane-Blätter, Heft 57, 1994, S. 24)

An Theodor Fontane (Sohn) Berlin, 9. Mai 1888

Schon längst hätte ich Dir mal wieder geschrieben, wenn ich nicht, und zwar mit immer steigendem Eifer, mit der Zuendeführung meines neuen Romans beschäftigt gewesen wäre. Nun ist er, im Brouillon fertig, vorläufig beiseite geschoben. Titel: »Frau Kommerzienrätin oder Wo sich Herz zum Herzen find«. Dies ist die Schlußzeile eines sentimentalen Lieblingsliedes, das die 50jährige Kommerzienrätin im engeren Zirkel beständig singt und sich dadurch Anspruch auf das »Höhere« erwirbt, während ihr in Wahrheit nur das Kommerzienrätliche, will sagen viel Geld, das »Höhere« bedeutet. Zweck der Geschichte: das Hohle, Phrasenhafte, Lügnerische, Hochmütige, Hartherzige des Bourgeoisstandpunkts zu zeigen, der von Schiller spricht und Gerson meint. Ich schließe mit dieser Geschichte den Zyklus meiner Berliner Romane ab ... und habe vor ... mit einem ganz balladesken historischen Roman [»Die Likedeeler«], der um 1400 spielt, abzuschließen. Die Leute mögen dann sehn, daß ich auf Zoologischen Garten und Hankels Ablage nicht eingeschworen bin und daß ich imstande bin, meine Personen ebensogut eine Simplizitätssprache wie die Bummel- oder Geistreichigkeitssprache des Berliner Salons sprechen zu lassen. (HF IV, 3, S. 600 f.)

An Friedrich Fontane Berlin, 27. Januar 1891

Ich begreife, daß Du den Wunsch hast, meine Bücher zu verlegen; Du mußt aber auch begreifen, daß ich den Wunsch habe, bei meinem alten Verleger zu bleiben...

All das habe ich Dir schon früher gesagt...

Ich hatte Dir noch eine Berliner Geschichte zugedacht, aber dies ist auch das Äußerste, was ich leisten kann und will. Im übrigen nur das noch: Es wäre ja fürchterlich, wenn die gesunde Basis eines Verlagsgeschäfts immer ein bücherschreibender Vater sein müßte. (HF IV, 4, S. 93)

An Julius Rodenberg Berlin, 2. Juli 1891

Heute habe ich vom »Universum« – das die Tugend guten Zahlens hat –, einen Brief mit einer Roman-Anfrage gekriegt. Nun habe ich zwei beinah fertig, die beide auch für die »Rundschau« passen würden, weshalb ich anfrage, ob Sie die eine [»Effi Briest«?, »Math. Möhring« oder andre [»Frau Jenny Treibel«] haben wollen? Die verbleibende biete ich dann dem »Universum« an. Natürlich ist mir »Rundschau« für alles, was ich schreibe, lieber, auch wenn ich ein etwas geringeres Honorar bekomme ... ich kann aber die »Rundschau« nicht überschwemmen, das würde ridikül wirken. Einer der Romane für nächstes Jahr indes, das ginge vielleicht. (Briefe an Rodenberg, S. 47; HF IV, 4, S. 133)

An Julius Rodenberg Berlin, 5. Juli 1891

Im Herbst regeln wir die Sache, Sie treffen die Wahl, und je nach der getroffenen Wahl mache ich dem »Universum« meine Vorschläge.

(Briefe an Rodenberg, S. 47)

An Martha Fontane Berlin, 25. Juli 1891
Mama schreibt Roman ab; es oder er scheint ihr nicht recht zu gefallen; ich kenne das schon und es schadt auch nicht viel; Romane, die beim Abschreiben zugleich die Verstimmung tilgen, also nebenher noch eine Art »Mottentod«, – *die* giebt es nur selten. Meine Bücher verlangen ein freies Gemüth. (Briefe II, S. 198; HF IV, 4, S. 138)

An Julius Rodenberg Berlin, 4. August 1891
Ich will übermorgen nach Föhr... Im September wollte ich dann den für die »Rundschau« bestimmten kleinen Roman, mit dessen Abschrift meine Frau jetzt beschäftigt ist, nochmals durchsehn und zur Überreichung an Sie fertigmachen. Das fiele dann ungefähr in die Zeit Ihrer *Rückkehr* von der Sommerfrische. Ich nehme an, daß dieses Arrangement mit einer Zeitverschiebung von 4 bis 6 Wochen Sie nicht stören wird; nur wenn Ihnen, was nicht wahrscheinlich, sehr daran liegen sollte, sich schon *vor* Ihrer Septemberreise schlüssig zu machen, würde ich meinen Aufenthalt in Föhr zu Schlußdurchsicht des Manuskripts benutzen. Erhalte ich keine Antwort, so nehme ich an, daß Sie mit Unterbreitung des M. S. in den Oktobertagen einverstanden sind.
(Briefe an Rodenberg, S. 48f.; HF IV, 4, S. 141f.)

An Julius Rodenberg Berlin, 26. Oktober 1891
... die ergebenste Anfrage, ob ich meinen kl. Berliner Roman, an dessen Schlußkapiteln ich etwa noch 3 Tage zu korrigieren habe, jetzt einsenden darf und unter welcher Adresse? Mit Betrachtungen, Aufschlußgebungen und allem, was darauf berechnet ist, die Arbeit in die möglichst günstige Beleuchtung zu rücken, behellige ich Sie heute noch nicht...
(Briefe an Rodenberg, S. 49; HF IV, 4, S. 160)

An Julius Rodenberg Berlin, 29. Oktober 1891
Ich richte es nun so ein, daß das Paket ... am Montag oder Dienstag in Fulda eintrifft, damit Sie's am Mittwoch früh in Empfang und Angriff nehmen können. Möge mir der alte Bonifacius hülfreich zur Seite stehn; ich denke mir die Stadt mit ihrer Stille und ihren Glocken als einen guten Leseort. Sie sehen, ich berechne alle Chancen.
(Briefe an Rodenberg, S. 49f.; HF IV, 4, S. 160)

An Julius Rodenberg Berlin, 19. November 1891
Empfangen Sie meinen herzlichen Dank, für alles, was Sie mir so gütig geschrieben. Ich soll nun also wieder in der »Rundschau« erscheinen, was mir, neben vielem andrem, ein Behagen und eine Beruhigung gibt. Diese Worte drücken es nicht ganz aus, aber doch beinah. Wie ich Ihnen schon nach Fulda hin schrieb ..., ist die Stelle, *wo* etwas gesagt wird, von der allergrößten Wichtigkeit. Zum Beispiel kleine Frivolitäten, Anzüglichkeiten, selbst Zynismen – was hab ich vornehmen, klugen, geistreichen Frauen gegenüber nicht alles nach *der* Seite hin pekziert, ohne zu verletzen! Selbst die Frommen haben es mir verziehn oder gar zum Guten angerechnet, wenn sie nebenher gut, brav, ehrlich waren. Und anderer-

seits, wie viele Verlegenheiten und Abfälle habe ich erlebt, wenn die Ohren, vor denen ich sprach, nicht die richtigen waren. Erschien meine Geschichte in einer Tageszeitung, so wäre sie nur noch halb, was sie ist. Vor diesem Sinken um 50% haben Sie mich bewahrt. Ich freue mich aufrichtig, Sie zu sehn und meinen Dank und meine Freude durch gewünschte Opferungen »schönster Stellen« (wofür man sie ja jedesmal hält) bezeugen zu können. (Briefe an Rodenberg, S. 50; HF IV, 4, S. 163)

An Julius Rodenberg Berlin, 23. November 1891

Anbei die ersten 8 Kapitel, also gerade die Hälfte; die zweite Hälfte schicke ich morgen vormittag.

Die Korrekturen und Striche habe ich nicht unter Schmerz, sondern mit Vergnügen gemacht. Es wird wohl immer so sein und ist damit, wie wenn man einen Witz macht oder eine Anekdote erzählt – alles hängt von der Aufnahme ab, die's findet. Wird gelacht, so hatte man recht, sieht man lange Gesichter, so hatte man unrecht und schließt sich diesem Urteil auch selber an. Es war vielleicht gar nicht so schlecht, aber mit einem Male kommt es einem albern und geschmacklos vor. Also morgen den Rest....

Bei »England expects« habe ich jetzt *die* Fassung genommen, die sich im Büchmann findet. Früher habe ich auch immer *so* zitiert, wie's bei B. steht, und so wird es wohl die Form sein, die in Deutschland die geläufigste ist. Und darauf kommt es an.

(Briefe an Rodenberg, S. 51; HF IV, 4, S. 163f.)

An Julius Rodenberg Berlin, 23. November 1891

Anbei, hochgeehrter Herr, die Schlußhälfte. Ich lege auch Ihre Notizblätter wieder bei, damit Sie bequem kontrollieren können, ob alles besorgt ist. Es ist aber nicht nötig, weil alles ganz zuverlässig nach Ihren mir immer einleuchtender gewordenen Vorschlägen geordnet ist. Selbst hinsichtlich der »Sitte« bin ich erschüttert. Sicherlich entspricht die frühere Fassung mehr der Ausdrucksweise der Schmolke, aber darin liegt doch noch nicht die Rechtfertigung, und ich räume ein, daß diesem ewigen Operieren mit Sitte und wieder Sitte, mal als Moral- und mal als Lokalbezeichnung, etwas Kommißhaftes anklebt.

Nur ob Droschkenpferde aus Seideln trinken können, diese Frage ist noch offen, weil ich in der Eile keinen Sportsman auftreiben könnte.

Und nun auf guten Stapellauf und glückliche Fahrt.

(Briefe an Rodenberg, S. 51f.; HF IV, 4, S. 164)

An Julius Rodenberg [Berlin, wohl 24. November 1891]

Frau Jenny Treibel
oder
»Wo sich Herz zum Herzen findt«
von
Th. F.

Frau u. Tochter, mit denen ich Sonntag abend noch die Titelfrage durchsprach, finden »Frau Kommerzienrat Treibel« besser und sind für Fortfall des zweiten Titels. Ich weiß nicht, ob sie recht haben.

(Briefe an Rodenberg, S. 52)

An Julius Rodenberg [Berlin, 25. November 1891]

Besten Dank. Also »Frau Jenny Treibel« und Doppeltitel; ich halte es auch für das Bessere. Auch Frau u. Tochter haben sich bekehrt; Mann und Vater haben leicht unrecht, aber wenn ein Dritter kommt und Partei nimmt, dann ist das was andres; sie sind jetzt ganz *Ihrer* (bez. meiner) Meinung. (Briefe an Rodenberg, S. 52; HF IV, 4, S. 165)

An Wilhelm Hertz Berlin, 30. Dezember 1891

Herzlichsten Dank für Ihre freundlichen Zeilen; all das Schmeichelhafte, was darin liegt, empfinde ich stark und die Mittheilung, daß ich das Buch, noch eh es geschrieben war, meinem Sohne versprochen habe, kommt mir einigermaßen schwer an. Ich bin ganz und gar, und werde mich auch schwerlich darin ändern, gegen Geschäftsbeziehungen zwischen Sohn und Vater, habe aber, um nicht zu verletzen, nachgeben müssen. Schließlich muß ich ja auch einräumen, daß diese Frage, so gut wie jede andre, ihre zwei Seiten hat und daß ich die Gefühle meines Sohnes begreife. Und comprendre c'est pardonner bez. capituler.

(Briefe an Wilhelm und Hans Hertz, S. 337; HF IV, 4, S. 171)

An Martha Fontane Berlin, 10. März 1892

Wäre ich 10 oder 15 Jahre jünger, so könnte ich noch ein Seitenstück zu Jenny Treibel schreiben, in dem ich den anspruchsvollen und eingebildeten Durchschnittsphilister unter die Lupe nehmen würde.

(Briefe II, S. 199; HF IV, 4, S. 185)

An Friedrich Fontane Zillerthal, 7. Juli 1892

Es ist mir sehr recht, wenn der Druck jetzt schon beginnt; Fleischel, dem ich mich empfehle, macht wohl die Korrektur, schon des Englischen wegen, das in dem einen Kapitel vorkommt. Das Honorar, welches ich Dir überlasse entweder ganz oder geteilt zu zahlen, bitte ich bei Herrn Sternheim einzuzahlen. Möchte die Firma Freude an dem Buche haben. Mir geht es nicht gut, die Kräfte wollen nicht wiederkommen, im Gegenteil.

(A 6, S. 527)

An Friedrich Fontane Zillerthal, [30. August 1892?]

Daß Du von Jenny Treibel einen so guten Absatz erwartest, freut mich, aber Du bist in diesen Dingen Optimist. Mögest Du recht behalten.

(Familienbriefe, Bd. 2, S. 279)

An Ludwig Pietsch [Berlin, 9. September 1892]

Mein Dankesbrief [nicht erhalten] ist fort, ich muß aber noch diese Karte folgen lassen, weil ich, nach erneutem Lesen, finde, daß ich die Kunstform des Ganzen [Pietschs Artikel »Die armen Hamburger«, in dem er von Fontanes »jüngstem Meisterwerk, dem unschätzbaren Berliner Roman ›Frau Jenny Treibel‹« mit höchstem Lob berichtet] nicht genug hervorgehoben habe. Composition und Abrundung sind so überaus geglückt; das Wasser der Stolz der Hamburger und nun das Wasser ihre Niederlage. So glücklich der Gedanke, so famos ist er ausgeführt.

(Briefe an Pietsch, S. 77)

An Friedrich Fontane Berlin, 22. Oktober 1892

Anbei die Begleitbriefe für die Exemplare für:

1. Dr. O. Brahm – 2. Dr. Jul. Rodenberg – 3. Elwin Paetel.

Es wäre mir lieb, wenn die beiden letzteren gedruckte [gebundene] Exemplare erhielten. Schlenther erhält sein Exemplar durch Mete, die heute einen Besuch dort machen will, Lessings und Frau Stephany durch Mama.

An Pietsch, der mir eben einfällt, werde ich auch ein paar Zeilen schreiben und Dir gelegentlich persönlich einhändigen.

(Dichter über ihre Dichtungen II, S. 432)

An Otto Brahm Berlin, 22. Oktober 1892

Anbei mit schönsten Grüßen »Jenny Treibel«, der Sie vielleicht – über meine Säumigkeit im Lesen und Kritisieren hinwegsehend – ein paar freundliche Worte widmen. Ich spreche diesen Wunsch auch mehr als Verleger – wie als Buchvater aus. (HF IV, 4, S. 225)

An Julius Rodenberg Berlin, 22. Oktober 1892

Gestatten Sie mir, Ihnen in Beifolgendem »Jenny Treibel« in Buchform zu überreichen, unter nochmaligem Ausdruck meines Dankes für die voraufgehende Veröffentlichung in Ihrer »Rundschau«. Man wird durch nichts dem guten Publikum besser empfohlen.

(Briefe an Rodenberg, S. 56; HF IV, 4, S. 226)

An Paul Schlenther Berlin, 26. November 1892

Herzlichen Dank! [für Schlenthers Rezension des Romans in der Sonntagsbeilage der »Vossischen Zeitung« vom 27. November] Hinein mischt sich freilich etwas von Verlegenheit, weil ich Ihnen mit meinem Immer wieder da sein etwas scharf zusetze. Dabei kann ich heute, wie doch noch vor wenig Wochen, nicht einmal Feierabend versprechen. Denn ich habe mich, kaum wieder Mensch, an die Beschreibung meiner Kinderjahre gemacht ... (HF IV, 4, S. 236)

An Friedrich Feldheim Berlin, 18. Dezember 1892

Ganz gegen mein Erwarten hat mein Sohn (bei dem das Buch erschien) doch noch gebundene Exemplare aus Leipzig erhalten, was mich in die angenehme Lage bringt, Ihnen, hochgeehrter Herr Commerzienrath, mein Neustes doch noch vor dem Fest, das Sie bei bester Gesundheit verbringen, zu überreichen. (Andree, S. 42)

An Paul von Szczepanski Berlin, 20. Februar 1893

Empfangen Sie meinen verbindlichsten Dank für die Februar-Nummer der Monatshefte, wie zugleich für die freundlichen Worte [im genannten Heft von »Velhagen & Klasings Monats Hefte«], die Sie für meine »Jenny

Treibel« gehabt haben. Der Zurückdatirung des Leutnants Vogelsang kann ich nur zustimmen; es ist ganz recht, die Figur gehört der vorigen Generation an, was man übrigens, wenn auch nicht in gleichem Maße, von vieleicht allen Gestalten des Buches sagen kann. (HF IV, 4, S. 248)

An Georg Friedlaender Berlin, 27. Februar 1893

Daß Jenny Treibel zwei so verschiedene Verehrer gefunden hat, freut mich; die Zustimmung von Graf R[oedern] ist mir schmeichelhaft, die von Richter erheitert mich, wie alles, was von ihm kommt. Und daß er sich in dem Commerzienrath wieder erkannt haben will! Meine Tochter sagt sehr richtig, Treibel ist gebildeter und geistvoller, aber Richter ist viel origineller. Und so schließt er schließlich doch noch siegreich ab.

(Briefe an Friedlaender, S. 211)

An Paul Schlenther Berlin, 11. November 1895

Gestern schon ... wolte ich still und einsam und glücklich ... diesen Brief schreiben [den Dankbrief für Schlenthers »Effi Briest«-Rezension] ...

Meine Damen werden Ihnen schon alles gesagt haben, und wenn es richtig ist, was mir Corinna erzählt, »daß Sie mit Ihrer Arbeit nicht ganz zufrieden seien, so ist das eine Selbstkasteiung ... (HF IV, 4, S. 502)

An Martha Fontane Karlsbad, 4. Juni 1896

Ich will doch ... Dir auch noch eine Karte stiften. Schl. scheint doch voller Huldigung gegen Corinna gewesen zu sein, was ich schon allein begrüße. (HF IV, 4, S. 254)

An Friedrich Fontane Karlsbad, 9. Juni 1896

Und nun Dein ... Schriftstück mit den zwei frohen Botschaften! Das Geld und der Erfolg an sich sind mir gleich angenehm. Möchten die »Poggenpuhls« so gute Tage haben wie »Jenny Treibel«. (HF IV, 4, S. 564)

An Paul Schlenther Berlin, 7. November 1897

Gestern Abend waren Brahm und Hauptmann bei uns und wenn sie sich eben so gut amüsiert haben wie ich mich, so kann ich zufrieden sein. Hauptmann um 8 von uns erwartet, kam schon, wahrscheinlich aus Rücksicht auf den Urgreis, um 6½, was nun eine merkwürdige Situation heraufbeschwor. Er traf nur Corinna [Martha Fontane] an in Tête à Tête mit einer Gräfin Wachtmeister, was gerade diffizil genug war... Erst eine gute Weile später konnte ich als rettender Engel erscheinen.

(HF IV, 4, S. 673)

Anmerkungen

7 *ein zurückgeschlagener Landauer:* nach dem angeblichen Erfinder, dem Engländer Landow, oder nach der Stadt Landau als erstem Herstellungsort benannter, vierrädriger Luxuswagen mit aufklappbarem Verdeck, meist von zwei Pferden gezogen. – *Adlerstraße:* Ende des 17. Jahrhunderts entstanden, von der Kurstraße abgehend (nicht mehr vorhanden). – *Bologneserhündchen:* (Seiden-)Schoßhund, schlichthaarig und reinweiß, von lebhaftem Naturell. – *»Professor Wilibald Schmidt«:* F. dachte zunächst an den Namen Felgentreu, den er für einen Gelehrten in dem Fragment »Oceane von Parceval« verwandt hatte (HF I, 7, S. 427); bei der endgültigen Namenswahl mag er auch an den bekannten Literarhistoriker Erich Schmidt (1853–1913), mit dem er gut bekannt war, gedacht haben.

8 *Spreegasse:* Sie bildete das Modell der »Sperlingsgasse« in Wilhelm Raabes berühmtem Roman »Chronik der Sperlingsgasse« (1856); 1931 ist die Spreegasse in Sperlingsgasse umbenannt worden. – Auf Ähnlichkeiten im Konstruktionsmuster zwischen Raabes Roman und Fontanes »erzählter Komödie« hat Wruck hingewiesen: »Gedacht ist . . . an die melodramatische Lebensgeschichte, womit Raabe seinen Chronisten Johannes Wachholder ausgestattet hat. Wie hinter Wilibald Schmidt liegt hinter ihm die Jugendliebe zum Nachbarskind, die in eine Familienfreundschaft hinüberwächst, nachdem das Mädchen einen anderen bevorzugt hat. Wie Schmidt hat Wachholder im Mannesalter allein eine mutterlose Tochter großgezogen . . . Eine mütterliche Freundin hat sich ihrer angenommen – auch Jenny Treibel nennt sich gern Corinnas ›mütterliche Freundin‹. In der Gegenwart schließt sich bei Raabe der Zyklus durch die Heirat des Mädchens mit dem Sohn jener mütterlichen, übrigens wohlhabenden Dame. Dies ist bei Fontane das in der Luft liegende Projekt, das durch die Handlung auf die Probe gestellt wird. Nicht einmal die Italienreise des jungen Paares fehlt, nur daß es sich bei Fontane ein wenig anders zusammensetzt als im Projekt vorgesehen. Dafür sind es beide Male Cousin und Cousine, die sich die Hand fürs Leben geben.« (Peter Wruck, »Frau Jenny Treibel«. ›Drum prüfe, wer sich ewig bindet‹. In: Interpretationen. Fontanes Novellen und Romane. Hrsg. von Christian Grawe. Stuttgart 1991, S. 191 f.) – *ramassierte:* gedrungene, untersetzte.

9 *Corinna:* Der Name ist von der altgriechischen Lyrikerin Corinna von Tanagra, um 500 v. Chr., einer Zeitgenossin Pindars, herzuleiten. Bezeichnend ist der – auch bei anderen Namensbildungen des Romans – zu beobachtende Gegensatz zum prosaischen Nachnamen.

– *Philharmonie:* das 1888 von Schwechten umgebaute Konzertlokal Philharmonie in der Bernburger Straße 22/23, im Zweiten Weltkrieg zerstört. – *Rechnungsrat:* Ehrentitel für langgediente Beamte niedrigeren Ranges. – *Heroldskammer:* Wie in anderen Staaten gab es in Preußen ein Heroldsamt, die Behörde für Standes- und Adelssachen; in seiner damaligen Gestalt 1855 errichtet, gehörte es zum königlichen Hausministerium. – *rotem Adlerorden:* Der Rote Adlerorden, 1705 gestiftet, wurde in fünf Klassen verliehen und war ein Orden mittleren Ranges, während der Schwarze Adlerorden (vgl. Anm. zu S. 139) höchst angesehen war. – *des berühmten Namens:* Schwerin, uraltes pommersches Adelsgeschlecht, nach Mecklenburg, der Mark, Polen und Schweden verbreitet. – *posensche Linie:* Der Name Schwerin (Zwarin) ist slawisch, ein zweites »Schwerin« lag im damaligen preußischen Regierungsbezirk Posen, Kreis Birnbaum. – *Colonie:* die französische Kolonie, die Nachfahren der im 17. Jahrhundert aus Frankreich vertriebenen und hier seßhaft gewordenen Hugenotten, der auch F. seiner Herkunft nach angehörte.

10 *Maroquin:* Ziegenleder (benannt nach seiner Herkunft aus Marokko).

11 *Hövell:* »H. v. Hövell, Kgl. Hoflieferant, Chokoladen- und Konfitüren-Fabrik, Berlin W., Unter den Linden 12/13 (Inhaber H. v. Hövell)«, Berliner Adreßbuch 1890. – *Kranzler:* Unter den Linden 25 (Südseite), Ecke Friedrichstraße, altbekanntes und berühmtes Berliner Restaurant und Konditorei. – *Mr. Booth als Hamlet:* Edwin Booth (1833–93), berühmter amerikanischer Schauspieler, war besonders als Shakespeare-Darsteller erfolgreich; 1882 trat er in Berlin im Residenztheater auf, F. erwähnt ihn in einer Rezension einer »Hamlet«-Aufführung vom 9. Febr. 1883 (N XXII/2, S. 209); vgl. auch »Quitt«, 20. Kap. (Qu, S. 138).

12 *Krola:* Vgl. F.s Notiz im Taschenbuch »1879« über die »Inschrift des Krola'schen Siechenhauses«; in der ersten Niederschrift des Romans lautete der Name noch Rubor(w)ski und verschleierte kaum den tatsächlichen Namen eines Freundes des von F. beschriebenen Kommerzienratshauses: »Woworski, der als Opernsänger eine dem ... Hause nahestehende Millionärstochter heiratete und als eifriger »Dinergänger« überall seine mit Virtuosität, aber schon mit »ramponierten Tenor« gesungenen Lieblingslieder, vor allem den Erlkönig, vortrug« (Rosenfeld, S. 35). – *Goldammer:* Name eines Tunne-Gefährten F.s. – *kleine Verhältnisse:* Vgl. dazu F.s Bekenntnis im Brief an seine Frau vom 8. Aug. 1878 zu »bescheidenen Verhältnissen« als Voraussetzung des Glücks, wobei er jedoch das Prädikat »klein« vermeidet (Heiteres Darüberstehen, S. 165).

13 *Geschichte von dem Kamel:* »Es ist leichter, daß ein Kamel durch ein Nadelöhr geht, als daß ein Reicher ins Reich Gottes komme.« (Matth. 19, 24). – *Wedderkopp:* niederdt. Widderkopf; aber auch Name einer oldenburgischen Adelsfamilie. – *die Richtung..., die*

man haben soll: vermutlich Anspielung auf die Antwort, die der Berliner Polizeipräsident Bernhard Frhr. von Richthofen dem Direktor des Lessing-Theaters, Oskar Blumenthal, auf die Frage nach den Gründen des Verbotes von Sudermanns »Sodoms Ende« am 23. Okt. 1890 gab: »De janze Richtung paßt uns nich!« Vgl. auch F.s Gedicht »Unsre ›deutsche Frau‹«: »... ›Sodoms Ende‹ gilt ja für unmoralisch ...« (HF I, 6, S. 370).

14 *Horaz:* Quintus Horacius Flaccus (65–8 v. Chr.), römischer Dichter, in den Gymnasien viel gelesen; vgl. »Meine Kinderjahre«, 16. Kap., F.s Vater über seine Lehrer: »... es hat mich mitunter geniert, wie viel besser ich alles wußte. Natürlich Horaz und die unregelmäßigen Verba ausgenommen.« (HF III, 4, S. 156f.); s. auch »Von Zwanzig bis Dreißig«, »Mein Leipzig lob' ich mir«, 7. Kap., über F.s Versuch, das Abitur nachzuholen: »Ich warf also Horaz und Livius, womit ich mich ... ein halbes Jahr lang gequält hatte, froh an die Wand...« (HF III, 4, S. 291). – *Parzival:* »Parzival«, mittelhochdeutsches Epos von Wolfram von Eschenbach (um 1170 bis nach 1220).

15 *Großinquisitor:* Thomas de Torquemada: 1420–98, Dominikaner, seit 1483 Großinquisitor in Kastilien und Aragonien, von F. als Typus des intoleranten Ketzerrichters wiederholt erwähnt; s. aber auch den erotischen Bezug dieser Anspielung in »Cécile«, 8. Kap.: »›Es ist ein alter Satz, je mehr Don Juan, je mehr Torquemada‹« (Cé, S. 48), und in »Aus den Tagen der Okkupation«, Bd. 2, »Wilhelmshöhe« (HF III, 4, S. 1016). – *Lohengrin ... Tannhäuser ... Lieblingsopern:* von Richard Wagner, vgl. Brief F.s an Karl Zöllner vom 13. Juli 1881: »Von »Aether« ist keine Rede, überall zappeln die niedrigsten Triebe, die commissesten Gemeinheiten, wie sie nur »Götter« leisten können, um mich herum, allerniedrigste Triebe, die *da*durch so widerwärtig wirken, daß man Richard Wagner immer persönlich mitzappeln sieht.« (Briefe IV, S. 78; HF IV, 3, S. 156). – *Bourgeoise:* Dieser F. ganz widerstrebende Typus ist für ihn eine peinliche Stilverwirrung, ein ganz »unapartes« Auseinanderfallen von Sein und Erscheinung, deren Übereinstimmung für ihn den »Menschen«, die »Natur« ausmacht; zahlreiche Briefstellen sprechen davon, so an seine Tochter Martha am 18. April 1884: »... alles Große hat von Jugend auf einen Zauber für mich gehabt, ich unterwerfe mich neidlos. Aber der ›Bourgeois‹ ist nur die Karrikatur davon, er ärgert mich in seiner Kleinstelzigkeit und seinem unausgesetzten Verlangen auf nichts hin bewundert zu werden. Vater Bourgeois hat sich für 1000 Thlr malen lassen und verlangt daß ich das Geschmiere für einen Velasquez halte, Mutter Bourgeoise hat sich eine Spitzenmantille gekauft und behandelt diesen Kauf als ein Ereigniß...« (Briefe II, S. 63; HF IV, 3, S. 314). Wieder an seine Tochter am 25. Aug. 1891: »Das Bourgeoisgefühl ist das zur Zeit bei uns maßgebende, und ich selber, der ich es gräßlich finde, bin bis zu einem gewissen Grade von ihm beherrscht. Die Strömung reißt einen mit fort.«

(Briefe II, S. 197; HF IV, 4, S. 148). Die grundlegenden Eindrücke stehen in »Von Zwanzig bis Dreißig«; da ist Apotheker Wilhelm Rose, bei dem F. 1840 eintrat und der eine Hauptgestalt in »Allerlei Glück« wurde: »Hätte man ihn einen Bourgeois genannt – ich weiß nicht, ob das Wort damals schon im Schwange war –, so hätte er sich einfach entsetzt; er war aber doch einer. Denn der Bourgeois, wie ich ihn auffasse, wurzelt nicht eigentlich oder wenigstens nicht ausschließlich im Geldsack; viele Leute, darunter Geheimräte, Professoren und Geistliche, Leute die gar keinen Geldsack haben, oder einen sehr kleinen, haben trotzdem eine Geldsackgesinnung und sehen sich dadurch in der beneidenswerten oder auch nicht beneidenswerten Lage, mit dem schönsten Bourgeois jederzeit wetteifern zu können. Alle geben sie vor, Ideale zu haben... Diese Geheimbourgeois, diese Bourgeois ohne Arnheim, sind die weitaus schrecklicheren, weil ihr Leben als eine einzige große Lüge verläuft...« (HF III, 4, S. 186f.). Zu den Berliner Verhältnissen vgl. Ostwald, »Kultur- und Sittengeschichte Berlins«, Berlin o. J., S. 222: »Die Berliner Gesellschaft, die durch einen jähen Zustrom unternehmungslustiger, materieller Elemente viel von ihrer preußischen Einfachheit verloren hat... Zwischen dem Tiergarten und dem Landwehrkanal entstand das neue Bankier- und Geheimratsviertel...« Der Bourgeois ist eine das Zeitbild mitprägende Erscheinung. F. hat wie kein anderer Dichter seiner Zeit die Bedeutung dieses Typs erfaßt; die spätere spezielle Wissenschaft (Sombart, Ostwald) zog daraus Nutzen und bezog sich auf ihn.

16 *Distelkamp:* Anklang an Distelmeier, eine Hauptgestalt aus »Allerlei Glück« (HF I, 7, S. 262ff.); s. aber auch den Namen Wonnekamp für den Totengräber in »Unterm Birnbaum«, 11. Kap. (UB, S. 60). – *Rindfleisch:* Im Sommer 1889 las F. »Feldbriefe« von Georg Heinrich Rindfleisch, »demselben Rindfleisch, der als Unterstaatssekretair im Justizministerium verstarb«, wie F. am 25. Juli 1889 an Georg Friedlaender schreibt; am 20. August urteilte er gegenüber Friedlaender: »Ausgezeichnetes Buch, aber allerdings etwas zu viel Rindfleisch. Toujours Rindfleisch...« (Briefe an Friedlaender, S. 109ff.). Bekannt war auch Professor Georg Eduard Rindfleisch, der unter Virchow in Berlin arbeitete. – *Friedeberg:* im Anklang an Friedberg? Heinrich (seit 1888 von) F. (1813–95) war Tunnel-Mitglied, seit 1879 preußischer Justizminister; wiederholt bei F. genannt. – *Blutlaugensalz:* entsteht, wenn man Berlinerblau mit Kalilauge kocht (in der Färberei und Sprengpulverherstellung gebraucht). – *Berlinerblau:* tiefblaue Farbstoffe, werden zumeist aus gelbem Blutlaugensalz und Eisenvitriol hergestellt. – *Als ... die Milliarden ins Land kamen ... Gründeranschauungen:* Nach dem Deutsch-Französischen Krieg 1870/71 wurde Frankreich zu einer Kriegsentschädigung von fünf Milliarden Francs an das Deutsche Reich verpflichtet. Die gewaltige Summe löste in Deutschland eine

hektische wirtschaftliche Aktivität aus (»Gründerzeit«), die in die Wirtschaftskrise von 1873 mündete. – *in der Alten Jakobstraße:* dort wohnte F. vom April 1863 bis Oktober 1872. – *Karl von Gontard:* 1731–91, seit 1765 als Baumeister im Dienst Friedrichs des Großen, schuf u. a. die Kuppeln der Kirchen am Gendarmenmarkt. – *Georg Wenzeslaus von Knobelsdorff:* 1699–1753, Baumeister, Bildnis- und Landschaftsmaler, schuf das Opernhaus unter den Linden, Schloß Sanssouci, legte den Tiergarten in Berlin an.

17 *Villa ... ein Hochparterrebau:* In dem Schlößchen, das sich der Geheime Kommerzienrat Heckmann 1850 bauen ließ, hat man das Haus erkannt, das F. zur Villa Treibel machte; eine Sandsteinfigur (Knabe mit Schlapphut und Knotenstock) aus dem Garten der Villa steht noch heute hinter der Gittertür zum Fabrikgebäude Schlesische Straße 26, das F. einige hundert Meter weiter nach Nordwesten in die Köpenicker Straße verlegt hat (vgl. »Der Tagesspiegel«, Berlin, 14. Febr. 1958); s. auch Rost, S. 125. In der 1950 in Leipzig erschienenen kommentierten Ausgabe der »Werke« F.s weist I. M. Lange auf die Ähnlichkeit des von F. geschilderten Hauses mit der »(heute längst verschwundene[n]) Villa des Fabrikanten Sohtmann in der Alten Jakobstraße, Ecke Hollmannstraße« hin, die 1861 gebaut wurde (a. a. O., Bd. 3, S. 373). – *Mezzanin:* Zwischengeschoß (Entresol). – *Beletage:* Hauptgeschoß. – *Hustersche Wagen:* A. Huster, der Besitzer des »Englischen Hauses«, war ein hochgeschätzter »Traiteur«, der auch eine Stadtküche betrieb.

18 *»Berliner Tageblatt« ... »Ulk« ... Nunnes ... Betrachtungen:* Das »Berliner Tageblatt und Handelsblatt« war 1872 von Rudolf Mosse als linksliberale Tageszeitung gegründet worden. Der »Ulk. Illustriertes Wochenblatt für Humor und Satire« erschien wöchentlich als eine der zahlreichen Beilagen des »Tageblatts«. Nunne, die stehende Figur eines Berliner Gelegenheitsarbeiters (Eckenstehers) aus dem »Ulk«, war eine der beliebtesten Kommentatorfiguren des Blattes, zahlreiche seiner Betrachtungen stammten von Richard Schmidt-Cabanis, »diese[r] große[n] Semmel mit Brille und Perrükke«, wie F. am 14. Juni 1883 an seine Frau schreibt; s. auch seinen Brief an diese vom 10. Juni 1884 (Briefe I, S. 199 und 259; HF IV, 3, S. 325 f.). – *das »Deutsche Tageblatt«:* 1880 von Anhängern Bismarcks gegründete, nationalkonservative Tageszeitung; F. nennt sie am 16. Juni 1884 in einem Brief an seine Frau im Verhältnis zur »Nationalzeitung« »natürlich viel tiefer stehend; forcirter Patriotismus, gesinnungstüchtig aus Spekulation, ordinär im Ausdruck und fast so witzlos wie die Kreuz-Ztng. Dann und wann aber ein gutes Wort.« (Briefe I, S. 266; HF IV, 3, S. 329). – *agent provocateur:* eigentlich Polizeispitzel, der zu politischen Ausschreitungen aufwiegeln soll, hier: politischer Agent. – *Teupitz-Zossen:* im ehemaligen preußischen Regierungsbezirk Potsdam, Kreis Teltow; vgl. »Wanderungen«, ›Spreeland‹, ›Teupitz‹: »Zossen ist der Paß für Teupitz; ›es

führt kein andrer Weg nach Küßnacht hin.‹« (W2, S. 696). – *Paul Singer:* 1844–1911, gründete mit seinem Bruder Heinrich die »Damenmäntelfabrik Gebr. Singer«; war seit 1869 beim Demokratischen Arbeiterverein, später einflußreicher Führer der Sozialdemokratischen Partei, Gründer des »Vorwärts«; 1884 Mitglied des Reichstags, 1886 aus Berlin ausgewiesen, 1890 Parteivorsitzender. – *Couleur:* Farbe, hier: politische Richtung. – *Gustav Buggenhagen:* Restaurateur in der Oranienstraße, also in der Nähe der Treibelschen Villa; seine Gastwirtschaft diente als Versammlungslokal. – *Trappistenkloster:* Der Orden der Trappisten (nach dem Mutterkloster La Trappe) ist durch die Verpflichtung der Mönche zum Schweigen bekannt.

19 *gutta cavat lapidem:* Steter Tropfen höhlt den Stein, nach Ovid, Epistulae ex Ponto, IV, 10, 5. – *Poveretto:* armer Schlucker; vgl. Heyses Brief an F. vom 6. Dez. 1888 (Briefwechsel mit Heyse, S. 186) und F.s Gedicht »Zum 14. November 1856«: »Ich bin ein rechter Poveretto...« (HF I, 6, S. 406) – *Dalldorf:* Irrenanstalt bei Berlin (seit 1877); F. verwendet den Namen wegen seines drastischen Klangs, den auch die Bewohner des Orts empfanden (1905 endlich erkämpfte Umbenennung in Wittenau nach Amtsvorsteher Peter Witte); vgl. Brief F.s an Friedrich Stephany vom 13. April 1887: »Alles Material für Dalldorf.« (Freundesbriefe. Letzte Auslese, Bd. 2, S. 419; HF IV, 3, S. 534). – *früher Moldau und Walachei:* erst 1861 wurden beide Fürstentümer zu Rumänien vereint. – *zwischen dem zur Pionierkaserne gehörigen Pontonhaus und dem Schlesischen Tor:* also nahe vor der Oderbaumbrücke. – *Observanz:* hier = Gattung. – *Fernambuk- und Campecheholz:* brasilianisches Holz (Bruchfläche ziegelrot) und mexikanisches Holz, auch Blauholz genannt; beide Hölzer besitzen hohe Färbekraft.

21 *»Schilderhäuser«:* volkstümliche Bezeichnung für die Rangabzeichen – gewinkelte, schwarz-silberne Streifen – der verabschiedeten Offiziere. – *Torf- und Salzinspektors:* Der Torfinspektor taucht wiederholt (bereits in »Allerlei Glück«) in F.s Romanen auf; vgl. hierzu »Meine Kinderjahre«, 3. Kap., über die zahlreichen Moorpyramiden vor Swinemünde (HF III, 4, S. 31).

22 *Henriquatre:* kurzes Kinnbärtchen, wie es König Heinrich IV. von Frankreich trug. – *Vogelsang:* im Anhang zu F., »Der deutsche Krieg von 1866«, S. 47, ist ein Hauptmann Vogelsang genannt; vor allem der Name eines kath. Sozialpolitikers (Karl Freiherr v. V., 1818–1890), ursprünglich Jurist im preußischen Staatsdienst, einer der Mitbegründer der christlich-sozialen Bewegung. Auch ein Gut der Knyphausens hieß so, wie F. bekannt war. – *großer Name:* Admiral Nelson (1758–1805), der Sieger von Trafalgar.

23 *Ziegenhals:* v. Ziegenberg, Adelsfamilie (v. Butlar-Ziegenberg). – *Bomst:* Name einer Kreisstadt in Posen; vgl. auch v. Unruh-Bomst.

24 *Widerspiele:* dieselbe Bemerkung, das Namensinteresse F.s beleuch-

tend, ausführlicher in »Cécile«, 6. Kap. (Cé, S. 28). – *Wolfgang Robert Griepenkerl:* 1810–68, Dichter, Lehrer der Ästhetik und Kunstgeschichte am Karolinum in Braunschweig und Professor der deutschen Literatur an der dortigen Kadettenanstalt; schrieb Dramen und Novellen. Unter dem 25. Nov. 1849 schrieb F. in einer Korrespondenz für die »Dresdner Zeitung«: »Robert Griepenkerls ›Robespierre‹ wird mehren Orts als der dramatische Messias angekündigt. ... Interessant ist der Name des Dichters.« (HF III, 1, S. 25f.). – *Friedrich Gottlieb Klopstock:* 1724–1803, der Dichter des Versepos »Der Messias«. – *Landesältesten:* Taxator für die Güter der Vereinsmitglieder in den »Landschaften«, Kreditverbände der Grundbesitzer (seit 1770). – *wie der Hirsch nach Wasser schreit:* Vgl. 42. Psalm, 2: »Wie der Hirsch schreit nach frischem Wasser, so schreit meine Seele, Gott, zu dir.« – *Victory:* »Victory« (»Sieg«) war der Name des Linienschiffs, das Nelson bei Trafalgar als Flaggschiff diente und auf dem er fiel; das Schiff ist in Portsmouth konserviert. – *Westminster-Abbey:* die historisch bedeutendste Kirche Londons, Krönungskirche, Nationalheiligtum, mit den Büsten großer Engländer, auch der Nelsons. Oft in »Ein Sommer in London« erwähnt (HF III, 3/I).

25 *moderierten:* gemäßigten. – *Julius Franz:* 1824–87, bekannter Bildhauer (Arbeiten für die königlichen Schlösser in Potsdam). – *Reinhold Begas:* 1831–1911, bedeutender Bildhauer (Schillerstatue auf dem Gendarmenmarkt u.a.). – *Wahlagitation:* Der von F. bereits in England mit Interesse beobachtete Wahlvorgang (vgl. Nürnberger, Der frühe Fontane, S. 190) rückt besonders 1878 und dann wieder in den neunziger Jahren verstärkt in sein Blickfeld, doch überwiegen nun Skepsis und persönliche Zurückhaltung; vgl. F.s Brief an Friedrich Stephany vom 12. Jan. 1893: »Marterwerkzeuge und Wahlurne sind gar keine Gegensätze, abgesehen davon, daß das alte Recht nicht durch Marterwerkzeuge und das moderne Recht nicht durch die Wahlurne bestimmt wird. Die Marterwerkzeuge waren ein Vollzugsmittel, und die Wahlurne ist ein politisches Machtmittel. Ich kann also da nicht mit.« (Freundesbriefe. Zweite Sammlung, Bd. 2, S. 299; HF IV, 4, S. 144f.). Vgl. auch F.s Brief an Hans Hertz vom 20. Febr. 1890: »Und nun breche ich auf, um nach vielen vielen Jahren zum ersten Male wieder einen Stimmzettel in die Urne zu thun; welchen? Ich habe es in meiner Verlegenheit durch Knöpfeabzählen festgestellt; nur der, der nichts weiß, weiß es ganz bestimmt.« (Briefe an Wilhelm und Hans Hertz, S. 324f.; HF IV, 4, S. 28). Ebenso im Brief an Karl Zöllner vom 22. Febr. 1887 (Briefe IV, S. 94; HF IV, 3, S. 518).

26 *Prinzeß Anisettchen ... die ganze Linie des Hauses:* Vgl. die Anm. zu S. 38 (Meiningenschen Herrschaften); s. auch »Schach von Wuthenow«, 4. Kap., über die Konversation der Tante Marguerite: »Ihre Spezialität waren die kleinen Prinzessinnen der königlichen Fami-

lie.« (SW, S. 29). – *auf den Höhen der Menschheit:* Anspielung auf Schiller, »Die Jungfrau von Orleans«, I, 2: »Drum soll der Sänger mit dem König gehen,/Sie beide wohnen auf der Menschheit Höhen!« Mit sarkastischer Bitterkeit hat F. den vielzitierten Vers Schillers in dem Gedicht »Es soll der Dichter mit dem König gehn« (HF I, 6, S. 384) abgehandelt; dazu Helmuth Nürnberger, »Sie kennen ja unsren berühmten Sänger«. Künstler und ihre Welt als Thema Fontanescher Gedichte. In: Fontane-Blätter, Heft 51 (1991), S. 118f.

27 *daß des Landes Brauch sei:* Anspielung auf Goethe, »Faust«, Erster Teil, ›Der Nachbarin Haus‹: »Das ist des Landes nicht der Brauch.«

28 *Burgemeister Tschech:* 1789–1844, nach dem Attentat vom 26. Juli 1844 auf König Friedrich Wilhelm IV. am 14. Dezember enthauptet; vgl. »Leben und Tod des Bürgermeisters Tschech«, hrsg. von seiner Tochter Elisabeth Tschech, 1849. – *Friedrich Wilhelm IV.:* 1795–1861, 1840 König von Preußen. – *des eigentümlichen Liedes:* acht Strophen, beginnend: »War denn je ein Mann so frech/Wie der Bürgermeister Tschech?/Denn er traf fast auf ein Haar/Unser teures Königspaar./Ja, er traf die Landesmutter/Durch den Rock ins Unterfutter...« Der Text ist in mehreren voneinander abweichenden Versionen überliefert. Verfasser ist nach Paul Lindau (»Nur Erinnerungen«, II, 1917, 2. u. 3. Aufl., S. 81) der Kladderadatsch-Mitarbeiter Rudolf Löwenstein; Melodie nach »Kriegers Lust« (Marsch von Gungl); im Refrain (»So'n verfluchter Hochverräter, Königsmörder, Attentäter!/Hätt' uns ja bei einem Haar/Erschossen 's janze Königspaar«) erscheint erstmals das Wort »Attentäter« im deutschen Sprachgebrauch. – *George Herwegh ... mein Lieblingsdichter:* 1817–75, sein revolutionäres schwäbisches Pathos machte ihn zum Lieblingsdichter der Jungen; s. »Von Zwanzig bis Dreißig«, »Mein Leipzig lob' ich mir«, 4. Kap., über F.s Eintritt in den »Herwegh-Club« in Leipzig 1841: »Ich will nicht bestreiten, daß auch das, was Herwegh in Person geschrieben hat, vielfach an Phrase leidet, aber es ist durch eine ganz ungewöhnliche Fülle von Geist und Talent auf eine solche Hochstufe gehoben, daß, für mich wenigstens, die Frage ›Phrase oder nicht‹ daneben verschwindet. ›Noch einen Fluch schlepp' ich herbei‹ – diese, das berühmte Gedicht ›Gegen Rom‹ einleitende Zeile mahnt mich immer an den, der übereifrig Scheite zum Huß-Scheiterhaufen herbeitrug, aber es sind doch Strophen drin, die ich bis diesen Tag mit dem größten Vergnügen, jedenfalls mit einer gewissen Metierbewunderung lese.« (HF III, 4, S. 266). – *»Flüche gegen Rom« ... die Kreuze aus der Erde:* Vgl. ebendort, »In Bethanien«, 1. Kap.: »... uns über Herwegh unterhaltend, der damals in seiner ›Sünden Maienblüte‹ stand. Schultz sprach sehr heftig gegen ihn, wollte nichts wissen von ›Noch einen Fluch schlepp ich herbei‹ und natürlich noch weniger von ›Reißt die Kreuze aus der Erden‹. Er zuckte die Achseln dazu, fand alles redensartlich und beklagte, daß der König einen solchen Phrasenmacher in

Audienz empfangen habe. Dann aber brach er mit einem Male ab, sah mich scharf an und sagte: ›Du darfst mich aber nicht mißverstehen. Trotz allem, was ich da eben gesagt habe, – so was kannst du noch lange nicht.‹« (HF III, 4, S. 523). Es handelt sich um Herweghs Gedichte »Gegen Rom« und »Aufruf«.

29 *Herwegh war sogar bei ihm in Charlottenburg:* Im Herbst 1842 machte Herwegh, um Mitarbeiter für eine geplante Zeitschrift zu gewinnen, eine Reise durch Deutschland. Er wurde überall begeistert aufgenommen und von Friedrich Wilhelm IV. in Audienz empfangen, der ihn mit den Worten anredete: »Ich liebe eine gesinnungsvolle Opposition.« – *»Ich möchte hingehn wie das Abendrot...«:* Vgl. »Von Zwanzig bis Dreißig«, »Mein Leipzig lob' ich mir«, 6. Kap., über die »Berliner Dichterschule«, besonders über Eduard Ferrand: »Der am ehesten Zurückgetretene – Ferrand; er starb sehr früh – war vielleicht am hervorragendsten. Eins seiner schönsten Gedichte wurde Vorbild zu Georg Herweghs berühmt gewordenem: ›Ich möchte hingehn wie das Abendrot‹. Die Anlehnung ist in jedem Punkte unverkennbar. Bei Ferrand heißt es: ›Ich möchte sterben jener Wolke gleich‹, eine Wendung, die sich dann Eingangs jeder neuen Strophe mit einer kleinen Änderung immer wiederholt.« (HF III, 4, S. 285). – *als es galt:* Nach dem Zusammenbruch des badischen Aufstandes, 1849, an dem Herwegh mit einem Freikorps teilgenommen hatte, floh der Dichter nach Paris. – *Alles ist nichtig:* nach Prediger Salomo 1, 2: »Es ist alles ganz eitel.«

30 *»Gold ist nur Chimäre«:* Arie aus der Oper »Robert der Teufel« (1813) von Giacomo Meyerbeer (1791–1864); s. »Von Zwanzig bis Dreißig«, »Der Tunnel über der Spree«, 1. Kap., wo F. aus den Erinnerungen Heinrich Seidels »Von Perlin nach Berlin« (1894) über die Klavierimprovisationen Wilhelm Tauberts (Tunnel-Name: Dittersdorf) zitiert: »Kaum war er damit fertig, so eilte Taubert an das Klavier, präludierte und begann eine entzückende Improvisation über die beiden Themen: ›Gold, ach Gold ist nur Chimäre‹ von Meyerbeer und Rossinis: ›Wünsche ihnen wohl zu ruhen‹ aus dem Barbier von Sevilla. Es war entzückend, wie er die beiden Melodien durcheinanderflocht.« (HF III, 4, S. 324); s. auch »L'Adultera«, 5. Kap., van der Straaten zu Gabler: »Gold ist nur Chimäre. Und Elimar würd' es mir bestätigen, wenn es nicht ein Satz aus einer überwundenen Oper wäre. Ich muß sagen, leider überwunden.« (Ad, S. 35). – *Büchmann:* Gesammelt von Georg Büchmann (1822–94) erschien erstmals 1864 das Zitatenwerk »Geflügelte Worte« (Titel im Anschluß an Homer), das in zahlreichen, immer wieder erweiterten und veränderten Auflagen bis in die Gegenwart fortgesetzt worden ist.

31 *Don Quijote ... dicke Bücher rings um sich:* Zu dem berühmten Roman des Cervantes, »Der sinnreiche Junker Don Quijote von der Mancha« (1606–15) erschienen 1848 die Illustrationen von Grand-

ville, eigentlich Jean Ignace Isidore Gérard (1803–47); doch ist wohl vor allem an Gustave Doré (1832–83) zu denken, dessen Illustrationen zum »Don Quijote« 1863 herauskamen. – *der Not gehorchend:* Mit dem Vers »Der Not gehorchend, nicht dem eignen Trieb« beginnt Schillers Trauerspiel »Die Braut von Messina« (1803). – *Ludwig Löwe:* 1837–86, Industrieller, gründete in Berlin 1869 eine Nähmaschinenfabrik, in der er zum erstenmal in Deutschland amerikanische Werkzeugmaschinen verwendete. Seit 1871 arbeitete er mit dem preußischen Kriegsministerium bei der Waffenfabrikation zusammen, 1876 wurde er ins preußische Abgeordnetenhaus, 1878 in den Reichstag gewählt, in dem er sich der Fortschrittspartei anschloß. Nach seinem Tode wurde die nun von seinem Bruder geleitete Fabrik Zielpunkt einer hysterischen antisemitischen Agitation, als der ehemalige Lehrer Hermann Ahlwardt (1846–1914) in einem Artikel »Judenflinten« (1892) behauptete, daß die dort hergestellten Gewehre mangelhaft seien. Dahinter stecke ein franko-jüdisches Komplott, das Deutschland militärisch lähmen wolle. Ahlwardt wurde zu Gefängnis verurteilt, brauchte die Strafe aber nicht anzutreten, da er mittlerweile in den Reichstag gewählt worden war; s. auch F.s Brief an seine Tochter vom 21. Aug. 1893: »Die Juden können froh sein, daß ein Lump und ein Verrückter, Ahlwardt und Paasch, den Antisemitismus in die Hand genommen haben, die *eigentlichen* antisemitischen Prediger sind sie selbst.« (Briefe II, S. 213; HF IV, 4, S. 279). – *Prä:* Vorrang. – *Kronenorden:* 1861 von König Wilhelm I. zur Erinnerung an seine Krönung in vier Klassen gestiftet; gleichrangig dem Roten Adlerorden (vgl. Anm. zu S. 7). F. erhielt ihn am 18. Jan. 1867 (IV. Klasse), s. das Gedicht »Es soll der Dichter mit dem König gehn« (HF I, 6, S. 384f.); s. auch Anm. zu S. 24. – *Bürgerkrone:* einer der verschiedenen Ehrenkränze bei den Römern; die corona civica war aus Eichenlaub, es erhielt sie, wer einen Bürger in der Schlacht gerettet hatte; hier im übertragenen Sinne gemeint. – *Chablis:* weißer Languedocwein von besonderer Qualität, nach dem gleichnamigen Ort benannt.

32 *Regula-de-tri:* Dreisatz. – *l'appétit vient en mangeant:* Der Appetit kommt mit dem Essen; Zitat aus François Rabelais, »Gargantua und Pantagruel«, 5. Kap. – *Kornblumen, dies Symbol:* Am 11. Juni 1879 schrieb F. an seine Frau: »Heute läuft alles mit ›Kornblumen‹ im Knopfloch herum. Es ist eine lederne Blume, blos blau, ohne Duft, ohne Schönheit, ohne Poesie. So recht wie geschaffen für uns; irgendwo müßte sie noch einen rothen Hosenstreifen haben.« (Briefe I, S. 90). Am 2. Sept. 1895 schrieb er im Ton milder, in der Sache jedoch unverändert an den Sohn Friedrich: »Alle Preußen zieren sich heute in Kornblumen rum –, es gibt keine Blume, die das Preußische so gut ausdrückte, wie diese hübsche Gottesschöpfung von etwas sterilem Charakter.« (Heiteres Darüberstehen, S. 256; HF IV, 4, S. 479). In F.s Angriffen gegen die Kornblume als im Knopfloch

getragenes Loyalitätsabzeichen verbinden sich seine oft geäußerte Abneigung gegen das Unpoetische und Nüchterne märkischen bzw. preußischen Wesens mit seinem Widerspruchsgeist gegen heuchlerische Ergebenheit und leeren Kult – der Persönlichkeit Wilhelms I., dessen Lieblingsblume die Kornblume war und dem die festtägliche Huldigung galt, stand er nach zeitweiligen Trübungen zuletzt wieder voller Sympathie gegenüber. – *Petroleur und Dynamitarde:* Brandstifter (in Anspielung auf die 1871 während des Aufstands der Pariser Kommune gelegten Brände) und Sprengstoffattentäter (1866 war von Nobel das Dynamit erfunden worden); Bezeichnungen für die Kommunarden im Sprachgebrauch der politischen Gegner. Vgl. in diesem Zusammenhang den Emigranten L'Hermite in »Quitt« (Qu, S. 135 f.).

33 *Battle at the Nile:* Schlacht am Nil; auf der Reede von Abukir, östlich von Alexandria, vernichtete Nelson am 1. Aug. 1798 die französische Flotte der ägyptischen Expedition Bonapartes unter Brueys, der auf seinem Flaggschiff »L'Orient« fiel; Epos von Scherenberg, von F. oft erwähnt. Nelson erhielt den Titel Baron Nelson of the Nile.

34 *Beschreibung ... im Walter Scott gelesen:* in Walter Scotts 1827 erschienener Napoleon-Biographie. – *»I should rather think...«:* »Ich dächte eher, ein heroischer Mut... Britische Eichen und britische Herzen.« (Eichenholz diente als Baumaterial der Kriegsschiffe.) – *»Certainly ... No doubt...«:* »Sicherlich ... Kein Zweifel... England erwartet, daß jedermann seine Pflicht tut...« (Anspielung auf den bekannten Tagesbefehl Nelsons vor der Schlacht bei Trafalgar am 31. Oktober 1805; vgl. auch F.s Brief an Julius Rodenberg vom 23. Nov. 1891, S. 217). – *Trafalgar:* Vgl. oben; Nelson überlebte den Sieg über die französisch-spanische Flotte nicht, er wurde tödlich verwundet. – *Blut- und Eisentheorie:* vielzitierte Wendung aus Bismarcks Rede vom 30. Sept. 1862 vor der Budgetkommission des preußischen Abgeordnetenhauses: »Nicht durch Reden und Majoritätsbeschlüsse werden die großen Fragen der Zeit entschieden – das ist der Fehler von 1848 und 1849 gewesen –, sondern durch Eisen und Blut.« – *Blutlaugenhof:* Vgl. Anm. zu S. 14.

35 *Friedrich Ludwig Jahn:* 1778–1852, der »Turnvater«, Begründer der deutschen Turnbewegung. – *»O, no, no...«:* »Oh, nein, nein ... immer rasch und gescheit ... ist ganz auf dem rechten Wege...« – *»Just what I like...«:* »Gerade, was ich liebe...« – *Lette-Verein:* »Verein zur Förderung der Erwerbsfähigkeit des weiblichen Geschlechts«, 1865 von Adolf Wilhelm Lette (1799–1868) in Berlin gegründet; vgl. auch »Effi Briest«, 32. Kap. (EB, S. 266 und Anm.).

36 *»No, ... neither the one nor the other«:* »Nein, ... weder das eine noch das andere.« – *»Not at all...«:* »Ganz und gar nicht, die deutschen Schulen sind immer vorzuziehen.«

37 *»no doubt...«:* kein Zweifel, ich werde sie finden. – *decidedly clever:* entschieden gescheit. – *Panaché:* gemischtes Gefrorenes.

38 *›on our army and navy‹:* ›auf unser Heer und unsere Flotte‹. – *»O, no, no,...«:* »Oh, nein, nein, ..., nicht so ein ekliger alter Kerl ... bitte, sehen Sie ihn an.«

39 *die feudale Pyramide:* der Ständestaat, an dessen Spitze der Adel steht. – *Pic:* Berggipfel, -spitze. – *Gonfaloniere:* Bannerträger, militärischer, aber auch bürgerlicher Rang im mittelalterlichen Italien, ferner vom Papst verliehener Titel an einen Fürsten, der der Kirche seinen Schutz gab. – *»Stuff and nonsense...«:* »Quatsch und Unsinn! Was weiß er von unserer Aristokratie? Ganz gewiß gehört er nicht dazu; – das ist alles.« – *Peer of the Realm:* Mitglied des britischen Oberhauses, Angehöriger des Hochadels. – *Vielliebchen:* Umformung des litauischen Wortes filibas, das die »Pärchen«, zwei Haselnußkerne in einem Gehäuse, bezeichnet. Beim Vielliebchen-Essen teilt man Zwillingsfrüchte oder Doppelkerne miteinander. Beim Wiedersehen begrüßt man sich mit den Worten: »Guten Morgen, Vielliebchen«, und wer dies zuerst tut, darf vom andern ein Geschenk erwarten. Vgl. auch »Irrungen, Wirrungen«, 9. Kap. (IW, S. 54) und »Der Stechlin«, 7. Kap. (DS, S. 89).

40 *»a little pompous«:* »ein bißchen pompös«; s. F.s Brief an Paul Heyse vom 13. Mai 1859 über die politischen Kräfte der »Neuen Ära«: »... alle diese Leute sind steif, unumgänglich, genau das, was die Engländer ›pompous‹ nennen, und an dieser aufgesteiften, sehr oft ins Lächerliche umschlagenden Würde werden sie zugrunde gehn.« (Briefwechsel mit Heyse, S. 65). – *»a little ridiculous«:* »ein bißchen lächerlich«. – *Medisance:* feine Art des Spotts, der Nachrede. – *Marschallsbrücke:* von der Wilhelmstraße, der heutigen Otto-Grotewohl-Straße, über die Spree zur Luisenstraße. – *des hochseligen Königs Majestät, dann mit der Königin Witwe:* Friedrich Wilhelm IV. und Elisabeth von Bayern. – *mit den Meiningenschen Herrschaften:* Erbprinz Bernhard von Sachsen-Meiningen (1851–1926), war seit 1878 mit der Prinzessin Charlotte von Preußen, der ältesten Schwester Kaiser Wilhelms II., vermählt. Der Erbprinz diente als preußischer Offizier, er war 1887 Kommandeur des Kaiser-Franz-Regiments, in dem F. gedient hatte.

41 *Molkenmarktluft:* Am Molkenmarkt, einem der historischen Plätze des alten Berlin, befand sich die Stadtvogtei, das städtische Gefängnis. – *Allasch:* Kümmellikör mit Anis, Fenchel und Koriander, benannt nach dem Dorf A. unweit Riga. – *das eine tun...:* nach Matth. 23, 23. – *kapitales Weib ... formidables Festungsviereck:* Anspielung auf das sog. »Festungsviereck« von Mantua, Peschiera, Verona und Legnagno, das die österreichische Herrschaft in Oberitalien sichern sollte und 1848, 1859 und 1866 eine wichtige Rolle spielte; formidables = furchtbares, grausenerregendes. – *Lady Milford, aber weniger sentimental:* Vgl. F.s Besprechung von Schillers »Kabale und Liebe« in der Aufführung vom 18. März 1879: »Frau Lewinsky spielte auch diese Rolle auf die haltungsvolle und zugleich

edelgeartete Dame hin. Mehr Johanna Norfolk als Lady Milfort. Will sagen, mir fehlte der Maitressen-Stempel. ... Man wandelt nicht ungestraft unter Palmen, und am wenigsten unter denen kurfürstlicher Treibhäuser...« (HF III, 2, S. 404).

42 *bei den Kraczinskis:* polnische Magnatenfamilie; Name eines der Anführer der Barer Konföderation (Michał Krasiński), die sich 1768 gegen den unter russischem Einfluß stehenden letzten polnischen König Stanislaw August Poniatowski erhoben hatte; dieser Familie entstammt auch einer der bedeutendsten romantischen Dichter Polens, Graf Zygmunt Krasiński (1812–1859).

43 *den fortschrittlichen Drachen ... bekämpfen:* Vgl. F.s verbitterten Brief an Lepel vom [30. Okt. 1851]: »Ich habe mich heut der Reaction für monatlich 30 Silberlinge verkauft... Ich debütire mit Ottaven zu Ehren Manteuffels. Inhalt: der Ministerpräsident zertritt den (unvermeidlichen) Drachen der Revolution.« (Briefwechsel mit Lepel, Bd. 1, S. 392; HF IV, 1, S. 194). – *Quitzowtum ... seit dem gleichnamigen Stücke:* Die Quitzows waren ein Adelsgeschlecht aus der westlichen Mark Brandenburg, das seine wirtschaftliche und politische Macht in Brandenburg während der Wirren unter den wittelsbachischen und luxemburgischen Markgrafen festigte und 1414 die Adelsfronde wider den landfremden späteren Kurfürsten Friedrich I. von Hohenzollern anführte. Vgl. »Von Zwanzig bis Dreißig«, »Fritz, Fritz, die Brücke kommt«, 2. Kap.: »Dieser alte von Quitzow stammte recte von der berühmten alten Sippe her, die von dem ›Nürnberger Tand‹ nichts hatte wissen wollen.« (HF III, 4, S. 316). In demselben Werke sagt F. über sein Verhältnis zu den märkischen Junkern: »Die glänzenden Nummern unter ihnen – und ihrer sind nicht wenige – sind eben glänzend, und diese nicht lieben zu wollen, wäre Dummheit; aber auch die nicht glänzenden – und ihrer sind freilich noch mehrere – haben trotz Egoismus und Quitzowtum, oder auch vielleicht um beider willen, einen ganz eigentümlichen Charme, den heraus zu fühlen ich mich glücklich schätze.« (HF III, 4, S. 430). Das Drama »Die Quitzows« (1888) von Ernst von Wildenbruch (1845–1909), das F. nach der Berliner Uraufführung sehr anerkennend besprach (HF III, 2, S. 779ff.) hatte die Erinnerung an eine Problematik wiederaufleben lassen, die an vielen Stellen im Werk F.s anklingt; s. besonders die Aufzeichnungen zu einem »Ländchen Friesack« (HF II, 3, S. 665–798) und Gespräche in den Romanen, zum Beispiel »Irrungen, Wirrungen«, 7. Kap., die Äußerungen von Ostens (IW, S. 39ff.). Die Erwähnung des Dramas gibt einen Hinweis zur Datierung des Romans – vgl. dazu aber auch die Anm. zu S. 149 *(Jubiläumsanstellung).* – *Lützowplatz ... Panke zugeschüttet:* Anspielung auf Bauvorhaben jener Jahre; die Panke, ein kümmerlicher, wenig sauberer Nebenfluß der Spree, gab F. wiederholt Anlaß zu humoristischen Bemerkungen. – *Friedrichstraße sittlich gereinigt:* Vgl. Ostwald, »Kultur- und Sittengeschichte Ber-

lins«, S. 639: »Keine Berliner Straße dient so der Neugier, dem Laster und dem Bummel wie die Friedrichstraße ... am meisten abends. So nach zehn Uhr.«

44 *Scirocco:* heißer Südwind im Mittelmeerraum. – *Samum:* Glutwind in Südasien und Afrika. – *Grabillon*: wohl in Anlehnung an Crébillon d. J. (1707–77) gebildet, den bekannten Verfasser erotischer Romane. – *Grußgeschichte:* ... – gewisse Dinge darf man nicht beim Namen nennen: Gemeint sind wohl die Sympathien der Kaiserin Augusta für den Katholizismus und ihre Rivalitäten mit Bismarck. Günther Voigt hat in einer Mitteilung (»Die wiederholte Bezugnahme auf Schillers ›Wilhelm Tell‹ in Fontanes ›Frau Jenny Treibel‹ und die Bedeutung bzw. Funktion dieser Zitate oder Anspielungen ... « in: Fontane-Blätter, Bd. 3, Heft 3, S. 236f.) F.s Anspielung durch den Hinweis auf den Schluß des 25. Kapitels der »Gedanken und Erinnerungen‹ deutlicher zu erklären vermocht: »Die Kaiserin Augusta«, schreibt Bismarck in seiner Autobiographie, »ließ mich ihre Ungnade andauernd fühlen, und ihre unmittelbaren Untergebenen, die höchsten Beamten des Hofes, gingen in ihrem Mangel an Formen soweit, daß ich zu schriftlichen Beschwerden bei Sr. Majestät selbst veranlaßt wurde.« – *der bekannten Hydra:* Die Hydra als Inbegriff eines gefährlichen Feindes war eine geläufige Zeitungsphrase, etwa »die Hydra der Revolution«; s. auch S. 101. – *dem altenfritzischen »Écrasez l'infâme«:* »Vernichtet den abscheulichen (Aberglauben)«, hatte Friedrich II. der Große in einem Brief an Voltaire vom 18. Mai 1759 über die Katholische Kirche geschrieben; antiklerikale Parole der französischen Aufklärung, im Kulturkampf der siebziger Jahre in Preußen wieder verwendet. – *»Meine Ruh ist hin...«:* aus Goethe, »Faust«, Erster Teil, ›Gretchens Stube‹; Worte Gretchens.

45 *»Der Erlkönig«:* Goethes Ballade wurde von Schubert und Loewe vertont. – *»Herr Heinrich saß am Vogelherd«:* Ballade von Johann Nepomuk Vogl (1802–66), von Carl Loewe komponiert. – *»Die Glocken von Speyer«:* Ballade von Maximilian Freiherr von Oer (1806–46), von Carl Loewe vertont. – *Ex ungue Leonem*: nach der Klaue den Löwen malen (aus einem Glied die ganze Gestalt erschließen); von Phidias (nach Lukian) oder Alcaeus (nach Plutarch). – *Karl Löwe:* Carl Loewe (1796–1869), der bekannte Balladen-Komponist, der die drei obengenannten Balladen vertont hat (übrigens auch F.s »Archibald Douglas« und »Thomas der Reimer«). – *Ludwig komponiert nicht:* Vgl. S. 29 und Anm. (Ludwig Loewe). – *»I can't see...«:* »Ich kann nicht verstehen, was es bedeutet; Musik ist Unsinn.«

46 *»No, no, there's no help for him..., no finch, no trussel.«:* »Nein, nein, da ist ihm nicht zu helfen..., kein Fink, keine Drossel.« (So will F. offenbar sagen; allerdings heißt »Drossel« englisch »thrush«, »trussel« gibt es nicht.) – *Felgentreus:* Vgl. Anm. zu S. 5 *(»Professor Willibald Schmidt«)*, hier hat nun der Name Eingang gefunden.

Der wirkliche Name von Helene Treibels heiratslustigen Freundinnen soll Felgentreff gelautet haben (Rosenfeld, S. 35). – *Ministerialdirektor Stoeckenius:* Namensbildung wohl nach Reinhold Stoeckhardt (1831–1901), Geh. Oberregierungsrat und Vortragender Rat im Ministerium für Öffentliche Arbeiten, den F. 1885 im Riesengebirge kennengelernt hatte (s. Briefe IV, S. 433, Register).

47 *»Bächlein, laß dein Rauschen sein« ... »Ich schnitt' es gern in alle Rinden ein«:* Lieder aus dem von Franz Schubert vertonten Zyklus »Die schöne Müllerin« (1820) von Wilhelm Müller (1794–1827). – *ein Duett aus »Figaros Hochzeit«:* Es ist offenbar das Briefduett des 3. Aktes gemeint (»Wenn die sanften Abendwinde...«). – *seit den Tagen der Milanollos:* Die Schwestern Teresa (1827–1904) und Maria (1832–48), Töchter des Malers Joseph Milanollo, erwiesen sich bereits im Kindesalter als überragende Violinvirtuosinnen; sie bereisten 1842–43 auch Deutschland; vgl. Adalbert Stifters Erzählung »Zwei Schwestern« in den »Studien«. – *peremptorisch:* endgültig.

48 *Glück, von deinen tausend Losen ...:* Vgl. zu den Mörikeanklängen und Selbstzitaten des Gedichts auch die Anm. zu S. 808 in dem Band »Gedichte« (HF I, 6, S. 1224).

49 *»Wonderfully good...«:* »Wunderbar. Oh, diese Deutschen, sie können alles ... sogar so eine alte Dame.«

50 *Trarbacher:* bekannter Moselwein. – *platzartige Verbreiterung ... Köpnicker Straße:* vor der Einmündung in die Inselstraße, die die Wallstraße kreuzt. – *Inselbrücke:* zwischen dem Märkischen Ufer (damals Neu-Kölln am Wasser) und der dort endenden Friedrichsgracht.

51 *Fischerbrücke:* jetzt »An der Fischerbrücke«, zwischen Friedrichsgracht und Mühlendamm. – *Parochialkirchturm:* der von F. oft genannten Parochialkirche in der Klosterstraße, vgl. »Vor dem Sturm«, »Heiligabend« (VS, S. 7 und Anm.) und »L'Adultera«, 15. Kap.: »Un sie war auch bloß von Neu-Cölln ans Wasser, un die Singuhr immer jrade gegenüber.« (Ad, S. 95); »die Singuhr« war die berlinische Bezeichnung für das Glockenspiel im Turm der Parochialkirche; s. auch »Mathilde Möhring«, 10. Kap. (MM, S. 55 f.).

52 *»Üb immer Treu und Redlichkeit»:* Der Liederbesatz des Glockenspiels der Parochialkirche wechselte; der Glockenist brachte Choräle und Lieder auch im Handspiel zu Gehör. Zum Repertoire der Parochialkirche gehörte das von F. hier genannte Lied seinerzeit nicht, doch war es sehr populär durch das Glockenspiel der Potsdamer Garnisonskirche. Die Verse aus Höltys Gedicht »Der alte Landmann an seinen Sohn« und die Melodie der Arie des Papageno »Ein Mädchen oder Weibchen« aus Mozarts »Zauberflöte« sind zuerst in Freimaurerkreisen verbunden worden. – *berühmte Stelle von dem Kanadier:* Anspielung auf das Gedicht »Der Wilde« (Riga 1801) von Johann Gottfried Seume (1763–1810), das beginnt: »Ein Kana-

dier, der noch Europens/Übertünchte Höflichkeit nicht kannte...«; vgl. auch »Cécile«, 25. Kap. (Cé, S. 166).

54 *aparte Person:* »Apart«, ein Begriff, in dem Interessantes, Feines, Besonderes und Reizvolles zusammengeschlossen sind, ist F.s ästhetisches Ideal; vgl. »Meine Kinderjahre«, 11. Kap.: »Ich freute mich ganz ungeheuer darauf. Einmal weil es was Apartes war...« (HF III, 4, S. 106); s. auch F.s Brief an Heinrich Jacobi vom 21. Juni 1889: »... unserein, der mit seinem Krimstecher auszieht, um nach Apartem zu suchen...« (Freundesbriefe. Zweite Sammlung, Bd. 2, S. 199). – *Ruppiner Bilderbogen:* Vgl. »Meine Kinderjahre«, 12. Kap., über die »Gustav Kühnschen Bilderbogen« (HF III, 4, S. 109) und »Wanderungen«, »Die Grafschaft Ruppin«, »Gustav Kühn«: »... der Gustav Kühnsche Bilderbogen aber ist der Herrnhutsche Missionar der überallhin vordringt...« (W 1, S. 134). – *Corinne au Capitole:* Anspielung auf »Corinne ou l'Italie«, einen 1807 von Madame de Staël veröffentlichten Roman, dessen Titel die Wahl des Namens Corinna möglicherweise ebenfalls demnach nahegelegt hat. Die Szene »Auf dem Kapitol« hat A. Baumgartner, Geschichte der Weltliteratur, Bd. V, S. 555 (Freiburg 1905) so geschildert: »Nachdem sie ihm in Rom alle vier Fakultäten erklärt und die ganze Welt in ihr Liebesgeflüster gewunden, stirbt sie...« (Der Roman ist in Erinnerung an Madame de Staëls Italienreise mit August Wilhelm von Schlegel geschrieben.)

55 *Bonwitt und Litauer:* »I. Maj. d. Kais. u. IKKHoh der Frau Kronprinzessin d. Dt. Reiches u. v. Preuß. u. IKH der Prinzessin Karl v. Preuß. Damen-Konfektion Berlin W, Behrenstr. 26a« (Adreßbuch 1884); vgl. dazu F.s Theaterkritik in der »Vossischen Zeitung« vom 23. Nov. 1886 (über Freytags »Graf Waldemar«): »Schiller und Goethe treten mehr und mehr zurück; Bonwitt und Litauer mehr und mehr hervor.« (HF III, 2, S. 704). – *Gilka:* ein nach dem Hersteller benannter Schnaps (Getreidekümmel) aus der gleichnamigen Berliner Spirituosenfabrik. – *Guido von Madai:* 1810–92, seit dem 12. August 1872 Polizeipräsident von Berlin, wo ihn seine »Madai-Tempel«, Rotunden für Männer, in aller Mund brachten. – *Die Teltower:* Rüben. – *Wruken:* (poln.) Kohlrüben. – *Raules Hof:* nach Benjamin Raule (1634–1708) benannter Durchgang; das Wohnhaus dieses bekannten Reeders, das »Ballhaus« (Raules Hof Nr. 1), wurde ihm vom Großen Kurfürsten für die Gestellung von bemannten Schiffen im Schwedenkrieg 1679 zugeeignet (1935 abgebrochen für den Erweiterungsbau der Reichsbank).

56 *Moderateurlampe:* flaschenförmige, gut regulierbare Öllampe. – *Hannibal Kuh:* Der Vorname soll lehrerhaft antikisch wirken, bei dem Nachnamen ist an den Schriftsteller und Literarhistoriker Emil Kuh (1828–76) zu denken, zu dem sich F. am 24. April 1894 in einem Brief an Moritz Necker über das Wiener Feuilleton äußert (Freundesbriefe. Letzte Auslese, Bd. 2, S. 524ff.; HF IV, 4,

S. 344ff.). – *Immanuel:* wohl nach dem Vornamen Kants. – *Etienne:* Name einer Gestalt in Schillers »Jungfrau von Orleans«, doch wäre auch an Charles Guillaume Etienne (1778–1845), den Textdichter der Oper »Joconde« (1814), zu denken, aus deren Romanze F. wiederholt das »On revient toujours/A ses premiers amours« zitiert.

57 *»Die sieben Waisen Griechenlands«:* Diese »Sieben«-Gruppe tritt immer wieder bei F. auf: »Die Sieben vor Theben« in »Allerlei Glück« (HF I, 7, S. 653), »Die Sieben (Professoren) aus Göttingen« in »Christian Friedrich Scherenberg«, 11. Kap. (HF III, 1, S. 642), »Die sieben Weisen aus dem Hippelschen Keller« in »Von Zwanzig bis Dreißig«, »Berlin 1840«, 2. Kap. (HF III, 4, S. 209); die wirklichen »Sieben Weisen Griechenlands« (Kleobulus, Periander, Pittakos, Bias, Thales, Chilon, Solon) bilden eine Gruppe von Politikern und Philosophen, die von 620–548 v. Chr. lebten; man schrieb ihnen Sinnsprüche zu, die als Lebensweisheiten verbreitet waren. – *Gottfried-Keller-Schwärmer:* Man beachte die immer wieder vorgenommene Charakterisierung von Personen durch ihre besondere Neigung bzw. ihr Spezialgebiet. – *»Das Fähnlein der sieben Aufrechten«:* Novelle (1861) von Gottfried Keller. – *den höchsten Standpunkt, den der Selbstironie:* ihn gewinnen im zunehmenden Maße die Gestalten, aus denen F. spricht oder mit denen er sich identifiziert, bis hin zu Dubslav im »Stechlin«, in dem sich diese Haltung geradezu verkörpert.

58 *Schmidtsche Wanduhr, noch ein Erbstück:* Vgl. »Meine Kinderjahre«, 5. Kap., über das Wohnzimmer des Vaters in Swinemünde und die alte »Gehäuse-Wanduhr«: »Diese Wanduhr ist jetzt in meinem Besitz. Mein Großvater und mein Vater sind bei ihrem Schlage gestorben und ich will dasselbe tun.« (HF III, 4, S. 49). – *»die Douglas waren immer treu«:* Selbstzitat F.s aus »Der Aufstand in Northumberland«, »2. Percys Tod« (HF I, 6, S. 60). F.s Gedicht liegt eine der alten englischen Volksballaden zugrunde, die er bei Percy gefunden hat. – *Eduard von Hartmann:* 1842–1906, Philosoph in der Nachfolge Schopenhauers, vgl. F.s Brief vom 21. Aug. 1887 an Emilie Zöllner: ». . . das E. v. Hartmannsche Buch werde ich mir . . . schicken lassen, denn man liest dergleichen nirgends besser als in den Abendstunden (und die langen Abende fangen schon an) einer Sommerfrische. Zudem ist mir E. v. Hartmann ein überaus sympathischer Schriftsteller, mit dem ich mich bisher – ich kenne freilich nur Aufsätze von ihm – immer in Übereinstimmung wußte.« (Briefe IV, S. 96; HF IV, 3, S. 558). Vgl. auch Aufzeichnungen zur Literatur, S. 285.

59 *in der »Griechischen«:* in der »Griechischen Gesellschaft«. – *Schwupper:* mitteldt. Versehen, Fehler. – *Phrynichos . . . Tragiker:* athenischer Dichter, gewann um 511 v. Chr. seinen ersten dramatischen Sieg, starb um 470 in hohem Alter in Sizilien. – *Phrynichos . . . Lustspieldichter:* aus Athen, Zeitgenosse des Aristophanes;

405 v. Chr. wurden seine »Musen« aufgeführt. – *Lustre:* Glanz. – *beim ersten König:* Friedrich I. (1657–1713), 1701 König in Preußen. – *Hans Albrecht Graf von Barfus:* 1635–1704, brandenburgischer Generalfeldmarschall; s. das ihm gewidmete Kapitel in »Wanderungen«, »Oderland«, »Predikow«; dort erzählt F. auch die Episode, die sich bei der Belagerung von Ofen 1686 abgespielt haben soll und die ihm aus einer Darstellung von Franz Wilhelm v. Barfus-Falkenberg bekannt war (s. Jutta Fürstenau, »Fontane und die märkische Heimat«, Berlin 1941, S. 199): »Einstmals beklagte sich der Graf Christoph Dohna über die Feigheit eines Offiziers, der ihn während des Gefechts kläglich im Stich gelassen habe. Barfus trat an Dohna heran und sagte: ›Hören Sie, Graf, man muß Mitleid mit seinem Nächsten haben und ihm nicht alles Üble antun, was man ihm mit Gerechtigkeit antuen könnte. *Es gibt schlechte Viertelstunden im Leben.* Vielleicht wird dieser Offizier ein andermal sich besser zeigen. Ich werde mit ihm allein reden.‹ Barfus tat es, und wenige Tage später fiel der Offizier an der Spitze einer Angriffskolonne.« (W 1, S. 950).

60 *während der Belagerung von Bonn:* 1689 in den Réunionskriegen. – *Guy de Maupassant:* 1850–93, naturalistischer französischer Schriftsteller, Meister der Novelle; s. den Entwurf eines Briefes F.s von Ende Februar 1891 an Hermann Pantenius (Freundesbriefe. Letzte Auslese, Bd. 2, S. 486; HF IV, 4, S. 105) und den Brief an Ernst Heilborn vom 15. Nov. 1896: ». . . ganz Genie, ganz Nummer eins« (HF IV, 4, S. 610). – *nomen et omen:* Name und Vorbedeutung. – *dem Bilde zu Sais:* Sais, Residenz der alten Könige in Unterägypten, uralter Sitz der Priesterweisheit; einer späteren griechischen Legende zufolge wurde dort ein verschleiertes Bild verehrt; gewiß kannte F. Schillers Gedicht »Das verschleierte Bild zu Sais« (1795), das darstellt, wie die unerlaubte Aufdeckung des Schleiers zwar zur Anschauung der »Wahrheit« führt, aber tödlich wirkt.

61 *kategorischen Imperativ:* Immanuel Kants moralischer Lehrsatz; vgl. dazu auch F.s Besprechung von Eduard von Bauernfelds Lustspiel »Der kategorische Imperativ«: »›Wir sind nicht da um Glückes oder Vergnügens willen, sondern um unsere Pflicht zu tun‹, so etwa lautete der Weisheitssatz des großen Königsberger Philosophen, des Urvaters des kategorischen Imperativs. . .« (N XXII/1, S. 132). – *den alten Weber:* Wahrscheinlich denkt F. an den Altphilologen Ernst Christian Wilhelm Weber (1796–1865), Gymnasialprofessor in Weimar. – *aigrieren:* erbittern. – *Pontacnasen:* vom Weingenuß gerötet; der Pontac ist ein dunkler französischer Rotwein. – *»Actusse«:* actus scholasticus = Schulfeier; gemeint sind die Festschriften, die zu diesen herausgegeben wurden.

62 *Rodegast:* Samuel Rodigast (1649–1708) war 1698–1708 Rektor des Gymnasiums zum Grauen Kloster (das F.s Vater besuchte) in Berlin (dichtete 1675 für seinen schwer erkrankten Freund, Rektor Gasto-

rius, das Lied »Was Gott tut...«). – *Rosentaler:* Tor im Norden Berlins, Kreuzung Rosenthaler/Lothringer Straße. – *Hortikulturliche:* Gartenbauliche. – *Joseph von Arimathia:* setzte den Leichnam Jesu in seinem Garten bei (Markus 15, 42–47). – *Bona fide:* in gutem Glauben. – *mala fides:* der schlechte Glaube, der Zweifel.

63 *»Und wenn ihr euch nur selbst vertraut...«:* Zitat aus Goethe, »Faust«, Erster Teil, ›Studierzimmer‹ (Schülerszene). – *Hammerstein:* Name nach der bekannten preußischen Familie von Hammerstein; s. auch F.s Briefe an Friedlaender vom 15. Sept. 1895 und 13. März 1896 (Briefe an Friedlaender, S. 287 u. ö.). – *Spichern:* eine der ersten Schlachten (6. Aug. 1870) des Krieges 1870–71, Sieg der preußischen Truppen beim Sturm auf die Spicherer Höhen, vgl. »Der Krieg gegen Frankreich 1870–71«, Bd. 1, S. 212ff. – *Mr. Punch:* vielbelachte komische Figur mit mächtigem Bukel und großer Nase im Londoner satirischen Wochenblatt gleichen Namens, das diese Gestalt (die ursprünglich aus dem englischen Puppenspiel stammt) als Titelbild führt; F. aus seiner Kenntnis des englischen Zeitungswesens gut bekannt. – *Kladderadatsch:* Die politisch-satirische Wochenschrift »Kladderadatsch« war 1848 von David Kalisch (1820–72), Rudolf Löwenstein (1819–91) und dem Verlagsbuchhändler Albert Hofmann, in zunächst linksliberalem Geiste, in Berlin begründet worden. Das weit über die Grenzen Deutschlands hinaus verbreitete Blatt unterstützte später die Politik Bismarcks. Zu den Mitarbeitern gehörten auch Adolf Glassbrenner und Georg Herwegh. – *Attinghausen ... sagte:* in Schillers »Wilhelm Tell« (IV, 2).

64 *Heinrich Schliemann:* 1822–90, ging in Lübeck und Neustrelitz zur Schule, war Kaufmannslehrling in Fürstenberg, später berühmter Altertumsforscher. – *Mykenä:* 1876 begann Schliemann mit Ausgrabungen bei der »Schatzkammer des Atreus«: »Ich fing das große Werk am 7. August 1876 mit 63 Arbeitern an...« Im Dezember 1876 kabelte er an den König von Griechenland: »Mit außergewöhnlicher Freude melde ich Eurer Majestät, daß ich die Gräber entdeckt habe, welche die Tradition als Agamemnons, der Kassandra, Eurymedons und ihrer Kameraden bezeichnet, getötet während der Mahlzeit durch Klytemnestra und ihren Liebhaber Ägisthos.« – *Priamus:* König von Troja um 1190 v. Chr. – *Agamemnon:* König von Mykene, führte die Griechen im Trojanischen Krieg. – *aegisthschen:* Ägisthos, der Liebhaber von Agamemnons Gattin Klytemnestra, ermordete diesen mit ihrer Beihilfe; vgl. auch »Unwiederbringlich«, 26. Kap. (Un, S. 196). – *hic Rhodus, hic salta:* hier ist Rhodos, hier springe (in Äsops Fabeln 203, Der Prahler). – *Georgia-Augusta:* Universität Göttingen, gegr. 1733, erreichte bald die erste Stelle unter den deutschen Universitäten. – *Klippschule:* norddt. kleine Schule, eine »Winkelschule«, s. »Meine Kinderjahre«, 2. Kap.: »Um eben diese Zeit kam ich in die Klippschule...« (HF III, 4, S. 23); vgl. »Vor dem Sturm«, »Dr. Faulstich« (VS, S. 205). – *Renonce:* widrige

Person, Ärgernis. – *Teutoburger Wald:* Geläufige Bezeichnung für den Schauplatz der Schlacht, in der Hermann der Cherusker 9 n. Chr. ein römisches Heer unter dem Feldherrn Varus entscheidend besiegte. – *ist doch mitunter störend:* Vgl. F.s Klage über das Fehlen »jeder Spur von Kavalierschaft im deutschen Volksgemüt« nach seiner Rückkehr aus England. – *Max Piccolomini:* »Ich stell es ... unter allen Schillerschen dramatischen Arbeiten am höchsten«, schrieb F. am 27. Mai 1878 in der »Vossischen Zeitung« über »Die Piccolomini» (HF III, 2, S. 350). – *der »Sitten Freundlichkeit«:* aus »Wallensteins Tod« (IV, 10).

63 *Die Goldmasken:* goldene Masken und Brustplatten fand Schliemann in den Gräbern; sie überlieferten die Gesichtszüge der Toten. – *Orest:* Agamemnons Sohn, rächte den Vater an der Mutter und ihrem Liebhaber. – *Iphigenie:* Schwester des vorigen, führte ihn wieder in die Heimat zurück. – *Atreus:* Vater des Agamemnon. – *Strelitz ... Fürstenberg:* Vgl. Anm. zu S. 62. – *Rudolf Virchow:* 1821–1902, berühmter Mediziner und Bismarckgegner; ein Freund Schliemanns, unterstützte ihn in seinen Bemühungen, wissenschaftlich anerkannt zu werden. – *lupus in fabula:* der Wolf in der Fabel, etwa: »wenn man den Wolf nennt, kommt er gerennt« (Terenz, »Adelphi«, IV, 1, 21).

66 *Trompetertisch:* hier soviel wie: Nebentisch, sprichwörtlich nach dem Musikertisch im Kasino, der von der Offizierstafel gesondert war. – *Woltersdorfer Schleuse:* beliebter Ausflugsort im Osten von Berlin, nahe Erkner, um 1550 erbaut; vgl. F.s Brief an seine Frau vom 10. Juli 1887 aus Seebad Rüdersdorf: »Eben komme ich von einem reizenden Spaziergange nach der Woltersdorfer-Schleuse zurück...« (Briefe I, S. 324; HF IV, 3, S. 548).

67 *dentatus et undulatus:* gezähnt und gewellt. – *Kongestionen:* Blutandrang (nach dem Kopf).

68 *Pontacapfelsinen:* Blutorangen. – *Borsdorfer mit einer Pocke*: Apfelsorte von guter Qualität, aber mit einzelnen Warzen und Rostanflügen, s. auch »Irrungen, Wirrungen«, 2. Kap. (HF I, 2, S. 324 und Anm.). – *Werderschen Kirschen:* aus dem Obstanbaugebiet um Werder an der Havel im damaligen preußischen Regierungsbezirk Potsdam; s. auch F.s Gedicht »Was mir gefällt« (HF I, 6, S. 343) und »Wanderungen«, »Havelland«, »Die Werderschen« (W 2, S. 430ff.).

69 *»les défauts de ses vertus«:* »die Fehler ihrer Tugenden«. – *George Sand:* 1804–76, französische Dichterin mit extravaganten Lebensgewohnheiten; auf ihren Roman »Leone Leoni« spielt F. in »L'Adultera«, 16. Kap., an (Ad, S. 98). – *»comprendre...«:* meist zitiert: tout comprendre, c'est tout pardonner = alles verstehen heißt alles verzeihen; der Satz wird Madame de Staël zugeschrieben, wo es aber heißt: tout comprendre rend très indulgent. Büchmann (»Geflügelte Worte«) schreibt darüber: »Fontane gibt in ›Jenny Treibel‹ George

Sand als Schöpferin des Wortes an, ohne zu sagen, wo es in ihren Werken steht.« Sicher eine Verwechslung F.s; er zitiert den Satz auch im Brief an seine Frau vom 18. Aug. 1876 mit dem Zusatz: »Ich kann von diesem anmaßlich klingenden Worte nicht ablassen; ja ›tout pardonner‹, denn es wird mir unglaublich mitgespielt.« (Familienbriefe, Bd. 1, S. 243). – *Alfred de Musset:* 1810–57, französischer Dichter der Romantik; seine große Liebe war George Sand; nach einer gemeinsamen Italienreise (1833) zerbrach das Verhältnis (vgl. de Mussets »Confession d'un enfant du siècle«, 1836). – *Kammergerichtspräsidenten:* Karl Joseph Maximilian Freiherr von Fürst und Kupferberg (1717–90) wurde 1779 in Ungnade entlassen; Anlaß war der Prozeß um den Müller Arnold, vgl. »Vor dem Sturm«, »Bei Frau Hulen« (VS, S. 347 und Anm.). Vgl. auch S. 177. – *bei seinen Hunden:* »Die Hunde wurden auf den sechs Terrassen von Sanssouci in kleinen Särgen begraben und erhielten kleine Grabsteine mit ihrer Namensinschrift« (Vehse, Hofgeschichten, Weimar o. J., S. 85). – *»mechante Rasse«:* Vgl. F.s Brief an Georg Friedlaender vom 12. April 1888: »›Ach Saldern, wenn er die ‚mechante Race' die sich Mensch nennt, so gut und so lange kennte wie ich, würd' er auch so denken und so sprechen wie ich‹ – sagte der Alte Fritz in seinen letzten Lebenstagen. Ja, ›mechante Race‹ diese Tage zeigen es wieder.« (Briefe an Friedlaender, S. 88; HF IV, 3, S. 597); (mechant = erbärmlich). – *Hohenfriedberg ... Leuthen:* Schlachtensiege Friedrichs II. (am 4. Juni 1745 bzw. am 5. Dezember 1757) über die Österreicher unter Prinz Karl von Lothringen. – *Torgauer:* Schlacht bei Torgau, 3. November 1760; Friedrich schlägt die Österreicher unter Daun. (Die historisch nicht verbürgte »berühmte Torgauer Ansprache« zitiert F. wiederholt.)

70 *immer fürs Anekdotische, fürs Genre:* auch F.s und seines Vaters Passion; vgl. F.s Brief an Hermann Wichmann vom 7. Juli 1894: ». . . und schiebe mein leidliches Zuhausesein in Welt, Leben und Geschichte darauf, daß ich mich immer nur vom *unterhaltlichen* Stoff, von Anekdoten, Memoiren und Briefen genährt habe . . . offener Sinn und Phantasie, wenn sie sich bewußt bleiben, daß sie's über ›fühlen und ahnen hinaus‹ nicht bringen können, treffen es meist besser als die mit Scheuklappen vorgehenden Bücherfresser.« (Freundesbriefe. Letzte Auslese, Bd. 2, S. 535 f.; HF IV, 4, S. 372). – *das Poetische hat immer recht; es wächst weit über das Historische:* Im Anklang an die Poetik des Aristoteles, in der es in Caput IX etwa heißt: die Dichtung ist philosophischer und wichtiger (ernsthafter, bedeutender) als die Geschichte. Vgl. hierzu Wolfgang Ritzel, »Ein Aristoteles-Zitat in ›Frau Jenny Treibel‹«. In: Neue Zürcher Zeitung, 20. Juni 1971, Fernausgabe Nr. 166, S. 51; s. auch F.s Aufsatz »Waltham-Abbey«: ». . . die Sage hat immer recht, selbst dann noch, wenn sie Unrecht hätte.« (HF III, 3/I, S. 556). Dieser poetische Glaube spricht nicht minder deutlich aus den »Wanderungen« und

den übrigen Reisewerken, er macht selbst vor F.s Kriegsbüchern nicht halt. – *Banquo steigt auf:* In Shakespeares »Macbeth« erscheint Macbeth der Heerführer Banquo, den er ermorden ließ, als Geist (III, 4); das schauerliche Gespenstische der Szene hat F. so beeindruckt, daß er sie wiederholt anführt, im Brief an seine Tochter Martha vom 19. Aug. 1889 mit dem Nachsatz: »Nur keine Gemüthlichkeiten!« (Briefe II, S. 146); vgl. auch »Von, vor und nach der Reise«, »Modernes Reisen« (HF I, 7, S. 16).

72 *»Schnell fertig ist die Jugend mit dem Wort«:* Zitat aus Schillers Drama »Wallensteins Tod« (II, 2). – *»Maß«:* Militärmaß.

73 *petit crevé:* Liederjan, kleines Luder; vgl. »Vor dem Sturm«, »Der Überfall« (VS, S. 640). – *Karl Friedrich von Rumohr:* 1785–1843, Kunsthistoriker und Gastronomiekenner; gab eine Ausgabe von Königs »Geist der Kochkunst« heraus (Stuttgart 1832; »Schule der Höflichkeit«, Stuttgart 1834–35, 2 Bde.). – Hermann Ludwig Heinrich Fürst von *Pückler*-Muskau: 1785–1871, erst Rittmeister bei den Gardes du Corps, dann der Grandseigneur des Reisens und der Gärten (weltbekannte Parkanlagen im vom Vater ererbten Muskau); ließ sich nach Verkauf von Muskau 1845 auf Schloß Branitz bei Cottbus nieder, um ein zweites Mal durch seine Gartenanlagen Weltruf zu erlangen; als Schriftsteller trat er hervor mit »Briefe eines Verstorbenen« (Stuttgart 1830–31), »Semilassos vorletzter Weltgang« (ebendort, 1835, 3 Bde.), »Semilasso in Afrika« u.a. Seine importierte Abessinierin war nicht weniger ungewöhnlich als die Fatima Schönings und die Uellah Lord Marshalls (»Wanderungen«, »Oderland«, »Tamsel« (HF II, 1, S. 883). Wie Rumohr gehörte er zum Uradel.

75 *bons sens:* gesunder Menschenverstand. – *bleibt ... der Esprit aus wie Röhrwasser:* vermutlich Anspielung auf Goethe, »Faust«, Zweiter Teil, ›Kaiserliche Pfalz. Saal des Thrones‹: »Subsidien, die man uns versprochen,/Wie Röhrenwasser bleiben aus.« – *stundenlang versteckt:* Die »*Versteckspiel*-Passion«, die F. in »Meine Kinderjahre«, 14. Kap., beschreibt (HF III, 4, S. 140), hat wiederholt Spuren in seinem Werk hinterlassen; vgl. auch S. 168.

76 *Proverbe:* kleines dramatisches Stück, das ein Sprichwort erläutert und illustriert; die Proverbes dramatiques sind eine in Frankreich entstandene Gattung, die dort auch im 19. Jahrhundert blühte.

77 *Gerichte, die Friedrich Wilhelm I. liebte:* Friedrich Wilhelm I., König in Preußen (1688–1740), der von F. oft erwähnte »Soldatenkönig«; vgl. »Wanderungen«, »Die Grafschaft Ruppin«, »Am Ruppiner See«: »... »nicht bloß das Gesunde, sondern recht eigentlich auch das Feine, das hat man bloß bei den Naturgerichten.« Und wirklich, die was davon verstehen, die haben auch immer so gedacht, obenan Friedrich Wilhelm I., der durchaus für Weißkohl und Hammelfleisch war.« (W 1, S. 186).

78 *Jeu d'esprit:* geistvolles Spiel. – *einen Pfarramtskandidaten in der*

Jasminlaube: Vgl. Fritz Reuter, Ut mine Stromtid, II, 18. Kap. – *sprech' ich ein großes Wort gelassen aus:* Anspielung auf Goethes »Iphigenie auf Tauris«, Thoas zu Iphigenie: »Du sprichst ein großes Wort gelassen aus.« (I, 3).

79 *den »Taucher« und den »Gang nach dem Eisenhammer«:* Balladen von Schiller.

80 *Ponderable:* Wiegbare. – *Gretna Green:* Dorf in der schottischen Grafschaft Dumfries, dicht an der englischen Grenze, bekannt durch die rechtsgültigen Trauungen, die der Dorfschmied, als Friedensrichter des Ortes, aufgrund des in Schottland noch gültigen alten kanonischen Rechts vollzog, nach dem jede Eheerklärung zweier Personen als genügend angesehen wurde. So wurde das Dorf – neben anderen Grenzdörfern – zum Zufluchtsort derer, die ohne Zustimmung ihrer Eltern oder Vormünder eine Ehe eingehen wollten. Seit 1857 bestand die Einschränkung, daß die Brautleute vor der Eheschließung 21 Tage in Schottland gelebt haben mußten; s. auch »Der Stechlin«, 20. Kap.: »Es kann einer noch so dumm sein, aber von Gretna Green hat er doch mal gehört oder gelesen.« (DS, S. 196). – *Benno Bruno Brückner:* 1824–1905, Professor der Theologie, seit 1870 Generalsuperintendent in Berlin, bekannter Kanzelredner. – *Rudolf Kögel:* 1829–96, von konservativer Geisteshaltung, einflußreich als Seelsorger Wilhelms I.; seit 1863 Hofprediger in Berlin, 1880–91 Generalsuperintendent der Kurmark. – *Da ruhen die Wurzeln deiner Kraft:* nach Schiller, »Wilhelm Tell«, II, 1.

82 *William Ewart Gladstone:* 1809–98, konservativer, später liberaler englischer Politiker, wiederholt Premierminister; in F.s politischen Korrespondenzen aus England wiederholt erwähnt, s. N XVIIIa, S. 1177 (Register). Bei dem Versuch, Irland die Autonomie (Homerule) zu gewähren, wurde das dritte Ministerium G.s 1886 gestürzt. Jennys Bemerkung bezieht sich möglicherweise auf diese Krise.

83 *Uhlenhorst:* Stadtteil Hamburgs an der Außenalster, im vorigen Jahrhundert ein wegen seiner schönen Lage vielbesuchter Vorort, vgl. »Unwiederbringlich«, 18. Kap. (Un, S. 136).

84 *Munk:* Vgl. »Meine Kinderjahre«, 17. Kap., dort berichtet F. von »einem bildhübschen Jungen, der Erich Munk hieß« (HF III, 4, S. 169).

85 *Suse:* Schlafmütze. – *Herrnhut ... Gnadenfrei:* Herrnhuter Stiftungen in Sachsen (Lausitz) und Niederschlesien, s. »Unwiederbringlich«, 1. und 2. Kap. (Un, S. 10ff.).

87 *»pink-coloured scarf«:* »rosafarbene Schärpe«. – *Spreewälderamme:* Vgl. F.s Brief an seine Tochter Martha vom 19. Juni 1896 aus Karlsbad: »Thiergartenbank mit nicht zu viel Spreewälderinnen (sie riechen alle milchsauer) ist schon das Beste.« (Briefe II, S. 259; HF IV, 4, S. 569); s. auch »Der Stechlin«, 9. Kap. (DS, S. 99) und das Gedicht »Land Gosen«: »... für unser kommendes Geschlecht – /Des sind uns Gewähr unsre lieben, strammen/Und fast unmögli-

chen Spreewaldsammen.« (HF I, 6, S. 355); s. auch S. 145. – *Thomasgemeinde:* nach der Thomaskirche am Mariannenplatz (nahe der Köpenicker Straße).

88 *Eau de Javelle:* Flecken-(Chlor-)Wasser; Bleichmittel.

89 *so low, so vulgar:* so schlecht, so gewöhnlich. – *Munks ... ursprünglich dänisch, ... ein Zweig ... gegraft:* Damit spielt Helene auf die Adelsdame Kirsten Munk (1598–1658) an, mit der Christian IV. nach dem Tod seiner Gemahlin ohne kirchliche Trauung eine Gewissensehe eingegangen war und die er zur Gräfin von Schleswig-Holstein erhoben hatte; s. auch »Unwiederbringlich«, 22. Kap. (Un, S. 167f.); Kirsten (Christine) Munk wird auch in F.s Aufsatz »Kopenhagen« erwähnt (HF III, 3/I, S. 273).

90 *Christian IV.:* 1577–1668, 1588 König von Dänemark. – *Die Thompsons:* Vgl. »Meine Kinderjahre«, 6. Kap.: »Unter denen, die diesen alten Ton in seiner kräftigsten Urgestalt repräsentieren, stand Konsul *Thompson* obenan.« (HF III, 4, S. 65). – *Syndikatsfamilie:* Rats-, Patrizierfamilie.

93 *Gardedragonern:* 2. Garde-Dragoner-Regiment, Berlin. – *Karl von Eichenhorst:* Titelheld der Ballade »Die Entführung oder Ritter Karl von Eichenhorst und Fräulein Gertrude von Hochberg« (1778) von Gottfried August Bürger (1747–94). – *»Sich-Ruhe-Reitens«:* »Knapp', sattle mir mein Dänenroß,/Daß ich mir Ruh' erreite...« beginnt Bürgers Ballade, die F. auch in seinem Vortrag »Die alten englischen und schottischen Balladen« vergleichend zitiert hat, und zwar mit dem Bemerken: »Ohne den unsterblichen Verdiensten unseres großen Balladendichters zu nahe zu treten, darf man doch dies alles (unter Anerkennung einzelner Schönheiten) eine völlige Renommiersprache nennen, und wie einfach innig klingen im Vergleich damit die Worte des Originals!« (Schriften und Glossen, Bd. 1, S. 82f.) Vgl. auch F.s Theaterkritik über Drachs Darstellung des »Othello« von Shakespeare am 7. Dez. 1880 (N XXII/1, S. 951). – *equestrisch:* reiterlich. – *Graditzer:* gelbbräunliche Pferde aus dem ursprünglich kursächsischen, seit 1815 preußischen Hauptgestüt Graditz bei Torgau; s. auch »Irrungen, Wirrungen«, 4. Kap. (IW, S. 69). – *Schafgraben:* ein versandeter Arm der Spree. – *»Schlesischen Busch«:* Rest der »Cöllnischen Heide« in Treptow, jenseits des Landwehrkanals, vor dem Schlesischen Tor beginnend.

94 *Pferdebahnwagen:* Die Verbindung zwischen Berlin und Treptow bestand seit 1878; s. auch »Stine«, 1. Kap., über die erste Berliner Pferdebahn, die von Charlottenburg zum Kupfergraben führte (St, S. 7 und Anm.). – *des Treptower Etablissements:* gemeint ist wohl das Restaurant von Rudolf Zenner in der Ortsstraße in Treptow, vgl. Adolf Osborn, »Die Reise nach Berlin«, Berlin 1925, S. 81: »Nach Treptow hinaus ... auch Fontanes Kommerzienrat Treibel wohnte ja hier, und der schwächliche Leopold ritt täglich frühmorgens zu Zenner hinaus, sein Glas Milch zu trinken...«

95 *Lohmeyer:* Der Name erscheint bereits in den Vorarbeiten zu »Vor dem Sturm«. – *unser Wissen Stückwerk:* nach 1. Kor. 13, 9 (»Unser Wissen ist Stückwerk«); s. auch »Meine Kinderjahre«, 18. Kap., den Schlußsatz: »... und das berühmte Wort vom ›Stückwerk‹, traf, auf Lebenszeit, buchstäblich und in besonderer Hochgradigkeit bei mir zu.« (HF III, 4, S. 177).

96 *Mich schuddert ordentlich:* Schudder = Schauder (Der richtige Berliner, S. 156); s. auch »Irrungen, Wirrungen«, 4. Kap. (IW, S. 28). – *nach dem Sperl:* der »Paradiesgarten« in Treptow, früher »Sperl« genannt (eine zu einer Gastwirtschaft umgewandelte Villa); Wirt: Otto Buchholz, vgl. »Fontanes Führer durch die Umgebung Berlins«, F. Fontane & Co., Berlin 1892, und Specht »Ortsgeschichte von Treptow«, 1935.

97 *Josty:* Altberliner Café, ursprünglich am Schloßplatz, Stechbahn Nr. 1, seit 1880 Bellevuestraße/Ecke Potsdamer Platz, s. »Meine Kinderjahre«, 1. Kap. (HF III, 4, S. 15; s. auch I, 4, S. 512). – *›Milch der frommen Denkungsart‹:* nach Schiller, »Wilhelm Tell« (IV, 3). – *»Ärgere dich nicht, wundere dich bloß«:* Vgl. F.s Brief an Georg Friedlaender vom 1. Aug. 1894: »›Aergre Dich nicht, wundre Dich nur‹, sagt ein holländisches Sprichwort; aber man darf sich auch nicht mal wundern. Man muß alles ruhig hinnehmen.« (Briefe an Friedlaender, S. 268).

98 *»Pluck, dear...«:* »Mut, lieber Leopold, das macht's«. – *das Aufbäumen:* Anklang an den Vers »Bäume nicht auf, versuch's nicht mit Streit« in F.s Gedicht »Überlaß es der Zeit« (HF I, 6, S. 390).

99 *als meine Schultern tragen können:* vgl. »Stine«, 12. Kap., Waldemar zu Baron Papageno: »Dazu hab' ich nicht die Schultern« (St, S. 68) und F.s Brief an seine Frau vom 23. Aug. 1891: »von solcher Ausrüstung wie die meine war: ...keine starken Nerven, das Leben zu zwingen...« (Familienbriefe, Bd. 2, S. 265; HF IV, 4, S. 145). – *»Neuer Krug«:* »ein Restaurant, welches sich den Charakter einer gewissen Urwüchsigkeit völlig erhalten hat« (»Fontanes Führer durch die Umgegend Berlins«, F. Fontane & Co., Berlin 1892). – *»Sadowa«:* Dampferhaltestelle und beliebtes »Vergnügungsetablissement« am Spreeufer, Gartenrestaurant; früher hieß auch der heutige Bahnhof Wuhlheide so (östlich des Lokals mündet die Wuhle in die Spree). Nach Sadowa (in Böhmen) wird auch die Schlacht bei Königgrätz benannt. – *»Liebesinsel«:* bekannte Insel in der Spree östl. Stralau, früher »Entenwerder«; vgl. »Fontanes Führer durch die Umgegend Berlins«, 1892, S. 7: »Eine Schwarzpappel mit einer Unzahl eingeschnittener Namen steht in der Mitte...« Daher ihr Name; s. auch »Der Stechlin«, 14. Kap. (DS, S. 140). – *Reprimande:* Zurechtweisung.

100 *stableyard:* Stallung.

101 *Bernauer Kriegskorrespondenten:* Typus des »unechten« Korrespondenten« (als »Wippchen von Bernau« vielbelachte Figur aus

dem Berliner Witzblatt »Die Wespen«, wie F. in »Von Zwanzig bis Dreißig«, »Der Tunnel über der Spree«, 7. Kap., seinen Kollegen bei der »Kreuz-Zeitung«, George Hesekiel, und den von diesem erfundenen »legitimistischen Marquis«, den angeblichen Pariser Korrespondenten, schildert: »Ich finde, bei allem Respekt vor dem berühmten Bernauer Kriegskorrespondenten, daß dieser legitimistische Marquis seinem Kollegen Wippchen mindestens ebenbürtig ist.« (HF III, 4, S. 411). – *Teupitz ... Schermützelsee:* Vgl. »Wanderungen«, »Spreeland«, »Am Schermützel« und »Von Dolgenbrod bis Teupitz« (W 2, S. 477 ff. und 524 ff.).

102 *Montecuculis Wort über Kriegführung:* es handelt sich eigentlich um ein Wort des Marschalls Trivulzio (1448–1518), der auf die Frage Ludwigs XII. von Frankreich, was zur Eroberung des Herzogtums Mailand benötigt werde, etwa geantwortet haben soll, dazu sei Geld, Geld und nochmals Geld nötig. In seinen »Aforismi dell'arte bellica« führt der kaiserliche Feldmarschall Graf Raimondo Montecuccoli (1608–81) den Ausspruch Trivulzios an, ohne diesen zu nennen. F. zitiert, wie oft, die geläufigere Quelle. – *»unter Larven die einzig fühlende Brust«:* Zitat aus Schillers Ballade »Der Taucher«; s. auch F.s Brief an seine Tochter vom 21. Aug. 1893 aus Karlsbad: »Unter Larven die einzig fühlende Brust – selbst von diesem Minimalsatz ist hier nicht zu sprechen...« (Briefe II, S. 214; HF IV, 4, S. 280). – *vacat:* fehlt.

103 *»Der Wächter an der wendischen Spree«, »wehrlos, ehrlos«, »Alltied Vorupp« und »Der Storkower Bote«:* im Gesamtkatalog der deutschen Presse und im Zeitungsmuseum der Stadt Aachen nicht nachweisbar, auch nicht in H. Feddersen, »Die Berliner Heimatpresse« (1941); wahrscheinlich von F. geprägte Titel. – *zis-, ... transspreanischen Ursprungs:* von diesseits und jenseits der Spree. Anspielung auf die 1867 erfolgte Teilung der Habsburgermonarchie in eine cisleithanische und transleithanische Reichshälfte (diesseits und jenseits der Leitha). – *der Hydra:* Vgl. Anm. zu S. 42. – *zwei Dreh- oder Mittelpunkte ... die Sache mit dem einfachen Mittelpunkt:* Vgl. den Brief Bertha Pappenheims in »Allerlei Glück«: »Jedes richtige Leben hat einen Mittelpunkt, um den es kreist. Nun wirst Du Dich ... entsinnen, daß es auch Kreise mit zwei Mittelpunkten gibt...« (HF I, 7; S. 312). – *er vermeide ... das Wort »Zentrum«:* Anspielung auf die seit 1871 bestehende katholische Zentrumspartei, die ihren Namen nach der Platzverteilung im Sitzungssaal des Reichstags führte; die katholischen Abgeordneten saßen in der Mitte.

104 *Ich kenne meine Pappenheimer:* eigentlich »Daran erkenn ich meine Pappenheimer«, Zitat aus Schillers »Wallensteins Tod« (III, 15). – *»Nationalzeitung«:* am 1. April 1848 gegründete, liberale Berliner Zeitung, die zweimal täglich erschien; eines der Hauptorgane der Nationalliberalen Partei, nach deren Spaltung 1879/80 sie ihre Stel-

lung mehrfach wechselte, vorübergehend der Freisinnigen Partei nahestand. In Thale hat F., wie er am 16. Juni 1884 an seine Frau schreibt, die Zeitung gelegentlich »›wissenschaftlich‹ durchstudirt« und geurteilt, sie rangiere »an Langerweile gleich hinter der Kreuz-Zeitung; natürlich ist alles feiner und gebildeter, aber man wird dieser ›Bildung‹ nirgends froh. Das Meiste ist doch auch nur Blech und literarisch keineswegs auf der Höhe; vieles schrecklich dilettantenhaft, von Fachleuten geschrieben, die keine Ahnung von ›Mache‹ haben.« (Briefe I, S. 266; HF IV, 3, S. 328f.). Vgl. auch F.s reizvolle Skizze »Wie sich meine Frau einen Beamten denkt« (HF III, 4, S. 1212), die Briefe an seine Tochter vom 12. Juli 1888 (HF IV, 3, S. 622f.) und an seinen Sohn Theodor vom 4. Juni 1894 (HF IV, 4, S. 361f.). – *Märchen vom »Swinegel und siner Fru«:* Vgl. »Von Zwanzig bis Dreißig«, »Fritz, Fritz, die Brücke kommt«, 2. Kap.: »In dieser Beziehung ist mir immer die Geschichte vom ›Swinegel un süne Fru‹ als Musterstück niederdeutscher Weisheit und Poesie erschienen. Mancher wird die Geschichte kennen, mancher nicht. Und so sei sie denn auf gut Glück hin hier erzählt...« (HF III, 4, S. 475f.)

105 *Zirkelquadratur- und Perpetuum-mobile-Sucher:* Bei der Quadratur des Zirkels und dem Perpetuum mobile handelt es sich um unlösbare Aufgaben der Geometrie und der Physik, Musterbeispiele dilettantischer Forschungstätigkeit. F.s Freund Bernhard von Lepel »suchte das Perpetuum mobile und ›hatte es auch beinahe‹«, wie der Dichter in »Von Zwanzig bis Dreißig«, »Der Tunnel über der Spree«, 8. Kap., ausführt (HF III, 4, S. 448). – *Klasse der Malvoglios:* Malvolio ist der Name von Olivias Haushofmeister in Shakespeares »Was Ihr wollt«; F. hat sich wiederholt mit der Eigenart der Gestalt beschäftigt, vgl. seine Besprechungen der Aufführungen vom 9. Jan. 1874 und 13. April 1887 (HF III, 2, S. 162ff. und 722ff.). – *Galimathias:* Kauderwelsch (galli Matthias statt gallus Matthiae). – *Methode hat auch der Wahnsinn:* Vgl. Shakespeare, »Hamlet«, II, 2: »Ist dies schon Tollheit, hat es doch Methode.«

106 *Guter Mensch und doch ein schlechter Musikant:* geflügeltes Wort, dessen Quelle wohl bereits in Plutarchs »Perikles«, 1. Kap., zu finden ist, freilich in umgekehrter Form (»Gute Musikanten und schlechte Leute«); bei Clemens Brentano, »Ponce de Leon«, V, 2, bei E. T. A. Hoffmann, »Kater Murr«, 2. Abschnitt, bei Heinrich Heine »Ideen. Das Buch Le Grand«, 13. Kap., und andernorts; s. auch »Der Stechlin«, 19. Kap. (DS, S. 180f.). – *Das ist Tells Geschoß:* So der von Tells Pfeil tödlich getroffene Geßler, in Schillers »Wilhelm Tell« (IV, 3). – *mit den Freikonservativen:* gemäßigt konservative Partei im Preußischen Abgeordnetenhaus, die sich im deutschen Reichstag Deutsche Reichspartei nannte; sie bildete sich nach dem Kriege von 1866, als sich die Mitglieder der bisherigen konservativen Partei, die Bismarcks äußere Politik sowie gewisse Reformen im Innern billigten, von den Strengkonservativen trennten.

108 *Genoveva:* G. von Brabant, die, der Legende zufolge, des Ehebruchs bezichtigt, in einer Höhle des Ardennerwalds lebte, bis ihr Gemahl, der sich von ihrer Unschuld überzeugt hatte, sie bei Gelegenheit einer Jagd wiederfand; im 19. Jahrhundert oft, u. a. von Tieck und Raupach, behandelter Stoff. – *eine kleine keusche Susanna:* eine babylonische Jüdin, von der das aprokryphe Buch »Historie von S. und Daniel« berichtet; wie Genoveva unschuldig des Ehebruchs beschuldigt, durch Daniel gerettet, wichtig als Stoff der Malerei. – *Abklatsch der heiligen Elisabeth:* Die ungarische Königstochter (von F. oft erwähnt) wurde mit 14 Jahren dem Landgrafen Ludwig IV. von Thüringen (1200–27) vermählt.

109 *Kakerlakige:* Albinohafte; nicht selten bei F., vgl. »Quitt«, 16. Kap. (Qu, S. 105), und F.s Brief an seine Frau vom 15. Juni 1878: »Wenn ich mir N. in Leidenschaft denke, wird mir ganz himmelangst: ein Satyr, aber kakerlakig und ohne Haare.« (Familienbriefe, Bd. 1, S. 261; HF IV, 2, S. 594).

110 *tic douloureux:* nervöser Gesichtsschmerz; vgl. F.s Brief an Friedrich Stephany vom 18. Juli 1887 über seine Korrekturarbeit an »Irrungen, Wirrungen«: »Bis zum Verrücktwerden, bis zum tic douloureux habe ich durch 5/4 Jahre hin immer wieder gelesen, gefeilt, poliert...« (IW, S. 213).

111 *eines ... Kremsers:* Nach einem Hofrat Kremser, der 1822 die erste Berechtigung für die Aufstellung solcher Wagen in Berlin erhielt, waren vielsitzige Mietwagen für Landpartien benannt. – *die neue Dampfbahn:* die sogenannte Davysche Dampfstraßenbahn, die vom Zoologischen Garten nach Halensee führte; im Mai 1888 eröffnet.

112 *formidablen:* Vgl. zu S. 41. – *»Genieße fröhlich, was du hast«:* im Anklang an Verse des Gedichts »Zufriedenheit mit seinem Zustande« von Christian Fürchtegott Gellert (1715–69): »Genieße, was dir Gott beschieden, /Entbehre gern, was du nicht hast...« – *Siechen:* bekanntes Bier und Bierlokal (Inh. Franz Siechen) in der Behrenstraße 23/24; das Lokal wurde auch von Schauspielern besucht. – *schweren Wagner:* Das Wagnersche Bierrestaurant befand sich Ecke Charlotten-/Behrenstraße; dort wurden seit etwa 1850 bayerische Biere ausgeschenkt; s. auch »Der Stechlin«, 34. Kap. (DS, S. 299).

114 *Badine:* Reitstöckchen. – *die Unaussprechlichen:* die Hosen. – *ganz wie Ehrenlegion:* wie die Rosette des 1802 von Napoleon gestifteten Ordens. – *Schleife:* schlittenartiges Gestell, »Rutscher«; vgl. »Vor dem Sturm«, »Heiligabend« (VS, S. 7). – *à tout prix:* um jeden Preis. – *Tier ... das Seidel austrank:* Vgl. F.s Brief an Julius Rodenberg vom 23. Nov. 1891 (S. 217); s. auch »Mathilde Möhring«, 2. Kap. (MM, S. 14).

115 *der eine hat den Beutel:* Vgl. auch F.s Gedicht »Zum 14. November 1880«: »Es hilft uns kein Gedeutel,/So nimm es, wie es fällt,/

Der eine hat den Beutel,/Der andre hat das Geld.« (HF I, 6, S. 418 und Anm.). – *mal wo gelesen:* eventuell Anspielung auf Friedrich Rückert: »Die Seele vom Genuß, o Freund, ist dessen Kürze.«

116 *eine märkische Schule ... Beleuchtungskünstler ersten Ranges:* zu denken ist vielleicht an die Landschaftsbilder aus der Mark, die der Berliner Maler Walter Leistikow (1865–1908) in den achtziger Jahren schuf, sodann an die Pleinairmalerei, die von Liebermann, Skarbina, Slevogt u.a. gepflegt wurde. – *das sei ferne von mir:* Redensart nach 2. Sam. 20, 20. – *Paulsborn:* Restaurant im südlichen Teil des Grunewalds in der Nähe des Jagdschlosses. – *Hundekehle:* Örtlichkeit im Grunewald mit gleichnamigem See und mit einem Restaurant. – *die Prosa des Namens:* Vgl. »Effi Briest«, 30. Kap. (EB, S. 252). – *Dank vom Hause Österreich:* Wort Butlers in Schillers »Wallensteins Tod« (II, 6); schon 1632 gebraucht in einem Flugblatt Zincgrafs. – *der Gerechte muß viel leiden:* nach Psalm 34, 20.

117 *Manquement:* Mangel.

118 *»Nach Frankreich zogen...«:* leicht verändertes Zitat aus der ersten Strophe von Heines Gedicht »Die Grenadiere« im »Buch der Lieder« (Romanzen 6). – *Temperatur der Uhlenhorst:* Vgl. Anm. zu S. 81. – *Windsorsoap:* Windsorseife (aus Hammeltalg).

119 *das innere Düppel der Ehe:* auch von F. besungener Sieg der Preußen über die Dänen am 18. April 1864 bei Düppel (Halbinsel Sundewitt); am 30. Sept. 1864 hatte ein Artikel in der »Norddeutschen Allgemeinen Zeitung« ein »Düppel im Innern« gefordert; die Wendung »Das innere Düppel« wurde zeitweise zum geflügelten Wort. – *Schloßhof zu Canossa:* Die Burg Canossa in Mittelitalien war im Januar 1077 Schauplatz der Begegnung zwischen dem deutschen König Heinrich IV. (1056–1106) und Papst Gregor VII.; durch seine dreitägige Buße, barfuß und im Büßerhemd im verschneiten Schloßhof, erreichte Heinrich die Lösung vom Kirchenbann und die Anerkennung als rechtmäßiger Kaiser. Über die Aktualisierung, die der »Canossagang« während des Kulturkampfs in Deutschland erfahren hatte, vgl. »Cécile«, 20. Kap. (Cé, S. 134ff. und Anm.). – *»Ich weiß nicht, was soll es bedeuten?«:* die Anfangszeile des Gedichts »Die Lorelei« aus dem Gedichtzyklus »Die Heimkehr« (1823–24) im »Buch der Lieder« von Heine. – *das Märchen ihres Lebens:* vermutlich Anspielung auf den Titel der Autobiographie von Hans Christian Andersen »Das Märchen meines Lebens« (1847).

122 *mit dem flüssigen Element:* Das hier nur beiläufig aufklingende Melusine-Motiv hat F. wiederholt zum eigentlichen Gegenstand eines Werkes machen wollen; er kommt aber auch andernorts darauf zurück; vgl. vor allem »Der Stechlin«, 10. Kap. (DS, S. 108 und öfter), die Fragmente »Oceane von Parceval« (HF I, 7, S. 427ff.) und »Melusine von Cadoudal« (HF I, 7, S. 566ff.) sowie »Schach

von Wuthenow«, 15. Kap. (SW, S. 107); zusammenfassend Renate Schäfer, »Fontanes Melusine-Motiv«, in: Euphorion, 56. Bd., Heft 1/2, S. 69–104.

123 *Lobster:* englisch Hummer, entsprechend der in Hamburg modischen Anglomanie. – *Soja:* hier: japanische Gewürzsauce. – *Tête:* Spitze.

124 *amusing:* unterhaltsam, anregend. – *charming:* entzückend, reizend. – *high-spirited:* geistreich, hochsinnig. – *fascinating:* bezaubernd.

125 *»Zwölf Apostel ...«:* Die Zwölf-Apostel-Kirche in der Kurfürstenstraße, 1871–74 erbaut.

126 *Cottagevilla:* Landhaus. – *›capital fun‹:* Hauptspaß.

127 *fait accompli:* vollendete Tatsache.

128 *Schloß Grunewald:* Von Kurfürst Joachim II. 1542 am Grunewaldsee in einfachem Stil erbautes Jagdschloß. – *Wenn nach Dir ich oft vergebens...:* zweitletzte (siebente) Strophe des Gedichts »Das Mondlicht« (1831) von Nikolaus Lenau (1802–50); vgl. »Von Zwanzig bis Dreißig«, »Berlin 1840«, 2. Kap., über die erste Begegnung mit Lenaus Lyrik, die F. durch Julius Faucher vermittelt wurde: »›Aber diese Schilflieder, das ist noch gar nichts; hören Sie weiter.‹ – Und nun las er mir aus der ersten Abteilung – nur etwa dreißig Seiten, die aber das Beste enthalten, was Lenau geschrieben hat – noch etliche Sachen vor: Nach Süden, Dein Bild, Das Mondlicht, Nächtliche Wanderung, Bitte, das Posthorn. – Der Eindruck auf mich war ein großer, überwältigender.« (HF III, 4, S. 208). – *en vue:* angesichts.

129 *Sommerlieutenants:* spöttische Bezeichnung für Reserveoffiziere, die nur noch während der sommerlichen Manöver zum militärischen Dienst herangezogen wurden; s. auch »Der Stechlin«, 34. Kap., den Entwurf einer »Normalnovelle. Etwa so: tiefverschuldeter adeliger Assessor und ›Sommerleutnant‹ liebt Gouvernante von stupender Tugend...« (DS, S. 300). – *Tolleisen:* tollen = norddt. Wäsche oder Haare kräuseln; eine Art Brennschere zum Kräuseln von Stoffen.

130 *die Bündel:* Schulhefte zur Korrektur. – *Nücken:* Schrullen. – *Nervenfieber:* hier: Typhus.

131 *gastrisch:* auf den Magen bezüglich. – *Tülle:* Ausgußröhre, vgl. »Irrungen, Wirrungen«, 1. Kap. (IW, S. 8).

132 *Borsdorfer Apfel:* Vgl. »Irrungen, Wirrungen«, 2. Kap. (IW, S. 12 und Anm.). – *Tod schon um die Nase säße:* Vgl. »Irrungen, Wirrungen«, 19. Kap.: »›Kuck bloß mal hier‹ (und sie wies auf die Nasenflügel), ›da sitzt der Dod.‹« (IW, S. 123).

133 *Der Versucher in der Wüste:* Vgl. Matth. 4, 8f.

134 *viel stärker als Liebe:* Vgl. die Eifersucht F.s auf v. Lepel, von dem er befürchtete, daß er seine Frau beeindrucke, und F.s Brief an W. Wolfsohn vom 10. Nov. 1847: »... zu dem Allem hab ich den Höllensoff brennender, verzweifelnder Eifersucht gekostet, oder

richtiger, meine Seele monatelang damit getränkt.« (Briefwechsel mit Wolfsohn, S. 28; HF IV, 1, S. 37). Aufschlußreich ist F.s Bemerkung: »Nichts macht so scharf und schneidig als Eifersucht.« Er kann, wie er in dem großen Bekenntnisbrief vom 1. Juli 1876 an Mathilde von Rohr schreibt, »das Gefühl des Degradirtseins nicht ertragen« (Briefe III, S. 165; HF IV, 2, S. 534); es liegt auch der Eifersucht zugrunde und geht fraglos tiefer als die Liebe bei einer Natur, der »sich selbst angehören der höchste Lebensluxus« ist.

135 *bei's erste Garderegiment:* Das 1. Garde-Regiment zu Fuß, dessen Chef der Kaiser war, garnisonierte in Potsdam. – *für Proppertät und Strammheit und Gesundheit:* ähnlich die Trias in »Irrungen, Wirrungen«, 20. Kap.: »Proppertät ... Honnettität ... Reellität« (IW, S. 132 und Anm.). – *Karessieren:* Liebkosen.

136 *mich so verfiere:* niederdt. mich so verwirre, durch Schreck verstöre, s. »Vor dem Sturm«, ›Heiligabend‹ (VS, S. 9).

137 *Renz ... Zirkus:* von Ernst Jakob R. (1815–92) aus einem kleinen Wanderzirkus zum weltbekannten Unternehmen aufgebaut; vgl. A. Raeder, Der Zirkus Renz in Berlin, 1897, und F.s Brief an Emil Schiff vom 15. Febr. 1888; HF IV, 3, S. 585). – *Erharten:* Luise Erhartt (1844–1916), geb. in Wien, berühmt als Maria Stuart, Eboli, Deborah, seit 1868 verheiratet mit Karl Graf von der Goltz; vgl. F.s Kritik über ihr letztes Auftreten als Maria Stuart in Berlin am 31. Mai 1878. F.s Stellung zu ihr war kritisch, wie seine Besprechung der »Iphigenie auf Tauris« am 9. Mai 1874 zeigt: »Vierzehnmal, wenn wir richtig gezählt, wurde Frau *Erhartt* gerufen, ein Triumph, an dem nicht mitwirken zu können, wir das Verdienst und – die Verlegenheit hatten« (HF III, 2, S. 182).

138 *in ›Maria Stuart‹:* Vgl. die vorhergehende Anm.

139 *Schlaf oder Nichtschlaf:* Vgl. Shakespeare, »Hamlet«, III, 1.

142 *in der Luisenstädtschen Kirche:* in der Alten Jacobstraße. – *»Ja, Mutter, und immer wieder ja, Mutter...«:* Vgl. »Effi Briest«, 33. Kap. Anklang an Annies »O gewiß, wenn ich darf« (EB, S. 274).

143 *der Segen der Eltern:* nach Jesus Sirach, 3, 11: »Des Vaters Segen bauet den Kindern Häuser.«

145 *Alteration:* Aufregung, vgl. »Irrungen, Wirrungen«, 16. Kap. (HF I, 2, S. 417).

147 *Brauneberger:* Moselwein. – *die Montmorencys ... die Lusignans:* berühmte und sehr alte französische Adelsfamilien, von F. oft erwähnt; vgl. »Stine«, 11. Kap. (St, S. 58 und Anm.). – *die schöne Melusine:* Vgl. Anm. zu S. 122.

148 *Arnims:* altes Adelsgeschlecht aus der Uckermark (in Urkunden auch Arnym, Arnimb, Arnheim) mit vielen bekannten Namensträgern. – *Blutlaugensalz ...* – *Philippika:* Zornrede (gleich der des Demosthenes gegen Philipp von Makedonien). – *Bedürfnis ... des Sichaussprechens:* F. nennt es bei sich das »Sichausräsonieren-müssen«. Vgl. dazu den Brief an seinen Sohn Theodor vom 8. Sept. 1887 über »Ödheiten in den Berliner und brandenburgischen Geschichtsvereinen«, die er in »Cécile« abkonterfeite (Cé, S. 27f.).

151 *Jubiläumsausstellung:* anläßlich der Säkularfeier der ersten Berliner Kunstausstellung von 1786 am 23. Mai 1886 auf dem Gelände des Glaspalastes in der Invalidenstraße in Alt-Moabit eröffnet; ein umfangreicher Restaurationsbetrieb war vergeben worden. – Die Romanstelle zeigt Anklänge an den Brief F.s an seine Tochter vom 13. Juni 1891: »... von Langerweile darf ich schon deshalb nicht sprechen, weil es in Berlin gerade ebenso ist, man kann doch nicht den ganzen Tag in der Kunstausstellung sein.« (Briefe II, S. 185; HF IV, 4, S. 127). – *Firma Dreher aus Wien:* der Gartenwirtschaftsbetrieb war an die Firma Anton Dreher aus Wien vergeben (vgl. F.s Brief an Moritz Lazarus vom 6. Juni 1886); das vielgerühmte Dreher-Etablissement (der Gründer A. D. starb 1863) befand sich im III. Bezirk in Wien (Landswarte); vgl. Richard Groner, »Wien, wie es war«, Wien 1943, S. 83f. Vgl. auch die Vornotiz F.s zu »Graf Petöfy«: »Restaurant Dreher, Café Daum am Kohlmarkt (sehr gut)...« (Rost, S. 154). – *Eierhäuschen:* Gartenlokal an der Oberspree, vgl. »Der Stechlin«, 14. Kap. (DS, S. 137).

154 *Pindar:* 522–442 v. Chr., berühmter griechischer Lyriker. – *romantische Schule (Novalis):* eigentlich Friedrich Leopold Freiherr von Hardenberg (1722–1801), Dichter der deutschen Frühromantik; vgl. »Vor dem Sturm«, ›Doktor Faulstich‹ (VS, S. 202).

155 *Charakter dieser Gegenden, insonderheit unseres ... Grunewalds:* F. spielt auf die gesetzlosen Zeiten an, als der Adel durch Raub und Wegelagerei das Land und die Städte tyrannisierte.

156 *generis feminini:* weiblichen Geschlechts.

158 *mein Pfund vergraben:* nach Matth. 25, 18 und 25. – *Licht, ... unter den Scheffel stellen:* nach Matth. 5, 15.

159 *Ahlbecker Fischerhause:* Seebad Ahlbeck auf der Insel Usedom.

160 *Leopold ... las Goethe:* möglicherweise »Hermann und Dorothea«, oder auch den »Werther«, eine immer noch modische Lektüre, vgl. F.s Aufzeichnungen über beide Dichtungen in dem Band »Aufsätze und Aufzeichnungen« (HF III, 1, S. 462ff.). – *Präliminarantwort:* einleitende Antwort.

161 *Pythisches:* dunkel Orakelhaftes (gleich Pythia, der Priesterin im Apollotempel zu Delphi, deren Weissagungen dunkel und mehrdeutig waren); vgl. auch »Effi Briest« (EB, S. 215). – *Kaffeeklappe:* volkstümliche Kaffeeschänke.

162 *Sèvres:* in diese zwischen Paris und Versailles gelegene Stadt wurde 1756 die in Vincennes gegründete Porzellanmanufaktur verlegt. – *Grecborte:* griechische Borte; Randverzierung. – *Zwiebelmuster:* berühmtes Dekor der Meißner Manufaktur; vgl. auch »Meine Kinderjahre«, 5. Kap.: »Jetzt muß es Meißner Zwiebelmuster oder dem Ähnliches sein...« (HF III, 4, S. 44).

163 *Radialsystem:* »Erst sehr viel später, 1878, entstand westlich vom

Oberbaum das erste Radialsystem, das die Abwässer von Berlin von der Spree fernhielt und nutzbringend den neu angelegten Rieselfeldern zuführte.« (F. Solger, »Geologischer Spaziergang längs der Spree« in »Märkischer Wandergruß«, Berlin 1951.) – *»quite english...«:* »ganz englisch, Helene«.

164 *wohin die Kugel fallen würde:* ähnlich wiederholt bei F., vgl. etwa »Effi Briest«, 20. Kap. (EB, S. 170); die Kegelkugel erscheint in »Unterm Birnbaum« (HF I, 1, S. 454 und 468) und »Irrungen, Wirrungen«, 9. Kap. (HF I, 2, S. 366f.), dabei handelt es sich wohl um die Anknüpfung an ein Kindheitserlebnis; vgl. »Meine Kinderjahre«, 9. Kap.: »Da war eine vielbesuchte Kegelbahn...« (HF III, 4, S. 83); s. auch »Mathilde Möhring«, 1. Kap. (MM, S. 579).

165 *große Markthalle:* die 1886 eröffnete Zentralmarkthalle am Alexanderplatz; s. auch »Der Stechlin«, 4. Kap. (DS, S. 42). – *Corneliussaal:* in der Berliner Nationalgalerie; dort waren die Kartons ausgestellt worden, die Peter von Cornelius (1783–1867) für den von Friedrich Wilhelm IV. geplanten Campo santo der königlichen Familie im Berliner Dom entworfen hatte; vgl. »Unwiederbringlich«, 2. Kap. (Un, S. 19 und Anm.). – *Predelle:* hier: Sokelgemälde eines Altaraufsatzes; gemeint ist das Altarbild vom Weltgericht (1836–40), das Cornelius für die Ludwigskirche in München geschaffen hatte; vgl. F.s 1867 in der »Kreuz-Zeitung« erschienenen Nekrolog für Cornelius, in dem er auf dessen Arbeiten für die Ludwigskirche Bezug nimmt (N XXIII/1, S. 491f.).

166 *Ramses:* ägyptischer Pharao, um 1300 v. Chr. – *Das mit dem vierten Gebot:* Vgl. F.s Besprechung von Ludwig Anzengrubers Volksstück »Das vierte Gebot« am 3. März 1890 in der »Vossischen Zeitung«, die den Autor gegen Bedenken, er habe die Heiligkeit des vierten Gebots verletzt, in Schutz nimmt (HF III, 2, S. 842ff.). – *an der schottischen Grenze:* Vgl. Anm. zu S. 78 (Gretna Green). – *»Verdient? Ich fürchte.«:* Ähnlich wie bei den letzten Gesprächen Effi Briests mag man hier eine Veränderung der Erzählperspektive beobachten, F.s eigene Einsichten, die er seinen jungen Frauengestalten in den Mund legt.

168 *Kriepsch:* Kernhaus. – *die alte Geschichte vom Geschmack:* nach dem lateinischen Sprichwort »de gustibus non est disputandum«. – *Hacheln:* Grannen. – *Malvasier:* Birnensorte, wiederholt bei F. erwähnt, vgl. »Unterm Birnbaum«, 1. Kap. (UB, S. 9 und Anm.).

170 *auf'n Heuboden Versteck miteinander spielten:* Vgl. Anm. zu S. 73. – *alte Pastor Thomas:* D. Johann Thomas (1812–91), 1869–91 Archidiakon an der Nikolaikirche.

171 *Johann George Souchon:* 1836–99, seit 1880 Prediger an der Sophienkirche.

173 *Hedrich:* Der Name war bekannt durch Franz Hedrich (ca. 1823–95), der 1890 das Buch »Alfred Meißner – Franz Hedrich« herausgegeben hatte, in dem er auf die lang verheimlichte Zusammenarbeit zwi-

schen beiden Autoren aufmerksam machte und weitgehende Eigentumsansprüche auf die meisten Prosawerke Meißners erhob. – *Tyrins:* angebliche Geburtsstadt des Herkules in der griechischen Landschaft Argolis. 1884 begann Schliemann dort zusammen mit Wilhelm Dörpfeld Ausgrabungen an den geheimnisvollen Zyklopenmauern der mykenischen Burganlage. – *Rohrpostbrief:* Die in Berlin zuerst 1865 zur Beförderung von Telegrammen eingerichtete Rohrpost beförderte seit 1876 auch Briefe des Publikums; s. auch »L'Adultera«, 8. Kap. (Ad, S. 52). – *Codex argenteus:* »silberne Handschrift«, die in Uppsala liegende Evangelienübersetzung des Ulfila, s. F.s Brief an Wilhelm Schwartz vom 22. Mai 1863 (Freundesbriefe. Letzte Auslese, Bd. 1, S. 192f.). – *jungen Dinger immer kicherten:* wegen der Assoziation codex – podex. – *Heliand:* altsächsisches Gedicht, das in Form einer Evangelienharmonie die Geschichte Christi erzählt, nach der lateinischen Vorrede angeregt durch Ludwig den Frommen; um 830 verfaßt. – *Beowulf:* angelsächsische Stabreimdichtung, das früheste erhaltene germanische Buchepos, dessen Hauptinhalt die Abenteuer des Helden Beowulf bilden; die Datierung ist umstritten (8. oder 9. Jahrhundert).

174 *Kenneth von Leoparden:* Vorname Kenneth vermutlich nach dem altschottischen Königsnamen (Kenneth MacAlpin bemächtigte sich 844 des schottischen Throns), wogegen »Leoparden« wohl aus dem Namen Leopold und der Erinnerung an die »Leopardischen Aeolsharfenklänge« (Briefe an Wilhelm und Hans Hertz, S. 201) zu erklären ist. Die ganze Bezeichnung soll Leopold als den Helden einer süßlichen Balladeske charakterisieren und verspotten (Heyse hatte Leopardi übersetzt, F. schrieb darüber am 2. Dez. 1878 an Wilhelm Hertz). – *weil Corinna ... nicht alle Minen:* Vgl. Schiller, »Kabale und Liebe«, Lady Milford zu Ferdinand: »Ich lasse alle Minen sprengen.« (II, 3)

175 *einen feinen Ehrenpunkt:* im Gegensatz zu der veräußerlichten Auffassung der »Ehre« in »Schach von Wuthenow« (vgl. SW, S. 131) und »Effi Briest« (EB, S. 236). – *née:* geborene.

176 *kleine reizende Geschichte von Heyse:* »Unvergeßbare Worte« (1883), Novelle von Paul Heyse; F. spielt in seinen Romanen wiederholt auf Werke des berühmten und ihm lange Jahre befreundeten Autors an; vgl. »Cécile«, 1. Kap. (Cé, S. 10); s. auch den Band »Aufsätze und Aufzeichnungen« (HF III, 1, besonders S. 274ff. und Anm.). Eine zunächst ungedruckt gebliebene Aufzeichnung F.s über Heyses »Unvergeßbare Worte«, die sich in Urteil und Kritik eng mit den Äußerungen Marcells und des alten Schmidt berührt, hat Erler veröffentlicht: »›Unvergeßbare Worte‹ [1883]. Dies ist der Titel einer Paul Heyseschen Novelle aus dem Jahr 82 oder 81 auf 82, zugleich der Titel des ganzen Bandes, worin sie steht. – Sie ist sehr fein und schön gearbeitet, im Dialog vorzüglich, die Figuren der alten und jungen Baronin untadlig, Szenerie (sowohl in Italien wie

Deutschland) wundervoll. Er aber ist nach meinem Gefühl eine waschlappige kleine Figur, während er umgekehrt ein großes Charaktertier und Ehrenmeier sein will. – Er liebt natürlich die Baronesse; diese liebt ihn wieder. Aber er ist bloß ein armer Philologe oder dergleichen, und sie hat bei aller Freiheit ihr Standesbewußtsein. Besuch kommt: eine junge Comtesse. Dieser erzählt nun die Baronesse, sie liebe den Philologen oder Hauslehrer, sie sei frei, nicht alltäglich hausbacken und *könne sich dies Extra, diesen Ausnahmefall* schon gestatten und woll es und werd es. Dies hört der Philologe, der beiläufig von Anfang an immer wo liegt und schläft oder träumt. Er hört es und betrachtet sie als ›*unvergeßbare Worte*‹. Er nimmt seinen Abschied. Die Geschmäcker sind verschieden. Ich bilde mir ein, auch einen Ehrenpunkt zu haben, hätt *ich* es aber gehört, so wär ich kreuzfidel gewesen und hätte, jeder Angst nun los u. ledig, sofort um sie angehalten. Ich find es geschraubt, hohl, anmaßlich; solche Spielhagenschen Wichtigtuer sind mir von Grund aus zuwider.« (Briefwechsel mit Heyse, S. 340).

177 *nicht zu den Feierlichen gehöre:* Vgl. auch F.s Gedicht »Was mir fehlte«: »Was mir fehlte, war: Sinn für Feierlichkeit.« (HF I, 6, S. 331 f.). – *goldne Brücken bauen:* nach Johann Fischart, »Gargantua« (1. Ausgabe von 1575), 47. Kap.

178 ›*Vernunft wieder an zu sprechen fange*‹: Zitat aus Goethes »Faust«, Erster Teil, ›Studierzimmer‹; Worte Fausts; s. auch »Der Stechlin«, 44. Kap., Czako zu Rex: »Es ist doch merkwürdig, sowie die Menschen dies Nest, dies Berlin, erst hinter sich haben, fängt Vernunft wieder an zu sprechen.« (DS, S. 382). – *die rechte Vernunft käme aus dem Herzen:* nach Pestalozzi, s. F.s Gedicht »Sprüche«: »O lerne denken mit dem Herzen...« (HF I, 6, S. 317 und Anm.). – *zu einem Engel zu sprechen:* Vgl. »Unwiederbringlich«, 18. Kap., über das »Schrecknis« der »Vorzüglichkeit« (Un, S. 138).

179 *des Ruhmes mangeln:* Anspielung auf Röm. 3, 23: »... sie sind allzumal Sünder und mangeln des Ruhmes, den sie bei Gott haben sollten.« – ›*Werde, der du bist*‹: aus der zweiten Pythischen Ode Pindars (Vers 71). – ›*Schritt vom Wege*‹ ... *Lustspiel* ... *von einem Kammergerichtsrat:* Lustspiel (1872) von Ernst Wichert (1831–1902); F. sah die Uraufführung des Stückes am 30. Okt. 1872, seine Besprechung erschien am 1. Nov. 1872 in der »Vossischen Zeitung«: »Irgend ein Innerliches, das man als Naivität oder Idealität bezeichnen mag, befangene Unbefangenheit, scheue Keckheit, sie üben einen Reiz, der uns höher steht als der bloße Realismus...« (HF III, 2, S. 98); vgl. auch »Effi Briest«, 18. Kap. (EB, S. 144). – *Kammergericht ... war immer literarisch:* Anspielung auf die Anekdote von Friedrich dem Großen und dem Müller Arnold von Sanssouci, der gegen ihn das Kammergericht anrief; vgl. »Vor dem Sturm«, ›Bei Frau Hulen‹, VS, S. 347 und Anm.), aber auch auf andere dichtende Beamte am Kammergericht wie E. T. A. Hoffmann, Ernst Wichert

und der mit F. befreundete Wilhelm von Merckel (1803–61). – *Heilige Grab ... Kreuzzüge:* Kreuzzüge im engeren Sinn waren die kriegerischen Unternehmungen der abendländischen Christenheit zur Rückeroberung der heiligen Stätten in Palästina; schon Gregor VII. plante 1074 einen Kreuzzug zur Befreiung des Heiligen Grabes. – *Privatdozent oder Extraordinarius:* Universitätslehrer, die durch Habilitation bereits die Lehrbefähigung an Universitäten erworben hatten, aber noch nicht regelmäßig besoldet bzw. nicht Inhaber eines ständigen Lehrstuhls waren. – *gibt es der liebe Gott im Schlaf:* sprichwörtlich nach dem Psalm 127, 2: »Denn seinen Freunden gibt er's schlafend.«

180 *Summus Episcopus ... entkleidet sich davon:* In der evangelischen Kirche war seit ihrer Begründung der Landesherr der Landesbischof (summus episcopus), daher ernannte der König von Preußen in der evangelischen Landeskirche Preußens (Lutheraner und Reformierte uniiert) die oberste Behörde, den Oberkirchenrat; im Mai 1886 brachte die konservative Fraktion im Abgeordnetenhaus den Antrag zur Gewährung größerer Freiheit auch für die evang. Kirche ein, was große Bewegung hervorrief; es kam aber zu keiner Änderung. – *Adolf Stöcker:* 1835–1909, 1874–90 Hofprediger in Berlin, Reichstagsmitglied; wollte für Politik und Religion »sorgen« (F.); – »dazu gehören andre Nummern wie Stöcker«, wie F. am 27. Mai 1891 an Georg Friedlaender schreibt (Briefe an Friedlaender, S. 147).

181 *Pleasure-Yacht:* Vergnügungsyacht.

182 *Füsilier-Regiment Nr. 35:* Füsilier-Regiment Prinz Heinrich von Preußen (Brandenburgisches) Nr. 35, Garnison in Brandenburg an der Havel; vgl. auch »Irrungen, Wirrungen«, 20. Kap., Käthes Reisebericht über den Aufenthalt in Brandenburg: »Auch Füsiliere waren da, Fünfundvierziger, kleine Leute, die mir doch kleiner vorkamen als nötig, obschon Onkel Osten immer zu sagen pflegte: ›Der beste Füsilier sei *der*, der nur mit bewaffnetem Auge gesehen werden könne.‹« (IW, S. 125). – *Gymnasium zum Heiligen Geist:* In der Heiliggeiststraße 4/5 befand sich das Joachimsthalsche Gymnasium.

183 *»nur keine langen Verlobungen«:* F. selbst war fünf Jahre von 1845–50, verlobt. – *Zeit ... »um dreimal von der Kanzel zu fallen«:* Es blieb gerade genügend Zeit für das an drei Sonntagen wiederholte kirchliche Aufgebot. – *Eckhaussohn:* Vgl. F.s Brief an seine Tochter vom 25. Aug. 1891: »Ich hasse das Bourgeoishafte mit einer Leidenschaft, als ob ich ein eingeschworner Socialdemokrat wäre. ›Er ist ein Schafskopf, aber sein Vater hat ein Eckhaus‹, mit dieser Bewundrungsform kann ich nicht mehr mit. Wir erheben uns so über die Chinesen, aber darin sind diese doch das feinste Volk, daß das Wissen am höchsten gestellt wird.« (Briefe II, S. 196). – *Echec:* Niederlage, Schlappe. – *»er war der erste nicht ...«:* nach Goethe, »Faust«,

Erster Teil, ›Trüber Tag, Feld‹, Mephisto zu Faust über Gretchen: »Sie ist die erste nicht.«

184 *in pontificalibus:* in vollem priesterlichen Ornat, hier: in reicher Toilette. – *Stolpemünde:* Stolpmünde (aber F. brauchte das Klangbild »Stolpemünde«?). – *wie den Goetheschen Sänger:* Der alte Sänger soll in Goethes Ballade »Der Sänger« mit einer goldenen Kette belohnt werden, wünscht sich aber statt dessen »den besten Becher Weins/ In purem Golde«, den er auch erhält. – *Avec:* hier: mit besonderem Ausdruck.

185 *»England expects ...«:* vgl. Anm. zu S. 32, ferner F.s Brief an Julius Rodenberg vom 23. Nov. 1891 (S. 217). – *München ... Verona ...»bis an das Grab der Julia«:* entsprechend F.s zweiter Italienreise im August 1875; s. auch Anm. zu S. 185. – *Messenien:* Nachbarstaat von Sparta, bekannt durch die Messenischen Kriege (743–24 und 645–28 v. Chr.); die Messenier, die sich im ersten Krieg unterwerfen mußten, vertrieben unter Aristomenes die Spartaner. – *Taygetos:* Gebirge auf dem Peloponnes zwischen Messenien und Lakonien. – *Aristomenes:* König der Messenier im zweiten Messenischen Krieg. – *seinem Vater:* Pyrrhos oder Nikomedes. – *»Schatzkästlein deutscher Nation«:* bezeichnet keinen Titel, sondern die Ausdrucksweise Schmidts (wie auch die nachfolgende Stelle vom »reinen Glanze«) in Anlehnung an Vorbilder (Hebel); vgl. auch F.s Brief an einen unbekannten Empfänger vom 10. Nov. 1887: ». . . soweit das Schatzkästlein in Betracht kommt . . .« (Kehler, S. 79). Gemeint ist das »Schatzkästlein des guten Rats« von W. Spemann, Stuttgart 1887.

186 *carpe diem:* Nütze den Tag (Horaz, »Oden«, I, 11, 8). – *was du tun willst, tue bald:* Vgl. Joh. 13, 27. – *›Mehr Licht‹:* angeblich letzte Worte Goethes vor seinem Tode am 22. März 1832, nach dem 1833 bei G. Reimer in Berlin erschienenen Krankenbericht des Hausarztes Goethes, Dr. Carl Vogel; sowohl in der prägnanten Form als auch in der symbolischen Auffassung der Worte offenbar legendär. – *wir bedürfen seiner nicht mehr, wenigstens hier nicht:* Diese Äußerung korrespondiert mit F.s eigenem, oft sehr kritischem Urteil über Goethe und den »Goethegötzenkultus«; vgl. hierzu den Goethe gewidmeten Abschnitt in dem Band »Aufsätze und Aufzeichnungen« (HF III, 1, S. 462ff. und Anm.).

187 *bei Trebbin, erste Etappe:* Vgl. »Der Stechlin«, 35. Kap., Dubslav zu Graf Barby über die Hochzeitsreise der Kinder: ». . . schon über Trebbin hinaus. Sonderbar, ich bin nicht allzuviel gereist, aber immer, wenn ich an diesem märkischen Neste vorbeikam, hatt' ich das Gefühl: ›jetzt wird es besser, jetzt bist du frei‹.« (DS, S. 308). – *Julias Grab ... eine ägyptische Sargkiste:* rotgranitener Sarkophag im Garten des Waisenhauses San Francisco di Citadella, der als Sarg der Julia gezeigt wird; s. F.s Brief an Karl und Emilie Zöllner vom 7. Okt. 1874 aus Venedig über den Aufenthalt in Verona: »An der tomba di

Giulietta (längre Zeit Wassertrog) trafen wir Adolphe Thiers ...« (Briefe IV, S. 43f.; HF IV, 2, S. 475). Vgl. auch »Effi Briest«, 9. Kap. (EB, S. 75).

188 *pecus:* Rindvieh; auch: Schaf.

Zeittafel

1819 30. Dezember: Henri Théodore (Theodor) Fontane in Neuruppin geboren.

1827 Juni: Die Familie zieht nach Swinemünde.

1832 Ostern: Eintritt in die Quarta des Gymnasiums in Neuruppin.

1833 1. Oktober: Eintritt in die Gewerbeschule K. F. Klödens in Berlin.

1836 Beginn der Apothekerlehrzeit. Konfirmation in der französisch-reformierten Kirche.

1839 *Geschwisterliebe*, sein erstes gedrucktes Werk.

1840 Apothekergehilfe. Gedichte im »Berliner Figaro«. Roman *Du hast recht getan* und Epos *Heinrichs IV. erste Liebe* (beide nicht überliefert).

1842/43 Gedichte und Korrespondenzen in dem Unterhaltungsblatt »Die Eisenbahn«. Ab 1843 Gedichte im »Morgenblatt« (Cotta). Anfang August Rückkehr nach Letschin, Defektar in der väterlichen Apotheke. 30. Juli: Gast (»Rune«) im Literarischen Sonntagsverein »Tunnel über der Spree«.

1844 1. April: Beginn des Militärjahrs. 25. Mai–10. Juni: Erste Reise nach England. 29. September: Aufnahme in den »Tunnel«.

1845 8. Dezember: Verlobung mit Emilie Rouanet-Kummer.

1847 Approbation als Apotheker erster Klasse. Trennung der Eltern ohne Scheidung.

1848 Teilnahme an den Barrikadenkämpfen in Berlin am 18. März. Vier Aufsätze in der »Berliner Zeitungs-Halle«. *Karl Stuart* (Dramenfragment). 15. September: Anstellung im Krankenhaus Bethanien.

1849 30. September: Fontane verläßt Bethanien, arbeitet als »freier Schriftsteller«. Korrespondent der »Dresdner Zeitung« (bis April 1850).

1850 *Männer und Helden; Von der schönen Rosamunde*. Eintritt ins »Literarische Kabinett«. 16. Oktober: Heirat.

1851 *Gedichte*. 14. August: Sohn George Emile geboren.

1852 *Deutsches Dichter-Album*. Hrsg. von Theodor Fontane. 23. April–25. September: Aufenthalt in London.

1853 *Unsere lyrische und epische Poesie seit 1848*.

1854 *Ein Sommer in London; Argo. Belletristisches Jahrbuch für 1854*. Hrsg. von Th. Fontane und Fr. Kugler.

1855 10. September: Beginn eines mehrjährigen Aufenthalts in London.

1856 Halbamtlicher »Presse-Agent«. 3. November: Sohn Theodor geboren.

1857 Emilie übersiedelt mit den Kindern nach London.
1858 August: Reise mit Bernhard von Lepel nach Schottland.
1859 15. Januar: Rückkehr nach Berlin. Beginn der *Wanderungen*.
1860 *Aus England; Jenseit des Tweed*. Eintritt in die Redaktion der »Kreuz-Zeitung«. 21. März: Tochter Martha (Mete) geboren.
1861 Balladen.
1862 *Wanderungen durch die Mark Brandenburg* (bis 1882 vier Bände).
1864 5. Februar: Sohn Friedrich geboren. Reisen nach Schleswig-Holstein und Dänemark.
1865 13. August: Tod Wilhelm Wolfsohns in Dresden. 26. August–21. September: Reise an den Rhein und in die Schweiz. Scott-Lektüre.
1866 *Der Schleswig-Holsteinsche Krieg im Jahre 1864*. Reisen auf die böhmischen und süddeutschen Kriegsschauplätze. *Reisebriefe vom Kriegsschauplatz* im Deckerschen »Fremdenblatt«.
1867 5. Oktober: Tod des Vaters.
1869 13. Dezember: Tod der Mutter.
1870 Bruch mit der »Kreuz-Zeitung«. Theaterrezensent der »Vossischen Zeitung«. Reise zum französischen Kriegsschauplatz. 5. Oktober: Festnahme in Domremy. Internierung auf der Ile d'Oleron. 5. Dezember: Rückkehr nach Berlin. *Der deutsche Krieg von 1866* (Bd. 2: 1871).
1871 »Osterreise« nach Frankreich. *Kriegsgefangen; Aus den Tagen der Occupation*.
1872 *Willibald Alexis* in Julius Rodenbergs »Der Salon für Literatur, Kunst und Gesellschaft«. Umzug in die Potsdamer Straße 134c, Fontanes letzte Wohnung.
1873 *Der Krieg gegen Frankreich 1870–1871* (Bd. 2 in zwei Halbbänden 1875/76).
1874 Italienreise mit Emilie.
1875 *Gedichte. 2., vermehrte Auflage*. Reise in die Schweiz und nach Oberitalien. Heimkehr über Wien.
1876 6. März: Ständiger Sekretär der Akademie der Künste in Berlin. Ende Mai Rücktrittsgesuch. 2. August: Entlassung. *Vor dem Sturm* wiederaufgenommen.
1878 *Vor dem Sturm*.
1880 *Grete Minde*.
1881 *Ellernklipp*.
1882 *L'Adultera; Spreeland*.
1883 *Schach von Wuthenow*. Zola-Studien.
1884 *Graf Petöfy*. Beginn der Korrespondenz mit Georg Friedlaender.
1885 *Christian Friedrich Scherenberg und das litterarische Berlin von 1840 bis 1860; Unterm Birnbaum*.
1887 *Cécile*. 24. September: Tod des Sohnes George.
1888 *Irrungen, Wirrungen*. Friedrich Fontane gründet eigenen Verlag.

1889 *Fünf Schlösser;* Gedichte. 3., vermehrte Auflage.
1890 *Stine.* Für die naturalistische Bewegung wichtige Theaterkritiken.
1890/91 Erste Gesamtausgabe der erzählenden Werke in zwölf Bänden.
1891 *Quitt.*
1892 *Gedichte, 4., vermehrte Auflage; Unwiederbringlich.* Schwere Erkrankung.
1893 *Frau Jenny Treibel oder »Wo sich Herz zum Herzen find't«.*
1894 *Von[,] vor und nach der Reise; Meine Kinderjahre.* 8. November: Ehrendoktor der Philosophischen Fakultät der Universität Berlin auf Vorschlag Erich Schmidts und Theodor Mommsens.
1895 Beginn der Arbeit an *Der Stechlin.* Erster überlieferter Brief an James Morris.
1896 *Effi Briest; Die Poggenpuhls.*
1897 *Der Stechlin* (Beginn des Vorabdrucks. Buchausgabe nach Fontanes Tod 1898 mit Impressum 1899).
1898 *Gedichte. 5., vermehrte Auflage; Von Zwanzig bis Dreißig.* 20. September: Tod Fontanes in Berlin. 24. September: Beisetzung auf dem Friedhof der Französischen Reformierten Gemeinde an der Liesenstraße.
1902 18. Februar: Tod Emilie Fontanes in Berlin.
1905 *Briefe an seine Familie.*
1906 Erstdruck des nachgelassenen Romans *Mathilde Möhring* in der »Gartenlaube«.
1910 *Briefe an seine Freunde; Briefwechsel mit Wilhelm Wolfsohn.*
1917 10. Januar: Tod der Tochter Martha (Mete) in Waren in Mecklenburg.
1940 *Theodor Fontane und Bernhard von Lepel. Ein Freundschaftsbriefwechsel.*
1941 22. September: Tod des Sohnes Friedrich in Neuruppin.
1956 *Briefe an Georg Friedlaender.*
1969 *Briefe an Hermann Kletke; Briefe an Julius Rodenberg.*
1987 *Die Fontanes und die Merckels. Ein Familienbriefwechsel.*
1994 *Tagebücher.*

Maßgebend für die Werkdaten der Zeittafel ist das Impressum der Buchausgabe, für zu Lebzeiten Fontanes nicht in Buchform erschienene Werke der Erstdruck.

Abgekürzt zitierte Literatur

A: Theodor Fontane. Romane und Erzählungen in acht Bänden. Hrsg. von Peter Goldammer, Gotthard Erler, Anita Golz und Jürgen Jahn. Berlin und Weimar 1969.

Andree: Theodor Fontane. Briefe aus den Jahren 1856–1898. Hrsg. von Christian Andree. Berlin (Berliner Handpresse) 1975.

Aufzeichnungen zur Literatur: Theodor Fontane. Aufzeichnungen zur Literatur. Ungedrucktes und Unbekanntes. Hrsg. von Hans-Heinrich Reuter. Berlin und Weimar 1969.

Briefe: Theodor Fontane. Briefe I. Briefe an den Vater, die Mutter und die Frau. Hrsg. von Kurt Schreinert. Zu Ende geführt und mit einem Nachwort versehen von Charlotte Jolles. Erste wort- und buchstabengetreue Edition nach den Handschriften. Berlin 1968. Briefe II. Briefe an die Tochter und an die Schwester. Berlin 1969. Briefe III. Briefe an Mathilde von Rohr. Berlin 1971. Briefe IV. Briefe an Karl und Emilie Zöllner und andere Freunde. Berlin 1971.

Briefe an Friedlaender: Theodor Fontane. Briefe an Georg Friedlaender. Hrsg. und erläutert von Kurt Schreinert. Heidelberg 1954.

Briefe an Wilhelm und Hans Hertz: Theodor Fontane. Briefe an Wilhelm und Hans Hertz. 1859–1898. Hrsg. von Kurt Schreinert. Vollendet und mit einer Einführung versehen von Gerhard Hay. Stuttgart 1971 (= Veröffentlichungen der Deutschen Schillergesellschaft 29).

Briefwechsel mit Heyse: Der Briefwechsel zwischen Theodor Fontane und Paul Heyse. Herausgegeben von Gotthard Erler. Berlin und Weimar 1972.

Briefwechsel mit Lepel: Theodor Fontane und Bernhard von Lepel. Ein Freundschafts-Briefwechsel. Hrsg. von Julius Petersen. 2 Bde. München 1940.

Briefe an Pietsch: Lieselotte E. Kurth-Voigt, Briefe Theodor Fontanes an Ludwig Pietsch. In: Jahrbuch der Deutschen Schiller-Gesellschaft 21 (1977), S. 31–87.

Briefe an Rodenberg: Theodor Fontane. Briefe an Julius Rodenberg. Eine Dokumentation. Hrsg. von Hans-Heinrich Reuter. Berlin/Weimar 1969.

Briefwechsel mit Wolfsohn: Theodor Fontanes Briefwechsel mit Wilhelm Wolfsohn. Hrsg. von Wilhelm Wolters. Berlin 1910.

Chronik: Hermann Fricke. Theodor Fontane. Chronik seines Lebens. Berlin-Grunewald 1960.

Dichter über ihre Dichtungen: Dichter über ihre Dichtungen. Bd. 12. I.

II. Theodor Fontane. Hrsg. von Richard Brinkmann in Zusammenarbeit mit Waltraud Wiethölter. München (1973).

Familienbriefe: Theodor Fontanes Briefe an seine Familie. Hrsg. von Karl Emil Otto Fritsch. 2 Bde. Berlin 1905 (= Ges. Werke. Serie 2, Bd. 6–7).

Fontane-Blätter: Fontane Blätter. Hrsg. vom Theodor-Fontane-Archiv der Deutschen Staatsbibliothek, Potsdam. Potsdam 1965 ff.

Freundesbriefe. Zweite Sammlung: Briefe Theodor Fontanes. Zweite Sammlung. Hrsg. von Otto Pniower und Paul Schlenther. 2 Bde. Berlin 1910 (= Ges. Werke. Serie 2, Bd. 10–11).

Freundesbriefe. Letzte Auslese: Theodor Fontane. Briefe an die Freunde. Letzte Auslese. Hrsg. von Friedrich Fontane und Hermann Fricke. 2 Bde. Berlin 1943.

Heiteres Darüberstehen: Theodor Fontane. Heiteres Darüberstehen. Familienbriefe. Neue Folge. Hrsg. von Friedrich Fontane. Mit einer Einführung von Hanns Martin Elster. Berlin 1937.

Kehler: Neunundachtzig bisher ungedruckte Briefe und Handschriften von Theodor Fontane. Hrsg. und mit Anmerkungen versehen von Richard von Kehler. Berlin 1936.

N: Theodor Fontane. Sämtliche Werke. Hrsg. von Edgar Groß, Kurt Schreinert u. a. München: Nymphenburger Verlagshandlung 1959 ff.

Nürnberger, Der frühe Fontane: Helmuth Nürnberger. Der frühe Fontane. Politik. Poesie. Geschichte. 1840 bis 1860. München 1971. Nachdruck: Frankfurt/M. – Berlin – Wien 1975 [= Ullstein Buch Nr. 4601].

Rosenfeld: Hans-Friedrich Rosenfeld. Zur Entstehung Fontanescher Romane. Groningen, Den Haag 1926.

Rost: Wolfgang E. Rost. Örtlichkeit und Schauplatz in Fontanes Werken. Berlin und Leipzig 1931 (= Germanisch und Deutsch. Studien zur Sprache und Kultur, H. 6).

Schriften und Glossen: Theodor Fontane. Schriften und Glossen zur europäischen Literatur. Ausgewählt, eingeleitet und erläutert von Werner Weber: 2 Bde. Zürich und Stuttgart 1965–67 (= Klassiker der Kritik).

Nur gelegentlich herangezogene Literatur wird in den Anmerkungen mit den bibliographischen Angaben zitiert.

Auf die Bände der Hanser-Fontane-Ausgabe (HF) wird durch Angabe der Abteilung (römische Ziffer) und der Bandnummer (arabische Ziffer) verwiesen. (Abteilung I: Sämtliche Romane, Erzählungen, Gedichte, Nachgelassenes; 7 Bde. [in erster Auflage 6 Bde.]. Abteilung II: Wanderungen durch die Mark Brandenburg; 3 Bde. Abteilung III: Erinnerungen, Ausgewählte Aufsätze und Kritiken; 5 Bde. [Bd. 1: Aufsätze und Aufzeichnungen; Bd. 2: Theaterkritiken; Bd. 3: Reiseberichte und Tagebücher; Bd. 4: Autobiographisches; Bd. 5: Schriften zur deutschen Geschichte,

Kunst und Kunstgeschichte]. Abteilung IV: Briefe; 5 Bde.) – Zitiert wird jeweils nach der neuesten Ausgabe der Hanser-Bände.

Auf die Einzelausgaben bei dtv wird mit folgenden Siglen verwiesen:

Ad	L'Adultera
Cé	Cécile
DP	Die Poggenpuhls
DS	Der Stechlin
EB	Effi Briest
El	Ellernklipp
GM	Grete Minde
GP	Graf Petöfy
IW	Irrungen, Wirrungen
JT	Frau Jenny Treibel
MM	Mathilde Möhring
Qu	Quitt
St	Stine
SW	Schach von Wuthenow
UB	Unterm Birnbaum
Un	Unwiederbringlich
VS	Vor dem Sturm
W	Wanderungen durch die Mark Brandenburg

Literaturhinweise

Aust, Hugo: Anstößige Versöhnung? Zum Begriff der Versöhnung in Fontanes »Frau Jenny Treibel«. In: Zeitschrift für Deutsche Philologie 92 (1973), Sonderheft Theodor Fontane, S. 101–126.

Bange, Pierre: Ironie et dialogisme dans le romans de Theodor Fontane. Grenoble 1974 (S. 195–201).

Bentmann, Reinhard und Michael Müller: Theodor Fontanes »Villa Treibel«. In: R. B. und M. M., Die Villa als Herrschaftsarchitektur. Versuch einer kunst- und sozialgeschichtlichen Analyse. Frankfurt a. M. 1970, S. 125–127.

Bernhardt, Rüdiger: Jenny Treibel, Theodor Fontane und Claus Hammel. In: Literatur und Gesellschaft. Kolloquium anläßlich des 60. Geburtstags von Dietrich Sommer. Hrsg. von Achim Walter. 1980, S. 45–57.

Betz, Frederick: »Wo sich Herz zum Herzen find't«: The question of authorship and sources of the song and sub-title in Fontanes »Frau Jenny Treibel«. In: German Quarterly 49 (1976), S. 312–317.

Betz, Frederick: Fontane Scholarship, Literary Sociology and Trivialliteraturforschung. In: Internationales Archiv für Sozialgeschichte der deutschen Literatur 8 (1983), S. 200–220.

Bruford, Walter Horace: Theodor Fontane: »Frau Jenny Treibel« (1892). In: W. H. B. The German tradition of self-cultivation. ›Bildung‹ from Humboldt to Thomas Mann. Cambridge 1975, S. 190–205.

Coler, Christfried: Vorwort zu Theodor Fontane, »Frau Jenny Treibel«. Berlin 1951.

Cowen, Roy C.: Der Poetische Realismus. Kommentar zu einer Epoche. München 1985 (zu »Frau Jenny Treibel« und »Effi Briest«).

Ellinger, Edeltraud: Das Bild der bürgerlichen Gesellschaft bei Theodor Fontane. Phil. Diss. Würzburg 1970.

Ester, Hans: Paul Schlenthers Rezension über Fontanes Roman »Frau Jenny Treibel« (1892). Mehr als eine Anzeige. In: Fontane-Blätter 1989, Heft 47, S. 64–70.

Friedrich, Gerhard: Die Witwe Schmolke. Ein Beitrag zur Interpretation von Fontanes Roman »Frau Jenny Treibel«. In: Fontane-Blätter 1991, Heft 52, S. 29–46.

Fuerst, Norbert: The Berlin Bourgeois: In: The Victorian Age of German Literature. London 1966, S. 166–171.

Grawe, Christian: Lieutenant Vogelsang a. D. und Mr. Nelson aus Liverpool: Treibels politische und Corinnas private Verirrungen in »Frau Jenny Treibel«. In: Fontane-Blätter Bd. 5 (1984), Heft 6, S. 588–606.

Grevel, Lilo: »Frau Jenny Treibel«. Zum Dilemma des Bürgertums in der Wilhelminischen Ära. In: Zeitschrift für deutsche Philologie 108 (1989), S. 179–198 (s. auch: italienische Fassung in: Realtà Sociale 1988, S. 49–82).

Grieve, H.: Frau Jenny Treibel und Frau Wilhelmine Buchholz. Fontanes Roman und die Berliner Populärliteratur. In: Formen realistischer Erzählkunst. Festschrift for Charlotte Jolles, ed. by Jörg Thunecke in conjunction with Eda Sagarra. Nottingham 1979, S. 535–543.

Guidry, Glenn A.: Fontanes »Frau Jenny Treibel« und ›Having‹ a Conversation. In: Germanic Review 64 (1989), S. 2–9.

Hayens, Kenneth: Theodor Fontane. A critical study. London 1920 (zu »Frau Jenny Treibel«, S. 132–151).

Kafitz, Dieter: Die Kritik am Bildungsbürgertum in Fontanes Roman »Frau Jenny Treibel«. In: Zeitschrift für Deutsche Philologie 92 (1973), Sonderheft Theodor Fontane, S. 74–101.

Lehrer, Mark: Intellektuelle Aporie und literarische Originalität, Wissenschaftsgeschichtliche Studien zum deutschen Realismus. Keller, Raabe und Fontane. 1991 (zu »Effi Briest« und »Frau Jenny Treibel«).

Lukács, Georg: Der alte Fontane. In: G. L., Deutsche Realisten des 19. Jahrhunderts. Berlin 1956, S. 260–305.

Mittenzwei, Ingrid: Die Sprache als Thema. Untersuchungen zu Fontanes Gesellschaftsromanen. Bad Homburg, Berlin, Zürich 1970 (= Frankfurter Beiträge zur Germanistik. 12), S. 146–156.

Müller-Seidel, Walter: Besitz und Bildung. Über Fontanes Roman »Frau Jenny Treibel«. In: Fontanes Realismus. Wissenschaftliche Konferenz zum 150. Geburtstag Theodor Fontanes in Potsdam. Vorträge und Berichte. Im Auftrag der Deutschen Staatsbibliothek herausgegeben von Hans-Erich Teitge und Joachim Schobeß. Berlin 1972, S. 129–141.

Plett, Bettina: Die Kunst der Allusion. Formen literarischer Anspielungen in den Romanen Theodor Fontanes. Köln, Wien 1986 (= Kölner germanistische Studien. 23). (S. 392–402).

Poltermann, Andreas: »Frau Jenny Treibel« oder die Profanierung der Hohen Poesie. In: Text und Kritik. Sonderband Theodor Fontane. München 1989, S. 131–147.

Reinhardt, Hartmut: Die Wahrheit des Sentimentalen. Bemerkungen zu zwei Romanschlüssen bei Theodor Fontane: »Frau Jenny Treibel« und »Effi Briest«. In: Wirkendes Wort 29 (1979), S. 318–326.

Reuter, Hans-Heinrich: Fontane. 2 Bde. Berlin 1968 (zu »Frau Jenny Treibel« Bd. 2, S. 690–695).

Rim, Guk-Jae: Der Fontanesche Realismus in seinem Roman »Frau Jenny Treibel« (Koreanisch, mit deutscher Zusammenfassung). In: Dogilmunhek, Seoul 1988, Heft 40, S. 224–250.

Ritzel, Wolfgang: Ein Aristoteles-Zitat in »Frau Jenny Treibel«. In: Neue Zürcher Zeitung, 20. Juni 1971, Fernausgabe Nr. 166, S. 51.

Rosenfeld, Hans-Friedrich: Zur Entstehung Fontanescher Romane. Groningen 1926 (S. 32–37).

Schäfer, Rudolf: Theodor Fontane, »Unterm Birnbaum«, »Frau Jenny Treibel«. Interpretationen. München 1974 (= Interpretationen zum Deutschunterricht).

Schmitz, Marianne: Die Milieudarstellung in den Romanen aus Fontanes reifer Zeit: »Mathilde Möhring«, »Frau Jenny Treibel«, »Effi Briest« und »Poggenpuhls«. Phil. Diss. (masch.) Bonn 1950.

Schneider, Jost: ›Plateau mit Pic‹. Fontanes Kritik der Royaldemokratie in »Frau Jenny Treibel«. Ideengeschichtliche Voraussetzungen zur Figur des Leutnants Vogelsang. In: Fontane-Blätter 1992, Heft 53, S. 57–73.

Selbmann, Rolf: »Das Poetische hat immer recht«. Zur Bedeutung der Poesie in Fontanes Roman »Frau Jenny Treibel«. Zu Jenny Treibels 100. Geburtstag. In: Fontane-Blätter 1992, Heft 54, S. 101–109.

Shafi, Monika: ›Werde, der du bist‹: eine vergleichende Darstellung des weiblichen Autonomiekonflikts in Theodor Fontanes »Frau Jenny Treibel« und Helene Böhlaus »Das Halbtier«. In: German Quarterly 61 (1988), S. 67–77.

Shears, Lambert A.: Thackeray's »Pendennis« as a source of Fontane's Frau Jenny Treibel. In: Publications of the Modern Language Association of America 40 (1925), S. 211–216.

Turner, David: Coffee or milk? – That is the question. On an incident from Fontanes »Frau Jenny Treibel«. In: German Life and Letters 21 (1967/68), S. 330–335.

Turner, David: Fontanes »Frau Jenny Treibel«: A Study in Ironic Discrepancy. In: Forum for Modern Language Studies VIII, 2 (1972), S. 132–147.

Turner, David: Kaffee oder Milch? Das ist die Frage: Zu einer Szene aus Fontanes »Frau Jenny Treibel«. In: Fontane-Blätter Bd. 3 (1974), Heft 2, S. 153–159.

Voigt, Günther: Die wiederholte Bezugnahme auf Schillers »Wilhelm Tell« in Fontanes »Frau Jenny Treibel« und die Bedeutung bzw. Funktion dieser Zitate oder Anspielungen in dem Roman. In Ergänzung des Beitrags von David Turner »Kaffe [!] oder Milch?«. In: Fontane-Blätter Bd. 3 (1974), Heft 2, S. 236–237.

Voß, Lieselotte: Literarische Präfiguration dargestellter Wirklichkeit bei Fontane. München 1985 (S. 213–225).

Wagner, Walter (Hrsg.): Theodor Fontane, »Frau Jenny Treibel«. Erläuterungen und Dokumente. Stuttgart 1976 (= Universal-Bibliothek. 8132).

Wandrey, Conrad: Theodor Fontane. München 1919 (S. 252–265).

Wedereit, Gerhard: Leitmotive Wiederholung: Beobachtungen zu Technik und Ethos in Fontanes »Frau Jenny Treibel«. In: Acta Germanica 7 (1972), S. 117–125.

Wolters, Stefan: Lektürehilfen. Theodor Fontane »Frau Jenny Treibel«. Stuttgart 1989.

Worthmann, Joachim: Probleme des Zeitromans. Studien zur Geschichte des deutschen Romans des 19. Jahrhunderts. (1974), S. 144–158.

Wruck, Peter: »Frau Jenny Treibel«. ›Drum prüfe, wer sich ewig bindet.‹ In: Interpretationen. Fontanes Novellen und Romane. Hrsg. von Christian Grawe. Stuttgart 1991, S. 185–216.

Zimmermann, U.: Translating Jenny Treibel. In: Formen realistischer Erzählkunst. Festschrift for Charlotte Jolles, ed. by Jörg Thunecke in conjunction with Eda Sagarra. Nottingham 1979, S. 602–609.

NACHWORT

»Aber, Herr Theodor Fontane, das ist doch kein Roman! Ich weiß doch auch, was ein Roman ist; denn ich kenne die ›Moderne‹, ihre dünnen Schöpfungen und ihre dicken Theorien. Sie aber, Herr Fontane, besitzen offenbar gar keine Theorie. Ich habe das große Vergnügen, oder besser: ich habe die tiefe Freude, Ihre Schriften zu kennen, und ich weiß trotzdem nicht, wo ich Sie ›hintun‹ soll. Klassizismus, Romantismus, Idealismus, Realismus, Naturalismus, Verismus, Impressionismus, Symbolismus usw. – ich sehe alle meine kritischen Etiketten durch und weiß nicht, welche ich Ihnen aufkleben soll. Sie sind ein Dichter, ein echter, feiner, starker, prächtiger, geistmehrender, herzerquickender Dichter – das sagt mir jedes Ihrer Werke, jedes Ihrer Worte; das weiß ich, das wissen Tausende und werden Hunderttausende wissen [...]«

Mit so bewundernd-wohlwollenden Worten würdigte Max Bernstein am 19. November 1892 in der Wochenschrift »Die Nation« Fontanes jüngstes Werk, das einen Monat zuvor ausgeliefert worden war: einen »Roman aus der Berliner Gesellschaft«, wie der Untertitel auf dem Umschlag ankündigte. Bernstein stand mit seinem Lob nicht allein. »Frau Jenny Treibel« stieß auf nahezu einhellige Zustimmung, auch und gerade als »Berliner Roman«, und was die ersten Rezensenten zu rühmen wußten – die »Fülle von Humor und Gemüt«, den »Zug von Schalkheit, leiser Ironie, gutmütigem Spott und versöhnlichster Menschenliebe« –, nimmt bereits vieles von dem vorweg, was auch spätere Kritiker über die Erzählung geäußert haben.

Insbesondere Bernsteins vorausschauendes Urteil hat nicht getrogen. Der Ruhm Fontanes als bedeutendster deutscher Romancier der Bismarck-Zeit ist von Jahrzehnt zu Jahrzehnt gewachsen, »Frau Jenny Treibel« aber zählt zu jenen seiner Erzählwerke, die von Anfang an die Gunst des Publikums gewonnen und sie ohne erkennbare Einschränkung bis heute behalten haben.

Mit Spannungsreichtum der Handlung oder einer besonderen Aktualität des Dargestellten ist dieser Erfolg nicht zu erklären. Anders als »L'Adultera« oder »Effi Briest« schlüsselt die Erzählung nicht einen Vorgang auf, der in der gesellschaftlichen Wirklichkeit für Unruhe und Aufsehen gesorgt, die Phantasie und Neugier angeregt hätte. Und wie fast immer in Fontanes fiktiver Prosa geschieht in diesem Roman aus der Welt der Berliner Bourgeoisie und des akademischen Bürgertums im Grunde herzlich wenig. Fast geht es um Selbstverständlichkeiten: um die Partnersuche junger Leute und die Familienstrategien ihrer Eltern, Verlobung und Hochzeit mithin; um materiellen Besitz und das damit verbundene gesellschaftliche Ansehen; um »Bildung« und ihr Verhältnis zum Besitz; um den Versuch weiblicher Selbstbestimmung; um »das Höhere« im Leben, um Poesie, echte und falsche Gefühle; um Sprache – und eben um die Interessens- und Verstehenskonflikte, die sich aus alldem ergeben. Gewiß ließe sich aus den genannten Elementen eine ereignisreiche, spannende Romanhandlung entwickeln. Aber der Erzähler zeigt sich an dieser Möglichkeit nur mäßig interessiert. Wie es ausgehen wird, daran läßt er schon früh keinen Zweifel. Mit anscheinend nur halbem Ernst wird dem Leser eine Geschichte vorgeplaudert, deren Muster sich in Komödien und Unterhaltungsromanen der Epoche vielfach wiederfindet.

Gleichwohl liest sich der Roman auch hundert Jahre nach seinem Erscheinen ausgezeichnet, und so bietet bereits das Lesevergnügen für sich allein genommen genügend Anlaß, die vorschnelle erste Meinung zu überdenken. Fontanes Kunst der Untertreibung bewährt sich nicht nur in den doppelbödig-schlichten Sätzen, die er seinen bevorzugten Figuren in den Mund legt, sondern in seiner Kunst der Darstellung insgesamt. Sie geht dramatischen Effekten aus dem Wege und fördert statt dessen Bewußtsein und Aufmerksamkeit des Lesers für das Äußerlich-Unscheinbare. Allen rhetorischen Schwulstes und aller überzogenen Kritik ledig, tritt die menschliche Problematik dadurch um so mehr hervor und erweist sich nunmehr als gar nicht so zeitgebunden, wie es zunächst den Anschein hatte. So gewiß »Frau Jenny Treibel«

eine bestimmte gesellschaftliche Epoche mit ihren Eigenheiten und lächerlichen Zügen satirisch ins Licht setzt, so gewiß gelingt dem Text dabei die Veranschaulichung menschlicher Verhaltensformen überhaupt, wodurch er eine neue, zeitlose Aktualität gewinnt. Auch ist das Erzählte nicht ohne Widersprüche und läßt zudem bei wiederholter Lektüre Lücken erkennen, an die sich schwer entscheidbare Fragen anschließen. Manches Lob, das dem Roman und seiner erzählerischen Tendenz geläufig gezollt wird, bleibt daher etwas an der Oberfläche – ein weiteres Mal erweist sich Fontanes Prosa als subtil und voller Finessen.

»Frau Jenny Treibel« ist, einer brieflichen Äußerung Fontanes vom 9. Mai 1888 zufolge, geschrieben worden, um »das Hohle, Phrasenhafte, Lügnerische, Hochmütige, Hartherzige des Bourgeoisstandpunktes zu zeigen, der von Schiller spricht und Gerson meint«. Es handelt sich dabei um einen Brief, der insgesamt ungewöhnliche Bitterkeit verrät. Verwunderlich ist das nicht, denn die Erfahrungen mit der öffentlichen Doppelmoral beim Vorabdruck von »Irrungen, Wirrungen« lagen für Fontane noch nicht einmal ein Jahr zurück. Ausdrücklich zielen seine pessimistischen Äußerungen auf das Leben in der großen Stadt, auf Berlin; weder in der Fremde noch auf dem Lande in der Provinz habe er gleichermaßen negative Eindrücke gesammelt. Und als wolle er auch thematisch einen Schlußpunkt setzen, fährt Fontane in bezug auf »Frau Jenny Treibel« fort: »Ich schließe mit dieser Geschichte den Zyklus meiner Berliner Romane ab [. . .]« (vgl. S. 215). Ohnedies war ihm der modisch gewordene Begriff »Berliner Roman« suspekt. Hinzu kam also zeitweilig auch der Überdruß am Dargestellten selbst.

Schiller und Gerson oder auch: Kattun und Christus, wie es ähnlich lautet im 23. Kapitel des »Stechlin« (HF I, 5, S. 224) – Fontane hat die in dieser Verbindung angelegte Heuchelei wie wohl nichts anderes verabscheut. Die einschlägigen Selbstäußerungen sind zahlreich und völlig eindeutig. Allerdings muß man zwischen der Rückhaltlosigkeit der aus dem Moment stammenden Briefzeugnisse und den Romanen als bewußt reflektierten literarischen Texten unterscheiden.

Der Widerspruch von Schein und Sein im gesellschaftlichen Leben: Es handelt sich um die Geschichte einer Camouflage, die ihre Veranstalter zuletzt selbst nicht mehr durchschauen und die sich daher mit Vorliebe in einer Sphäre halbbewußter Sentimentalität abspielt. Für Fontane – wie letztlich für jeden Künstler – war damit eine besondere Herausforderung verbunden. Die Sentimentalität, die es in ihrem wahren Wesen zu zeigen galt, lebte in der Welt der Gefühle und bediente sich der Sprache, also eben jener Sphäre, in der sich der poetische Künstler vorzugsweise bewegt und in der er sein Handwerkszeug findet. Wie so oft in der Literatur des 19. Jahrhunderts ging es auch im »Berliner Roman« um Desillusionierung. Dabei kam nicht nur die Welt der Bourgeoisie, sondern auch die der Bildung, kamen die Kunst und die Künstler selbst auf den Prüfstand.

»Frau Jenny Treibel« bietet dafür ebenso erheiternde wie schockierende Beispiele. Erinnert sei zunächst an das Gespräch zwischen der Kommerzienrätin und Leutnant Vogelsang über Georg Herwegh und die Lyrik des Vormärz. Die Hausherrin, bemüht, mit dem politischen Agenten ihres Mannes Konversation zu machen, spricht zunächst vom Verfasser des sogenannten Tschech-Liedes und sieht sich daraufhin von ihrem Gesprächspartner humorlos belehrt. »›Ja‹, sagte Vogelsang, ›ein erbärmlicher Gassenhauer, darin ganz der frivole Geist spukte, der die Lyrik jener Tage beherrschte [...]‹« (S. 26). Als Vogelsang in sein Verdikt auch Herwegh einbezieht, fühlt sich die Kommerzienrätin »an einer sehr empfindlichen Stelle« getroffen und zitiert Verse des Dichters, die ihr unverändert gültig erscheinen: »Ich möchte hingehn wie das Abendrot und wie der Tag mit seinen letzten Gluten.« Vogelsang, der das »einst auch nachgebetet hat«, setzt das Zitat fort: »Mich in den Schoß des Ewigen verbluten ...«, wirft dem Dichter aber vor, daß er sich, »als es galt«, selbst keineswegs verbluten wollte. Herwegh war 1849 nach dem Zusammenbruch des badischen Aufstands nach Paris geflohen. Verspottet wird also die mangelnde Übereinstimmung von Wort und Tat – ein Spott, in den Fontane seine eigenen dichterischen Anfänge unausgesprochen einbezieht. Als junger Mensch hatte er wie die Kommerzienrätin für Herwegh geschwärmt und sich von ihm zu eigenen Poesien anregen lassen; und wie die Autobiographie zeigt, empfand er partiell sogar noch immer kritische Bewunderung für ihn.

Wie für Jenny Treibel waren für Fontane selbst lebendige und aufrichtige Impulse seiner Jugend mit Herweghs Versen verbunden. »Aber Gott sei Dank«, erklärt die Kommerzienrätin in der Exposition des Romans gegenüber Corinna, »ich habe mich an Gedichten herangebildet, und wenn man viele davon auswendig weiß, so weiß man doch manches« (S. 11f.). Man kann schwerlich bestreiten, daß ihr, einem Mädchen aus dem Volke, andere Bildungsmöglichkeiten kaum offenstanden. Auch für den Apothekerlehrling und Autodidakten Fontane war seinerzeit das wichtigste Bildungserlebnis die Literatur – die unvermeidlichen Täuschungen und Irrtümer des Geschmacks eingeschlossen. Was ihn von Jenny Treibel trennt, sind nicht die Anfänge der literarischen Erfahrungen, sondern deren spätere kontinuierliche Weiterführung. Wie Fontane in seinem Gedicht »Lebenswege« in Erinnerung an die Zeit »Anno 40« schreibt, blieb er auch danach, »was damals ich war, / ein Lichtlein auf demselben Altar«, dem Altar der Kunst nämlich. Die literarischen Jugendfreunde in »Lebenswege« dagegen haben sich verändert, »Generäle und Chefpräsidenten« sind aus der »blutjungen Ware« einstiger Dichter geworden (HF I, 6, S. 330). Das Poetische haben sie abgestreift. Das schützt sie zumindest vor der Sentimentalität. Die Kommerzienrätin hingegen schleppt die Ideale ihrer Jugend als scheinbaren Besitz mit durchs Leben. Der Autor durchschaut sie – aber sie ist nicht so weit von ihm entfernt, daß sie nicht Anlaß zur Selbstprüfung böte.

Ein weiteres bezeichnendes Beispiel bietet das zweimal zitierte Gedicht »Glück, von deinen tausend Losen«, dem viele Überlegungen galten, ob Fontane es eigens für seinen Roman verfaßt oder andernorts gefunden hat. Das »Herzenslied« der sentimental-aggressiven Kommerzienrätin ist »ein wirkliches Lied«, und sein angeblicher Verfasser – er trägt erkennbar Züge Fontanes –, der Professor und einstige Student Schmidt, den die von ihm einst umworbene Jenny Bürstenbinder klüglich *nicht* geheiratet hat, weint vor sich hin, als es am Schluß des Romans nach seinem Wunsch noch einmal zum Vortrag kommt. »Alle echte Lyrik hat was Geheimnisvolles« (S. 187). Wieviel Ironie, besonders Selbstironie, offenbart diese Textstelle. An den Jugendfreund Wilhelm Wolfsohn hatte Fontane bereits 1847 geschrieben: »Das Lyrische hab' ich aufgegeben, ich möchte sagen blutenden Herzens. Ich liebe eigentlich nichts so sehr und innig wie ein schönes Lied und doch ward mir gerade die Gabe für das Lied versagt« (HF IV, 1, S. 38). Ähnlich schrieb er im Februar 1854 an Storm: »Das Lyrische ist sicherlich meine schwächste Seite [...]« (HF IV, 1, S. 376). Im Roman bekennt sich Professor Schmidt – er ist allerdings ein wenig betrunken – zum »Geheimnisvollen« der »echten Lyrik« seines Lieds, des »Unglücksdings« (S. 77), das der Kontext als trivial-verlogen entlarvt: »Ich hätte doch am Ende dabei bleiben sollen.« Zutreffend hat Peter Wruck bemerkt, daß der Schluß des Romans »doch verzweifelt einem Abgesang« ähnle. (Peter Wruck: Frau Jenny Treibel. »Drum prüfe, wer sich ewig bindet«. In: Interpretationen. Fontanes Romane und Novellen. Hrsg. von Christian Grawe. Stuttgart 1991, S. 214.)

Die skeptische Ironie, mit der Fontane die Erscheinungsformen der Sentimentalität behandelt, ist also nicht nur Kritik der Bourgeoisie, sondern auch Selbstkritik. Das nicht lange vor »Frau Jenny Treibel« entstandene kleine Gedicht »Publikum« (HF I, 6, S. 380) betont nicht nur die Kluft, die den Künstler von seinem Publikum trennt, sondern auch die fortdauernde Bindung an dasselbe:

Das Publikum ist eine einfache Frau,
Bourgeoishaft, eitel und wichtig,
Und folgt man, wenn sie spricht, genau,
So spricht sie nicht mal richtig.

Eine einfache Frau, doch rosig und frisch,
Und ihre Juwelen blitzen,

Und sie lacht und führt einen guten Tisch,
Und es möchte sie jeder besitzen.

Was kann dem Künstler die Anerkennung dieser Gruppe von Menschen bedeuten, die sich überschätzt, die umschmeichelt sein will, die des Idioms nicht mächtig ist, dessen sie sich bedient? In der ersten und fünften Zeile von »Publikum« lautete es in den Entwürfen statt »eine einfache Frau« zunächst »'ne dumme Frau« beziehungsweise »eine törichte Frau«. Am schwersten aber scheint der Vorwurf »bourgeoishaft« zu wiegen, wenn man Fontanes schroffe Ablehnung der Bourgeoisie sich vergegenwärtigt, in deren Sprache er bis in die feinen Differenzierungen des Tons und der Wortwahl hinein die ästhetische und soziale Lüge erkannte. Er »hasse« die Bourgeoisie, die »furchtbar« sei, hat er in Briefen geschrieben (an Martha Fontane, 25. 8. 1891; HF IV, 4, S. 148), und auch von Jenny Treibel ist im Roman einmal als von einer »schrecklichen Frau« (S. 164) die Rede. Aber in dem genannten Brief an die Tochter heißt es weiter: »Das Bourgeoisgefühl ist das zur Zeit maßgebende, und ich selber, der es gräßlich finde, bin bis zu einem gewissen Grade von ihm beherrscht.«

Dennoch ist von Haß in »Publikum« wenig zu spüren. Künstlerische Identifikation muß diesem Haß jederzeit beigemischt gewesen sein, da er imstande war, Gestalten wie die Kommerzienräte Van der Straaten und Treibel, vor allem aber Jenny Treibel selbst, hervorzubringen. »Rosig und frisch« ist die Frau, die das Publikum personifiziert, sie kann lachen, ist eine gute Gastgeberin. Die Juwelen – gewiß etwas zu auffällig – blitzen verheißungsvoll. Ihre erotische Anziehungskraft fragt, wie das Leben selbst, nach keiner Rechtfertigung.

Was Fontanes Gedicht »Publikum« die klare Kontur gibt, ist die Kürze, mit der es über den vielbeklagten Gegensatz von Kunst und Leben hinweggeht. Die Distanz zwischen dem Künstler und seinem Publikum scheint unüberbrückbar: Gleichwohl fällt über den Künstler und seine Kunst kein Wort. Es gibt nur das erotisch bezeichnete Objekt, Begehren, dem Werbung folgt. In der Faszination, die es spiegelt, exemplifiziert das Gedicht »Publikum« selbst die leidenschaftliche Hingabe des Künstlers und seine gestaltende Kraft. In gleicher Weise ist diese Kraft auch im Roman Form geworden, schuf die Verbindung von Aggression und Ironie Abbilder unverwechselbaren Lebens.

Dabei zielt Fontanes Angriffslust keineswegs allein auf das Treibelsche Haus und seine Bewohner. Nicht allein der »Besitz«, auch die Welt der Bildung, angeordnet um Professor Schmidt, wird ironisch beleuchtet. Zwar mag der Leser sich versucht fühlen, aus der scheinbar polaren Anordnung der beiden Lebenskreise auf einen wirklichen Gegensatz zu schließen, in dem sich die Welt der Bildung überlegen behauptet. Aber bereits der Name (die »Sieben Waisen Griechenlands«), den Schmidt für den um ihn versammelten Professorenzirkel gefunden hat, weist in wehmütiger Parodie auf die erfolgte Deklassierung hin, nicht minder die Professorennamen (Kuh, Rindfleisch, Distelkamp). Die verräterische Namensgebung betrifft auch den jüngsten der im Roman beschriebenen Pädagogen, Corinnas künftigen Ehemann: Wedderkopp, was niederdeutsch »einen starrsinnigen Menschen, aber vor allem die ausgesprochen männliche Form eines Schafskopfs bezeichnet« (Peter Wruck). Der Vorname Marcell sorgt für einen gewissen Ausgleich; aber ambivalent ist das Urteil des Erzählers sicherlich auch über diese Romanfigur, die sich im rechten Moment an der Seite Corinnas zwar bewährt, zu der Krisensituation, in der sie sich befindet, jedoch durchaus beigetragen hat.

Die »sieben Waisen« zu versammeln fällt schwer. Längst hat man sich mit einer fragmentarischen Zusammensetzung der abendlichen Gesprächsrunden abfinden müssen. Was die Beteiligten zusammenführt, ist nicht die Freude an der Kommunikation, sondern die Neigung zum Monologisieren. Die Gesellschaft zerfällt »in fast ebenso viele Parteien, wie sie Mitglieder zählte« und jeder der Anwesenden lebt der Überzeugung, »alles, was seitens des anderen gesagt wurde, viel besser oder [...] wenigstens ebenso gut sagen zu können« (S. 54f.). Dabei handelt es sich bei dem, was bei Mosel und Oderkrebsen ausgetauscht wird, durchaus nicht um Früchte aktueller Wissenschaft. Auch Schmidts gelehrte Bücher werden nur noch selten aufgeschlagen, wenn es sich nicht um eines seiner Steckenpferde wie die Archäologie handelt.

Offensichtlich kennt man einander, die Rituale, Rangverhältnisse und Gesprächsinhalte, zu gut, um nicht in Versuchung zu sein, den einen oder anderen der Termine auszulassen. Eine solche Fluchtreaktion zeigt auch Corinna. Ihr Wunsch, der Enge des väterlichen Haushalts zu entkommen und in die Familie Treibel einzuheiraten, dürfte nicht zuletzt in ihrer Bekanntschaft mit diesem Pädagogenzirkel begründet sein. Wäre da nicht Professor Schmidt selbst, die »Waisen« wären der Welt der Feuerzangenbowle näher als der Sonne Homers. Aber auch Schmidt ist, genauer besehen, weder ein vorzüglicher Vertreter seines Standes noch ein fürsorglicher Vater und noch nicht einmal ein genauer Beobachter; vielmehr ein Causeur, der gern bei Sprachspielen und Nebensachen verweilt, ein »Singleton«, der nicht gestört sein will. Was ihn allerdings auszeichnet, ist der freie, unbefangene Blick, der ihn über die Vorurteile und Denkgewohnheiten auch seiner Kollegen weit hinaushebt. Daß seine romantische Jugendbeziehung zu Jenny, ungeachtet ihrer Fragwürdigkeit, ihn unverändert beschäftigt, er sich jedoch niemals an seine Frau, die verstorbene Mutter Corinnas, erinnert, wirft ein Licht auf seinen Egoismus, zu dem er sich auch selbst bekennt. Er betrachtet die Tochter offenbar allein als sein Geschöpf.

Gleichwohl sind ihm und der Schmolke, der Frau aus dem einfachen Berliner Volk, die treffendsten Wahrheiten des Romans in den Mund gelegt. Nicht selten sind sie inhaltlich verblüffend übereinstimmend. Eine parodistische Absicht des Autors scheint mitzuspielen, wenn er die Reden des Professors mit viel Bildungsgut ausstattet, sie aber in der Substanz über den Berliner Mutterwitz der Schmolke nicht hinauskommen läßt. Die Schmolke ist aber dem Professor sogar überlegen, weil sie mit Corinna, an der sie Mutterstelle vertritt, wenn es nottut, wirklich spricht. Ein stummer Mithandelnder des Romans, ihr einstiger Mann, der Schutzmann Schmolke, ist ihr für die Fähigkeit, zur rechten Zeit zu sprechen, Vorbild gewesen. Allerdings hätte die Schmolke dieses Vorbilds kaum bedurft, denn sie findet von selbst die richtigen Worte, weil sie wie keine andere Figur des Romans »von ihrem Herzen her« lebt (Gerhard Friedrich: Die Witwe Schmolke. In: Fontane-Blätter Heft 52, 1991, S. 34). Ihre »gesunde Gegenwart« (S. 167) genießt man auch als Leser des Romans.

In seinen Briefen und autobiographischen Aufzeichnungen hat Fontane den Typus des Schulprofessors temperamentvoll ironisiert, so daß die Kritik am Bildungsbürger seiner Zeit auch im Roman nicht überraschen kann. Dieser Typus ist in seiner Sicht selbst nicht frei von bourgeoisen Zügen. Und wenn Schmidt sich auch ein anderes Selbstverständnis als der Besitzbürger reserviert hat, spielt er doch durch seine Resignation in gewisser Weise mit ihm zusammen. Der Roman macht das sehr deutlich, indem er den Professor in die Nähe des Kommerzienrates rückt. Beide alten Herren sind zu Konzilianz, Rollenspiel sowie skeptischer Einschätzung des Menschlichen geneigt, und nicht ungern verwenden sie dieselben Zitate. Sie könnten sich anders verhalten, als sie es tatsächlich tun, wären sie nicht die, die sie sind: Treibel steckt seit drei Generationen der Unternehmer im Geblüt, Schmidt ist der Sohn eines mit dem Roten Adlerorden ausgezeichneten höheren Beamten an der Heroldskammer. Sie werden bleiben, was sie sind, »der soziale Status prägt ihr Verhalten« (Dieter Kafiz: Die Kritik am Bildungsbürgertum in Frau Jenny Treibel. In: Zeitschrift für Deutsche Philologie, 92 [1973], Sonderheft Theodor Fontane, S. 97). Aber am Schluß des Romans nennt Schmidt seinen erfolgreicheren Mitbewerber um Jenny seinen »Bruder«.

»Besitz und Bildung« hat Walter Müller-Seidel ein Kapitel seines Buches über Fontane als Romancier betitelt. Der Doppelbegriff bedarf in Wilhelminischer Zeit der Kopula eigentlich nicht mehr, denn »in staatliche Obhut genommen und zum Monopol der herrschenden Klasse degradiert, ist Bildung aus den Besitzverhältnissen immer weniger zu lösen, in denen sie hervortritt« (Müller-Seidel, Theodor Fontane. Soziale Romankunst in Deutschland. Stuttgart 1975, S. 299). Damit ist einer der empfindlichsten Punkte in Fontanes Verhältnis zu seiner Zeit berührt, über den sich zu äußern er, zumal in Briefen, niemals müde geworden ist. Fontanes Gesellschaftskritik ist in einer vermutlich gar nicht zu überschätzenden Weise Bildungskritik, eine Kritik der aus fehlinterpretierten Begriffen stammenden falschen Bildung der Bourgeoisie – wie der falschen Ehre, der typische Vertreter der Adelskaste in seiner Gestaltenwelt anhängen. Zwischen Fontanes Ablehnung des »Goethegötzenkultus«, seinen spöttischen Klagen über das Examensunwesen und die kümmerlichen Früchte der staatlichen Schulbildung, seinen bitteren Äußerungen über die gesellschaftliche Stellung der Schriftsteller und seiner entlarvenden Darstellung der öffentlichen Heuchelei in Fragen von Religion und Moral – um nur einige Bereiche des »geistigen Lebens« zu nennen – besteht ein gelegentlich verdeckter, aber überall wirksamer Zusammenhang.

Fontane übte nicht grundsätzlich Kritik an den Klassikern. Er respektierte Können und Wissen, wo immer sie ihm begegneten, achtete jede Überzeugung, wo sie mit der Bereitschaft zu persönlichen Opfern gelebt wurde, und besaß als Künstler genügend Unterscheidungsvermögen, um die Ungleichheit menschlicher Schicksale zu akzeptieren. Sein Verhältnis zu materiellem Reichtum äußerte sich als ein distanziertes Interesse; die sozialen Kämpfe der Klassen fanden in ihm nicht notwendig einen Parteigänger. Er wurde zum Kritiker der Bourgeoisie – in einer Schärfe, wie er niemals ein Kritiker des Adels geworden ist –, weil er in der zunehmenden Korruption der Bildung durch den Besitz, in der Scheinblüte einer pompösen Kultur eine gefährliche Herausforderung sah, der gegenüber er als Künstler nicht gleichgültig bleiben konnte.

In einem Brief vom 18. April 1884 an die Tochter, der »wie eine Vorstudie zu ›Frau Jenny Treibel‹« anmutet (Christfried Coler), hatte Fontane über einen Geburtstag seiner Schwester Jenny Sommerfeldt berichtet: »Die ganze Sache machte einen vorzüglichen Eindruck, alles war heiter, glau, behäbig ungeziert und von gutem Aussehn (die sogenannte ›kleine Jenny‹ eine wahre beauté) und doch hatte ich keine reine Freude. Warum nicht? Ich kann den Bourgeoiston nicht ertragen und in derselben Weise wie ich in früheren Jahrzehnten eine tiefe Abneigung gegen Professorenweisheit, Professorendünkel und Professorenliberalismus hatte, in derselben Weise dreht sich mir jetzt angesichts des wohlhabendgewordenen Speckhökerthums das Herz um. Wirklicher Reichthum imponirt mir oder erfreut mich wenigstens, seine Erscheinungsformen sind mir in hohem Maße sympathisch und ich lebe gern inmitten von Menschen, die 5000 Grubenarbeiter beschäftigen, Fabrikstädte gründen und Expeditionen aussenden zur Colonisierung von Mittel-Afrika. Große Schiffsrheder, die Flotten bemannen, Tunnel- und Kanalbauer die Welttheile verbinden, Zeitungsfürsten und Eisenbahnkönige sind meiner Huldigung sicher, ich will nichts von ihnen, aber sie schaffen und wirken zu sehn, thut mir wohl, alles Große hat von Jugend auf einen Zauber für mich gehabt, ich unterwerfe mich neidlos. Aber der ›Bourgeois‹ ist nur die Karrikatur davon, er ärgert mich in seiner Kleinstelzigkeit und seinem unausgesetzten Verlangen auf nichts hin bewundert zu werden. Vater Bourgeois hat sich für 1000 Thlr malen lassen und verlangt daß ich das Geschmiere für einen Velasquez halte, Mutter Bourgeoise hat sich eine Spitzenmantille gekauft und behandelt diesen Kauf als ein Ereigniß, alles was angeschafft oder wohl gar ›vorgesetzt‹ wird, wird mit einem Blicke begleitet der etwa ausdrückt: ›Beglückter Du, der Du von diesem Kuchen essen, von diesem Weine trinken durftest‹, alles ist kindische Ueberschätzung einer Wirthschafts- und Lebensform, die schließlich gerade so gut Sechser-Wirthschaft ist wie meine eigne. Ja sie ist es mehr, ist es recht eigentlich. Ein Stück Brot ist nie Sechserwirthschaft, ein Stück Brot ist ein Höchstes, ist Leben und Poesie, ein Gänsebraten-Diner aber mit Zeltinger und Baiser-Torte, wenn die Wirthin dabei strahlt und sich einbildet mich der Alltäglichkeit meines Daseins auf 2 Stunden entrißen zu haben, ist sechserhaft in sich und doppelt durch die Gesinnung, die es begleitet. Der Bourgeois versteht nicht zu geben, weil er von der Nichtigkeit seiner Gabe keine Vorstellung hat. Er ›rettet‹ immer und man verschreibt sich ihm auf eine Schrippe hin für Zeit und Ewigkeit.« (HF IV, 3, S. 314f.)

Wie kein anderer Roman Fontanes ist »Frau Jenny Treibel« satirisch geprägt – eine Satire indes, die ihren Lesern keine Parteinahme abfordert und humoristisch versöhnend wirkt. Das Drama der Geschichte ist in die vieldeutige Welt der Sprache verlegt. Der Roman lehrt die Fragwürdigkeit, aber auch die nahezu unüberwindliche Macht des Gegebenen. Mit dieser Macht hat der deutsche Bürger nach 1848 sich resignativ einzurichten gelernt, soweit er sich nicht aktiv mit ihr arrangierte. Private Korrekturversuche, wie Corinna einen unternimmt, bewirken eine vorübergehende Verwirrung, zuletzt aber die Wiederherstellung oder sogar Verstärkung der ursprünglichen Verhältnisse. Am Ende haben alle ihren Platz dort gefunden, wohin sie gehören. Man hat Erfahrungen gesammelt, die zu Vorsicht und Nachsicht mahnen. Es scheint angezeigt, den Menschen, nicht zuletzt sich selbst, mit skeptischen Augen anzusehen. Es ist ferner angezeigt, die Verhältnisse, in denen Menschen leben, daraufhin zu befragen, wieweit sie ihren natürlichen Bedürfnissen entsprechen. Die Einsicht in die Notwendigkeit gründlicher Veränderungen mag sich daraus ergeben – aber sie wird beeinträchtigt durch das Wissen um die Bedingtheit des eigenen Standorts und die damit verbundene perspektivische Begrenztheit des Urteils.

Im Anschluß an seine Aussprache mit Jenny Treibel formuliert Willibald Schmidt gegenüber seiner Tochter den ungeschütztesten Satz des Romans: »Corinna, wenn ich nicht Professor wäre, so würd' ich am Ende Sozialdemokrat.« Die Schmolke stimmt ihm im Gedenken an ihren Mann, der als Polizist bei der »Sitte« viel Elend mitangesehen hatte, lapidar zu: »Ja, das hat Schmolke auch immer gesagt« (S. 160). Das bleiben Worte ohne Konsequenz.

Das Thema des Schriftstellers mündet konsequent in eine Kritik der Sprache durch ihre Darstellung ein. Als ein »Lustspiel über die Sprache« (Ingrid Mittenzwei) ist »Frau Jenny Treibel« bezeichnet worden. Bildungskritik wird in ihm durch Gesellschaftskritik, Gesellschaftskritik durch Sprachkritik geübt. Eine aus Erschrecken und Faszination gemischte Klarheit führt Regie, wenn Fontane die sentimentale Protagonistin des Stücks auf die sorgsam abgegrenzte Bühne schickt – und wenn er sie mit humorvollen Worten wieder entläßt. Georg Lukács hat es beklagt, daß »Frau Jenny Treibel« nicht die »letzten härtesten Konsequenzen« verfolgt, und den Roman deshalb der Belletristik zugeordnet. Aber die passende Gattungsform für die Bourgeoisie, wenn sie handelnd auftritt, ist nicht das Trauerspiel, und das theatralische Forum der Sprachkritik ist die Komödie.

HANSER

Voltaires »Candide« – bekannt beliebt und neu übersetz

Aus dem Französischen übersetzt und herausgegeben von Wolfgang Tschöke
152 Seiten. Gebunden

Ein zentrales Stück Weltliteratur und ein wunderbar zu lesender Text – voller Charme und Ironie – in neuer Übersetzung. Wolfgang Tschöke hat den »Candide« des skep tischen Aufklärers Voltaire in ein Deutsch gebracht, das seine Eleganz aus der Nähe zum Original bezieht.

Klassiker der deutschsprachigen Literatur im dtv

Georg Büchner
Werke und Briefe
Neuausgabe · dtv 12374

H. J. Chr. von Grimmelshausen
Der Abenteuerliche Simplicissimus Teutsch
dtv 12379

E. T. A. Hoffmann
Die Elixiere des Teufels
Roman · dtv 12377

Heinrich von Kleist
Sämtliche Werke und Briefe
Zweibändige Ausgabe in einem Band
Hrsg. von H. Sembdner
dtv 12919

Sämtliche Erzählungen und Anekdoten
Hrsg. von H. Sembdner
dtv 12493

Heinrich von Kleists Lebensspuren
Hrsg. von H. Sembdner
dtv 2391

Heinrich von Kleists Nachruhm
Hrsg. von H. Sembdner
dtv 2414

Philipp Melanchthon
Der Lehrer Deutschlands
Herausgegeben von Hans-Rüdiger Schwab
dtv 2415

August von Platen
»Wer die Schönheit angeschaut mit Augen...«
Ein Lesebuch
Herausgegeben von Rüdiger Görner
dtv 2395

Johann Gottfried Seume
Spaziergang nach Syrakus
Herausgegeben und kommentiert von Albert Meier
dtv 12378

Adalbert Stifter
Der Nachsommer
Roman
dtv 12907

Witiko
Roman
Mit einem Nachwort von Fritz Krökel
dtv 12869

Georg Trakl
Das dichterische Werk
dtv 12496